U0681514

国家记忆

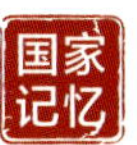

月照新河

YUE ZHAO XIN HE

张强 著

甘肃文化出版社
甘肃·兰州

图书在版编目（CIP）数据
月照新河 / 张强著. -- 兰州 : 甘肃文化出版社，2025. 5. -- ISBN 978-7-5490-3060-6
Ⅰ. I247.5
中国国家版本馆CIP数据核字第2025P2F761号

月照新河

张 强 | 著

责任编辑 | 丁庆康
封面设计 | 今亮后声・小九

出版发行 | 甘肃文化出版社
网　　址 | http://www.gswenhua.cn
投稿邮箱 | gswenhuapress@163.com
地　　址 | 甘肃省兰州市城关区曹家巷 1 号 | 730030（邮编）

营销中心 | 贾 莉 王 俊
电　　话 | 0931-2131306

印　　刷 | 兰州新华印刷厂
开　　本 | 787 毫米 ×1092 毫米 1/16
字　　数 | 334 千
印　　张 | 20.5
插　　页 | 2
版　　次 | 2025 年 5 月第 1 版
印　　次 | 2025 年 5 月第 1 次
书　　号 | ISBN 978-7-5490-3060-6
定　　价 | 58.00 元

目　录

引　子

五台山困住了杨老将

思想起国家事好不痛伤

我心中只怨宋皇上

听谗言囚我在五台山庙堂

我曾命五郎儿幽州探望

却怎么不见转回还

莫不是韩昌把营闯

他君臣被困在番邦

…………

群山回响，一曲古老的秦腔，硬生生落在三月的风里，东风不解意，吹落点点愁，每一个唱词，被潮湿的寒气浸润过，像一块块冰碴子，击碎了寺庙里夹杂着唱经的沉闷的钟声，于是音尘四散、缥缈，飞越山川河流，惊醒嫩芽和昆虫——春天总要有些样子了！歌者是谁？毛梁顶，走过一个模糊的人影，像是肩扛着铁锹，边走边唱，那摇摇晃晃的姿势，像极了新河村的村主任赵月江。

第一章　新河

三月的西北，天气时好时坏，虽说节气临近清明，但龙窑人还没有脱掉厚厚的毛衣。大地上，小草已经露出了头，但枯黄的野草远远没有腐化的心思，还直愣愣地站立在风中。

还好，有牧羊人抽着烟斗，重复地哼唱着老掉牙的秦腔唱段，赶着羊群啃掉了一大片枯草；还有，他们偶尔会在起风的时候，用点燃烟斗的火柴，顺便点燃山坡上的一点点枯草，火熄灭之后，枯草终于甘心地倒下了，而大地的肌肤却多了一块伤疤，让人看着极不舒服，甚至有了疼痛之感。

西北的春天就是这样，总是姗姗来迟。不过，在牧羊人的眼里，在一群羔羊的嘴里，其实啊，春天早就来了——它就藏匿在枯草之下，如果不俯下身子细细观察，早已探出头的密密麻麻的嫩芽，是很难被发现的。

人们总是看到大地上一片绿时，才惊讶地尖叫一声：草啥时候绿的？春天来了！牛羊却不一样，它们全然不用看一眼，只要用灵敏的鼻子嗅一嗅，就知道这个美好的季节早已来临。难怪当跑遍了大江南北的春风吹向这个山村时，羊圈里便咩咩声不断，牛圈里哞哞叫唤，它们大概是嗅到嫩芽和繁花的清香了，早已垂涎三尺了吧！

这么说来，枯草充当了小草的棉被，它怕它的孩子们受凉了。被火烧过的地方，灰烬充当了肥料，草显得格外嫩绿，就是在这里，春也被人们最先发现。

这不禁让人想起香山居士的诗句：野火烧不尽，春风吹又生。

新河村，三月三，天阴，一年一度的庙会开始了。

昨日上台，人不多，下了一场毛毛雨，用新河村人的话说：唉，不成样子！但他们还是满心期待，觉得这场愿戏，应该唱；这绵绵细雨，润物无声。

这里，靠天吃饭；这里，十年九旱；这里，山大沟深。人要活着，吃是头等大事。清明将至，春播的时令就要来了，可田地依然干燥如焚，叫老农们如何播种得下？

耳畔传来一首令人悲戚的《祈雨调》：

龙王救万民哟
清风细雨哟救万民
天旱了着火了
地下的青苗晒干了
地下的青苗晒干了
…………

所以，新河村每年都会给龙王爷唱一出愿戏。据说，唱欢喜了，好让他老人家给玉皇大帝捎个信，给新河村这片干旱贫瘠的黄土地多降一些甘霖。

不止农历三月三,五月初五端阳节，还有一场。新河村人对龙王爷的敬重，由来已久。过去条件不好，唱得简单，村里的把式自扮自唱，舞台搭建在村里，是一个不大的土台子。现在大不一样了，重修了寺庙，舞台也阔气了。据县志记载，龙窑乡的高山寺，明朝时期就有了，这么说来，龙窑乡也是有着较深的文化底蕴。如今唱戏，都是从陕西请来的戏班子。秦人吼一嗓子，实在过瘾，龙王爷该满心欢喜了吧。

龙窑乡并不大，但每个村都供奉一个神祇，有的是龙王爷，有的是关二爷，有的是王母娘娘……在老百姓朴素的认知里，他们和玉皇大帝能通上信息，老百姓希望能通过一场愿戏讨得神仙们的欢心，风调雨顺、护佑一方黎民百姓。

秦腔在陕甘宁一带很火，老少皆宜，好多人都能吼上一两嗓子，可这只是人的爱好罢了，神仙们也爱这个吗？无人知晓，他们把神像塑造成人的形象，这样之后，大概是觉得神仙也属于半个本地人，自然地，他们也和这片土地上的人们一样爱听戏吧！

新河村人在平日里干活的时候，随便哼几句，词不达意，但听着这样的曲调，似乎浑身更有劲儿了。有时候，在老街上，在商店铺子里，偶尔会碰到两三个秦腔爱好者，他们大都是中老年人。屋内的陈设简单，通红的火炉盖上放着一个黑黢黢的茶罐，茶溢出来了，他们置之不理，一人拉着油漆早已斑驳的板胡，一人憋足了气跟着吼两嗓子，那真叫过瘾。听的人也不由自主地摇头晃脑，手指也跟着节奏在半空中上下敲打着，嘴里跟着哼哼，听得如痴如醉。板胡上的松香慢慢磨成了白沫，在门缝里透进来的光里纷飞、喧嚣。一曲罢了，总有人忍不住拍拍手，冒冒失失地喊一句：好！好！之后才提醒一声：哎，茶溢了！

新河村的人和山坡上的春草一样，扎根大山，祖祖辈辈靠天吃饭，但一代代人乐观而坚强地生活着、繁衍着，昔日灰突突的家乡也被他们建设得大变了样子。野火烧不尽，春风吹又生。他们的性格有点像这里的春草，其实也渗透了黄土地的基因。只要那段古老的曲调不断，他们的生命也将生生不息。而关于做人的道理，也不外乎从耳熟能详的戏曲里汲取一二，比如程婴的忠，三娘的贤，杨家将的忠君爱国，陈世美的无情无义。

三月三日，夜戏，高山寺鞭炮齐鸣、火光冲天，扩音喇叭里的吼声随风飘摇，一会儿去了隔壁村，一会儿又来了新河村，似乎把龙王爷唱高兴了。他觉得这曲子还不错，便让风做了信使，把它吹到四面八方，让那些怕冷的人，或正蹲在屋里打牌的人，都赶过来陪着一起凑热闹。

天还阴着，毛毛雨早停了，晚风吹着，新河村很冷。高山寺海拔较高，那里更冷，但阻挡不了戏迷们的一腔热情，十里八村的男女老少裹着棉衣早早赶来了，孩子们是来凑热闹的，其实是催着大人买零食吃的。真正的秦腔爱好者，是一些老年人，家里远，腿脚有疾行动不便，他们干脆不回家，索性在戏场里买一碗面，或者随便吃一点零食凑合凑合。

这难得的庙会，可以饿肚子，但好戏不能错过！山里人过年是最热闹的，过了年，都开始忙活了，一年到头几乎处于沉寂状态，这难得的一次庙会，让十里八村的乡亲们都相聚于此，自然比过年还热闹。家里待久了，谁还舍得错过？

天黑了下来，厚厚的云层遮天蔽月，夜更加漆黑了。月亮应该落在新河了。

这里的人还习惯叫它河。新河以前水量异常充沛，尽管这里是穷乡僻壤，常年干旱，但养育了人们的那口山泉水，流了上百年从未干涸过。老辈们说，新河功劳大着呢，解放军曾在那里洗过澡、洗过衣服。年轻人眉头一皱：有这事？没听说过！

“你一个乳臭未干的黄毛小子，不知道的还多着呢！”老人捋捋胡须，轻蔑一笑。

约莫1947年的样子，解放军路过这里，在新河村住了一宿。来的人很多，数不清，来的当晚，他们说要洗漱。老人说，人多得呀，队伍排成了一条长龙，从大路口一直排到咱村里，那场面壮观极了！你说要洗漱？可村里人向来是在对山挑水吃的，缸里的那一点水恐怕不够他们用呢。

老人回忆说，一位解放军战士问：“老乡，这里有河吗？”当时村里的负责人叫赵光德，他挤不进人群，急得大喊：“新河！有的！”

“老乡，在哪里？”解放军战士问。

“沟里，足够大了！”还没等赵光德回话，有人已经抢话了。

“麻烦带我们去吧！”领头的干部一声令下，“立正——稍息——向后转！”只见大部队整整齐齐地踏起了军步，霎时间，响声如雷，大地震颤，他们在赵光德的带领下来到了河边。那时候正值炎热季节，他们准备晚上洗衣服，之后在河里洗澡，完了收拾衣物。

解放军去了新河。随即，赵光德紧急把村民召集到一起，他郑重其事地告诉全村人说，解放军是共产党领导的部队，专门为全国解放而战的，他们很好，很有纪律，不拿群众一针一线。说到这里，他吧唧了一下嘴巴：“解放军来了，啥概念？哎呀呀！”他又美美地晃了晃头，食指指着东边：“你们是不了解，我多少懂一点点，1931年，日本鬼子打进来了，毛主席他老人家不一样，他真是咱老百姓的大救星啊，领导的军队打了许多胜仗，那二万五千里长征，翻雪山过草地，红军不怕远征难，万水千山只等闲，五岭，五岭……反正啊，领导全国人民大解放，只有毛主席，只有解放军！”

说到这里，赵光德麻利地卷了根旱烟，点上，叭嗒叭嗒地吸了几口，月光下，浓烟弥漫，把他呛得直咳嗽。

“好着呢！”他摇摇头摆摆手，“可了不得，解放军来了，你们说说，能让人家饿着吗？听我的，有白面的拿白面，实在不行就凑黑面吧，土豆也行，总之今晚要让解放军同志吃饱！”

台下人一阵唏嘘，而后默不作声，谁都清楚，时逢这样的年代，人人都穷，人人自危，十年九旱，哪来那么多口粮？都是吃了上顿没下顿，巧妇也难为无米之炊啊！

“都听说过没？隔壁那石堡村，前些年打仗的时候，红军喝过他们的水，人家都留下条子记着呢！你想想，眼看这日子比前些年好多了，咱要是帮了解放军，他们能不记着咱的好？我说了，解放军是有纪律的，他们不拿群众一针一线，这顿饭绝对不会白吃白喝，他们会记着的，等解放了，总会清账的！到那时，咱新河人多光荣，咱也是参与了无产阶级革命的解放事业嘞！”

赵光德越说越兴奋，一根旱烟几口抽完了：“这是硬任务，都赶紧去准备！”

人们小声议论，声音比刚才明显缓和了许多，也许是他们听懂了，也许是赵光德的最后一句话起了大作用。

因为人多，又是晚上，为了赶时间，解放军兵分两路，一部分在对山的小水塘（泉边有一个小水塘）洗衣服，一部分在新河洗衣洗澡。那晚的月亮皎洁如玉，原本平静地倒映在水泉边、新河里，人到河里，月亮摇摇欲坠，碎了一河，流动的河水又把残月的碎片带到远山的深沟里。

他们洗完后，排好队径直回到了村里。那时候，家家户户正忙着做饭，解放军知道后感激不尽，说我们的部队是无产阶级革命的部队，我们的目标就是为了解放全中国，为老百姓谋幸福，让人民当家作主，我们不拿群众一针一线，这顿饭会记下账的，到时候一定还给你们！对方把身上仅有的几个钱全给了赵光德。赵光德哪敢收钱，连忙摆摆手，磕磕巴巴地说：“那，那同志，这，这可万万使不得，解放军替咱老百姓打天下，我们怎能要你的钱呢？”

对方一脸严肃，坚决让赵光德拿上，说你这是逼着我们犯错呢！赵光德最后没辙，只好拿上。

新河村人忙着做饭，解放军战士也帮忙去挑水。月光皎洁，烟囱里的炊烟，带着柴火的火星升上了夜空。这是多少年来新河村从未有过的热闹景象啊！

那一晚，解放军战士都吃好了，白面黑面、疙瘩汤、煮洋芋……总之，山里人把他们最好的都拿出来了。解放军应该吃好了，他们的领导告诉赵光德说，大家吃好了，万分感谢！

不知道真吃饱了，还是吃了个半饱？赵光德有些恍恍惚惚，但村里人都说，应该真吃饱了！全村的人都拿了东西呢，能饿着吗？赵光德说，算过账没，咱村才几十户人，人家又来了多少人？

有人说我们家做了两锅呢！这时，赵光德才徐徐点了点头，他大概承认解放军战士应该是吃饱了。

吃罢饭，大部队在院子里打好地铺睡下了，他们没有进老百姓的屋子。天气炎热，只要不下雨，就算天作被地作床也无妨。

天刚麻麻亮，战士们就早早起身了。告别时候，部队领导把昨晚吃饭的情况大概统计了一下，付了钱，并递给赵光德一张纸条，说："请收好，新河村是有功劳的。"

赵光德接过，在昏暗的煤油灯下扫了一眼，字迹刚劲有力，龙飞凤舞，对于一个没识过多少字的人来说，在这时候，他可能是为了面子，也可能是为了体现作为一个村负责人的大方，总之他没有多看，只觉得这个借条分量很重，必须收好。显而易见地是结尾一个大拇指印下的落款，没有红色印泥，只能用钢笔涂一下代替。

他们没有吃早餐，只是喝了些水。赵光德再三挽留，说吃了早餐再走，解放军领导摇摇头说："不了，够打扰了，咱部队不能没有纪律！"接着，一声令下，声音洪亮，战士迅速排好队，简单整理仪容，随着一声"齐步走"，他们向村口缓缓走去。分别的路口，忽听得一声"向后转"，队伍齐刷刷转过身，给新河村送行的乡亲敬了军礼后走了。

整齐有序的队伍，穿着一身朴素的军装，背着长长的步枪，帽子上的五角星像天边的启明星，迎着东方的一抹鱼肚白微微闪光。正是这样一支有纪律能打胜仗的队伍，挽救了中华大地上数万万受苦受难的同胞，他们不正是最应该帮助的人吗？这时的赵光德才掏出那张纸条，仔细看了一遍，还是没看全面，他识字不多，但不要紧，分量在呢，他小心翼翼地装好纸条，长长地舒了口气：毛主席的队伍说咱有功劳？嘿，那这安宁的日子，又是谁的功劳呢？

新世纪初，在政府的帮助下，龙窑乡多数人挖了水窖，至此，吃水问题得以解决。然而，窖水总归是死水，吃起来并不怎么好，一半的人把窖水用来洗衣服饮牲口，做饭的时候还是去泉水边挑；另一半人则往窖里洒了沉淀剂，水澄清了，吃起来和泉水没什么两样。不过有了水窖，山脚下的那眼泉水总算缓了口气，再也没有被人舀干过。

新河为什么叫新河？没人说出准确的缘由。大概是所谓的新河本来就不叫河，只是一个临时的坝而已，干旱缺水的新河村人，把水聚集起来，洗衣、饮牛、游泳，甚至还可以用来浇菜园，多好的办法！这河，或这坝，人们随时可以让它解体，需要的时候，又随时让它快速成型，所谓“新”，是它易生易灭，寿命短暂罢了！

如果是为了告别曾经的苦难岁月，期待那条河流能冲刷出新的日子，那么新河也是任重道远、充满期待的，无论现在还是过去，辞旧迎新，总是人们所期盼的。

在新河，人们有一句老话，月亮落在新河了，用它来形容一些不好的事物。比如天阴了会这么说，某件事搞砸了这么说，东西丢了就说没在新河了，人去世了也这么说。比如有人说阿旺老爷子走了，“哪里去了？”“去新河了！”对方就知道人是离世了，似乎新河因为曾经背负了沉重的包袱（枯水期人们饮水困难），伤痕入骨，到如今还释怀不下。

三月三日，夜，天阴，不见月亮。新河人一抬头，嘴里什么都不说，但心里总会泛起那样一句话：月亮落在新河了！

戏在高山寺唱。寺庙的大门正对着台阶下方的大戏台，龙王爷的大殿就坐落在院内的正北方，大殿很阔气，那是五年前重修的，龙窑乡十四个社的村民是筹建寺庙的主要发起人，社会爱心人士也捐了款。据县志记载，高山寺始建于明朝，乾隆年间重修，至今有四百来年了，听老一辈人说，昔日的高山寺十分辉煌，绿树红墙琉璃瓦，东西南北各有四个大殿，里面有僧人，山下劳作的老农时常能听见庙里传来咿咿呀呀的诵经声，随风忽高忽低，甚是好听。

高山寺，这座著名的古建筑修建前，这里曾是一片废墟，荒凉得让人心碎，但厚厚的城墙历经百年风雨的侵蚀仍然屹立不倒。站在城墙上举目远眺，远处大大小小的村落尽收眼底，强劲的西北风迎面扑来，宽松的衣襟便哗啦哗啦呜呜作响。城墙上的嫩芽探出了头，多少年过去，它的根还是明朝时候扎下的根，叶子像一个个新生儿，子子孙孙多少代啊！几百年间，它们一定记住了好多好多事，悲伤的欢乐的，只可惜，小草不会说话，它们把心事埋在黄土之下，我们无从知晓。

所幸，那块碑文还在，只是上面雕刻的字迹已经模糊了，它是唯一能证明寺庙身份的证物。偌大的院内，荒草萋萋，除了一些残破的瓦片和坟堆一样的土包外，剩下的是一个像石臼一样的石制品，有四层，像串在一起的糖葫芦，那是石香炉，口朝上，似乎在等待忠实的信徒前来焚香。仅有的一座小小的房子，只半人高，那是后人盖的。这些年来，虔诚的人们总会去那里烧一炷香，顺便插一杆旗子，再摆放些鲜花水果，以此祈求风调雨顺、事事顺心。

出了寺院门，是高高的台阶。台阶上，坐满了看戏的男女老少，他们说说笑笑，闹得不亦乐乎。台阶宽而长，但要是畅通无阻地上去下来，一般没那么容易，需要小心翼翼地绕来绕去，必要的时候还得麻烦人家，说一句"让一让"才能过去，可见庙会之盛大，人山人海一点不为过。来这里看戏的人，都要做一件同样的事——先要给庙里的神仙烧一炷香才安心，似乎这是约定俗成的事。

所以，人来人往，寺庙里总是爆竹声不断，此起彼伏。

夜风冷冷地吹着，但看戏的人还是来了不少，当然比不上大白天人多，遇上这样的天气，能来上百号人已经很难得了。

戏台上，黑脸包公正卖力地唱着：

驸马爷近前看端详
上写着秦香莲她三十二岁
状告当朝驸马郎
欺君王，藐皇上
悔婚男儿招东床
杀妻灭子良心丧
逼死韩琦在庙堂
将状纸押在了爷的大堂上
…………

"好！好！好！"人们尖叫起来。

"这个黑包公唱得真不赖，一口气能连着这么吼，肺活量真了得！今晚没白来呀！"黑夜里，有人说了这么一句，随即，他嘴里叼着的烟头努力地亮了一下。

"哼！"对方不屑地哼了一声，"还得感谢我吧，叫你来还不来，没吃亏吧！”说话的人喝了一口啤酒，打了个饱嗝。

“刚子，少喝点，天黑会摔跤的！”

“我的酒量你还不清楚？”

“你这犟驴，天黑不怕摔死？”

“哟！你这村主任才当了一年，口气倒赶上赵海平了！放心吧，摔不死，就算摔死也与你无关。”

“咋？有烦心事？”

“没，买啤酒的时候碰见扫把星了！”

“嗯？”

“赵阎王家的。”赵刚子不耐烦地说。

“赵新林？你瞧你，多少年的陈芝麻烂谷子了，咋还往心里去？他爹赵海平都没了一年了，到现在你还没搞清楚真相，瞎折腾什么？心窄累死你！”

“放心，我只是实事求是。赵海平跟他爹一样不是好东西，当了半辈子的村主任，你说说，他给咱新河村人做了多少好事？倒是捞了不少好处吧！我媳妇的事，准是他干的，我一清二楚！”

“赵海平亲口告诉你了，还是昨夜给你托梦了？”

“屁话！你也不瞎，赵海平什么人谁还不清楚？”

“那王望农呢？高山大队的书记，你也跟他对着干了多少年！凡是当一点官的，你都看不上眼，疑神疑鬼的。驻村干部南庆仁呢？多好的人，照样入不了你的法眼！现在就差我这个小小的村主任了，过不了多久，我看你也会把我列入黑名单吧！”

“你？呵呵！”赵刚子忍不住笑了，“去，就你那屁大点的芝麻官，我还没放在眼里呢！当年要不是王望农和你爸是老同学，交情深，你能有今天？你瞧瞧赵新林那双狼眼，不知道觊觎你那位子有多久了！还好这一年来，你听了王望农的话学好了，不然你小子……你说呢，月江？”

赵月江点了点头，黑夜里刚子没看清。“其实这个村主任……”赵月江连着吸了几口烟，扔了烟头，“其实我倒没那么上心，要不是我妈身体有病需要人照顾，我堂堂七尺男儿岂能待在这山沟沟里？你也知道，我二姐对我妈心怀怨恨，指望她能有希望吗？再说了，谁不知道，这村主任能有那么好当吗？能有多少薪水？稍有一点差池……嘿，又有人要骂我了！”

“行了行了，你小子，得了便宜还卖乖，叫人听见了不怕挨骂？别拿村主任不当干部，薪水当然不多，那看你会不会当了！”赵刚子一脸邪笑，表情夸张，同时俩手指头用力搓了搓。赵月江没有看见，夜太黑。

“你笑啥？”赵月江打开一瓶啤酒咕嘟咕嘟喝了一通。

“你小子还嫩，要当好村主任，得向赵光德父子学习呢！”赵刚子说完喝了一口酒。

“扑哧——”赵月江忍不住一口啤酒喷出，“亏你想得出来！”

“你个瓜娃子，这还用我想？半个世纪前，赵光德老爷子早就用上这一套了，他准是拜了大贪官和珅！”

赵月江不再搭话，仰起头又喝了一口。

“少喝点，天黑会出事的！”刚子学着赵月江刚才的口气说。

赵月江笑笑，不答话。

“他爷他爹我倒佩服几分，赵新林，就他那副熊样，心比我还窄的人，能当得了村主任？他也配？他嫌贫爱富，趾高气扬，指不定在干啥呢！”

“你呀你呀，好歹也是念过高中的，咋还没读懂人世间的大道理呢？差劲，差劲至极！如果赵大爷真没了，那你想想，你爹不是又归他管了？活着受气也就罢了，死了还要受那窝囊气，你咋想的？”

“呸呸呸！还真是，我咋把他当个人物了，这次该我爹当一回村主任了，他该受受气了！”赵刚子把啤酒瓶砸在水泥台阶上，差点儿破了。“喂，你倒是提醒我了，我爹大概……”刚子敲了敲脑袋，“哦，对了！应该是一年忌日后不久，我还真做过这样的梦呢！

“罢罢罢，喝酒喝酒！”赵月江举起酒瓶，摸黑朝赵刚子那边随意碰了一下，他知道，这家伙喝点酒就爱说大话！

“刚子，”沉静中，赵月江说，“你说你媳妇还回来吗？”

“爱来不来，老子不稀罕，要不是女儿还小，我担心后妈虐待，不然早找一个得了，世上好女人多，又不止她一个！”

“你呀！咋还怪上女人了？不知悔改，把喝酒的臭毛病改了，再去诚心诚意地求人家上门，说不定还有机会。”

“这不早改了嘛，喝酒，你不也喝吗？燕飞呢，不照样满山转悠不跟你好好过日子吗？”赵刚子口无遮拦，一句话戳到赵月江的心上了。

“你呀……”提起女人李燕飞，赵月江心里一下子凉了，他什么都好，就是女人不争气，时常不回来，三年了，一直在娘家待着，她也能待得住？也不单单只怪女人愚蠢，她爹李多旺就不是个好东西，贪财无厌，想把女儿嫁十次八次，这成啥了？他那不争气的儿子李燕龙，找了个女人不给彩礼，先把孩子生了，以为生米煮成熟饭就罢了，没承想人家偏不上套，你走你的，娃给我留着，啥时候等彩礼交清了咱再谈！

惹怒了老丈人，原本十万八万就可以解决的事，如今娘家人一张口就要三十万，少一分都不行，你能咋的？李多旺就一个农民，哪里能凑得齐三十万？简直要了老命！没辙，他打起了女儿的主意，说难听点，就是想把女儿再嫁一次来救济儿子。

不知道这些年他给女儿灌输了什么迷魂汤，总之，读过初中的女儿居然听信了父亲的话，她开始和赵月江闹起了矛盾，无外乎说男人没本事，只读了个小学，挣不来大钱，人人住楼房买轿车，她呢，嫁过去这些年了，还是老样子。土房子下大雨会漏水，读了几年的书一点儿都没用上，一直跟着男人在黄土地里寻吃的，就这还得看老天爷的脸色，雨水多了还能收一点点，若是干旱了，简直赔到家了！骂来骂去，李家就一个目的：离婚！赵月江说你想得美，谁不知道你爸花花肠子里的那点小九九？想都甭想！

屋漏偏逢连夜雨，除了这，婆婆还生病了，不能下地干活，一年到头要拿药养着，本来挣不来几个钱，没完没了的开销让这个本来苟延残喘的家雪上加霜。

他那不争气的女人啊，像一块大石头压在心上，让他喘不过气来。这几年，他给孩子做爹又当妈，什么都做，本来和厨房绝缘了多年，如今练就了一手好厨艺。生活啊，就是这么让人无奈！

“生气了？”见赵月江不吭声，赵刚子以为他生气了，脸凑过来问话。

“笑话！生哪门子的气？咱就是一个大老粗，没那么矫情，多少年过去了，咱哥俩啥时候红过脸？哦，不，按辈分论，我还得叫你一声老叔呢！”赵月江笑了，笑得很自然，似乎女人的烦心事并没有让他的心惊起一丝丝波澜，或许他是个伪装高手，或者这样的日子早让他变得麻木了。总之赵刚子没听出异样来。

“老叔？你啥时候叫过我一声老叔？天天跟在屁股后面喊刚子刚子的，这还算好的，不顺心了还叫我钢蛋呢，是不是？”

赵月江憋不住笑了：“叔，是小的无礼，见谅啊！”他把烟头扔了，接着说：“刚子，在女人这件事上，其实你比我好一点。”

“都离家五年……呃，六年了吧，至今杳无音信，能回得来？准是另寻了人家！女人啊，就那点优势……”

赵月江又笑了：“刚子。”

“瞧！刚还说叫我叔呢！”

“还是算了吧，叫刚子舒服，叫叔就生分了不是？我是说，你家杨娟离家六年，看似不负责任，不过这只是表面现象，她出走前一年不是被结扎了吗……”话还没说完，赵刚子气得骂了一句。

“罢罢罢，还能不能好好聊了？都说了那是过去的事了，赵海平已经没了，诅咒人有啥好的？王书记还活着，你去吧，你可以当面问问清楚，或者问南庆仁也行，可这些年过去了，真相到底怎样，你咋还没打听清楚？尽干一些偷鸡摸狗的事，小人德行，妇人之见，你以为人家王望农拿你没辙？他要不是老丈人在新河村，估计早跟你翻脸了！亏你比我多读了两年书，就这素质还想给我当叔呢！”

话说到这里，赵刚子默不作声，他掏出一支烟，也给赵月江发了一支：“你继续说。”

“叔啊！”赵月江忍不住笑了，他拍了拍赵刚子的肩膀，“我告诉你，叔，刚才我想说，杨娟已经不能生育了，现在还年轻……”

“瞎扯！”

“你闭嘴，先听我说完。你媳妇今年也就四十多岁吧，还年轻，等再上些年纪自然想家了……”

“你咋不说她走的时候带走了老二呢？”赵刚子此话一出，赵月江瞬间哑然。赵月江拍了拍脑袋，“哎呀”一声，说道：“这事我咋给忘了！老二走的时候多大？才一岁不到吧！”

“已满十个月！好了好了，不提了！人家已经改嫁了，还说啥希望呢！我看你比我还糊涂！”

“那也是你赌博喝酒把家拆散的！”赵月江不依不饶。

“罢罢罢，不提这破事了，来，喝酒！”可是酒快没了，赵刚子一把抓过赵月江手里仅剩的一点酒一饮而尽。

夜色更浓了，风迎面吹来，让人忍不住打一个寒战。演员还在卖力地唱着戏，夜越深舞台上的灯光越加显得明亮，这陕西人的嗓子就是带劲，吼声震天，荡气回肠，连这些一辈子吃电的灯光都不敢轻易打个盹儿，老老实实地睁着眼为他们加油喝彩。

沉静中，赵月江突然说：“都说人生如戏，我看未必，你看那啥莲，多好的一个女人……”

“啥莲？你该不会说是潘金莲吧？你个土包子，那叫秦香莲！”赵刚子笑了一下。

“对，就是她！”

“误导我！是秦香莲，才三十出头，风华正茂，如此贤惠持家，就被这无情无义的陈世美给抛弃了，没办离婚手续又招东床了，什么人嘛！现实里的女人，似乎活成了陈世美，这男人啊，却倒像寻夫的秦香莲，可怜可悲啊！”

“刚说你是土包子呢，这话说得好，到位，可不是这个理嘛！世道转了，以前女人没地位，现在的女人何止是半边天，我看都一手遮天了！这天下啊，可怜人多了去了。”赵刚子吐了口烟，长舒了口气。

赵月江抽烟，沉默不语。良久他才说：“要说可怜人，一队的亮亮比咱还苦！”

“同亮？嘿，注定是苦命人，这名字起得，月亮不亮，落在新河了！女人难产，双双归西，此后未娶，如今孤零零一人，这也就罢了，还疾病缠身，卧床不起，年纪不大，可惜不能再来高山寺陪咱俩看看戏唠唠嗑，命苦人啊！”

“他哥赵同阳人还可以，就是娶的那老婆曹莲花，把男人管得死死的，她不去看人家罢了，毕竟不是亲的，可他哥去一趟总可以吧，她也不愿意，这女人，硬等着人家死呢！还好亮亮年轻的时候挣了些钱，治病的花销都是自个儿的，不然指望那样的嫂子，他早死过八回了！”

“世道好轮回，苍天饶过谁，我看她那样子也好不到哪里去，别嚣张，举头三尺有神明，人一辈子很长，没人能一马跑到头！”赵刚子叹了口气，“要不明天去，好些日子没去了，毕竟咱们曾经一起打过工呢！”

“也好，明天去一趟。呃……也不好，就怕他嫂子说闲话，嚼舌根子！”

“她不管，还不让别人看？毛病！”

戏还在唱，人们像是被冻住了，闲聊的声音不是很大，除了人少，也许是这演员唱得太好听了，他们全神贯注在听戏吧。

“喂，还不走吗？回吧，没劲！”看不见什么人喊了一声，但听得出那是赵新林。

“要走了吗？叔。”赵月江应了一声。

“回，很冷。”赵新林打开手电筒照了一下，“哦，刚子也在，不走吗？”

刚子看了赵月江一眼，漫不经心地说：“冷吗？不冷吧！戏唱得这么好，再看看就散了。”

“是啊，今晚的演员很卖力，看完吧！来就是为了听戏的，看不完能对得起两只脚吗？这大老远赶来的。”赵月江依了刚子。

“好吧，那你俩先看着，我和高哥先走了。”说着，赵新林从衣兜里掏出烟盒，给两人递了一根。

“老高也来了？这老爷子真好事。”赵月江笑着说。

“月江，走嘛，天冷得很，过会儿更黑了，不好走。”高东喜老人向前凑了两步。

“叔，你先走吧，我们过会儿就来，马上散场了。”赵月江说。

“行，那我们先走一步。”老高说完就和赵新林走了。

赵新林辈分大，他管八十高龄的高东喜叫哥，赵月江辈分小，他只能称他为叔。

高东喜是新河村唯一的高姓，他年轻时候逃荒逃到这里的，后来做了赵家人的上门女婿。他有一个儿子、三个女儿。那时候重男轻女的思想根深蒂固，老赵家本来计划好了，如果生了两个儿子，一个姓赵一个姓高，女儿无所谓。天不遂人愿，老高命里只有这么一个儿子，到底跟谁姓？老高说，当然姓高了，岳父不同意，说必须姓赵！你是上门女婿，是给我赵家顶后的，哪有你说话的份儿？

老高哪里愿意？他说，儿子必须姓高，两个女儿随你姓。当然这是后话，第一个生下的是女儿，跟了高姓，赵家也同意；第二个也是女儿，这回姓了赵；第三个又是女儿，姓了高，可惜不满一岁就夭折了。

三女儿夭折后，老婆子伤心透了，担心下一个又会出什么乱子。当时老丈人说，生吧，死不了人，生不出儿子你就是赵家的罪人！没办法继续生吧，第四个是儿子！可把老高和老丈人高兴坏了，老赵家终于有后了，不，是老高家，嘿，也不对！

为了这个孩子的姓，一家人打起来了。虽说赵家人多势众，但高东喜老家也属于大户人家，当然只是人口多一些，条件并不怎么好。高东喜也不是吃素的，他给老丈人和女人撂下狠话，说，这儿子要是跟了赵姓，行，我老高现在就走，我还不做这个上门女婿了，当初也是你们一厢情愿要求我入赘的，我好歹也是七尺大汉，年轻有为，你家女儿呢？个头一米五，哪一点配得上我？

反正为这事一家人闹了好几天，孩子取了名叫招弟，这一点他们都达成了共识，希望再生一个儿子，避免产生纠纷。老爷子唤孙子叫赵招弟，高东喜唤儿子叫高招弟。一个孩子两个姓，这咋成？女人怕这样叫对孩子不吉利，本来三女儿就夭折了，再这样折腾下去儿子还能有好吗？战争的硝烟久久不散，这日子还能过安稳吗？最后，当时的村主任赵光德出面解决了此事，他虽是新河村人，也姓赵，但他的观点是：虽然高东喜是上门女婿，但自古以来都是子随父姓，这第一个儿郎应该随了高家，有这精力瞎折腾，还不如把女人养好了再生一个，两个，三四个都行，都随了赵家我估计老高也没什么意见。

高东喜点点头，说，我也是这个意思，我一个大男人，倒插门本来就不是一件好听的事，连孩子的姓你们也要抢夺，太过分了，这是第一个儿子，女人又不是不生了，我们有的是力气，再生啊！十个八个都姓赵，我没意见。

村里人也添油加醋地给老赵家做思想工作，说第一个儿子还是随了高家吧，后面再生呢！

结果，老天开了个大玩笑，下一个孩子不到月份，不小心摔了个跟头就流产了，去医院看了医生，大夫说，以后可能会习惯性流产，要注意了。结果真的流产了！

也就是说，下一个儿子，不，连生女儿的机会都没有了，唯一的这个儿子招弟，如今已经随了高家，这如何是好？老赵家急了，突然提出来要改姓，老高年轻气盛，他能答应吗？高家庄的老少爷们能答应吗？

当然不能！孩子都两岁多了，叫了两年多的高招弟，怎能突然说改就改了呢？为这事，这个家又闹了一阵子，闹得鸡飞狗跳，女人被男人打怕了，她不敢多说什么，而男人和老丈人已经搞到六亲不认的地步。没辙，还是村主任赵光德出面平息的。赵光德说，都别争了，跟谁姓不都一样吗？孩子的身上不都流着高家和赵家的血液吗？女人又不是不能生育，医生只是说以后可能会流产，没说绝对不能生，再试试，说不准下一个就稳了！

这回老赵不认账了，骂赵光德是吃里扒外的东西，平日里没少给他好吃好喝的，再说也是同一个村的，咋能胳膊肘往外拐呢？说到这，赵光德突然觉得当初有些草率了，这孩子应该随了赵姓，如今开了口子，若再换回去，那高家人能同意吗？肯定不能！说是以后再试试，其实不过是为他开脱的说辞罢了，那乡里的老大夫都是名医了，说话能错吗？

对女人来说，这些年为了生孩子，把自己搞得一身疾病，无论从精神上还是身体上，她已经力不从心了。连续两个孩子流产，加上三女儿夭折，家里本来就不宽裕，如今养三个孩子，谁还敢再瞎折腾？这些年父亲为了给赵家续香火，给她取了多少中药，花钱不说，喝了这么久了，是药三分毒，哪一个人能经得起药罐子的长期浸泡？

反正她是不打算生了，她总算觉悟了，这些年自己的大好年华就这样浪费在这些无足轻重的事上了，年纪不大，可面容苍老了许多。她乞求父亲，以后别再生孩子了好不好，她真的受不了了！几个姐妹也劝说别生了，可老赵一根筋就是听不进去。几次，女儿以死相逼，可老赵不为所动，骂她是不孝女。

女儿说，生男生女都一样，将来你老了，招弟几个娃照样会好好孝敬你的，女娃也是传后人，血脉就像新河的水永远不会断，若是寻根问祖，多少人还不是一个女儿的后代呢？当然，多少人也不照样是一个男人的后代呢？

道理不错，但老赵就只认一个死理，孩子姓赵就行。高东喜也是一根筋，死活不答应，为这，老丈人生了一场大病，患上了抑郁症，不久就把自己折腾走了。

终归，招弟还是姓了高。老爹爹死后，女儿才醒悟过来，她告诉男人说，我确实是个不孝女，咱再试试吧！高东喜也觉得亏欠老丈人，只好答应说试试吧。可最终，都没成功。

女人说，招弟虽然姓了高，但他也是赵家的孩子。不管赵家还是高家，咱就这一根独苗苗，养好养大，将来生孩子了，如果有两个儿子，一定给赵家分一个姓可好？高东喜没有多虑一口就答应了，说，你这个办法好，爸的死也和我的固执有关，如果将来咱有了孙子，一个一定姓赵，老爷子也能瞑目了，我也为自己赎罪了。

后来，等招弟长大后，果真生了两个儿子，还有两个女儿，他是个有福气的人，儿女双全。这回，大儿子随了赵家，不过在高东喜的心里，也是捏了一把汗。高家有后了，赵家也有后了，两全其美。只不过后来，高家的孙子考上了大学，而赵家的孙子却种了地。

人们都说，老高终究是天佑之人，他有享福的命。有人却说，不管是高还是赵，只是人为强加上去的一个字而已，也许今生早就安排好了，他为了填补老赵临死前的遗憾，原想让姓赵的孩子考上大学，而姓高的种了地呢？可世事难料，姓氏之争似乎影响了他们以后的人生。

正因为这事，在高东喜看来，最初招弟随了高姓，是村主任赵光德老人的功劳，这些年过去，他心里一直惦念着他老人家的好，自然，在赵新林这一辈，他还是延续着这份情谊，说不准，只要他还有一口气，对赵家的每一个后代，他都会感恩老赵家曾经“赐姓”的大恩大德吧！甚至，他心里一定有所期盼，期盼他的子子孙孙都应该铭记高家曾经险遭“灭族”的“厄运”吧！

赵家的孙子却不愿意了，虽说跟了祖宗的姓算是认祖归宗了，但当人们提起当年那些戏剧性的往事时，赵长平心里总不是滋味，他觉得爷爷过分了，一个外人害死了祖宗，等于斩草除根，这不过分吗？这不算欺人赵家无后吗？他为自己有那样的过去时常感到羞愧和难堪。弟弟长喜考上了大学，他在种地，他觉得是爷爷搞乱了赵家的地脉，害得如今他没考上大学，留在农村种地，他把一切合理的、不合理的都归结为是爷爷的过错。

所以，他一直对爷爷怀恨在心。随着年龄的增长，现实的落差，让他倍感赵家的屈辱，多少年过去，曾经的那一段荒唐的家庭闹剧，直接导致了他对爷爷态度不好不坏，感情不冷不热，甚至经常恶言相向。

高东喜年龄大了，儿子招弟病逝得早，在长平十二岁那年就走了。村里人私下里说，高招弟注定命不长久，他来到人世间最大的使命就是生俩儿子，一个为赵家的先人昭雪，一个为高家延续了香火。

细细想来，赵家不该绝种，高家也没做错。他公平地避免了一场世世代代因为姓氏，说白了就是人造的一个汉字的不同而引起的无谓的内讧。所以，赵长平应该理解，对于今天他的现状，只能归结为他儿时生性贪玩，不好好学习，才造就了初中毕业就落榜辍学——这本是事实，他有什么理由怪罪爷爷呢？

父亲死得早，爷爷对待两个孙子一个样，在他心里，无论赵家还是高家的娃，都流着两家人混合后的血脉，血浓于水，一样的亲啊！当初夺姓之战，如今年事已高的他想想觉得幼稚，可事情已经成这样了，他能怎么办？这些年过去，可长平就是死死抓着他的小辫子不放，对他态度不好，无论他怎么解释，大孙子就是听不进去。后来仔细想想，他才恍然大悟，长平应该与老丈人有些相像，不然，怎么偏就让老大随了赵姓呢？

这一把年纪了，他无能为力，谁叫当初自己那么倔强呢？为这，赵长平和赵光德的子子孙孙也结下了仇怨，虽说表面上相安无事地生活在同一片蓝天下，见了面打个招呼，跟平常人没什么两样，但心里暗流涌动，恨不能当面咒骂一顿对方的老祖宗。

戏还在卖力地唱着，差不多结尾了。夜深了，寒风越来越强劲，吹得人直打牙关。

“衣服穿少了，”刚子说，“冻得人尻子疼！”

赵月江一笑，说：“马上散了。”

“老高家的，呵呵，也是个可怜之人，当初为了和老丈人夺一个姓，如今闹得孙子和他反目成仇，可悲！”刚子说。

“老话说得好，宁可要命，不可改姓，按这么说，你觉得老高真的做错了吗？你咋不说说赵长平是个不肖子孙呢？”赵月江裹紧外套，“如果老高换作是你，你怎么做？”

刚子愣了一下，干咳了两声：“行啊小子，当村主任一年长进不少哇，王望农没白心疼你！”

“去去！别给我戴高帽子，王书记再好，也要我有点慧根呢，不然跟赵长平一样，就算改姓为爱新觉罗，自己不上进照样是放羊的命！”

“呵呵，小子读书不多，还知道个爱新觉罗？真是好笑，还有点慧根？不吹会死？德行！成，哪天我见了王望农，跟他说道说道，看他怎么说！”

“去吧，我不怕，就怕你不跟人家王书记和好，要是因为这句话，能让你俩一解旧怨，我倒是立了大功了！”赵月江笑着说。

这阵子，刚子彻底闭嘴了，他给自己点了根烟抽起来，不再说话，似乎，他已经“认怂”了，和王望农开一两句玩笑，他根本就做不到。

赵月江摇摇头，偷偷笑了一下，黑夜里，刚子根本没听见也没看见。

刚子吸了没几口，被赵月江一把夺了过去：“你咋这么没礼貌？好歹我是村主任呢！”说着，赵月江站起来，美美地活动了一下筋骨，跺了几下脚，大概是腿坐麻了。刚子没说什么，又给自己点上一支。

“你刚才要说啥来着？你说同亮的嫂子……”赵月江问。

“嘿！”刚子笑了一下，“还好没说出口，我听见那阵子有人走过来了，要是赵新林听见了，那还不得吼翻了高山寺！”

“咋说？”

“过来。”刚子示意赵月江凑近一些，赵月江一愣，随即凑上前，刚子把脸也凑过来，在赵月江的耳朵前小声嘀咕了一通。话音刚落，赵月江惊讶得说不出话来。黑夜里，他盯着刚子，一脸严肃地说：“刚子，你小子说话没轻没重的，可不能瞎说，这要出人命的！”

“小点声！”刚子下意识地踢了一下赵月江的大腿，“要不是我亲眼所见，能敢胡说吗？你也知道，我和赵新林本来不和，他早前对我什么态度？见了面能跟我那么亲热地打招呼？今晚呢？不是主动问我了，还给咱发了烟，你细想一下，这是为啥？”刚子一本正经地说。

“这……”赵月江哑然了，“这么说……是真的？”

“走，走！戏要散了！”刚子转移了话题，原来他看见有人过来了。

“啥时候的事，咋没听你……”赵月江还在问。

“老哥要走吗？”刚子看清楚了，原来对面来人是赵胜忠——赵月江的二爸。

“二爸你啥时候来的？”赵月江这才反应过来。

“我下午一直没回去，在戏场里买了一碗牛筋面吃了，你俩呢？”

“晚饭后来的，我二妈呢？”同时，刚子笑着说：“老哥真好事！”

赵胜忠一笑，说：“你们年轻人能看夜戏，这才叫好事呢！哦，你二妈没来，说瞌睡得很，明天白天看。不走吗？”

“走，走呢！”说着，刚子给赵胜忠递了一支烟。

三人都点上烟，说着笑着离开了戏场。

半路上，赵月江问：“二爸，晓江没说要来吗？”

“说到端午节了，三月三不放假的。”

“哦，也是，一场戏也没啥看的，不如待在大城市里好。我听说晓江在考公务员，考了没？”

“快了，阳历六月份。”

“晓江很聪明，这次应该能考上，到时候二爸也有福享了，我这个当哥的也能跟着沾点光了。”赵月江笑得很开心。一边的刚子也迎合道：“你弟比你强多了，人家将来前途一片光明，你现在好好干，到时候人家提拔一下你，把王望农挤下去，你就是咱高山大队的赵书记了，多光荣！”

这时，赵胜忠忍不住笑了：“你俩说啥大话呢？晓江脑瓜子是聪明，就是不用心，这也是第二次考了，能不能考上八字还没一撇呢！你们别在人前说这些大话，考不上人家笑话咱呢！”

“啪！”刚子突然拍了一下赵胜忠的肩膀，吓了赵胜忠一跳，“我说老哥啊，你咋这么没信心呢？这次我敢跟你打赌，娃绝对能考上，记得上次我问过他，他说没用心看书才考砸了，这次一定是下功夫了，咱等着瞧，若是高中了，老哥你必须请我喝一瓶好酒怎样？”

“你小子！怕是我没那个命，如果这次真考上了，别说请你一个人，就算办一场盛宴我都舍得花钱！”赵胜忠笑了，似乎对于刚子的话信以为真了。这些年来，儿子毕业后一直在企业打工，别人见了就问他：“老赵，你家儿子在哪里高就呢？”他只能苦笑一下说：“谈什么高就？我们家祖坟上自古以来都没冒过一丝青烟，孩子能上个普通本科就已经烧高香了，如今社会大发展了，就业压力也大了，真是千军万马过独木桥，难呐！能有什么出息？在公司里上班，不过听说待遇还不错！”

知趣的人就说，那也挺好啊，起码是个本科生，职业选择肯定多一些，我家的还没上过大学呢！除了上工地还能做啥？知足吧！这话让人听着舒服，赵胜忠心里多少有一些自豪。可总有那么一些不知趣的人，非要给你泼一盆冷水，他们会这么说：你瞧人家谁谁，专科师范毕业后都考上了教师，以前在乡下教初中，现在干出了成绩，已经调到县城了，多好啊！老赵啊，你得加油了！

听到这时，老赵心里难受至极，为了顾及面子，他只叹口气说道："唉，人各有命，哪一个父母不是望子成龙望女成凤呢？只怪咱家出不来大人才，只要能混一口饭吃，再找个媳妇成了家，我也就心满意足了！"

前年，在他的再三催促下，儿子总算答应他要试一试，其实后来才知道，他根本不喜欢那样的生活。所以，第一次考试纯属为了了却父亲的心愿，自然没下功夫，结果可想而知。

让儿子真正回心转意的，是去年他所在的公司因为产品出了一些状况，一夜之间停业整顿，还被媒体曝了光，结果以往的大客户纷纷退出，给企业造成了不可挽回的损失。没多久，企业运转艰难，在关键时候不得不裁员自救。很不幸，赵晓江就是其中之一，因为他是品质部的，产品出了问题，这不是一个部门或某一个人的问题，这是从原料采购到成品出厂整个环节的综合因素，他也清楚，为了降低成本，有人为的一些不可见光的暗箱操作，他作为下属，还能多说什么？只能睁一只眼闭一只眼。

结果呢？搬起石头打脑壳，自作自受。只是品质部做了替罪羊而已。就这样，一份薪水还算不错的工作，说丢就丢了。这件事让他瞬间明白了父亲最初的良苦用心，他说得很对，吃皇粮固然钱少了一些，但做官的目的肯定不是为钱，是光宗耀祖，是为人民服务，而且相对稳定一些！就冲着这一点，他下定决心好好用功一番，看能不能考上。

丢掉工作后，很快他又找了一份，下班之余，他好好看书，希望在下一年考得功名，给自己十几年来的寒窗苦读做一个交代，也好好给父母了却这份期盼已久的心愿。

路上，三人边走边聊。走了一阵路，碰见了赵新林和高东喜老人。他们是走得早一些，老高年事已高，不过身体还硬朗着，只是腿脚不方便，只能走走歇歇。

几人碰面后打了个招呼，简单寒暄一阵。刚子本不喜欢和赵新林同路，就跟赵胜忠说："老哥，你们慢慢来，我和月江先走，衣服穿的少，耳朵要出走！"

众人笑了，高东喜也哈哈一笑，说，这个刚子，说话没个正形！去吧，先去吧，挨冻事小，赶紧回家吧。

两拨人分开走，刚子和月江走在前面，迈着大步，其实是为了甩掉赵新林。后面的三人，只要高东喜在，他们休想走快，说不定还能碰见最后一个回家的人呢！赵胜忠要陪着老高走，因为在过去艰难的日子里，老高人不错，帮助过他一家呢！

不一会儿，前后两拨人就拉开了很远的距离。刚子气喘吁吁，赵月江上气不接下气，他不得不放慢脚步："喂！你投胎去啊，慢点行不行，赵新林会吃了你？"

刚子下意识地回了回头，凭着熟悉的记忆，只知道前面的路大概走到什么位置了。"膈应人！"他说。

"可高东喜一把年纪了，你用得着这么走吗？"赵月江有些抱怨。

刚子喘了几口气，从衣兜里摸了摸烟盒，结果一捏空空的，掏出来一看一根也没有了。他烟瘾犯了，问赵月江："有烟没？"

"有，旱烟。"赵月江递给他旱烟袋，赵刚子"哎呀"一声，显然他不喜欢抽这么硬的烟，可是烟瘾犯了不得不凑合着抽。

烟袋到手了，却没有卷烟纸，刚子随手伸进赵月江的衣兜里抓了一下，正好抓着了。

就在这一瞬间，刚子突然莫名其妙地说了一句："会不会是他把钱给私吞了？"

赵月江一愣："你说啥？"

"摸着卷烟纸，我突然想起赵光德的那张解放军给的借条，你说这个老狐狸，他会不会拿着借条私自领了钱，然后独吞了？"刚子一本正经地说，没有半点儿开玩笑的意思。

"我的天！你这人，想象力真丰富，不当侦探可惜了！要不钱痨犯了，得治！"对刚子的说辞，赵月江觉得好笑又无聊，都多少年前的事了，关于借条的事谁会知道呢，到底那是不是借条谁能说得清楚呢？只有赵光德一人晓得。可惜人已经归西了，他带着那个秘密早化成灰烬了，或许连他自己也不清楚，因为识字不多，有可能他压根儿没当回事，早当作卷烟纸了吧！

“那你说……他家这几年咋发得这么快？”刚子斜仰着头，看着新河村的方向，似乎在漆黑的夜里盯着赵新林家的新房子两眼直冒绿光。

“扑哧！”赵月江忍不住笑了，他没注意到刚子的表情，但听出了他异样的语调，“你咋不说人家老祖宗都是当过官的呢，这几年赵新林也在外面打工，人家能不发吗？像你，喝酒赌博还想发啊？”

“我不赌博了好不？”

“往死里喝酒也发不了家！”赵月江不依不饶，刚子不再搭话，只是唉声叹气。

“也不一定，你小叔赵胜利不就是个例子？成天往死里喝，人家不照样生意红火？”刚子为自己扳回了一局。

“不过也是，那是前几年，现在呢，谁看不出来他已经走下坡路了？”

“瘦死的骆驼比马大！”刚子回道。

第二章　苦水

走到新河村的南山顶上，风更大了，夜更深了，对面的村子也沉睡了，只有零星几点灯光亮着，他们应该是接到电话了——看戏的人要回家了，打开灯或者准备些夜宵。

上庄是一队，下庄为二队。刚子看见一队的山顶上，没看错的话，应该是赵同亮住处的位置，灯还亮着，像一颗陨落人间的星星，昏昏暗暗没多少光亮。他看了看手机，时间显示 23 点 35 分，这一夜了，他还没睡？等谁？当然他等不了谁，那灯怎么还亮着？按平日，他早该睡了，因为病重，没太多的精力醒着，或是看看电视。

也许，他不小心睡着了，忘记关灯了吧！

“你看，那盏灯是不是同亮家的？”黑夜里，赵刚子用手指了指远处。

“亮亮？”赵月江凭着熟悉的记忆瞅了半晌才点点头，“好像真是。这一夜了他咋还没睡？难不成他也想看戏了，来不了，只能熬夜在电视上看？”

“有可能。也好，咱过去顺便看看，白天碰上曹莲花可不好！”

“成！”赵月江点点头。

翻过南山毛梁顶，一路向下，没多久就到了沟底。再往上爬一道坡，回头看看，身后的山上人们陆续下来了——昏暗的手电筒光甩来甩去，那里面一定有谁家的小孩子，那些点点星光，像坠落在人间的几颗流星，光不怎么亮，夜深了，它们也该耗尽气力歇一歇了吧！

赵月江的家在二队，到赵同亮家要经过他家，路过门口，他看见屋内黑漆漆的，没有一点儿光亮。他知道，老母亲、姐姐和儿子早睡了。

这些年，苦了母亲不说，二姐也是没过过一天好日子。她原本该有一段很幸福的生活——可惜在四年前，她刚开始的婚姻就早早夭折。要说不幸，那是因为母亲惹的祸，若不是她夹在中间搅和，二姐今天该是幸福的。

不过又细细想来，母亲这么做也是有她的苦衷的。父亲死得早，母亲一个人含辛茹苦拉扯他们姐弟仨也不容易。大姐六年前嫁人了，她在外面打工认识了一个老乡，人很好，虽说日子苦了点，但两口子恩恩爱爱，姐姐在精神上没受到一点儿委屈，这也让母亲安心了不少。都说男怕入错行，女怕嫁错郎，大姐是幸运的，她嫁对了人，姐夫很勤奋很用功，一直在积极进取，努力经营着属于他们的小幸福。

四年前，二姐嫁给了邻村的南家，也就是高山村的驻村干部南庆仁所在的村子。这门亲事，是母亲托人说下的，其实是换头亲，也就是说，赵月江在四年前也有过一段婚姻。可惜，很不幸，待了半年，女方不愿意了，她嫌赵月江没有本事，抽烟喝酒不务正业——当然这只是借口而已，后来才知道她根本不愿意这门亲事，只是家里人逼迫她这么做，为了哥哥的终身大事，她万不得已才被迫牺牲自己。

半年后，她之所以敢这么“理所当然”地提出离婚，是因为有一个铁的事实摆在面前——嫂子，也就是赵月江的二姐赵月霞，十分地爱着她的哥哥，爱得死去活来，他们之间的感情真是天造地设的一对。所以在这个时候，她才胆敢冒这个风险——她傻傻地以为，此时的嫂子已经生米煮成熟饭了，她怀孕了，在世俗面前，她，包括赵家的母亲为了顾及颜面，绝不会把女儿再叫回来，她不会糊涂到丢了芝麻再扔了西瓜，嫂子也不会就此忍心撇下心爱的男人，还有即将出世的宝宝而远走高飞。

如果“阴谋”成功，她想，终于可以和她心爱的人儿远走高飞了。她真的不喜欢这个没有文化的土包子，好歹，她还是个初中毕业生，要不是家里为了上了年纪的哥哥，她也绝不会被迫辍学就这么做了别人家的新娘。我那心爱的人啊，这晴天霹雳来得如此之快，我心有余而力不足，一边是上了年纪的可怜的父母，一边是我那超龄的哥哥，我能有什么办法？

生活啊，真让人无可奈何。

每次回娘家，一看到哥哥的幸福爱情，她既高兴又悲伤。高兴的是哥哥终于成了家，而且他们过得那么甜蜜；悲伤的是，每每看到这样的场景，无不像一根根钢针刺激着她的神经。这时，内心深处有一个清晰的声音在喊醒她：南敏儿，你就这么窝囊地跟那个不喜欢的男人过一辈子吗？

“不！我不愿意！”她心里大喊，可是，不愿意又能怎样呢？如果自己走了，哥哥还能幸福吗？如果真如她所愿那倒最好不过，若不是呢？苦了二老，也害了哥哥啊！

自私的南敏儿，如果真如你所愿，有一天你远走高飞，去找寻属于自己的爱情了，赵月霞，你的善良的嫂子为了爱情，为了孩子继续待在南家，那么，你有没有想过，这辈子能对得起你的男人赵月江吗？换头亲，信字当头，你背信弃义，如何叫你的父母在十里八村抬得起头？

就这样，南敏儿苦苦挣扎了大半年。其间，她和心爱的人儿一直偷偷私会，感情日渐升温，如胶似漆。这边感情越浓，那边婚姻越淡，终于在一个相约好的夏夜，她偷偷地翻墙逃走了，和自己喜欢的那个男孩子私奔了，连夜踏上了奔往南方的火车。那里十分遥远，为了爱情，他们不顾一切地逃离了现实的牢笼，打算幸福地过完余生。

阴谋得逞了，可无情的现实是残酷的，它不会这么惯着你，任由你的性子胡作非为——终究，赵月霞被母亲从南家硬生生拽了回来，这是怎样一个悲惨的故事？人们只看到了一场戏剧般的婚姻散场，留作饭后茶余的一场说笑罢了，谁也体会不到最大的受害人赵月霞内心的痛苦——一方面，深深的感情撕扯着她相思的心汩汩喋血；另一方面，肚子里即将出世的孩子将何去何从？依母亲的性格，她早料到了结局，那是她最不愿看到的。

可是，一回到家，看到泪流满面的弟弟，她心中的那股怒火怎么也压制不住蹿了上来——对啊，母亲说得对啊，她南敏儿不仁不义、背信弃义，伤害了可怜的弟弟不说，还害得她走投无路！她可真狠心啊，她的哥哥那么善良一个人，年纪大了找不上媳妇，如今好不容易燃起了生活的一点希望之光，她倒好，一泡尿给浇灭了！

换头亲，信字当头，你不仁别怪我不义。想到这里，一股强烈的报复之火在心头熊熊燃起，烧得她糊里糊涂、疼痛难忍。

“南家的，是你不仁不义，别怪我如此狠心！”赵月霞两眼滂沱，疯狂地举起拳头狠狠地砸向自己隆起的肚子。“啊！”她疼得惨叫一声，同时也被自己疯狂的举动吓傻了，我为什么要这么做？孩子是无辜的啊！

过了两天，南家来了一大帮人，他们是来赔礼求情的。南敏儿的父母双膝跪地，跪在赵月江家门前，母亲不开门，还在屋内愤怒地咆哮：“南家的狗，你们太不仁义了，你欺我赵家孤儿寡母，你良心坏透了，我清楚，这是你们的离间之计，好吧，有什么花花肠子尽管使出来，反正我的女儿你休想带走！你问问全天下的人，这换头亲讲的是不是一个‘信’字？”

屋外，南家的人诚心诚意地道歉，说关于女儿小敏离家出走的事，真不是他们安排的，人走了两天了，到现在还没有音讯，他们已经上报公安了，若不信可以问问派出所。月霞是个好姑娘，南家人都很喜欢她，希望这门亲事能继续下去，千万不能伤害了肚里的孩子，小敏他们一定会快快去找，等找回来了一定五花大绑带回来，给你们赵家磕头认罪，成吗？

屋内，赵月霞哭得伤心欲绝，她清楚地听见，他那老实巴交的男人在外哀求、喊话：“月霞，我是怎样一个人你应该清楚，请相信我，这一切都是不懂事的敏儿个人所为，和父母一点儿关系都没有，你好生告诉岳母，千万不要一时冲动伤了孩子，我是爱你的，大半年了你应该能感受得到，早晨，我给你煮荷包蛋，晚上我给你打洗脚水……”

听着这样的话，赵月霞难过得不能自已，她很想冲出去把门打开，然后不顾一切地扑进男人的怀里，好好抱住他大哭一场，然后跟着男人一起乞求母亲成全他们……然而，同时，她又清楚母亲内心的痛，又明白弟弟余生将面临怎样的生活，这个家又将承受多少别人的流言和非议……

罢了罢了！“换头亲，信字当头！”耳边，轰的一下又响起这个震耳欲聋的声音，最终，她放弃了，她跟着母亲一道指责了南家的人。

谈判最后，总算达成了口头协议：一个月后，若是南敏儿再不回来，两家的婚姻关系彻底解除，肚里的孩子面临流产，在这一个月里，月霞不能踏进南家半步。

不同意也得同意，谁叫南家先背信弃义了呢！

接下来的一个月里，南家人四处奔波，为了儿子的后半生，当然，不管女儿犯了多大的错误，丢失了的人总是要找回的，只要人回来一切好商量。

时间很快，一个月的期限一眨眼就到了。这一个月里，不光是南家人期盼女儿尽快回来，赵家这边，也何尝不希望南敏儿能回心转意？她继续做赵家的儿媳妇，月霞也好好地给南家生儿育女，两家互不相欠，团团圆圆该多好啊！女儿已经身怀三月，做母亲的很不希望走到最坏的那一步，不然伤及无辜不说，也将毁了女儿的一生啊！

作为母亲，为了儿女幸福，她不得不在南家人面前百般逞强，其实那都是装出来的，赵家没了男人，她就是唯一的顶梁柱，在关键时刻，她怎能软弱下去呢？

天不遂人愿，一个月后，南敏儿仍杳无音信。当南家人提着借来的十万元现金登门求情时，被赵母一口回绝了：这时候钱顶什么用？你儿圆满了，我儿呢？

对于这个请求，在月霞的心里其实是可行的。等于南家拿着彩礼娶了她，十万元不是一笔小数目，这笔钱留给弟弟娶媳妇完全够用了。可母亲是个要强的人，她说她咽不下这口气，若是这事真依了他们，你以后在南家怎么过日子，人家还能把你当人看吗？还有我和你弟弟，新河村人怎么指指点点？赵家的颜面还往哪里搁？

一向在母亲眼里是乖乖女的月霞，最终遵从了母亲的意愿。一星期后，在没有母亲明确授意的情况下，她一个人偷偷去卫生院做了人工流产。

从手术台上下来，她踉跄着疲惫的身子缓缓走出医院大门。那天，天阴沉沉的，没有阳光的日子，和此刻她的心情一模一样。望望东边，那是南家所在的方向，闭上眼，她不由得想起了那个老实巴交的男人，为她端洗脚水的丈夫……

“啪！”一滴热泪滑落脸颊，烫得她疼痛难忍，掉在地上砰的一声，像一颗炸弹炸碎了她脆弱的心。

“别了，爱人！”她苦笑一下，舔干了嘴角渗下的泪水，咸咸的，涩涩的，如这眼下的光景，苦不堪言。

回了家，母亲知道了一切，她什么也没说，只抱着女儿痛哭了一场，这之后，她一连睡了三四天，接着就是大病一场。

所幸，翻了一年，赵月江似乎好运降临，他遇到了邻村李家庄李多旺的女儿李燕飞——女方是二婚，到这时候他什么都不在乎了，毕竟他也算是二婚了。后来，在村里人的撮合下，两人结为连理。至于结局，寒碜得很。赵月江曾自嘲地说过，这就是命吧，认了！

而整整三年过去了，二姐至今未嫁。有人曾上门提过亲，她总是摇摇头淡然一笑："不好意思，我们不合适。"

赵月江清楚，这么多上门提亲的人里头，总有一两个她能看得上眼的，之所以一口回绝，其实是心里有了阴影。上一个孩子虽然没有出生，但她一直念叨说，是她亲手杀死了自己的孩子！加上失去了那一段原本美好的婚姻，她似乎不再奢望有下一段感情了，虽说她没上过学，但她懂得一些道理：和南家的那一段姻缘，本该就是最好的一段，除了此，遇上任何一个人都是徒劳，终究得不来幸福，为何要苦苦强求？折磨自己不说，何必为难别人？

这些年，她大变了样，变得不再说笑了，时常一个人对着墙壁发呆，或者自言自语。他没猜错，二姐应该是患上抑郁症了吧。

同时，她对母亲也心有怨恨了！

他有错，母亲有错，南敏儿也有错，这个容不下沙子的世俗也难辞其咎！

这几年，母亲有了心病，一直郁郁寡欢，加上身体欠佳，所以一直吃药养着。终究，南敏儿跟喜欢的人走到了一起。去年，听人说他们抱着私奔后生下的孩子去了娘家，娘家人除了泪流满面再无办法，生米已经煮成了熟饭，他们还能说些什么呢？

只是，他那可怜的哥哥至今独身一人，可让二老操碎了心。到如今，月霞去街上还会打听一下那个男人的近况，当然只是打听一下，若是上天再给她一次机会，让她选择和他走在一起，她是不会同意的——随着时间的流逝，感情淡了，伤却深了，他早就不是她心中那个爱得死去活来的情人了，他在她心里，只不过像一个多年未见的很好的老朋友罢了。

很少有人知道，赵月江能当上新河村的村主任，从根源上说，也有南庆仁的功劳。虽说南家和赵家的婚姻最终不欢而散，闹得两败俱伤，但在南家人眼里，一切的错都因南敏儿所起，他们承认是南家责任最大。赵月霞是可怜的，赵月江是无辜的，这些年，因为心怀亏欠，他们一直惦念着赵家人的情况，总想着能有一天奇迹出现——他们的女儿南敏儿回心转意，两家再度牵手联姻，该是多好的事啊！

可是，赵月江已经娶了李燕飞，而去年，南敏儿自失踪后头一次回娘家，竟然抱着一个可爱的孩子……什么可能都没有了！所以，南家一方拜托村里当干部的南庆仁让他帮帮赵家，也算是对他们的一点补偿了，也当是对儿子至今娶不上媳妇做一点善事了——这样，至少他们心里安然一些。

后来，南庆仁私下里跟高山村的书记王望农提了这事，听罢，王望农说好，这事我一定办得妥妥的。南庆仁交代说，不要提起我，不然可能适得其反，我身为干部这么做本是违反纪律的……话还没有说完，王望农笑了一下说："可能你还不知道吧，我和他爸曾经是小学到高中的老同学、好朋友，而且，我老丈人还在新河村呢！"听罢，南庆仁忍不住哈哈大笑，说，既然这样，那就再好不过了，拜托。

王望农说，该说拜托的人应该是我。你不知道，这孩子确实命苦，记得当初他爸给他取名为加江，加法的加，我一听不好，读起来也拗口，就给改过来了，叫月江，明月照大江，这是一种怎样的豁达与坦然，多大气，多有境界！他爸人很聪明，就在这事上犯糊涂了，哈哈，不过人很讲义气，很善良，上学的时候没少帮助过我，我那阵子性子弱嘛，经常受人欺负！后来，他爸病逝了，生前病重的时候，他曾经跟我提起过关于孩子的事，叫我有能力了帮衬一把，我官职小，一直不敢造次嘛！

两人不再多说一句，只是哈哈大笑，那笑里，藏着百般滋味，藏着爱怜与理解。

当然，话是这么应下了，但是从内心讲，让赵月江当村主任，别说新河村的人有意见，就连他王望农也没多少信心——这确实不是块当村主任的料，年龄小不说，连自已的日子都打理不好，何况是一个行政村的大小事务呢？村主任虽小，可别拿他不当干部啊！

但想起生前和他爸在一起的日子，他又软下心来，决定冒着被人骂的风险试一试。赵月江并不是一块废柴，其实是一块可塑之材，起码脑瓜子反应快，懂得人情世故，不小气，这就是优点。只是这些年妻子不听话东奔西跑，才连累得他荒废了光阴，人也颓废了不少。

整整一年过去了，在他的苦心栽培下，这小子总算慢慢走上正轨了，他的心血没有白费。这一年，不只赵月江被新河村人质疑和谩骂了多少次，连他这个顶头上司也跟着被人扣上了昏庸无道的帽子，有的还说他收了赵月江的礼，走了后门！

真是可笑，他赵月江的日子都过成那副寒酸样了，还哪有心思送礼做回村主任？那都是死活赶不上架的鸭子，要不是他再三求着他，那心高气傲的臭小子哪里看得上这个村主任？个中的委屈只有他明白，南庆仁懂得。

一年过去，他总算有了点样子，新河村人慢慢认可了，他也觉得可以出山了，曾经他父亲的嘱托，总算兑现了。

沿着弯弯曲曲的小路一直向上，没一袋烟的工夫，他们就到了赵同亮家。门虚掩着，静悄悄地，屋内的灯开着，透过粉红色的窗帘，光线昏昏暗暗，像瞌睡人的眼睛，疲劳地打着临睡前的最后一个盹儿。

“亮亮——”刚子叫了一声，同时把门推开了，“睡着了？”他一脚迈进去，赵月江藏在身后，他想吓唬一下赵同亮。

房子并不大，一进门就能看见室内所有的角角落落，那张单人床空着，被子叠得方方正正，地上很干净，桌子上的物件也摆得整整齐齐。

刚子忍不住笑了：“这家伙，哪来的心思收拾这些，要娶媳妇吗？”他转身退了出来，径直朝厕所走去。身后，赵月江轻声问：“不在吗？”

“嘘！”刚子做了个闭嘴的手势，然后用手指了指厕所的方向，赵月江瞬间明白，点点头邪笑了一下。

黑夜里，两人鬼鬼祟祟地朝厕所走去，脚步很轻，他们想逗一下赵同亮。可两步走到厕所门前，里面的灯竟然黑着，奇怪了，人呢？

“掉厕所里了？”赵月江冷不丁说，他一半是认真的，一半是开玩笑的。说认真，是因为亮亮本来重病在身，说不准突然晕倒过去，这不是没有可能。

“咋可能？”刚子憋不住笑了一下，手电筒亮了，他朝里扫视了一遍，的确没人。

“去他哥家了？”赵月江说。

“胡说！大晚上找他嫂子去了？他哥又不在家，在外面打工，亮亮很少去的。她什么德行，对亮亮咋样你又不是不清楚。”刚子解释说。

赵月江不再说话，认同地点了点头。

“哪里去了呢？”刚子心里疑惑，但他还是朝赵同阳家的方向走去，站在崖边上朝下看去，大院里一片漆黑，再仔细听听，鸦雀无声，这么说亮亮绝对不会在他嫂子家。

那么，这一夜，他会去哪里呢？寻人无果，两人只好转身进了亮亮的屋子。

一进门，屋内凉飕飕的，一摸炉盖，还有一点淡淡的余温，倒是这屋内异样的光景，让赵月江忍不住笑了："今天啥日子？"

刚子疑惑地看了一眼，皱着眉说："三月三啊！"

"亮亮要娶媳妇吗？把家里收拾得这么干净，平日也是邋里邋遢的，太阳真是打西边出来了！"

"嘿！谁知道这家伙心里想啥呢？等等吧，可能找哪个女人去了，哈哈哈！"刚子一阵邪笑。

"管它呢，这么干净的床我先歇歇，脚走累了！"说着，赵月江跳上床，一把取下枕头，胡乱地打开被子盖好，"这屋太冷了！"他随手打开了电热毯。

地上，刚子拿着火钳在捅火，他边捅边骂："这个小气鬼，天这么冷，咋把火弄灭了？人想喝顿茶都没希望！"

他把炉膛里的灰三下五除二清理干净了。赵月江说，地上有纸和柴火呢，把火生起来，这么冷不怕夜里冻死！

"我就说，咋想的！"刚子从地上取了干燥的柴火，床头下有一张干净的纸，他捡起来刚要拿打火机点燃，突然发觉这张纸很特别，叠得像信纸一样规规整整，该不会是什么重要的东西吧？他赶紧灭了火机，打开纸张看了一眼，只见上面写着几行字：

不管你们谁，当发现这张纸条的时候，可能我已经离开这个人世了。

我早想走了，无情的病魔长期折磨着我，我很痛苦，一个人孤零零地活在这个世上，爹妈不在，我想他们了。

写字台的中间柜子里，有一万五千元，其中一万元是我的安葬费，如果有剩余，加上另外五千给哥哥，侄儿多病，给他多买些营养品，往后叫他好好读书。

再见，同亮绝笔。

“月江！快！”沉静中，突然，刚子失魂似的尖叫了一声，吓得赵月江慌忙翻起身来，瞪大眼睛问：“咋了？你个神经病，吓死人！”

“快！走！亮亮走了！”刚子惊魂未定，说话间，他打开了手电筒准备出门。

“啥？”

“亮亮没了！”刚子声音嘶哑，眼泪已经掉出来了，他使劲抖了抖手里的信纸，声音清脆，像有人在哭喊。

看刚子的脸色一定出了大事，容不得多想 ，赵月江赶紧跳下床，两脚胡乱地蹬上鞋子，那时，刚子已经跑出门了，他捡起那张被捏得皱巴巴的纸扫了一眼。

“亮亮……”眼泪飙出眼眶，“刚子，等等！”赵月江两腿发软，手机灯还没打开就冲出门外。

对山的坡上，还有三三两两漂移的灯光，落在后面的一定是年纪大的人吧！而亮亮生命的灯，从此，永远淹没在新河了，再也亮不起来了。

抬头，漆黑的夜空什么都没有，除了黑只有黑，月亮也落在新河了！

不多时，他们就找见了亮亮的尸体，他在旧羊圈后面的一棵大柳树上挂着，人已经僵硬了，他走了约莫两个小时了。

“快，去喊人！”虽说刚子胆大，但在这乌漆麻黑的夜里，看着这般吓人的场景，换作谁心里都会发怵。

两人分头去找人，好在今晚看夜戏的人较多，随便敲一家门很快就应了，估计他们正在吃夜宵。不多时，村里来了六七个年轻人，他们把赵同亮僵硬的尸体从绳子上解下来，他嫂子曹莲花也在场，一看这副样子，吓得“哇”的一声大哭起来。

夜被惊醒了，早就熟睡了的人也陆陆续续赶来了。

亮亮走了，他是亲手结束了自己最后的生命，用这样残酷的方式告别人世，人们并不理解，他们都在议论：这个人，咋会干出这样的傻事来？有啥想不开的，得了病慢慢治嘛，何必要自寻短见？

也有人说：就算死，你不会死在自家的屋里吗？起码是寿终正寝，这么不抬举自己！

人群里，只有赵月江和刚子心里明白，亮亮在遗书里说，他忍受不了病痛的折磨，他一个人孤苦伶仃地苟活在世上没意思，他要去找爹妈了！

曹莲花，你还有脸哭啊？猫哭耗子假慈悲，活着的时候从不把小叔子当人看，做了好吃的也不记得给他端上一碗，如今死了鬼哭狼嚎个啥？这村里的人哪一个不知道你的底细？快收起那假惺惺的表演吧，不嫌丢人！

倒是可怜了亮亮，活着的时候不知道把钱拿去治病，为什么要选择走这一步？大概，他是知道自己的病情，好不了了，那点钱根本起不了什么作用，独身一人，没人会顾及他的死活，长痛不如短痛，早走为好吧！他啊，太有骨气了，知道自己死后会连累哥哥，便早作好准备了，把安葬自己的盘缠留下了，除了这，还给哥哥留下另外五千块，说拿去给多病的侄子买东西吃！

亮亮啊！你太善良了，你生前曹莲花那么待你，你还这般留恋他的孩子？当然，这话并不对，准确地说，是他心里一直惦念着心地善良的哥哥。

亮亮的尸体被抬到了羊圈背后的一个窑洞里，今晚，他暂时住在这里。

回到屋里，关于亮亮的死因，人们从遗书里知道了。他的骨气和善良，在场的人无不为之慨叹、流泪。

曹莲花打开写字台最中间的抽屉，果然，里面有一个牛皮纸裹着的纸包，打开一看是一沓崭新的钞票。就在这一刻，女人崩溃了，唯有这一刻，她哭得撕心裂肺，似乎，只有这一刻，她的良心终于被唤醒了。这一沓烫手的钞票，像一把锋利的刀子插进了她的心脏，她真的感到了痛楚，痛得无法呼吸。

村里人站的站着，坐的坐着，他们默不作声，没人走过去扶一下她，似乎心里都清楚，给这个女人一两分钟清醒的时间，让她好好忏悔吧！

哭声越来越大，她几近痛苦到晕厥过去。刚子听到了，赵月江听到了，所有人都听到了，那哭声里绝望而难过的情感暴露无遗，她真的悔悟了。可惜，一切都已经来不及了，亮亮就这样无助地走了，留给活着的人只有一阵叹息和满心的懊悔。

刚子落泪了，赵月江抽噎了，所有人都低下了头，他们似乎也在忏悔。亮亮活着的时候，孤零零一个人。很多年前，他的女人怀孕难产，孩子大人双双不保，这多少年过去，新河村人一直没把这个可怜人当作一个正常人去看待。他活着的日子，大多数在外面打工挣钱，日子好了，手头有俩钱了，可他一直没打算再娶。

后来，他生病了，村里人也很少去看看他，他不渴求人们拿什么礼物，只要空着手能进一下他的家，和他简单寒暄两句也好。可惜，很少有人这么做，就连最亲的嫂子也很少进门，生病以来，要不是哥哥回了一趟家，把他硬拉到医院里治疗了一阵子，怕是他早死了。

人情冷暖，世态炎凉，他什么都看透了，加上这无情的病魔日夜折磨着他，他真的受不了了，不得已才选择了走这一步路。活着不易，死也需要勇气，人们很难想象，在漆黑的夜里，当一个人把绳子悬挂在高高的树上，然后把脖子伸进那个小小的圈里，那得需要多大勇气啊，那得有多绝望啊！

新河的人们啊，谁都会生病，谁都会老去，谁都需要被人关怀，死去一个赵同亮也许算不得什么，太阳照常升起，日子照旧平静地过。可是，在亮亮最后的生命里，他一直在期盼着什么，难道下一个走到同样死胡同里的人们，不明白这正是和他一样因为得不到爱的回应而深感绝望吗？

屋外，黑夜太黑，伸手不见五指，似乎要决心埋葬这冰冷的人间。醒醒吧人们，今夜，不止月亮落在新河了，好多颗冰凉的心也落在新河窒息了。

“起来吧，别哭了！”最后，是赵新林扶起了曹莲花。就在这时，刚子给赵月江使了个眼色，赵月江突然想起了那阵子刚子给他说过的那些话：赵新林和曹莲花有一腿，曾有一次被他亲眼撞见，赵新林为什么突然对他这么好？就是怕他把这档子丑事传出去啊！

当然在这个时候，他不能添油加醋地胡思乱想，人在难处，谁不会出手帮一把？他明白刚子的意思，无非让他看清楚他所说之言真实不虚，并非空穴来风。但他还是瞪了刚子一眼。

次日，他哥哥赵同阳赶来了，看了弟弟的遗书，他扑通一声跪倒在地，哭得撕心裂肺。这一辈子，再也见不到他至亲的弟弟了。苍天呐，你为什么要这么对待一个可怜之人？孤零零地过了大半辈子，妻子孩子双双没了，难道这还不够吗？为什么还要让他疾病缠身，不得善终呢？

拿着弟弟留下来的一万块钱，他买了一口上好的棺材，一对童男童女，一匹高头大马，选了一块较好的坟地，给弟弟举办了一场隆重的葬礼。

那天，他难过得哭声几乎盖过了威力巨大的爆竹声，他的老婆曹莲花，似乎良心发现，也哭得伤心欲绝。一旁的人说，她痛改前非；也有人说，她不过是给全村人做做样子罢了！

农历三月初五，高山寺最后一场戏，这天终于放晴了，趁着大好的天气，人们陆续赶来凑热闹。毕竟是最后一天了，这一天结束后，意味着再要等两个月，到端午节才会有新的一场戏，虽说时间相隔并不久，但这时候也不忙，待在家里无聊，关键天晴了，不如到外面走走透透气。

高山寺，依然热闹非凡，甚至比前两天都热闹，因为天晴的缘故，人多了起来。喇叭朝着四面八方卖力地吼着，炮仗此起彼伏，跟过年没什么两样。

赵同亮走了，只有哥哥赵同阳是难过伤心的。对新河村人来说，他的死似乎并没有引起多大波澜，只留给人们茶余饭后或是在看戏的时候，聚在一起增添了一些新的聊天话题。无非评论一下曹莲花的为人，哀叹一声赵同亮的悲戚人生，除了这，他们从不反省一下自己：那个可怜的人在临终之前，遗书里写得明明白白，他期盼着什么？又恐惧着什么？他们根本不会去细细分析，也没人总结出这样一个道理：我们活着，应该多多关照一下他人的生活，每个人都不是一座孤岛，人世间多一些关怀少一些冷漠，再恶的死神也会被人间真情感化，甚至望而却步。

上午，刚子去了赵月江家，他问他去看戏吗？赵月江说不去，没心思去。刚子笑了：“是因为亮亮吗？”

“有一点点吧！你瞧，这都几天了，我姐一直待在家里不去看戏，把自己封闭起来，我看着心里难受。这不，我把兵兵放在家里陪着他姑姑，娃也挺懂事。”赵月江叹了口气。

刚子清楚，这个话题不能聊太多，说多了赵月江心里肯定难受，他只得安慰说：“走吧，出去散散心，今天太阳很好，一切都会好起来的。”

“不去了，刚子，你去吧，今天是最后一天，好好逛逛，机会难得。”

“走，把你姐叫上，咱一起去？”

赵月江摇摇头，苦笑一下：“算了，我都催了几天了，哪次听过我的话？没猜错的话，这些年来，她除了怨恨母亲外，心里也对我有意见吧，要不是为了我……”赵月江鼻子一酸，莫名有阵想哭的冲动，但见刚子在，他只好叹一声气，清了清嗓子说：“你快去吧，戏应该开唱了。”

“好吧，既然这样，那，我也不去了，等端午节吧！”刚子点了根烟，给赵月江递上一根，“出去走走吗？太阳很好。”

“去哪儿？”

“羊圈。”

“去那儿干啥？亮亮不是在羊圈背后的大柳树下走的……”赵月江有些忌讳。

“你瞧你，迷信！人死如灯灭，啥也没有，怕啥！以前亮亮活着的时候，咱几个不经常坐在那里聊天吹牛吗？走吧，去陪陪他，人刚走不久，他应该还守在那里，他是孤单的。”刚子本是个粗人，但提起赵同亮，他眼里泛着同情的泪花。

赵月江看了一眼儿子兵兵，嘱咐说，你哪里都别去，好好陪着姑姑和奶奶，我出去转一趟就回来，要听话啊！

兵兵点点头看了一眼姑姑说：“好的爸爸，我会好好陪着姑姑的。”

儿子稚嫩的声音，懂事得让人有些心疼。他转过身出门了，脑海里又闪现出妻子李燕飞的身影，这个狠心的女人啊，这么乖的孩子，她怎能忍心放下不管呢？

出了门，刚子说，月霞好像大不如前了，感觉神经兮兮的，像是受了严重的刺激，要不要以后去看看医生？

“知道了。”赵月江轻描淡写只说了这一句，刚子听出了他内心的苦楚，为了不让他伤心难过，他只得就此打住，不再多说什么。

没几步就到了羊圈。那里，曾经是人们扎堆聊天、打牌下棋的好地方，闲暇时候，那里总是聚满了闲转的人，人们说说笑笑，吼声震天，整个村子都能听见。过年时候，人们还会在那里敲锣打鼓，因为地势高，声音自然传得远，新河村被一阵鼓声和炮声炸得闹哄哄的，年味一大半是从那里传开来的。

如今，赵同亮没了，他走在了这个人们最爱去的地方，往后，这里自然成了人们最忌讳的禁地。从此，这里安静下来了，即便大白天，也不见有一个人从那里路过，更别说三五成群坐在一起说话聊天、打牌下棋。

这片热闹的地方，人们说，最终还是被亮亮带走了。他似乎是在报复那些拥有欢乐的人，曾经，他们聚在一起有说有笑，可惜很少有人愿意稍微多走两步到他的屋里坐坐。一个人待在屋子里，疾病缠身，想转悠也无能为力，即便混迹在人群里，也没人把他当个活物，他的存在，似乎是新河村的一丝空气，无足轻重，甚至是一只苍蝇，令人生厌。

羊圈，是以前农业合作社时期圈羊的地方，如今早成了一片废墟，房子早塌了，四周只剩下一些残垣断壁，最高的地方只有半人高。墙本来很高的，以前，人们养牲口打扫圈舍，把它一点点铲去做了“干燥剂”，现在就剩下这么点儿了。墙内，早已不见一点空地，全被野草霸占了。夏夜，人们坐在天然草坪上喝酒打牌，地面平坦，真是一块绝佳的休憩地。

往后，注定要荒废了，人们再也不会光顾于此了。这一块宝地啊，最终属于赵同亮一个人了。

那棵大柳树，在三月初四的早晨，被人拿着锯子放倒了。粗的树干做了墓室的棚木，细一点的枝条做了哭丧棒，剩下的劈成柴，这棵树的使命似乎在这一刻完成了！树不会说话，如果它会，那一晚，它绝对会阻拦赵同亮，甚至给它讲一番大道理，兴许亮亮听懂了就不会毅然决然地走了。树不会说话，人们砍了它，似乎把这一切罪责都归咎到它的头上，它很委屈，也很庆幸。

蹲在墙根，身后再也见不到那棵高大的杨柳树了。以前，天热的时候，人们正好坐在它的树荫下，像是打了一把大大的遮阳伞，躺一会儿，坐一会儿，聊一阵子，玩一阵子，舒服极了。

这下倒好，赵同亮把一切都带走了。亮亮的离开，我们又该深思些什么呢？——没事的时候，多走动走动，别老待在一个地方玩儿，这个热闹的地方之外，还有一两个躺在病床上呻吟的可怜人啊，站起来，到他们家里坐坐吧，他们需要人情的温暖和关怀！

坐下来，脊背后凉飕飕的，那是风在吹。赵月江说，我脊背发凉，似乎怪怪的！

刚子没好气地瞪了一眼，他点了支烟，抽了两口，吐出浓浓的白烟说：“你心里有鬼！亏你还是当村主任的呢，啥时候我听说你给王望农提交了入党申请书，可有这回事？”

赵月江点点头，一笑：“闹着玩儿的，像我这样一个小小的村干部，文化程度低，想入党估计难！”

“难不难是另一回事。我先给你讲一个常识，共产党是无神论者，也就是说他们不信奉宗教主义，迷信这些更别提了。”

“是吗？”赵月江一本正经地问。

赵刚子刚抽了一口烟，被赵月江这一问差点笑喷，烟呛了一下嗓子，他连连咳嗽起来：“喂！你这个土包子，那是马克思主义！”

“哎呀！那你说全了，马克思我听过，我听王书记聊天的时候提起过这事，什么马克思列宁主义，毛泽东思想，邓小平理论……，是这不？”赵月江说得很流利，刚子一笑，点点头：“对对，这些就是共产党所信奉的思想和理论，既然你有心入党，这些最基本的常识必须记牢了，下次别闹笑话。”

“马克思主义到底说了什么？大概讲讲，我学习学习。”赵月江打破砂锅问到底。

“哎呀，那很复杂，一两句讲不清楚，你作为村主任，只要记住这一句话就行了。”刚子连抽了几口，扔了烟头。

“为人民服务。这是毛泽东他老人家说的，现在的政府部门都把它作为执政和工作的信条。”

“为人民服务？知道知道，小学学过一篇同名课文，讲的是一个叫张思德的人……”

“对啊，那是毛主席写的文章。”

“为人民服务……”赵月江自言自语地念了几遍，刚子说，你要时时牢记这句话，要为人民服务，心里装着咱新河村的老百姓，秉公办事，知道不？如果这一点做好了，你完全可以不懂什么是马克思主义就能入党了。

“说来惭愧，党员身份意味着什么，我还真是一知半解。”

“虽然我不是党员，但上高中那阵子曾经申请过，不够资格就作罢了。你这啥思想，以后别在人前说这话了，免得人家笑话！入党那是一件很神圣的事，那是一种信仰。你呀，还得好好深造，这想法走不远！”

赵月江不再说话，抬头望了望高山梁的方向，高山村的会址就建在那里。院子里升起的国旗在风中飘来飘去，那一抹鲜艳的红在阳光下显得格外亮眼，他猛然想起了当初递交入党申请书的情景。

那是去年五月的样子，他当上新河村村主任不到半年，这半年里，虽说他并不看好这个小小的“芝麻官”，但怎么说也是个行政村的小领导。以前，他从未体验过走在人前的滋味，自打当了村主任后，村里大大小小的事务都要他出面商议和解决。起初，什么都不顺手，也没心思干，村里人对他也没抱多大的希望，一切都是王望农在背后支持他，给他加油打气。半年来，在王望农的一再努力下，他慢慢步入了正轨，也尝到了当干部的滋味，虽说很辛苦，但看到为村里人解决了一件又一件大大小小的事时，他的内心是自豪的，听着人们的夸赞声，他头一回体会到了什么叫作被人尊重。

不久，他就在手机上找了一篇申请书范本，连夜誊写在两张纸上。当他拿着所谓的入党申请书交给王望农时，没想到王书记看了一眼就笑了，他问："说，谁教你的？"

赵月江有些紧张，他的脸涨得绯红，吞吞吐吐地说："入……入党……这是我的志愿，还用谁教吗？"

"很好，你能有这觉悟我很高兴，说说，为什么要入党？"

"当干部！"

"当干部为啥？"

"像南庆仁那样，干点事。"

"然后呢？"

"当然是挣点钱了，家里有些困难。"

话刚落音，王望农脸上的笑容一下子消失了，说道："知道了，先放着，这事以后再说。"

"我啥时候能成为党员啊？都是村主任了，群众身份可不妥当吧！"赵月江追着王望农问道。

"把'党员'两个字先写正了再说，歪歪扭扭的，党员是那副样子吗？"王望农撇下一句话，背起包径直出门了。身后的赵月江一脸纳闷：字写不好也不能入党，还有这规定？

关于入党这件事，从此以后，他再也没有提起过，王望农也不主动和他谈这件事。赵月江清楚，他小学都没毕业，字一时半会哪能练好？慢慢来吧，总有写好的那天，他安慰自己。

今天听刚子这么一说，他突然醒悟过来：王望农哪里是嫌弃他的字迹不正，他是暗示我行为不端、动机不良吧！刚子说了，要想入党，记住"为人民服务"几个字就够了，在王望农眼里，他做得还远远不够，离做一名合格的党员还差一大截呢！

对啊，我脑子咋这么笨呢，怎么当初就没理解透王书记的用意呢？难怪这一年过去了，他还是不提这一茬事，很显然，自己还不够格，不过从态度上明显好转了很多，他是在考验我吗？

他还清楚地记得申请书的最后一句就是这么写的：请组织考验我！全懂了，组织当然要考验我，可这一年来，我通过他们的考验了吗？应该还没有，因为王望农还没有发话。

记得当初他给王望农说过，党员就是升官发财的跳板，可经过这一年来的磨炼，回头想想，随着时间的流逝，这个念头似乎变得越来越微弱，因为王望农就是党员，南庆仁也是，一个是高山村书记，一个是驻村干部，听说他们的工资并不高。但这一年来，他们时常骑着摩托车，有时候骑自行车，有时候还会步行在各村跑来跑去，时常吃不上热饭，时常因为一些事务处理不公受到人们的谩骂。可即便这样，风里雨里他们从没有退缩过，还是深入基层为老百姓排忧解难，他看到的这二人，一直都低调谦和，克己奉公，兢兢业业。这些年来，他俩为各村做了不少实事。

也许，这就是一名党员该有的样子吧！他们因为是党员发财了吗？没有。那党员是干什么的？刚子总结得很到位：为人民服务的！

可惜，他明白得太晚！龙窑乡政府的墙上就写着这几个显眼的大字，这多少年了，他竟然没注意到它，也没有用心去理解过它背后的真正含义。

这一刻，他彻底懂了。他欣慰地笑了。

刚子问："你笑什么？难道我说错了？你还别不信，这世上哪里有鬼？只不过是人心作祟罢了！你这个村主任，我看当两年歇了，入党也别想了，动机不纯！"

赵月江没有辩驳，依然笑着，他庆幸刚子点醒了他。未来的路上，只要他还做一天村主任，"为人民服务"这几个字，也将会成为他做人做事的信条。他没说出来，怕刚子嘲笑他，看似简简单单五个字，可做起来何其艰难呐！

接下来，他们聊起关于赵同亮生前的二三事。想起过往，不由让人一阵慨叹，叹人生无常，叹世事难料，叹岁月匆匆。

聊了一阵，两人点了支烟走了。赵月江答应刚子下午去看戏，那是最后一场戏了。

回到家，躺在炕上，赵月江想好好睡一会儿，虽然哥们亮亮离开了，他心里很难受，但好在意外的聊天中，刚子的一席话让他醍醐灌顶，从未有过的轻松，这就是多读一天书的好处，确实比他这个小学还没毕业的土包子强多了。

“孩子一定要多读书！”望着熟睡的儿子兵兵，赵月江自言自语道。

虽说有些困意，但躺下好一会儿了，怎么也睡不着，眼皮不由自主地乱跳，大脑也慢慢变得清醒。他不知道这是怎么了，也罢，睡不着就抽烟，想一些琐事吧！

他先想到的就是刚子的那句话：为人民服务，就是心里要装着老百姓，秉公办事，这些做好了就能入党了。

想起入党，他兴奋不已。党员是什么概念？虽说升不了官发不了财，它只是一个人或者一群人的信仰，但这种信仰是崇高的，是有别于普通人的。原来入党并没有那么复杂，按刚子的话说，只要一心一意为新河村人做些好事就慢慢接近了。这一年来，虽说自己做得还不够好，但从今往后，他会加倍努力把一切尽量做好，一步步向党组织积极靠拢。从王望农对他的态度变化上看，他的表现应该没让王望农失望透顶。

接下来，扪心自问，这一年来，我赵月江心里装着新河村的乡亲吗？细细想想，好像，不，不成样子，有时候会很自私，恨不能把一切好处都归于自己，但庆幸这只是一时的想法而已，最终都没有付诸行动，他还算满意；我秉公办事吗？他细细过滤了一遍，好像……

突然，脑子“嗡”的一响，他猛地想起了一件令人悲伤的事，这件事和赵同亮的死应该有关系吧！他很懊悔，很难过。

那是去年，他当上村主任不久，就遇上了村里低保户审查复核的事。当初王望农交代他说，去年的底子基本没啥大问题，如果今年哪家有什么新情况，要如实上报，上头可能按实际情况作相应调整。

接到通知的当晚，他挨家挨户走访，填写资料。在赵新林家，赵新林得知是关于低保户审查的事，便把赵月江单独叫到他的房子里，架上茶罐叫他喝茶，之后又打开了一瓶好酒。女人赶紧炒了几个热菜，二人猜拳喝酒好不快活。

喝了两杯，赵月江说我要忙去了，王书记等着要资料呢！赵新林瞪了他一眼，嘟囔道：“不就是这么点事嘛，你和我难得喝一杯酒，新官上任我不得祝贺祝贺你？再说了，你这个位子还不是接替了我爹的？不过你可别误会，只是现在一听村主任这个词，莫名觉得亲热，总感觉我爹还活着……”赵新林假装抹泪。

赵月江安慰他说，一切都过去了，节哀顺变吧。避开了他爹这个话题，赵新林似乎有很多心事要讲，便叽叽咕咕说个没完没了，时不时举起一杯酒一饮而尽。赵月江实在着急，可赵新林就是拉着不放，他生气地骂道：“月江，你不拿我赵新林当半个叔？真不够意思，你婶子把菜都炒好了，我这好酒也倒上了，我没别的意思，就因为你是村主任，似乎我看到了我爹的影子，只想跟你拉拉家常，你却……”赵新林低下头像是在哭。

“好好好！难得赵叔有这句话，我月江是晚辈，感激不尽，咱就好好喝一阵！”赵月江禁不住赵新林的软磨硬泡，最终两人坐在一起敞开了喝。

酒过三巡，菜过五味，一会儿工夫，一瓶酒很快见底了，赵月江很爱喝酒，酒量自然不小，这一瓶酒下肚，此时舌头已经大了，说话模模糊糊。

“好酒，谢，谢赵哥！”赵月江喝多了。

“你这小子……好，我应了，叫哥就哥吧，谁叫你是咱新河村的村主任呢！”

“不，不对，是叔，叔！我这个村主任，你说了，还不是接替了你爹的班？我，我感谢他老人家！”说着，赵月江对着桌子上赵海平的遗像敬了一杯酒。

“想起我爹……”赵新林一把鼻涕一把泪，一个大男人抽噎得像个受了委屈的孩子，赵月江能懂他的心思，他想他爹了。

“好了，都，都过去了，咱还得向前看不是？”赵月江安慰道。

“我爹走了，我家的顶梁柱没了。爹临死前说，让我好好当新河村的村主任，可是月江你也知道，我哪里是那块料啊！再说了，现在又不是以前，爷爷当了爹当，爹罢了孙子继承，嘿，没那回事，现在是民主社会，以前那一套走不通了！王望农能提拔你，他的眼睛是雪亮的，我看好你月江！”

“好了好了，你喝多了，别吹嘘了，我都不好意思了！说真话我读书少，一点儿经验都没有，再说工资多少？没劲儿，还不如工地上搬砖来得快呢！要不是我娘重病在身，我二姐又伺候不好，不然我早出门了。”

“喝，我懂你的难处，咱都是苦命人！”赵新林举起酒杯，二人一碰，仰头一饮而尽。

家家有本难念的经。那一晚，他俩东拉西扯说了很多，赵新林哭他爹的过去，赵月江诉家里的难处，他们都哭了。

就是那一晚，赵新林给他塞了两百块钱，说："自我爹死后，家里的顶梁柱塌了，仅有的一点经济来源也没有了，要不是这两年我外出拼死拼活挣俩钱，怕是这个家早要倒下了。不过总的说来，比起你家，我稍微强一些，来，拿着，给兵兵买点好吃的，娃正是长身体的时候，不能缺了营养……"

见赵新林这么做，赵月江吓了一跳，知道他喝多了，赶紧推辞说："赵叔，你咋能给我塞钱呢？你说了，你家的情况也不如意，我能理解，你还是留着给娃上学用，我真的不需要。"

见赵月江回绝，赵新林哭得更难过了，说："看见你，我就想起我爹了，我爹曾经也是村主任，只可惜……你能明白我的意思吗？我对'村主任'这个词颇有感情，你就拿上吧，就当孝敬我爹了，我爹活着的时候没吃好没穿好，我心里愧疚啊！更何况，我爹时常教育我说，做人要善良一些，条件允许了尽量帮一帮那些可怜的人，我……拿上吧月江，我没别的意思，我只是看着你家那种情况，我心里难受哇！"

几经推辞，最终拗不过赵新林的死缠烂打，赵月江只好收下两百块钱。

过了几天，赵月江突然接到王望农的电话，王望农很生气，一接通就破口大骂："赵月江，你个饭桶，烂泥扶不上墙的东西，说实话，要不是我看在和你爹是老同学的情分上，你休想当上这个村主任！知足吧你，不喝酒能馋死你？赵新林什么人，一个村相处了三十来年，你到现在还没搞清楚他的底细？为啥收人家两百块钱？你干脆穷死算了！"

赵月江听得一头雾水，我收了两百块钱不假，这是赵新林关心我的，有错吗？啥事发这么大的火？

赵月江心里也有气，刚说了两句他的理由，就被王望农怼了回去："你呀！你还嫩着呢，赵新林把你卖了你都不知道，好了，就这！"

"王叔，这……这到底怎么了？"赵月江根本没搞懂。

电话那头，王望农气得直骂娘，他再没多说什么，临挂前只交代赵月江说，今天我给你打电话的事不要跟任何人提起，如果你还想干这个村主任，就乖乖听我的话，也不要找赵新林过问发生了什么事，钱你就拿着，好自为之！

“嘟嘟嘟——”电话挂断了，赵月江莫名其妙，眉头一皱，细细分析了一下：两百块钱？赵新林把我卖了？到底怎么回事，发生了什么？他想去问赵新林，突然想起王书记的交代，他又退却了，怕自己弄巧成拙，害了自己不说，还连累了王望农。

日子一天天平静地过着，他再也没有接到王望农的任何电话。赵新林见了他还和往常一样说说笑笑，似乎什么都没有发生，或者压根儿什么事都没发生吧！只是王望农听信了一些什么风言风语吧，说出事，只是他的个人推测罢了？

关于收了这两百块钱的事，他压根儿没觉得会有什么问题，这本是同一个村里人对另一个人单纯的帮助而已，这是做善事，没错啊！那晚，赵新林哭得很伤心，根本不像在玩什么猫腻啊！不管怎样，他还是听从了王书记的嘱咐，没有向赵新林提起有关这件事的任何疑问。

直到后来，低保户评选的结果下来了，名单上刷掉了赵同阳，取而代之的是赵新林！

这怎么可能？赵同阳的儿子从小患有先天性疾病，时常拿药养着，一针药动不动上百元，难道上面不知道这事吗？也许，这几年孩子病情好转了，暂缓一缓？可就算是这样，也轮不到他赵新林啊，非要说选一户出来，那也非他二爸赵胜忠莫属啊！

别说曹莲花不理解，就连他赵月江也摸不着头脑。为这，曹莲花气愤地去了高山村委会找王望农讨个说法。王望农淡定地说：“这事你别急，上头绝不可能胡作非为，我给你讲讲其中的缘由你先听听。这些年，你家一直是低保户，新河村人谁都看在眼里，你家娃娃那种情况，没人有意见，可是谁都清楚，这两年你家孩子病情好转了，虽说这些年因为给娃治病欠了不少外债，但落到这个层面上讲，整个高山村和你一样的人不在少数，上头的意思是让大家轮流享受一下政策的红利，这你没意见吧？就拿你们村赵胜忠来说，女人腿脚不方便，持有三级残疾证，不能干重活，这些年供孩子读书也拉了饥荒，俩娃还没有正式的工作，现在社会就业压力大，这你也看在眼里；你再看看赵月江，女人瞎折腾了几年，他母亲有病，月霞呢，现在神经兮兮的……唉，你是不知道，我们做工作难得要死，希望你能理解。”

话说到这里，曹莲花语气缓和了一些，脸上有了一丝笑容：“行，王书记，你说的这些我能听懂，但有一点我实在不明白，就算刷掉我家，可哪有理由换成赵新林家？他家缺啥？不就是年前死了他爹赵海平吗，政府也要管这个？”

“对，你说到点子上了。赵海平父子都当过新河村的村主任，我们考虑到他家是有功之家……”

“有功？哼！”显然，曹莲花不服气。

“你且听我说完好不好？这功在于两代人参与管理了国家的行政村事务，你说有没有功劳？就算没功劳也有苦劳吧！再说，赵海平家老二，天生是个半脑壳，如今他爹死了，赵新林不也压力大吗！关键的是，在1947年那回，解放军不是曾来过新河村嘛，最后还住了一夜，这事就是赵光德老人一手操办的，从革命解放事业的角度讲，人家是有功劳的，当然新河村人都有功劳，不过你应该清楚，老人们说起那一夜的事，都在说要不是赵光德口气硬，在那个物资匮乏的年代，还有谁的觉悟有那么高，愿意为解放军队伍免费提供吃的喝的？”

曹莲花嘟囔着嘴巴沉思了一阵，欲言又止，这时王望农接着说：“你就不要有什么意见了，你家吃了这么多年低保，你敢说没人在背后说长道短吗？你要明白，你家儿子的病情现在好转了，再这么继续下去，恐怕我这一碗饭……家家有本难念的经，想致富还不得勤劳靠双手？很明显，赵新林家最多也就享受一年，不能再多了，今年评选上，只是上头出于对他爹和他爷的一份感激之情罢了，你们要理解。”

话说到此，曹莲花还能说什么呢？就算心再狠的人，听这么一解释也不得不理解了。

曹莲花走了，王望农一屁股瘫倒在椅子上，额头直冒汗：这个赵月江，真傻，若不是为了保他，我敢这么瞎编乱造吗？

原来，赵新林那晚给赵月江二百块钱，纯属黄鼠狼给鸡拜年没安好心。一来他想享受一次低保，再者，就算失策了，也要把赵月江坑一次。这小子太不知天高地厚了，村主任明明是他可以选上的，要不是半路杀出个王望农，就凭他小子也能走到今天？不撒泡尿照照自己！

赵新林果然头脑聪明，他了解王望农对赵月江的那份良苦用心，非一般人之间的普通感情。就算他有意想把赵月江拉下水，也有王望农挡在前头想方设法保住他，这是赵月江之幸运，但也是王望农之软肋。

话说回来，二人喝酒后的第二天，赵新林就给王望农打了个电话，他把昨晚给赵月江塞钱的事一五一十说了，只是最后他加了一句："这个钱，虽说是我帮助村主任的，但钱他已经接受了，如果，这次低保评定的事，你看，能不能麻烦王书记……不然到时候我也管不住自己的嘴，担心一紧张会说错话，到那时赵主任……"

话还没有说完，王望农就一口答应了，他强颜欢笑地说："我当什么事呢，知道了。"

挂了电话，王望农气得咬牙切齿，方才，他很想对着手机痛骂赵新林一顿，可理智告诉他，那就是个小人，何必得罪他？

其实，这完全没必要顺从赵新林的阴谋诡计，就算上头说是赵月江收了贿赂，可他完全可以辩解说，这是赵新林故意设下的套，他一直想当这个村主任，他有作案动机。而，就算撕破脸，赵新林矢口否认怎么办？

这不是最让人头疼的，关键会牵出赵月江是如何当上村主任的？若是问起新河村人，他们大多数人肯定不赞成这小子管理村里事务的，他不够资格。问题来了：既然这般，那谁又是故意违反民意的幕后推手呢？很明显是他，说深一点，也有龙窑乡政府干部南庆仁的责任。

可不能走到这一步，到那时，他也脱不了干系，闹不好饭碗都得丢了。要知道，在新河村，除了赵月江，适合当村主任的人选随便能提出一两个！能怎么办？只能顺着赵新林的意思走了。于是，他想了整整一夜，才编出了那样一套有模有样的说辞——曹莲花是第一个听信的，这下没事了，那个最难对付的人都心软了，别人自然好说。

一年过去了，这件事就这样悄悄过去了，再没有第二个人站出来挑他的刺。即便平安无事，但身为一名共产党员，他觉得对不起肩上的责任，可是，为了能保住赵月江，他豁出去了，因为这份恩情他不得不报，他爹活着的时候，没少帮过他啊！不过分地说，要不是他爹曾处处照看着他，他可能不会有今天吧！

这件事他一直装在心里，像一块石头压住了心跳，让他惶惶不可终日。一年了，他没跟任何人提起过，包括赵月江，只有赵新林知道。

没告诉赵月江，是怕他一时冲动会找赵新林说理。赵新林是什么人，他能斗得过他吗？再说，弄不好还会搞出大乱子，到那时，他一年的心血白费了，指不定还会搭进去更多无辜的人。他只提醒赵月江，叫他少跟赵新林来往便是。

以前，赵月江曾好几次问过他，说王书记，那次你电话里发火到底是为什么？每每提起这事，王望农就拉下脸，狠狠地瞪他一眼，赵月江只好识趣地低下头不再吭声。直到那次低保评定结果出来的当晚，他想了一夜什么都懂了，原来这是一个阴谋，他的确太傻了。

往后，赵月江再也没跟王望农提起过这档子事，他能感觉得到，王望农看出了他的心思，两人什么都明白，只是心照不宣而已。自那次事后，赵月江决定一心一意跟着王望农好好干，说什么他都听；之前那些不好的脾气也一点点改掉了，不为别的，他只想感恩王望农的一片良苦用心，也希望在若干年后，在这条路上自己能走得更远一些。到那时，父亲在天有灵，他一定会感激王望农的，也会为儿子的进步感到骄傲的。

对于赵新林的阴谋诡计，一年过去了，赵月江从没有在任何人面前提起过此事，包括要好的朋友赵同亮和赵刚子。他之所以这么谨慎，还是出于对王望农的安全考虑，言多必失，这是真理。还有赵新林，他也不曾对他提起过，还是和往常一样正常地相处，只是在他内心深处无形地竖起了一道城墙：那个小人一定要提防！他果然是个伪装高手，在赵新林看来，赵月江就是个不折不扣的傻子，老子害了你，你还一口一声喊我为叔？呵呵，他觉得自己胜利了，积压已久的怨气总算释放了一回。

去年，就因为低保评定的事，二爸赵胜忠对他意见很大。他怎么也想不通，这个小侄子眼瞎了吗，难道看不见你二婶是名副其实的残疾人？家里什么情况他不了解？可笑的是，就算不选我家，可怎能刷掉赵同阳而选了赵新林家呢？简直胡闹！

这事，赵月江也压在心里，他没跟二爸过多解释，只说这是上面的意思，我一个小小的村主任也无能为力！二爸鼻子里一哼，摇摇头不再说话，显然，对他这般敷衍的解释，他是不会相信的。

可是二爸啊，我赵月江家情况也不好啊，结局呢，我家也不是没有评上低保户吗？多少我还当着新河村的一村之长呢？这，你能理解吗？

此刻让赵月江最懊悔的，莫过于当初为什么要喝他家的酒，为什么要收下那莫名其妙的二百块钱？为此，害得赵同阳家的名额最后被刷掉了。他是希望他家被选上的，因为赵同亮的户口和哥哥家在一起，自老婆死后的第三年，他就把户口转移到哥哥的户口簿上了。

如果去年他家没有被刷掉，赵同亮家至少多了一份经济来源，那么，对于赵同亮的病，会不会或多或少增加一丝希望呢？此刻，赵月江觉得，有总比没的好，这么说，赵同亮的死和他也脱不了干系吧！

还说什么秉公办事，就这样秉公办事的？笑话！赵月江啊赵月江，你糊涂啊，你能对得起死去的好哥们亮亮吗？你能对得起父亲生前的谆谆教诲吗？你能对得起王望农对你的一片良苦用心吗？说句安慰的话，这是赵新林蓄意而为，可你又不是三岁的小孩子了，还没有辨别是非的能力，你何时才能长大？这个村主任当得真不称职啊！

你小子！真不行，你还差一大截呢，你得好好表现啊！

想起陈年往事，加上赵同亮的不幸，还有家里这些年的种种不如意，赵月江深深吸了口气，呼出时，眼泪忍不住跟着滑落脸颊，流进耳廓里凉凉的。他多希望这是一滴神奇的水，清洗一下他的耳朵，让他瞬间忘记过去，从此只聆听美妙的天籁之音，那该多好啊！

下午，赵月江答应陪刚子一起去看戏。刚子说，下午的戏可能散得快一些，那么远的路程你愿意去不？别说我硬拉着你去的，走了大半天的路，看不了多久就散场了，你又抱怨我还不够脚疼的呢！

赵月江一笑，说："我知道，只是想出去走走，你不是有摩托车吗，骑上可好？"

赵刚子笑了，食指指着赵月江的鼻子说："你瞧，被我猜中了吧！算了，还是别去了，我的摩托车上次摔了，还没顾上修呢！"

"那走吧，走回去，边走边聊，一霎工夫就到了。"赵月江说。

两人点了支烟，从刚子家出门，走到沟底的时候，碰见赵新林和赵长平。

"真是冤家路窄！"还没走到跟前，刚子嘴里就开始嘀咕起来，赵月江眼神示意他不要多说话，大路朝天各走一边，谁又不碍着谁。

赵长平先听见身后的脚步声，他回头一看，是刚子和月江，他笑着问候了一声："月江，你们也去啊！"

"嗯。"几乎同时，两人以鼻音简单应了一声。赵月江对赵长平心存意见。他爷高东喜热心肠，爱帮助穷人。就拿他二爸赵胜忠来说，在以前，日子困难的时候，高老爷子总是出手相助，虽说并没有做出过什么轰轰烈烈的大事，但生活里的一些小事一直帮个不停。所以，就冲着这一点，他心存感激，更何况那时候他还帮过他家呢！比如编过竹筐，编过绳子，送过南瓜，他还会磨剪刀，他给母亲磨了好多次剪刀，磨得可锋利了。

就是这么热心肠的一位老人，在大孙子赵长平的眼里，却成了一个十恶不赦的大坏蛋，一切矛盾的根源就是因为姓氏之争而起。公说公有理，婆说婆有理，一言以蔽之，在赵月江看来，谁都没有错，要怪就怪当初那个匮乏的年代，贫穷落后造就了人们的思想保守封建，看不开理儿。不就一个姓吗，如今的社会呢，跟着母姓的大有人在啊，也没听说过他们因为此而争得头破血流。

人类发展史上，曾经不是出现过一段母系社会时期吗，还延续了大约三万五千年呢，后来才慢慢过渡到父系社会的！还有一点，赵长平抱怨自己命不好，是因为姓氏之变影响了赵家的地脉，话能这么说吗？简直一派胡言！那只能怪他不好好听话，生性顽劣，没认真学习，到头来才耕田种地的。如果说这是命运使然，和姓又有必然关系吗？姓爱新觉罗的都能当皇帝吗？胡扯！跟我一样贫穷的不照样一大批呢！

赵长平这么问了一句，赵新林回头看了一眼，微微一笑，也应和道："来了！"

"嗯，凑凑热闹，天气不错。"赵月江说。

说话间，二人已经和他们走齐了。刚子始终没多说话，只是低着头向前大步走。赵月江有点尴尬，便说："慢点，刚子，上坡路。"

说罢，赵新林也应了一声："刚子，抽根烟，慢慢走，戏还早着呢！"

"哦。"刚子胡乱答应了一声，顺手从衣兜里掏出一支烟给自己点上，赵新林递出的烟只好收回来给了赵月江。几人点上，边走边聊，刚子一直走在前头。

路上，赵新林告诉赵月江说，上午我看见你丈人李多旺了，哎呀，不知道人有多憎恶他，本不想和他搭话的，可那人就是不识趣，硬追着人拉话，没辙便多聊了几句。

赵月江点点头微微一笑，什么也不说。

“长平也在，是不长平？”

赵长平鼻子里“嗯”了一声。

“哦，对了，早上咋没见你？”赵新林问。

“羊圈那边转了会。”

“啥？羊圈！”赵新林一脸惊恐，“去那里干啥？赵同亮挂在那里，你也敢去？”

“不提这事，说别的。”赵月江话音未落，刚子便阴阳怪气地回了一声：“羊圈今天见到鬼了，但不怕人！”

“啥？”赵新林没听仔细，一旁的赵长平憋不住笑了。

“他说啥？见到谁了？”赵新林问赵长平。

“赵叔，李多旺跟你说啥了？”赵月江担心两人扯多了会红眼，便打断了赵新林的问话。

“哦，也没说啥，我绕着弯子把他给羞辱了一顿，哈哈，主任，你没意见吧？”

听见“主任”二字，赵月江心里猛地咯噔了一下。这一年来，别人喊他一声主任不觉得别扭，但唯独赵新林不一样，总让人听着怪怪的。这一年来，他压根儿就没叫过他几声主任，因为他一直心存怨恨，他觉得是自己抢夺了本该属于他的位子，要不，去年那次喝酒，他怎会一口一声亲热地称呼他为主任，还说在他身上看见了家父的影子，直到后来才晓得，这家伙居然在坑人！还好，聪明的王望农有惊无险地化解了他的烂招，不然他可能早不是村主任了，或许现在应该换成他了吧！

“那个没脑筋的浑蛋，捶他一顿我都没意见。”提起老丈人李多旺，赵月江气不打一处来。

“哈哈哈，捶倒没捶上，不过差一点点！”赵新林笑了，他告诉赵月江，你们听着，我是这么问李多旺的。我说李家哥，燕飞呢？没跟你一起来看戏吗？李多旺说，那个疯子叫不来，大红太阳高高挂，躲在屋里不知道干啥呢，能把人气死！我问，李家哥，你说实话，能管得住燕飞吗？他嘿了一下，笑道，当女孩的时候能管住，自嫁了人后管不了了。我说，是真的假的？李多旺说，当然是真的了。我再问，在你们家里，燕飞听你的还是听她妈的？李多旺说，谁的都不听。

“不对，好像应该听她妈的吧！”

“不听她妈的。”

“肯定听，她妈的！”

“不听！”

“她妈的，必须听！”

……

李多旺脸上的笑容渐渐消失了，他应该听出了一丝异样的味道，赵新林这才停止。

说到这里，赵新林笑得直不起腰来，赵月江也抿开嘴笑了。“是这样吗长平哥？”赵月江将信将疑。

“新林开头不是说了，他把你老丈人给羞辱了一顿，这不正是吗！哈哈哈，当时把我笑死了，但憋住没敢笑。”似乎，赵长平上午憋着的笑这会儿才释放了出来。

论辈分，赵长平理应喊赵新林一声“叔”，但因为那场姓氏之争，最初就是因赵光德而起，所以赵长平一直对赵家心有怨恨。但多少年过去了，那都是老辈们造的孽，恩怨虽说一直存在，但到赵新林这一辈，隔阂并没有那么大了。如今的赵新林，什么都没有，村主任他没选上，和所有人一样是个平头百姓，这让他的心里平衡了许多。当年他爷就是因为当了村主任才有权插手别人家的事务，所以他打心里排斥“村主任”一词，尤其是赵光德的子子孙孙，再也不要出现一个当官的了，哪怕是小小的村主任也不行！

“不听？不听咋成样子！还谁的都不听，有没有王法了，他这不放屁吗，是不月江？”说到这里，赵新林气呼呼的。赵月江只是听着，不再笑也不答话。

“你知道我当时怎么缠着他的吗？我说李家哥，这妈的不听，她爹的也不听，一个姑娘家的成何体统？不听话不服管教哪里是好孩子？这人一变坏很危险，由着她的性子来哪能成吗？得治，你应该使家法才行！”赵新林笑着说。

“唉！那咋行呢？骂不听管不服，打多了更反叛了，反正我是治不了！这是李多旺的原话。”赵新林接着说，他像是在说单口相声，头一会儿摇摇，一会儿点点。

“我就说这简单，我给你找个人能治好，看你愿不愿意了！我刚说完，李多旺眉头一皱问：是谁？我说是她儿子兵兵，如果兵兵不行那就换她男人赵月江，抽她几鞭子便乖乖的，看她以后还瞎折腾不，这法子怎样?”说到这里，赵新林忍不住笑了，“你知道李多旺当时啥表情吗？哈哈，那个脸气得呀，都快要扭曲了！我才不管那些呢，继续问：行不行？李多旺没好气地瞪了我一眼说：现在是法治社会，打解决得了问题吗？再说这娃也乖着呢，从小到大我都没动过几指头，凭什么要挨他赵月江的鞭子?”

说到这里，赵新林吧唧了一下嘴巴，摇摇头说：“李多旺这不是心虚吗？开头说管不了，我说打一顿便可，你听他咋说，从小到大他没动过几指头，凭什么……我的气一下子上来了，直接告诉他说：这么说来，燕飞一直待在娘家里，还不是你们纵容的？十里八村的人谁不清楚？你跟我谈法治？那行，按法律的途径解决此事，你觉得谁会是赢家？你们做长辈的啊，眼光要放长远一些，不能糊里糊涂地瞎折腾害了孩子一辈子，你说说赵月江哪一点不好？他现在可是村主任，虽说两人都是二婚，但月江的二婚和燕飞的情况可大不一样哦……话还没说完，李多旺生气了，脸色大变了，他死死地盯着我，像是要吃掉我的样子。哈哈哈，你问问长平我说的是不是真的。”赵新林捂着嘴笑，他把目光转向赵长平。赵长平笑着点了点头，说：“这家伙，今个早上真把你老丈人气得够呛！”

“完了，我一看气氛不对，赶紧掏出一支烟给老人家点上，这才平息了一场可能即将爆发的冲突，哈哈哈！”赵新林笑得前仰后合。这时的赵月江也忍不住笑了，听赵新林这么逗老丈人，他一点儿不生气，反倒觉得很过瘾，这种人活该被戏弄！戏弄多了，就知耻了，也就慢慢醒悟了。

“今天是我在旁边，他一个人不敢造次，不然气疯了有可能对你动粗，你信不新林?”赵长平笑着说。

“不是可能，绝对会！反正今天很险，如果再严重一点，估计我早受伤了！嘿，这种厚颜无耻之人，就得好好教训一顿，唉，划不来招惹他，若要真打起来，就他？歇着吧！”赵新林把目光转向赵月江，说：“我一个外人没理由动粗，月江，对这种不讲道理的人，其实有时候拳头就是道理，你可别不信。”

赵月江一笑不再说话。

赵月江何尝不明白这样一个道理？可现在是什么社会，和谐社会！如果动武能解决问题，怕是李燕飞早乖乖待在家里了，还能嚣张到今天？

几人正聊得欢时，突然电话响了，大家本能地摸了一下口袋，原来是赵月江的。

“刚子？”赵月江一愣，刚子不是在前面……他朝远处看了一眼，人不见了，哪儿去了？

他接了电话，刚子说，你赶紧上来，有人电话打到我手机上了，说找你有事，你快点上来。赵月江问是谁，刚子说人家不肯说，我也不知道。

方才聊得欢，居然没注意刚子跑远了。赵月江说，我先上去一趟，刚子打电话说有点事，有人找我呢，你俩慢慢上来。

赵新林点点头说去吧，到戏场了联系，咱几个好好喝一杯，如果再能碰见李多旺的话，你远远地看着，我和长平俩再戏弄一番，说着赵新林憋不住大笑起来。

“你可要当心了！”赵月江一笑，说完就走了。

身后，赵长平小声说：“有事？哼！这刚子真是气性大，不说话就罢了，招数不少！”

“没事，随他去吧，这家伙多少年的事了，真能记仇！他媳妇结扎的事，是乡政府的干部带走的，干我爹啥事？想象力可真丰富。再说了，这计划生育是公家的政策，他咋不去骂龙窑乡的乡长呢？他小子不敢！”提起这事，赵新林心里很不是滋味，“其实我早看透了他的心思，他现在所抱怨的，并不是当初谁举报了他媳妇怀二胎的事，而是浑浑噩噩的那些年里，他因为喝酒赌博，害得杨娟最终离家出走，他真正痛苦的重点就在于此，他是在寻找发泄的对象，以减轻自己犯下的过错，自欺欺人，自我安慰。是个正常人都能想明白，就算是我爹举报了这事，可你说说，离家出走和结扎有直接的关系吗？杨娟是结扎一年后才出走的，你说这扯的哪儿跟哪儿？”

“你这一说，还真有几分道理。”赵长平若有所思地点了点头。

“要不是他小子经常犯浑，我早想打他了！”赵新林长出了口气。

“如果真按你分析的讲，刚子是拿你当发泄工具了，也罢，忍忍，缓解他人痛苦也算救命，救人一命胜造七级浮屠呢！”

“什么歪道理？这样的好人我可不想做，我不是菩萨，还没达到那种普度众生的境界呢！”

耳畔，突然回响起赵新林刚才的一番说辞，他说刚子跟他找碴儿，纯属是无中生有，是转嫁痛苦，是自我安慰，这话听起来怎么……道理的确不虚，总感觉哪里不对劲儿，他单单是在批评刚子吗？似乎指桑骂槐，桑是刚子，槐是我？高赵姓氏之争，细细想来和刚子的事如出一辙，难道说，我对赵新林的偏见，也是无中生有，转嫁痛苦，自我安慰？扪心自问，还真像那么回事！

他脸上猛地一烧，一下子红到了脖颈。“抑或，是我想多了？”他心里惴惴不安。

再说赵月江，他紧追了一程后才赶上刚子，跑得气喘吁吁，身上冒汗，一碰面他就问：“刚子，谁一个？”

“没有谁啊！”

“喂！你不是说……”

“哎呀！好了好了，喘口气。实话说了吧，我就是看不惯你和赵新林走在一起，他是什么人吗？也配跟你这个村主任并驾齐驱？”

“扑哧！”刚子的话一下子把赵月江逗笑了，他想趁机批评他两句，可就在这个节骨眼上，脑海里突然闪过一年前发生的那件窝囊事，瞬间，他又改变主意了，他冲刚子一笑：“对，他也配？他什么人吗？！”

两人边走边聊，到底是年轻人，不一会工夫就到了。谁说散戏人不多？还挺多的嘛！其实是天气帮忙了。前两天因为下雨加阴天，这边地势又高，风一吹就能感觉到寒意，就算再热闹的好戏，谁还愿意出来受这罪？

今儿个大不一样，是最后一天演出，阳光明媚，三月的阳光晒得人有些慵懒，在家憋了三两天，人们都赶过来散散心凑凑热闹，似乎要把前几天失去的美好光景在最后这半天全给补回来。

人山人海，人声鼎沸。老人坐在台阶上出神地听戏，小孩拿着玩具枪在大院里追逐打闹，女人们在摊位前挑选换季的衣服，男人们蹲在一起抽烟聊天。商贩们扯着大嗓门卖力地吆喝揽客：便宜啦降价啦！快来挑快来买，最后半天大优惠，机不可失，失不再来！

两人先去庙里烧了一炷香，出来后打算坐下喝两杯。大热天走了一程路，口有些渴了。买啤酒的路上，碰见二爸赵胜忠，赵月江打了声招呼，二爸摆了摆手示意他过来一下，赵月江走到跟前问：“二爸啥时候来的？你喝啤酒不？”

赵胜忠瞪了一眼：“你有俩钱就胡花上了，一块钱的矿泉水不能喝？”

“不解渴嘛！”赵月江搔搔头笑了。

“我们那一辈多艰难，都喝山泉水过来的，现在不也没渴死？”二爸又瞪了一眼，“哦，我看见你丈人和燕飞来着呢！李多旺就算了，跟你媳妇见个面，买点好吃的，聊聊去，半个小时前见的，就在戏台前两排靠左的位置！”

“是吗？好的二爸，谢谢！”

“少喝点酒！让你媳妇看见了咋想？”二爸喊了一声。

“不喝了不喝了！”赵月江回头冲二爸笑了一下。

刚子问：“你二爸说啥了？”

“他说看见李燕飞父女了！”

“噢，然后呢？”

“他叫我跟燕飞聊聊去。”

“那，去不？把啤酒买上，咱一起和你媳妇聊聊去！”刚子一本正经地说。

赵月江瞪了一眼：“说啥呢！你就算了，酒也别买了，叫燕飞看见咋想？又开始做文章了，说我抽烟喝酒不务正业！得，你先买一瓶喝着吧，我拿两瓶饮料过去看看。”

“也行吧！见机行事，别啰里啰唆的，那种女人不能讲太多道理，必要的时候……”刚子握了握拳头。

赵月江瞪了一眼摇摇头走了。

赵月江去小吃摊买了两瓶好点的饮料，还买了两包李燕飞平时喜欢吃的辣条。怕熟人碰见问长问短，他要了个黑色塑料袋把东西装进去，之后按照二爸说的方位去找人。

可是最终无果。他不得不把范围扩大一些，在第三排甚至第四排、第五排细细排查，还是没找见。二爸不会撒谎，他说人来了一定是来了，既然前面不在，也许在后面某个位置，半个小时前见的，指不定见了熟人又换了位置吧！他索性把整个戏院都找了个遍，还是没碰见：奇怪了，难不成她回家了？

只顾着找女人李燕飞，把老丈人李多旺早抛到脑后了。正当他泄气地挤出人群准备找刚子时，恰巧迎面和老丈人撞了个满怀！谁看谁都不顺眼，谁看谁都上气，但是碰见了还不得不礼貌问一声，毕竟他是晚辈。

“你也来了，爸。”赵月江微微一笑问道。

“嗯嗯，来了。”李多旺却沉着脸。

“给，喝一瓶。”赵月江掏出一瓶饮料。

李多旺一看摇摇头：“不喝，不渴！”

“拿上吧！”

“不要不要！”

人群拥挤，他没办法多待，既然不要拉倒，他再没强求。身后，有人喊着让一让，赵月江不得不移步躲开，和老丈人拉开了两步距离，似乎就在这一瞬间冒出了一丁点儿勇气，他喊话：“燕……燕飞没来吗？”

“走了！”

“走了？哦……”

赵月江失望地挤出人群，来到刚子身边坐下，他正在喝啤酒，见人过来，说：“这是你的一瓶。”

赵月江摆摆手，一脸沮丧。

“咋了？没找见？还是……谈崩了？”

赵月江摇摇头不说话。

“给！”刚子打开啤酒递给赵月江，他接过仰起头咕嘟咕嘟喝了一通，放下酒瓶，他从袋子里掏出一瓶饮料递给刚子。

刚子一笑：“还是啤酒过瘾，给你媳妇留着吧！”

“人回了！”赵月江把寻人的经过讲了一遍。听罢，刚子拍了一下大腿，骂道：“爱喝不喝，毛病！这不明摆着，你老丈人要和你死扛到底？有啥意思！这李猴子！他儿子那样不就是报应吗？不积阴德！赵新林说他羞辱了一顿你丈人，这种人该！”

“不提这破事了，好好看戏，糟蹋心情！”赵月江点了一支烟。

大院里人头攒动，通往大殿的台阶上，也坐满了男女老少。舞台上到底唱着什么戏？他俩谁都不知道，赵月江更无心过问，只是呆呆地盯着舞台狠狠地抽烟。浓烟弥漫，把他熏得像大殿里的关二爷，刚子离得近认得，若是他二爸赵胜忠再碰见，肯定看不清他到底是谁。

刚子瞥了一眼，赵月江神色黯淡，眼珠子半天都不动一下。他清楚他心里在愁着什么，也好，不要打扰他，让他在尼古丁的麻醉下好好安静一会儿吧！

清静了没一会儿，不远处就听见有人在大声吵嚷，声音很尖锐，嗓门盖过了这么多人的嘈杂声，想必一定是出大事了！

"好像是李多旺！"刚子歪着头冷不丁冒出这么一句。

"屁话！咋可能？"

"你仔细听听！"

赵月江屏住呼吸听了半晌，他还是没分辨出来到底是谁。

"过去看看，八成是你老丈人，我眼神不好，耳朵可尖着呢！"刚子摸了一下他的耳垂。

提上塑料袋，二人朝声源方向走去。到了地方才知道，刚子说得一点儿都没错，吵架的正是他老丈人李多旺。天哪！对方居然是赵新林和赵长平！赵月江看了刚子一眼，紧皱眉头不知所以。

意外的是，李燕飞也在场，她正在哭。赵月江顿时反应过来，那会老丈人说她走了，原来是不想让他找见而已，这个李猴子，愚到只剩下一根筋了！

这些都不足为奇，关键新林和长平怎么跟他俩吵起来了？噢！天哪，明白了！回来的路上，赵新林说过：下午去了我再戏弄一下李多旺——坏了，看来应该是过头了！

赵胜忠在一旁拉架，还有村里其他几个人。

这阵子，李多旺正死死地抓着赵新林的衣襟，脸涨得绯红，嘴角溢出了白沫，他两眼暴突，像吃人的狼一样咆哮着："新河村的狗，赵新林，你今天有能耐把我放倒在高山寺，正好人多，你可以扬名立万！"

"李家庄真正的死狗非你李多旺莫属，现场随便拉一个人问问，谁不知道你的臭名声？晦气死了，今天怎么碰到你了，我闲得慌啊！"赵新林脸上有两道清晰的抓痕，有大拇指长，正在渗血。他的衣服也被撕烂了，最上面的一粒纽扣不知道到哪里去了。

赵月江清楚，谁惹了李多旺，就好比摸了老虎的屁股，不是吃不了兜着走，就得够你喝一壶的了！

“是，我就是死狗，今天我要让你好好认清我是个什么样的死狗！你好端端的，上午拐着弯把我羞辱了一顿，我是为了不伤和气就没跟你计较，还当我是二百五呢！得寸进尺，你说说，你不是死狗那算不算是疯狗？”

赵忠胜在一旁说好话：“他姨父，别这样了，人这么多，不怕人笑话！”李多旺的儿子李燕龙和赵晓江是小学同学，小时候晓江经常去他家玩耍，时间久了，两个大人见了面也时常说起，也聚在一起抽根旱烟，或是聊聊年成。后来，李燕飞嫁给了侄子月江，亲上加亲，他俩的关系越来越好。这几年，两个娃的婚姻一直很紧张，没人敢登门给李多旺说两句好话，关键不对劲的人他根本听不进去，闹不好还会打起来，唯独赵胜忠不一样，只要登门拜访，李多旺会热情招待，很可惜，说别的都行，就是不准提孩子的婚事问题。

今天这种情况，围满了这么多看热闹的人，但没人敢像赵胜忠这样多劝两句，可能敢摸老虎屁股的大有人在，只是那样的“英雄”迟迟不肯出现——多一事不如少一事，像李多旺这样的死狗，不值得招惹，好比踩了一坨狗屎，臭人不说还有可能摔人一跤。

“老哥，你不管这事，我看他赵新林要把我怎样！”给赵忠胜回话的时候，李多旺的口气瞬间缓和下来。

赵月江走过去，刚准备和岳父说两句好话，没承想还没来得及开口，李多旺一见他就破口大骂起来：“赵月江，你不是东西，啥意思？这狗是你找回来专门对付我的？赵月江，你不是村主任吗？也算芝麻大点官，你咋不光明正大地跟我干一架呢，哼！小小年纪学会玩阴的了！好，你们人多势众，有啥招数尽管使出来，待会儿公安同志来了，咱看看到底谁比谁狠！”

“啥？都报警了?！爸，你要干啥？我……我才赶过来，我又咋啦！”赵月江一头雾水。

“你别装孙子，我不傻！”李多旺朝女婿使劲吐了一口唾沫。

赵月江很无奈，莫名其妙地被搅进去了，真不讲道理，随他去吧！

这时，赵新林忍不住笑了：“我说这是死狗，胡搅蛮缠，胡说八道！”他是为赵月江开脱。

“你闭嘴，少说两句！”怕事情闹大，赵胜忠不得不顶了赵新林一句。

和岳父搭不上话，赵月江打算过去问问李燕飞，谁知父女俩一个嘴脸，都一口咬定这是他一手指使的，我呸，冤枉人！

没辙，赵月江只好拉过赵长平，问他怎么回事。长平说也没啥事，我俩一进戏场就碰见燕飞，新林嘴馋说了几句不干净的话，惹恼了女人，她就满口说脏话。赵新林什么脾气，能像你一样惯着她吗？我还没拉住呢，他就冲过去给人家脸上一巴掌，你说现在什么社会，哪有随便打人的？打完，燕飞的火药桶点燃了，哭、闹、打、骂，吼翻了天。不一会儿，你老丈人就来了，一问原因肺气炸了，就和赵新林干起来了。本来是咱错在先，赵新林死不承认，硬要逞强，我拉都拉不住。结果，李瘦猴被新林一脚给撂倒了，当时人也多，他觉得失了面子，火冒三丈，拼了命打开了。

“那咋还报了警呢？”

“李多旺呗，气不过就冒冒失失地报了警，说要抓赵新林呢！”赵长平看了一眼手表，“快了，警车很快来了，就来了，有好戏看了！”

赵月江瞪了赵长平一眼：“你咋说话呢？唯恐天下不乱！”

“那还要我咋说？一个脾气暴躁的疯狗，一个有名的死狗，狗咬狗一撮毛，你说这叫不叫好戏？”

赵月江听出了长平话里的意思，他是对二人的固执和倔强感到气愤、无奈，人嘛，有啥想不开的，争啥争？明知是死狗，那好端端地惹人家干吗？自讨无趣！

“我理解新林的用心，站在我的立场上讲，他是在替我出气，唉！”赵月江无奈地摇了摇头，“但愿警察来了谁都不要有事！”

“放心！警察一天忙得焦头烂额，就不要惹麻烦了，反正我不怕。”长平朝地上吐了口唾沫。

赵月江靠近不了，别人也说服不了，两人一直纠缠在一起不放，赵新林很无奈，李多旺似乎信心满满，他在等民警过来为他主持公道。

十多分钟后，乡里派出所的车来了，这下真有好戏看了。爱看热闹似乎是人的天性，人们围成一团等待好戏上演，而戏台上真正的演员还在卖力地吼着，他们却一个个往这里聚集。

“散开了，散开了！都看戏去！”车子上下来三个警察，朝着围观的人群喊了一声，人们回头望去，三个穿着藏蓝色制服的警察大步朝这边过来。

人头攒动，大家赶紧往外面撤退，警察进去了，人群又围过来。不知道的人还以为这里有杂耍表演，踮着脚尖想方设法要满足一下好奇心，这的确是人的天性吧！

一经审问，原是这般。警察挨个儿给他们讲了一通道理，该批评的也批评了，其实是做调解工作，希望双方尽快和解，这属于民事纠纷，犯不着大动干戈走程序。

李多旺的名声，在龙窑乡都有名呢！这不，今天来的其中一位民警就听说过他的大名，没见过其人，只知道这是个难缠的主。今日一见，果然名不虚传，那眼神和动作，着实很滑稽，那夸张的表情和假惺惺的表演，让在场的人无不哑然失笑。

做了一番思想工作后，民警说："好了好了，都散了，你们两家以后不要再闹了，多大个事！但是我得提醒你们，现在是法治社会、和谐社会，不管说话还是动手之前，都要静一静，多过过脑子，尽量大事化小小事化了，人与人之间相处，难免磕磕碰碰，忍让忍让，忍一忍让一让不就过去了？少不了骨头少不了肉，是不？乡里乡亲的，低头不见抬头见，何必非要拼个你死我活！我告诉你们，现在的架可不好打，不管输赢，都得进局子，赢的一方掏医药费，输的一方还得受疼痛，划算吗？"

道理是听懂了，可李多旺还是不服气，非要让警察把赵新林拿铐子铐起来送进派出所反省两天。民警有些不耐烦了，敢情刚才说了半天白说了，便二话不说，拿出铐子准备把所有人铐起来，这下李多旺傻眼了："为啥要铐我？我犯啥法了警察同志？"

"参与打架斗殴，扰乱社会治安，都走，说不听，那就走程序，还治不了你们了！"说话的是了解李多旺的那位民警，其实他只想吓唬吓唬，像这种不讲道理的人，就得给点颜色看看。

赵新林看出了一二，本身也没犯下多大的事，他倒没怕，只见李多旺急了，他脸上瞬间多云转晴，笑着给警察递烟，边说："哎呀，好了好了，都说我们脑子里没一点文化，小肚鸡肠的法盲，净给你们公家惹事，是不新林？"他走过去，给赵新林也递了一根。见情况突然反转，警察都蒙了，但也心里有数，本不该接烟的，眼看事情就要结尾了，心里一高兴就接下了。赵新林也接了，他是为了给民警面子，不然让人家觉得他赵新林是块榆木疙瘩看不开理儿。

烟都点上了，方才的闹剧散了，围观的人群也笑了。这笑声里，一半是嘲笑李多旺怂了，一半为双方能和好感到欣慰。

警察给李多旺竖起了大拇指："听过你的大名，今日看来你还是个不错的人，加油！"另一个警察上前插了一句："以后不许再找各自的麻烦了，都是大男人，除了生死有啥看不开的？相逢是缘，谁知道过了今天明日还能不能相见？人生无常啊！过来，互相握个手，这事就算了结了。"

"成！警察说得对。"李多旺先伸出手，赵新林不得不迎上前配合演戏，握住手，二人交换了一下眼神，互说了一声对不起。那一刻，人群里竟然响起了掌声！

也就是这一刻，赵月江的心里一惊，应该是猛然清醒：是啊，相逢是缘，人生无常！多好的话，活了三十多年，头一回这么强烈地感受到岁月无情、世事无常。不知道围观的人，赵新林、李多旺父女听懂了没有，反正他觉得人这一辈子就该活这么个理。

放下吧，那些执迷不悟的人，人生苦短，争到何处才是个头啊！

人群里，他看见刚子的脸上掠过一丝淡淡的喜悦，不知道是他感悟到了什么人生哲理，还是只为今天这样圆满的结局感到欣慰。

第三章　恩泽

农历三月十二日，下午，赵月江突然接到王望农的电话，王望农告诉他说，尽快到村委会一趟，开会。

“什么会?”快要春播了，赵月江正在田里忙活。

“今年咱高山村要通自来水啦!”听声音，王望农很高兴。

“自来水?你是说人吃的自来水吗?”

“难不成是给牛羊搞的?咋想的!”王望农忍不住笑了。

“不是有水窖，还有山泉水，为啥又要搞自来水?”

“你少说两句，赶紧上来开会，乡里的南庆仁主持会议，听完你就明白了。”

王望农挂了电话，赵月江把铁锹往地里一插，蹲下来卷了根旱烟，点上，他边抽边思考：为什么要通自来水?当然他能想到的一点就是方便，另外，这是一个大工程，投资不小，老百姓又得掏钱!自来水的水源从哪里来?肯定很遥远，这材料费啊人工费啊，一连串加在一起又是一大笔费用，唉，吃水问题不是早解决了吗?

王望农下了通知，作为村主任他不得不去，这是上面的政策，好坏还不清楚呢，先听一听再说，至于能不能顺利地实施下去，有多少人支持边走边看吧!反正他是没抱多大希望。新河村多少代人来了去了，祖祖辈辈不都是靠着对山的那口泉水生活的?那泉水流了几百年都不曾干涸，经过山体复杂的地质结构层层过滤，清澈见底、甘甜可口、沁人心脾，方圆十里八村的人谁不知道那口泉水的名声?尤其是老一辈，说起来就一个字——香!如果有人在新河村有亲戚，串门走亲的时候少不了带上一瓶山泉水，这似乎成了不成文的规矩。水带过去后，小辈们并不在乎，倒是上了年纪的人可喜欢得不得了——第一件事就是生火熬茶!

老辈们说，新河村的泉水就是煮茶用的最好的水，山里人不酿酒，不然，拿新河的水酿酒一定很香，还说，新河村人酿的醋就是醇正、好吃。赵长平家以前酿过醋，最初还好，到后面就不行了——那家伙为了能多卖几个钱，往里面掺了过多的水，过度稀释，自然寡淡无味了。

除了这口泉水，如今村里大多数人家都有水窖，若是下一场大暴雨，水很快就盛满了，人吃、饮牲口、洗衣服……将近二十方水需要很长一段时间才能用完。至于雨水干不干净，那不须考虑，每逢下雨的时候，若要往窖里放水，有的人家院里是水泥硬化面，雨水先冲洗干净再打开阀门，流进去的水自然是干净的；若是土面，也不必担心，有水窖的人家都有一张大大的塑料纸，下雨了赶紧铺在院子里，四角用砖块压实，等雨水把表面冲洗干净了，再打开阀门放水，很干净的。

如果水盛的时间久了，有杂质或者变了味，也不要紧，人们会用水泵抽出来，外接一根长长的管子，一直延伸到自家菜园里或就近的地里用作灌溉，一点儿不浪费，多好的事！还有一种处理方式，就是谁家盖房子了，把水抽出来和泥、泡砖，等房子盖完了，一窖水也抽干了。之后，主人下窖，把里面清理干净，等下雨了再放些干净的水。

说了这么多，在赵月江看来，通什么自来水，对新河村来说有必要吗？上面是不是应该多往基层走走，多考察考察，再论证论证？眼下，山里人吃水并不是最棘手的事，如果有那工夫，能不能把村里的路修一修，再硬化一下，这才是新河村人最期盼的。

当然，通了自来水，方便是肯定的！不过，窖水就在家家门前，有的在大院里，甚至有人更聪明，在水窖里放了一个水泵，地下埋了一根管子，端头直通灶头或者水缸，用的时候，直接按一下开关，水就来了，多方便——这能叫自来水吗？能！

至于山泉水，也不远，在村子的对山脚下，只翻一道沟就到了。对年轻人来说，挑一担水并不累，不过上山会压得人直喘气。说到这，有个现实的问题必须正视，这几年来，村里的年轻人都外出打工了，别的不说，就吃水这个问题，有水窖的当然不需用出力去挑水，而没水窖的人就不一样了，只能去挑，年轻的后生不在，谁去挑？这个担子只能落在老年人肩上了！从这一点讲，吃水的确是个大问题，亟待解决。

想到这里，赵月江似乎找到了答案，政府出台这一项政策，多数原因应该是基于这一点考虑吧！如今人口老龄化严重，空巢老人增多，大多是一些孤寡老人、留守儿童，所以接通自来水对他们而言，无疑是一件好事。

赵月江没有回家，简单拍了拍身上的尘土，整理了一下衣服，扛起铁锹直奔高山梁上。倒好，这里离会址近一些，若是从家里出发，距离倒远了。

一根烟抽完了，赵月江边走边又卷了一根。他的烟瘾实在是大，以前想过戒掉，如今家里这般样子，一想起来叫人头疼，一心烦就想抽烟，现在根本戒不掉了，除非出现转机——女人李燕飞回家，老老实实过日子，或者二姐出嫁，再好一点，老母亲身体健康，可这一切像是天方夜谭，难啊！

除了烟，还有一个更好的解愁办法，那就是喝酒。喝酒不行，酒量太大，喝多了伤身体不说，还惹是生非。就去年赵新林哄着他多喝了两杯，没承想还是个套！打那以后，他尽量减少饮酒。这个家，唯一的男人就是他了，他不能倒下，自然要保护好身体，还不得不在酒桌上提防一些小人的算计。

自当上村主任以来，通自来水这件事，可能是他遇上的最大的一件事儿。几百年过去了，村里人都是吃着山泉水过活的，那自来水似乎只是城里人才有的标配，山里人可能想都没想过。他敢打赌，开完会以后，若是他把这事给村里人一通知，好多人肯定都不相信，一是出于地形考虑——山里是什么地形？山大沟深，蜿蜒曲折，坑坑洼洼，很少有直路，水管子怎么接下来？总不能走高架桥挂在半空中吧！那不能，只有埋在地下。怎么操作？村路弯弯曲曲，有的土质太坚硬，没法开挖，有的一挖就是大石头，还有，有的要经过门前庄后，山里人最讲究迷信，怕动土不吉利，还说挖沟会破坏风水……他在新河村长大，三十来年了，这里的每个人他了解得一清二楚。

想到此，他已经有些胆怯了，王望农把这项大工程交给他，施工这一项能顺利进行吗？他能带领大家圆满完成任务吗？他长出了口气，觉得很棘手。

另一个因素，水源从哪里来？干不干净？味道怎样？和新河村的水相比较，质量能过关吗？还有，这项工程农户需要出钱吗？多不多？最后，就算水通上了，上头收费吗？贵不贵？花钱吃水，这可是头一回听说，但话说回来，天下没有免费的午餐，便利自然是需要付出代价的。

新河村人能想到的，他这个做村主任的几乎都想到了，心里有所准备，开会才有成效，他倒要听听南庆仁是如何打算实施这项大工程的。

这么想着，不知不觉来到了大路上，再往前走一程就到了会址。他放下铁锹，又拍了拍身上的灰尘，到底有没有不知道，收拾一下总觉得心里踏实一些。作为一个老实巴交的农民，形象是好不到哪里去了，但作为村主任，总要有点精气神吧！今天的会上，高山村各个行政村的负责人都在，不能丢了新河村人的脸面啊！这么想来，他突然觉得应该先回一趟家，洗把脸洗个头，再换一身新衣服，打扮打扮才对，毕竟这是个重要的大会，事关高山村全体村民的吃水问题啊！

他来到会址前，门大开着，院子正中央有个不大的国旗台，台面上的水泥有小部分脱落了，露出红砖的一角，像是害了白癜风。不过，高高的不锈钢管顶头，一面红色的国旗迎风飘扬，煞是好看，像飞在蓝天里的一只大红鸟，很有精神；那哗啦哗啦的声响，似乎火凤凰在鸣叫，舞动着轻盈的翅膀，努力要飞出这座大山，飞到遥远的大城市，飞遍祖国的大好河山——这不正是山里人不屈不挠的精神，一代又一代人的憧憬和期盼吗？

就是这一面红旗，让赵月江心里莫名一阵感动，这种感动化为一股无形的力量，注入体内，让他因为刚才有了畏惧心理而自惭形秽、心生愧疚——这会还没开呢，具体什么情况不清楚，就畏畏缩缩提前打起了退堂鼓？这是一个村主任该有的责任和担当吗？

就是在这里，去年的五月，他第一次拿着一份入党申请书懵懵懂懂地交给了王望农，他期望早日入党，之后升官发财，如今站在这面红旗下，想来太幼稚太惭愧。记得上小学时，老师说红领巾和红旗的红都是革命前辈鲜血的红，他们抛头颅洒热血才换来了今天的安宁和幸福，我们才能安安静静地坐在宽敞明亮的教室里读书学习，人民才能安居乐业。党是无私奉献的，是为人民谋福利的，怎能一想到困难就退缩，一想到好处就挤破头往里钻呢？如果是这样，今天的中国不知道会是什么样子，如果是这样，歌曲里怎会唱“没有共产党就没有新中国”，如果是这样，那入党还有几分意义呢？

刚子说得对，为人民服务，就是心里要装着老百姓，秉公办事，这些做好了就能入党了。入党是一件很神圣的事，入党，是人生最崇高的理想——站在这面红旗下，内心升腾起一种强烈愿望，他想加入那样一群有信仰的人，做一个有意义的人。

转过身，望着远处清晰可见的新河村，他扪心自问：赵月江，新河村吃水的问题你能圆满解决吗？能！头顶，那面鲜艳的红旗迎风招展，哗啦哗啦，为他加油打气。

“月江？”身后，一个熟悉的声音在喊他。回头一看，正是王望农。

“书记好！”赵月江把铁锨立在墙角，双手在衣服上利索地擦了几下，走过去准备跟王望农握手。

“干啥去了，灰头土脸的？”王望农笑了，他两步迈过来，一手紧握住赵月江的手，余光瞥了一眼手腕上露出来的表，有些歉意地笑着说，“哎呀，不好意思，来早了来早了，都怪我，南庆仁那阵子打来电话，说再推迟半个小时，他临时有点事，办完就赶过来。幸好只通知了你一人，不然人都来了会还不开始，他们肯定会骂爹骂娘！抱歉啊月江，刚忙着准备会议资料，忘记给你打电话了，走，进去喝杯水。”

“说哪里话？推迟半个小时就等半个小时呗，不要紧，一眨眼就到点了。幸亏你通知得早，不然我有时候邋遢一下就赶不上了。”为了不让王望农尴尬，赵月江笑着给他找台阶下。

“拿着铁锨，哪里去了？”王望农说着拍了拍他肩膀上的土，那可能是铁锨把上蹭的土。

这个细微的动作，让赵月江心里有点感动，他十分清楚，和王望农非亲非故，他之所以一直对他这么关照有加，是因为他和父亲曾经是要好的朋友。父亲生前也经常提起他，不过都是一些陈芝麻烂谷子，父亲的印象里，王望农是个诚实但胆小的人，他说早前他没少帮助过他，这么说来，王望农不是个忘恩负义的人，他一直惦念着父亲的好，他对他付出的这一切，都是在报答父亲生前的那份恩情吧！

越是这样，越让他想起父亲曾经的伟大，助人为乐，正义慷慨，如果他现在还活着，肯定比王望农干得大呢！有他照看着，这个家，也不至于走到如今这样寒酸的地步。

“嘿！你打电话的时候，我正在毛梁山上的地里干活呢，地埂滑坡了！”

“你是直接从地里头赶过来的？”

“可不。”

“哎呀！把你赶急了，我的错。来，赶紧洗把脸，收拾一下咱喝茶。”说着，王望农提起暖壶往盆里倒了热水。

“不忙不忙，我自己来，书记。”

赵月江洗了把脸，看了看镜子，感觉头上有土，就胡乱地洗了一下，没有洗头膏，地上有洗衣粉，他干脆抓了一把。洗罢，擦干，用梳子理了一下，嘿！这下精神多了。对着镜子他偷偷笑了一下，感觉这下对得起新河村的乡亲了，让别人一看，新河村的面貌和他的脸面一样，应该是让人舒服的。

衣服上也有尘土，他拿毛巾擦了一遍，感觉新多了。裤子上也是，还有鞋子，也简单擦了下。收拾完，整个人感觉有底气了，心里踏实多了。今天这个会很重要，他要好好听，把所有疑问都搞明白，回去了给村里人讲清楚。只有讲清楚了，人们才会有全面的认识和准确的判断，工作开展起来才能得心应手。

他在洗漱的过程中，王望农已经给他熬上罐罐茶了。干了一阵活，口干了，喝他一罐养养精神好开会。

他谢过王望农，问道：“书记，自来水这事，实锤了吗？”

王望农没听明白，眉头一皱：“你说啥？什么锤……咋了？”

赵月江经常上网，“实锤”是个网络用词，意为某件事情确定了、落实了。

他笑了，解释道：“我是说，通自来水的事确定要实施吗？”

王望农吧唧了一下嘴巴，“哎呀”一声：“你这话说的，这是上面的政策，县政府的文件都下来了，红戳子盖好了，你说能有假吗？”

“你说上面啥意思？就拿新河村来说，吃水问题不是解决了吗，怎么还搞这些？”

“你别问了，待会儿开会南庆仁会讲清楚的，我可能对政策的理解不是太透彻，说不准确你就别听了。但一句话，对咱高山村来说，这是百年难遇的大好事，你别有异议，人家会笑话你思想落后、目光短浅呢！”王望农笑了一下。

赵月江不再说话，默默地点了点头。

“行，你先喝着，糖在茶几下呢，我去会议室看看，时间也差不多了，我再通知下人。”说着，王望农起身走了。

“你忙吧。”赵月江欠了欠身子。

人走了，屋内只剩下他一个人，安静得很，只听见电炉子上的茶罐发出嘶嘶的声响，后墙上挂着一块圆形的褐色边框钟表，红色的指针发出嚓嚓的声响。屋内陈设简单，一张三人旧沙发，一张高低床。桌子是一张旧了的黄色写字台，不大，桌上摆满了一些书籍和文件，左边是一台电脑，以前的那台“大脑袋”淘汰了，右边放着一台座机，已经泛黄。墙面是白灰粉刷过的，如今已不再白了，成了淡黄色，那是冬天生火，火炉里冒出来的烟熏黄的。墙上唯一醒目的是一个压缩板不锈钢面制作的荣誉证书，上写：高山村先进党支部，落款是龙窑乡政府，日期是二〇一二年。

屋外，他隐约听见王望农在打电话，他知道，那是在通知各村的负责人前来开会。

第一杯茶熬好了，他加了一块冰糖，端起杯子边走边打量。这是王望农经常工作的地方，这个简陋的房子，和他的为人一样清贫寒酸，却心系百姓；他是一个纯粹的党员，一个有信仰的农民——他也种地，只不过左手抓着家庭，右手捧着高山村的父老乡亲。

走到桌子跟前，他翻了翻那些书，大都是关于党的工作和理论方面的书，还有一些农作物种植和家禽养殖方面的书。中间有一本新版《毛泽东选集》，让他眼前一亮，觉得格外熟悉，因为家里就有一本同样的书，不过是老版的，印象中最初的文章日期是从中华人民共和国成立前夕开始的。那本书是父亲唯一留下来的一本，书中有父亲生前写过的批注。

他放下茶杯，仔细翻了一下，纸张白白的，和家里的那本感觉全然不一样，没有年代感。再翻几页，意外在书中发现了一张叠着的纸，他打开看了一眼，天！这居然是他去年提交的那份入党申请书！

纸还是那纸，白白的，字迹还是那字迹，歪歪扭扭，只是上面多了一些用圆珠笔修改过的痕迹。他认得，那是王望农的笔迹。看到这一幕，他有些疑惑，原以为去年王书记早就扔到垃圾篓里了，因为他曾抱怨过，那字迹写得歪歪扭扭的，根本不合格，可没想到一年过去了，这张纸还保留着，更意外的是居然修改过了！那字迹确实好看，方方正正，像他的为人。

瞬间，他脸上莫名一阵发烫，他为自己当初能说出那样的入党动机感到惭愧不已，文章是从网络上抄写的，没有一点儿与自己相关的内容，这也就罢了，字迹还写得潦潦草草，跟狗爬似的——态度如此不端正，够资格入党吗？

当然不够！差得离谱！即便这样，王书记还是认真修改过了。他能感觉到，这一年来，他们之间的关系，从最初的爱搭不理到如今的热情相待，说明了什么？他进步了，初步通过考验了。应该是这样，不然，他一个老党员，一个多年的老书记，哪有工夫理会自己这样一个落后分子？这一刻，他理解了这位前辈的一片良苦用心，最初不爱答理他，并不是因为当了书记高高在上，而是在用这种激将法激励他应该成为一个怎样的人；曾经，看到入党申请书上丑陋的字迹时，他说，党员是那样歪歪扭扭的吗？把字练正了再说，这不正是在暗示他先做人再正身吗？

可惜自己太愚笨，当初根本没有理解他的教诲。

正想得入神，王望农进门了，他竟然没听到一点儿脚步声。见状，他笑了一下，说："茶溢出来了！"

赵月江这才反应过来，赶紧夹好纸放好书，脸上掠过一丝尴尬，看着王望农的眼神，充满慈善，他恍惚觉得那很像曾经的父亲，他周身一震：月江，你要做一个父亲的好儿子啊！

"不好意思，我，我随便翻翻。"赵月江手足无措，有些尴尬。

"呵呵，"王望农只是轻轻笑了一下，"加油！"他又点了点头。

赵月江也一笑，使劲儿点了点头。关于入党申请书的事，他只字未提。其实用不着多提，彼此的微笑和点头，足以说明一切。

赵月江另取了个杯子，把茶倒上递给王望农："书记，辛苦了！"

赵月江的一声"辛苦了"，意在感谢王望农这一年来的关照和栽培，而王望农似乎听出了他的意思，应该不单单是指刚才忙着会前准备辛苦了。他接过茶，嘴角微微上扬："应该的。"

"书记，收拾完了吗？我，我能不能帮你做点什么？"刚才只顾着喝茶，却忘了帮一帮他，赵月江心里暗暗责怪自己太愚笨。

王望农摇摇头："没啥事，都准备好了，刚才南庆仁来电话了，说在半路上了。"

不一会儿，人们陆陆续续赶来了。王望农叫他们喝茶，好多人都说不喝，本来就一个电炉子，这么多人怎么喝？

“那到会议室坐坐，南主任马上就到。”说着，王望农拿着钥匙出去了，大家跟在后面，打开会议室的门，人们找好位置坐下，等待开会。

约莫二十分钟后，南庆仁赶来了。一进大门，他透过玻璃窗看见会议室挤满了人。他先进了办公室，王望农正在写一篇发言稿。

“我看人都到齐了？”

“到了，领导，有一会了。先喝口水吧！”

“不了，现在就去，有开水吗？帮我倒杯水。”说着，南庆仁从提包里掏出不锈钢杯子，王望农接过来赶紧倒满。

“走，开会！”拿上杯子、笔记本，南庆仁直奔会议室，身后，王望农提着水壶和纸杯跟过来了。

进了会议室，南庆仁抱歉地说：“不好意思，赶了点事儿，大家久等了！”他坐下来，示意王望农把水都倒上。

赵月江坐在最前头，看见王书记忙着倒水，他赶紧站起来一杯一杯传给大家。最后，他给南庆仁递了一杯，南庆仁笑着摆了摆手，说：“谢谢月江，我这里有。”他指了指手边的不锈钢杯子。

赵月江只好收回了。南庆仁小声问了一句：“最近忙不忙，月江？”

“还好了，一个人的劳力，地种得不多。”

南庆仁笑着点了点头，赵月江下去坐好。

“好，我们开会。”南庆仁咳嗽了两声清了清嗓子。

“各位，今天把大家叫来，有一个很重要的会议召开，眼下是春播的时令，大家也忙，百忙之中打扰，望各位理解！”他双手合十晃了晃，接着说，“呵呵，不过呢，接下来我要给你们宣布一个好消息，接上级通知，春播后我们要搞一个大项目，要好好忙活一段时间。”南庆仁喝了一口水，把头转向王望农，笑着问：“这是院里的窖水吧？”

王望农点了点头说是。南庆仁向大家扫视了一圈，举起右手，示意大家先喝口水。众人听从，都端起杯子喝了一口，有人举得高高的，以为是以水代酒，礼貌地敬了一下。

南庆仁笑了，他问大家：“细细品品，这水味道咋样？”

众人一头雾水，刚才以为随便喝一口，一入口就下肚了。尝尝水的味道？水能有什么味道，没味道呗！听南庆仁这么一说，大家以为杯里的水加了什么，你看看我，我看看你，都不约而同地端起杯子又喝了一口。

“怎样？”南庆仁再问。

“没味道啊！”有人说。

“不如我家窖里的，有点儿土腥味儿。”另一个说。

“淡黄色的，颜色不对吧！”

“水太硬，不如山泉水。”

……

“怎样，赵月江？”南庆仁问。

“呃，我不会讲，但要说和新河村的山泉水相比较，那差远了。”

“好！说得好。停下来，今天咱们开会的议题就和水有关，咱们村啊，要通自来水啦！”说最后一句话的时候，南庆仁脸上堆满了笑容。

“自来水？”

……

人们交头接耳，议论纷纷。

“对，是自来水，人吃清清的自来水，你们说这是好事不？”南庆仁再次确认。

他接着说：“同志们，咱们要通自来水了！是不是觉得很稀奇？嘿，我第一次看到这份文件的时候，也是一愣，自来水？那不是城里人才有的吗？咱这里山大沟深，祖祖辈辈都是吃山泉水过来的，哪里会想到今天我们也要通自来水了！我想大家应该听说过以前的那些事吧，其中引洮工程就是其一。我省中部的定西、会宁等地区地处黄土高原丘陵沟壑区，干旱少雨，植被稀疏，生态环境持续恶化，水资源极度匮乏成为限制地方经济发展的瓶颈。为了解决人民群众的生存和发展问题，我省在 20 世纪 50 年代就提出了引洮河水到中部地区的设想，曾于 1958 年开工建设，限于当时的科学技术水平和经济条件，终因工程规模过大、国力民力不支，被迫于 1961 年 6 月停建。”

“几百年了，甚至上千年了，历史的车轮一直滚滚向前，可农村的发展总是滞后于城市发展的步伐，各方面都是这样，教育啊，经济啊，医疗啊，等等。

当然这是由我国国情决定的，也是由国家发展战略决定的，我国还处于并将长期处于社会主义初级阶段，这就是国情。提起我大中华，虽说地大物博，可人口多底子薄，发展不平衡，人均占有量少，这么一个经历了百年战争的农业国家，要养活十几亿人口何其艰难啊！一步一步来嘛，发展是要遵循历史规律的，一口吃不成大胖子。同志们，我说的意思呢，在咱这样落后的山村里能吃上便捷的自来水，国家真不容易，反正我是没想过，我爷爷还活着，他一听有这事，嘿，死活不相信！我说那行，你好好活着，等自来水通上你就知道了。”

“今年呢，是我国全面实施‘十二五’规划承上启下的关键之年，也是全面深化改革的开局之年。国家水利部明确说了，要加快建设一批具有辐射带动作用的重大骨干水利工程，并积极深化改革，破解制约水利发展的体制机制障碍，加快推进城镇供水管网向农村延伸和规模化供水，今年再解决六千万农村人口饮水安全问题！同志们，六千万，这个数字听着吓不吓人？关键词是六千万——农村人口——饮水安全！说到这里也许有人问了：饮水安全？难道我们吃的水不安全吗？笑话，如果不安全的话，祖祖辈辈咋活过来的，是不？”南庆仁笑了一下继续讲。

“我来告诉大家，饮水安全，并不是指表面上的清澈无杂质，不是这样的。咱们平时吃的水里含有微量矿物元素，如铁、钾、硒、钙等，我们平时说的硬水和软水，区别就在于这些矿物质含量的多少。关键是有些元素是有害的，超标的，如氟、砷，就算临时检测没问题，可饮用时间久了，有害物质在体内堆积，日积月累，毛病同样出现了。”

“2005 年水利部在起草《全国农村饮水安全工程‘十一五’规划》之前，通过调查统计获知，全国农村存在饮水安全问题的人口大约有 3.23 亿，什么概念？基数大不大？而所谓‘农村饮水不安全’的界定，主要针对农村饮用水含有高氟、高砷、苦咸、污染及微生物病害等严重影响身体健康的水质超标问题。大家细细想想，你平日吃的水安全吗？就拿窖水来说，它的主要来源是天上的雨水，你能确保雨水是安全的吗？这就牵扯到环境污染问题了。现在重工业兴起，空气遭到不同程度污染，酸雨听过吧，主要就是人为向大气中排放大量酸性物质造成的，雨、雪等在形成和降落的过程中，吸收并溶解了空气中的二氧化硫、氮氧化合物等物质，就形成了酸性降水，它分为硝酸型酸雨和硫酸型酸雨，硫酸、硝酸，这个大家都听说过吧？你说这些有害物吃下去对人有好处吗？氟，长期饮用高氟水，能导致氟中毒，骨骼中摄入过量的氟会使骨骼增生、弯腰驼背，严重的可丧失劳动能力！”说到这里，南庆仁停顿了一下，看了一眼大家。

“还有砷，提到它，我说一种物质，它的主要成分是三氧化二砷，这是化学名词，不懂没关系，大家知道这个是啥吗？”人们摇摇头。“《水浒传》都看过吧，武大郎是怎么死的？毒死的对吧，什么毒？是砒霜！前面我说的三氧化二砷，就是它的主要成分，瞧！这砷厉害吧！人吃多了怎能不引起病变？退一步讲，就算空气没有被污染，雨水是正常的，可下到地面总会受到些污染吧，你看着水泥地面很干净，细菌这些你总看不到吧？但它确实是存在的。还有，贮存在窖里的水长期不流动，咱们叫死水，时间久了会变质，而且微生物滋生，人吃了好吗？另外，我了解了一下，咱山里人吃水都是用一根绳子吊一个水桶打捞，明明桶底下不干净，似乎没人在乎这些，时间久了，你想想，窖里的水还能干净吗？”

“除了水窖，再说山泉水。山泉水一般是经过山体内部复杂的地质结构层层过滤的，杂质和大颗粒有害物明显过滤掉了，可矿物元素能过滤掉吗？所以问题又回到那些有害元素超标的事上了。山泉水都比较偏远，路远吧，现在年轻人都出门了，家里只剩几个老年人，腰腿不好，叫他们怎么挑水？麻烦不？除了这，山泉水长期处于露天状态，家禽啊牲畜啊在泉水外面的水塘里饮水，撒尿拉屎，你说污染不污染？那是肯定的！山泉水是活水，阳光、空气充足，生存条件好，微生物自然多，你看不见，但我们时常会吃到肚子里，就比如有人喝了生水肚子疼，为啥？微生物或者细菌所致啊！如此等等，我就不细说了，你们再看一个现象，咱山里人年龄大了腰腿疼痛，关节肿大，有的还掉头发，除了长期繁重的劳动所致外，这也跟饮水里的矿物元素含量大有关系，这不是我在这里瞎说的，这都是科学。”

“我为什么要啰唆讲这些呢？原因很简单，这有前车之鉴，外村在通自来水的时候也遇到过同样的问题，那就是大多数人都想当然地认为，他们吃的水很安全、很放心，多少代人都是这么走过来的，为什么突然要搞这项工程？是不是瞎折腾呢？你们全然可以这么想，能这么想的人说明思想进步了，有觉悟，知道保护自己的利益了，这也是监督政府的工作嘛，不错。但今天我要说清楚，咱们吃的水并不安全，咱们是人，免疫力并不高，不能和圈养的牛羊比较，它们喝了脏水没事，咱们人不行，人就是这么矫情，当然这是物种进化的选择，咱不研究那些。我只是告诉大家，通自来水的主要原因，都把解释工作做好，给咱父老乡亲都说得明明白白，咱们饮用的水并不安全，从客观上讲也不方便。自来水就不一样，水源是从洮河九甸峡水利枢纽灌入的，国家自然保护区的水，天然活水，经过管网运输，先到水站处理加工，就是过滤消毒这些程序，目的就是保证吃水安全嘛！之后运输到家家户户，安全又便捷，有何不好？

“嘿！其实，我觉得我的担心是多余的，咱们吃自来水啊，算是最后一批了，人家外面好多村早吃上自来水了，咱还犹豫什么？接下来，我要讲讲工程施工有关问题。第一，主体管道的施工和安装和咱们没关系，由上头统一用机器挖掘并填埋，你说叫你们去也没人愿意去，也没时间，关键还不会操作，工程验收过不去，那咋成？”南庆仁笑了一下，端起杯子喝了一口，接着说，“每个村的总管道一般设在靠大路的村口处，剩下的工作就是往家家户户引流，这一部分工作呢，就需要在座的各位发动全体村民共同完成。简言之，就是根据村庄的分布，包挖到户，追根溯源，比如你家需要吃上水，倒着走，能和就近的某一户接通，那么从这一段起你接着挖，一直挖到你家门口。如果还有不明白的，你们可以问王书记，具体工作实施还得靠你们自个儿。至于管网的设计，这个你们不用操心，乡政府会派专人下来，先把管网路线画好，挖渠的参数标准他会一并告诉你们的。另一部分工作，就是各村主任下去先摸排情况，做好解释工作，看整个村里愿意通水的有多少人，记着，这不能强求，根据村民自愿！最后一点。”

南庆仁喝了两口水，扫视了一眼大家，继续说：“这最后一点呢，就是资金的事。国家为解决乡村吃水问题，中央财政拨款比例非常高，重点支持中西部地区，本来饮水安全问题主要集中在中西部农村地区，重点解决中西部贫困地区农民饮水安全问题，大家听明白这两个重点，一个是重点地区，一个是重点地区里的贫困地区，这是分层次投资的。‘十一五’期间，国家对治理农村饮水安全的投入采取中央投入三分之二，其余由地方政府配套，其中地方配套的资金主要以省财政投入为主，而中央财政的划拨又重点向中西部倾斜，这刚才已经说过了，就是‘两个重点’，具体倾斜的比例是东部三成，中部六成，西部则高达八成！咱们就属于西部地区，是八成！”

“我说的意思呢，这项民生工程全部的费用由国家掏了，可不是吗，中央八成，省财政又是大数，落到咱们老百姓头上，就是小小的一部分了。绕了一大圈，我是要告诉各位，通水的每家每户需要出一定的费用，主要是材料费，咱们县里的标准是每户一千二百元。可能说了半天，有人想跟我开一句玩笑：南庆仁，你提啥都好就是别提钱！对不？哈哈哈……”南庆仁笑了，台下也有人跟着笑了，这一笑，方才紧张的气氛缓和多了。

“一千二百元多吗？我觉得多，这些钱在咱们农村能做好多事呢！但又一想并不多，因为现在是21世纪了，不是20世纪七八十年代了，那会谁家有一千二也算有钱人啊，对不？我说这话的意思，并不是站在个人角度为了好开展工作而有意误导大家，让你们赶紧出钱通上自来水，完全不是，我是希望你们每个人都能做好解释工作，算好这笔账，自来水通上了你就知道多划算了。后期吃水也要掏钱，具体价格还没定下来，但根据别的地方大概一方水两三块钱。咱们算一笔账，一方水是一吨，也就是两千斤，一桶水是四十斤，一担水就是八十斤，按整数一百斤算吧，那么这一方水就是二十担，这么多的水多少钱？三块钱！如果你要去山里挑这二十担水，三块钱……呵呵，想都别想！好了，这笔账我就不再仔细算了，有兴趣你们可以跟村里人一起算算，反正我是觉得很划算，你们觉得呢？”

话音刚落，台下所有人都鼓起了掌。带头的不是王望农，是赵月江，他之所以带头鼓掌，是因为南庆仁说到他心坎里去了，前面一直在质疑吃水背后的各种问题，这下在南庆仁的讲话里全部解惑了，不愧是龙窑乡政府的干部。说了半天，就最后这一笔账算得让他心服口服，能看到它的好处，一方水，二十担，三块钱，家门口，再还要咋解释？话说到这份上了，如果还有人质疑，那就随他去吧！他真切地感受到了南庆仁的那份真心和忧虑，他这么苦口婆心地说了一大堆，是为了他的利益吗？没有！为了高山村的每一位村民能喝上安全的水，这才是他的意图，也是政府给偏远山区人民创造的福祉，这是惠民工程，功在当代，利在千秋啊！

掌声停止，人们交头接耳，大多数人在点头，一部分人脸上乐开了花。南庆仁看在眼里，觉得刚才的一番话没有白说。王望农给他一个赞许的眼神，笑着点了点头。显然，他对这个上司的工作是满意的，虽说年纪比他小，但人大有作为，讲话头头是道，有理有据，他很佩服他的才干，领导带好了头，他这个下属更好开展工作啊！看人们这般积极的表现，他心里的压力一下子释放了。

“好了，请大家静一静，我再啰唆几句，算是今天的会议总结。下去以后呢，你们要做好以下四方面的工作。第一，做好解释工作，就是要给乡亲们正确解读党的政策意图，这是惠民政策，创造福祉，要说明什么是饮水安全？可能我说了这么多，有的没拿笔记本记不住，总之简明扼要，把重点说出来就行了。第二，做好摸排上报和资金收缴工作，这里面千万要记住一点，自愿、自愿、自愿，我说了三遍，这个很重要啊！第三，要做好思想动员工作，主要是工程施工问题，就是要积极配合挖沟渠，确保各项工作按进度保质保量完成。第四点，就是安全问题，施工过程必须做好安全防护措施，不能出现人员受伤的情况。我建议呢，做工作的时候多用数据说话，用事实说话，和外面已经吃上自来水的人比较一下，再者，就是算好每一笔账，都记住了？”

“记住了！”台下回答参差不齐，但声音都很响亮。

“好，我讲多了，耽误大家很多时间，下面由王书记给大家讲两句。”南庆仁带头鼓掌，台下跟着应和。

王望农看了南庆仁一眼，忍不住笑了，说：“今天这个会，开得很好，原本有几个要点我等着补充，结果呢，南主任一股脑儿讲清楚了，讲得很透彻很全面，我，我现在不知道说啥了！哈哈哈！”王望农憋不住笑了，台下的人也笑了。

“那我就简单说两句，下去以后呢，咱要根据南主任所说的做好解释、摸排、收缴、动员等一系列工作，要克服种种困难把这项工作做好。本来这就是为咱们自己谋福利，所以各方面都要积极主动一些。眼下就要春播了，时令不能错过，把庄稼种好；其次呢，后期开工的时候，一定要保质保量保进度，还是那句话，这是为咱自己谋福利，没人愚蠢到会给自己做豆腐渣工程吧？保进度呢，有一个因素就是不能耽误农时，你说你不积极配合，工作一直拖着，等到收麦子了咋办？再遇上多雨季节，一连下上好几天，这不更耽误了？所以，我希望各位一定要高度重视起来，协调好各方面的工作，把这项惠民工程落到实处，做一个满意的交代，好吧？”

台下一阵鼓掌，南庆仁肯定地点了点头。

“王书记讲的这一点很好，民以食为天，农时不能耽误了，一定要重视起来，辛苦各位。下面，你们谁有需要补充的吗？大家各抒己见，咱们共同研究研究。”

所有的疑虑被二位领导讲透了，他们还能说啥？静了一小会儿，没人发言。赵月江想说两句，碍于王望农在，怕说错了给他丢人，他一直憋着。

“赵月江，你讲两句嘛！”估计是南庆仁看出了他的心思。

“我，我也没啥说的，该讲的你们都讲清楚了，我全听明白了，确实是好事。呃……我觉得，咱们山里的土质可能不好，有的地方好挖，有的地方可能会遇上石头，施工的过程中，这点因素是要考虑进去的，大家要因地制宜。还有一点……呵呵，可能有点荒唐，但我觉得应该要注意，就是咱山里人思想比较保守，对风水这个问题比较介意，可能有些地方有人觉得会坏了风水不让挖，这个工作千万要谨慎一点，不能引起内部矛盾或一些不必要的纠纷，我就说这两点，谢谢大家。”

话音刚落，南庆仁带头鼓起了掌：“嘿哟！我说啥来着，众人拾柴火焰高，这人多了考虑问题就是全面，这两点很重要啊！是不是，王书记？真大意了！”南庆仁点点头，把目光转向王望农。

“有道理，施工的时候要尊重各方意见，商量着来嘛，尽量优化解决方案，不可莽撞引起矛盾，这不好！”王望农说。

“施工安全要做好，比如工具不牢靠，人都挤在一起很危险。其次，要注意路线的选择，尽量避开一些塌方或者不安全地段。”有人补充说。

“说起安全，还要注意地下埋着的电线，这个很危险。”另一人说。

“监督工作的公平性，不然有人偷懒不出工，会影响大家的积极性，从而影响进度。”

……

大家你一言我一语，会议室里“闹”翻了天，而这种情况正是南庆仁希望看到的，他边听边做笔记，这不仅为他积累了一些宝贵的经验，在今后的工作中，也为他提供了一些新的思考方向。他得感谢今天所有参会的人，人多力量大，的确是，他根本没想到的一些问题都被他们提出来了，对他做工作来说，又多了一层安全保障，他自然高兴得很。

会议进行了一个半小时才结束。这个会开得很好，很有成效，不知是南庆仁主持得好，还是人们对通自来水这件事本身很感兴趣，总之大家敞开了聊，气氛融洽，各抒己见，共同完善，为通水工程早日顺利完成积极建言献策、保驾护航。

人们各自散了，赵月江也跟着走了。西边，太阳还没有落山，院子里的那面红旗迎风招展，哗啦哗啦，像是在为这次胜利的大会鼓掌祝贺。

走了不一会儿，他突然想起忘了拿铁锹，哎呀不好，赵月江一拍脑袋，只得转身去取。

进了大院，静悄悄地，靠近办公室门前，才听见王望农哈哈大笑，不知道他遇上了什么开心事儿。

他不想打扰他们，本来进去也没啥说的，他只好轻轻地拿起铁锹准备走，可偏偏被南庆仁透过玻璃窗看见了，他大喊："月江！"

王望农揭开门帘："月江？"

"哦，我忘了拿铁锹，你们忙，书记，我走了。"

"等等！"南庆仁已经出门了，"来，你进来。"他是笑着的。

"我……没啥事我就不进去了，你忙南主任。"方才会议上人多的时候，他什么都敢说，一个人面对南庆仁，总感觉放不开。一来他是大领导，人家有文化，咱小学没毕业，不会说话；再者，他前妻就是他们村的，这些年自己过得不好不坏，他不想让南家的人知道他的境况，那很丢人。

"你进来嘛！喔，是有事。"

赵月江只好放下铁锹进去了。

"坐，坐下。"南庆仁拿过一个纸杯子，王望农看见赶紧提起电壶准备倒水。见状，赵月江连忙摆手："不忙活了，刚喝多了！"

"真不喝？"

"不了，真不了！"

南庆仁只好放下杯子，几人坐下来，南庆仁问："最近忙不忙？家里都好吧？"

“好着呢！也不忙，种地不多嘛。”

“哦，你今天带头发言很积极，给大家起了表率作用，很好，以后继续保持。”南庆仁夸赞了他。

赵月江害羞地一笑：“嘿，我都是瞎说。”

“你姐现在出嫁了吗？”

“还没呢！”

“哦，我留心一下，看有没有合适的给你姐说一个。”

“那再好不过了，谢谢南主任。”

“你媳妇来了吗？”

赵月江摇摇头：“还没有。”

“哦，上次我听派出所的朋友提起过，说三月三唱戏的时候，你丈人和谁打起来了，哈哈，把人笑死了。他这种人，就得治，他女儿这么任性，还不是他这个当爹的给纵容的？咋想的，害死娃了！”提起这，南庆仁的脸阴沉下来。

赵月江不知道怎么回答，其实是无话可说，只得微微一笑，掩饰尴尬。

可能南庆仁看出来了，便转移了话题：“你工作还好吧？村里人都配合吧？”

“好，一切都好。以前是我不好，不够资格，这一年来，在王书记的教导和栽培下，现在走上正轨了，大家算认可了，工作各方面也得心应手。”

“嗯嗯，那就好，加油，期待你更上一层楼。”说到这里，南庆仁从兜里掏出一包烟，给每人发了一支，赵月江这回很灵活，赶紧掏出打火机给两位领导点上。

“王书记，那张纸呢？”

“在这儿。”王望农从桌上取出一本书，把一张纸拿过来，赵月江看了一眼，心里一下子明白了。

“书记说这是你提交的入党申请书，不错，他还给你修改过了。”南庆仁说着打开来扫了一遍。这时的赵月江，恨不能找个老鼠洞钻进去，太丢人了，写的啥嘛，字迹歪歪扭扭不说，内容不切实际，没有一句能和自己沾上边的！

“领导，我……我瞎写的。”赵月江的脸唰的一下子红了，脸烧得发烫。

“我早看过了，写得很好，但，这不是你写的吧？哈哈！”南庆仁笑了。赵月江摇摇头，像个犯错的孩子，轻声说：“网上摘抄的。”

“那我问你，到底想不想入党？”

“想啊！”

“为什么要入党？”

“为人民服务。”

“呵呵，谁告诉你的？觉悟这么高！”

“我们村刚子说的。他还说，入党是一件崇高而神圣的事，是一群有理想的人的信仰。”

“刚子说的？他觉悟还真高，不愧是高中生。我知道他，可他一直看不起我哦，时常跟我对着干，可能我不够好吧！”南庆仁自嘲地说。

“不不不！千万别这么想，你很优秀，是他刚子不配！”赵月江赶紧解释说。

“嘿，我知道，那家伙很记仇，我听人说，他是因为妻子被乡干部带走做了绝育手术，害得他没生下儿子断了香火，他对此一直怀恨在心。那时候我负责高山村的计划生育，这本是上头的政策，他把罪责全推到我头上了，也罢，我认了，还好，他只是骂我，并没有大打出手，这我就烧高香了！呵呵，做干部这么多年，我不止被一个人误解和咒骂过，计划生育啊，低保评定啊，乱七八糟，很难啊！”南庆仁叹了口气，他应该是把这些年来工作中的委屈实话实说了，赵月江听出了一个基层干部的无奈和辛酸。

这种滋味他能理解，正如当初的他，没人看好他，也就没人支持他的工作。所幸，他的背后有王望农撑着，这一年过去，自己跟着长进了不少，也带领全村人做出了点成绩，人们逐渐认可了。当然，比起人家南庆仁，他受的那点儿委屈算个啥？

“领导，你千万别把刚子放在眼里，他纯属无中生有，转嫁痛苦，求得自我安慰。老天爷给了他一手好牌，是他愚蠢玩砸了，到头来还抱怨别人没洗好牌，你说这天下哪有这样的道理？这不瞎扯吗！”

“哈哈哈，月江啊月江，我发现你说话越来越有水平了，不愧是王书记的弟子。牌没打好怨洗牌的人。这话说得中听，呵呵，这的确是瞎扯，谢谢你安慰了我一下。”

一旁的王望农脸上堆满了笑容，但他没搭话。

“来，拿着，抽空再写一份，可以参考一下这个，尽量按自己的想法去写，写真实一点，力求工整吧，这以后要装档案的。这次的吃水工程你要用点心了，也算组织对你的考验，希望你能做到最好，我和王书记都相信你！”说着，南庆仁拍了拍赵月江的肩膀，王望农朝他有力地点了点头。

“这么说，我……组织？我现在是……半个党员了？”赵月江一脸兴奋。

“不是，但你已经是入党积极分子了，党支部大会上月初召开过了，组织上都同意了。”

“谢谢你们！”赵月江站起来，跟二位鞠了一躬，腰弯成了九十度，把两位逗笑了。王望农说：“你感谢我俩干啥，你得感谢你自己，这是你通过努力争取来的！”

“但你们是我的引路人啊，不是吗？”赵月江说。

两人笑了：这家伙没读多少书，说起话来倒文绉绉的。

王望农说，你现在已经进入为期一年的考察期了，每个季度要写一份思想汇报交上来，我和南主任做你的入党培养人可好？

“求之不得，荣幸至极！”

两人又笑了，南庆仁很诧异，问道：“月江，你是从哪里学来的这些词汇？”

赵月江拍了拍衣兜，说：“手机上学的。咱没读多少书，但不能落后啊！”

南庆仁看了一眼王望农：“瞧！这话说的，是咱又落后了不是？人人都在看手机，有人只看电视剧，人家呢，还兼顾学习，难能可贵！”南庆仁竖起了大拇指，王望农点了点头。

时间不早了，赵月江辞别二人，扛着铁锹回家了。路上，他再次打开那张申请书，这回心里头美滋滋的。他怎么也没想到，这么快就成了入党积极分子，这事还得感谢王书记，在自己的事上，他一直很上心。当然，他也庆幸自己能“改邪归正”，不然别说当村主任了，怕是辜负了王望农的一番良苦用心啊，若是父亲在天有灵，他也一定希望他能积极向上，做个优秀的好儿子吧！

至于南庆仁，他明显地觉得这人有些异样，人家是乡政府的干部，有文化有能力，还管着王望农呢，咱一个平头百姓，何德何能得到人家的关照呢？他没搞明白，难不成和前妻南敏儿是一个村的原因？嘿！想多了，怎么可能？思来想去，还是觉得王望农应该在他面前说了好话。

不管怎样，从今往后，他告诉自己，一定要好好工作，即便职位很小，但不能辜负了二位的期望。再怎么说，他还成了积极分子，正一步步融入那样一群有理想有信念的队伍当中去呢！

回到村里，天色尚早，赵月江没急着回屋，而是先去了刚子家。刚子正蹲在门前修理摩托车，就是上次喝多了酒摔了一跤，现在发动不了了。刚子读过高中，脑瓜子精明着呢，空闲下来就爱倒腾机器、电器这些，家里坏了东西，一般的小问题他都能顺利解决，大问题也不在话下。很多时候，村里谁家机器坏了，先上门找找刚子，让他鼓捣一下，一般能好，实在严重的，刚子先诊断一下就不再下手，说："癌症晚期，找大医生吧！"人们一笑，就知道他处理不了，得去街上的维修铺了。

如果给人家修理好了，刚子从不收钱，他爱开玩笑，有时候会说："炒一碗鸡蛋去！"有时候说："有好酒没？拿出来！"有时候也说："这可不白修，修好了到时候我借用一下！"炒鸡蛋、上好酒这些，只是开开玩笑，但主家都会照他的说法去准备，刚子忙的时候就顾不上阻拦，等修理完进屋一看，炕桌上果然摆着炒鸡蛋或者好酒。如果修理完了再提要求，当主人去准备的时候，刚子就一把拉住笑着说："开玩笑呢，下次！下次可不白修哦！"

至于借东西，也很少出现这种情况，他爱鼓捣机器，所以家里的机器比别人家都齐全，一般是别人向他借东西，他很少借别人的。刚子什么都好，就是脾性耿直，有话直说，从不绕弯子，这种直肠子性格当然容易得罪人。如果他当初好好听女人的话，不喝酒赌博，尤其是赌博，妻子杨娟就不会离家出走。如果她在，这个家就是完整的，刚子也不至于一天邋里邋遢、精神恍惚、大大咧咧的，大女儿呢，也有人管教，起码吃得好穿得好吧！

刚子忙着修理车子，根本没发现赵月江过来。当听见耳畔突然"哇"的一声，吓一大跳时，他才抬头一看，原来是月江来了。

"你要吓死人！啥时候来的？"刚子还忙着修理，手中的工具也没有放下，他边忙边问。

"给！"赵月江给刚子嘴里塞了根烟，"来，歇歇。"

他拿出打火机给刚子点燃，说："是感冒还是癌症？"

"癌症早期，能治好！"

"呵呵，"赵月江憋不住笑了一下，"你这大夫学成了，以后得往兽医方面发展，大有前途！”

“哈！”刚子笑了一下，这才放下手中的工具，拿起地上的毛巾擦了擦手，“去哪儿呢？”

“高山梁上开了个会。”

刚子瞥了一眼，看见赵月江手里拿着铁锹，笑道：“拿铁锹去的？武林大会啊！”

“扯！”

刚子翻起身，拍了拍屁股上的尘土，说：“走，屋里坐坐，传达会议精神！”

“不了，随便聊聊就好。咱村里要通自来水了！”

“啥？就城里人的那个，一拧水龙头水就来了，自来水？”刚子皱着眉头做了个拧螺丝的动作。

“对头。”赵月江点点头。

“做白日梦呢！瞧瞧，这山大沟深的，到处是石头，管子往哪里搁？这不瞎折腾嘛，山泉水、窖水，咱缺喝吗？”

“这只是结论，你不是要听听会议精神吗？来，坐下，我给你细细讲讲。”

赵月江拉着刚子坐在大场边的一堆草垛上。“把烟头灭了！”他提醒刚子说。

“是这样……”赵月江一五一十地把会上南庆仁所讲的内容详细讲了一遍。听罢，刚子摸了摸头，“难不成我这掉发问题，也和吃水有关系？”

赵月江一笑：“你老婆走后，就这样了！但也不排除有水的因素，这话好像南主任没说。”

“这都是南庆仁讲的？”

“对啊！”

“又是他在胡诌吧！”显然，刚子对南庆仁有偏见。

“思想落后，眼界短浅，这是科学好不好！亏你还是读过高中的呢！以后别再戴着有色眼镜看人家南主任了，今天他还跟我提起你呢，说你是个高中生，有些事应该能看清楚！这些年来，他时常行走基层，因为种种原因被人诅咒和谩骂，他很无辜很难受啊！这都是上头的政策，他不过是一个执行政策的基层工作人员，他也有难处，可谁人能理解呢？以后别这样了刚子，人家好歹是读过大学的，能说会道，年龄跟你差不多，你以为人家干不过你？那可是公家的人，人家是文明人不是野蛮人！”

“去去去！叨叨叨！往哪一边站呢？说正事！不过，我听着这笔账很划算啊！就是钱有点多了，不能再少点吗？”

“嫌多就挑水吃去！你咋只看眼前利益，不往长远考虑呢？说了半天白说了，高中生都分辨不出好赖，唉，这村里的思想工作啊，我看是越来越难做了！”赵月江故意夸张地叹了口气。

刚子瞪了一眼，忍不住一笑：“行啦行啦！先记上，新河村我家第一个响应！”

“去！我家才是第一个！”

“也对，你是领导嘛！走，要不要我帮你做工作去？”刚子一笑，准备起身。

“这还像个念过书的。别急，先修理摩托车吧，今天累了，明日再说。”

“也好，我加加班，车子修好了给你跑路。”

“给我?!”赵月江起身的时候，裤兜里露出半截纸卷。刚子看见了，一把抽出来喊道：“你早拿出来我看看不就明白了，还需用你大半天这么浪费口水的。”

“喂！那不是，赶紧拿过来！”赵月江冲过去，刚子跑了。

“入党申请书？”刚子边跑边念，“尊敬的党组织，今天我郑重地递上我的这份申请书，这将是我人生历程中最庄严最神圣的事情之一，是我在入党前对人生的一次庄重宣誓，如若党组织在严格审查后能予以批准我的申请，我将认真履行党章上所有要求的一切，各方面严格……”

刚子跑到远处了，但声音很大，他念的每一字每一句都清晰可闻。赵月江终于停下来，不是他追不上，而是头一次听刚子这么有感情地朗读，他心里莫名涌出一阵说不出来的滋味，是高兴，是激动，是责任，是担当，是成熟，是希望……刚子的声音很洪亮，但情感刻意夸张，他知道，他在故意嘲笑他，当然这是开玩笑的。

而就是在这一刻，每一字蕴含着什么意思，他才听懂了！每一句承载着什么力量，他深切地感受到了！庄严神圣、崇高理想，唯有“信仰”二字才配得上这些词。

转过身，望着高山梁的方向，夕阳的余晖还没有散尽，似乎那是会址大院里的那面国旗反射出来的一抹红，他忍不住眼里掉泪了。

见赵月江安静下来，刚子只好识趣地停下了。生气了？不能吧！他垂着头走过去，拍了一下赵月江的肩膀："不至于吧？给！"

赵月江转过身，朝刚子欣慰地笑了一下，眼里含着泪花："谢谢刚子，你这一念，让我感触颇深！"

"咋了？没事吧你！"

赵月江摇摇头，笑着说："我已经是入党积极分子了！"

"就这？好事啊，还以为你哪根筋不对了！王望农告诉你的？"

"呃……"他顿了一下，刚想说是南庆仁，但怕刚子又唠叨，只好改口，"是王书记。"

"不错，都积极分子了，接下来是一年的考察期，朝预备党员进发吧！"

"你知道这么多？"

"我不是说过，高中时候申请过，自然了解一二。"

"高中生牛！好了，先走一步，今晚好好修摩托车，明早我叫你。"

"成！跟积极分子干事，你叔沾光了！"刚子嬉皮笑脸，赵月江瞪了一眼转身走了。

望着赵月江远去的背影，那走姿一摇一晃的，似乎和平日不一样，多了一些精神劲头。这让他猛然想起已经去世的爹，个头很高，走起路来大概也是这样，人很善良，说话嗓门不大，待人热情，可惜啊，走得早。祝福吧小子，愿你在这条路上越走越远，平时谦虚谨慎些，多跟王望农、南庆仁这些前辈好好学习，入党是件好事，做一个有理想有信仰的人，总比我这个土包子强！

提起南庆仁，刚子皱着眉头叹了口气，望望高山梁的方向，他沉思了半晌，嘴角慢慢露出一丝微笑。这小子，也算是个能人，为高山村作了这么大的贡献，有才干，好样儿的！想起那些陈年往事，的确，都是自己把生活这一手好牌打烂了，到头来还能怪谁？

如今杨娟已经远走高飞了，过去的通通见鬼去吧！但对赵新林这家伙，他怎么也看不顺眼，人没本事，说话嗓门还挺大，跟了他爹的姓，却没老赵家的命！

次日清早，简单吃过早餐后，刚子就去了赵月江家。一进门，赵月江正在熬罐罐茶。刚子骂开了："咋还喝呢？我以为你早早就出门了，害得我起了个大早!”

赵月江一笑:“不是说了叫你来的吗?嘿!没那么夸张,工作就在咱村里开展,大家没那么愚钝吧,这么好的事若还拒绝,那真是高估乡亲们了!”说着,他站起来从桌子上取了一包烟,给刚子点了一根。

“哎呀,我昨晚还担心了一夜,看来想多了,这不你一直叫唤压力大呢,搞得我也六神无主了,好歹你现在也是三分之一的党员呢,我得听你的不是?”

“扑哧!”赵月江憋不住笑了,“三分之一党员,有这说法?”

“从提交入党申请书到成为正式党员,至少需要两年半的时间,你现在已经成积极分子了,你说说是不是三分之一的党员?”刚子一本正经,说得有板有眼。

“好好,你话多你赢了!流氓不可怕,就怕流氓有文化!”赵月江故意逗他。

“三人行必有我师焉,这点知识你还得多向我学习学习呢。”

“叔,摩托车修好了没?”

刚子瞪了赵月江一眼:“叫刚子,不习惯!我说了癌症早期,你觉得呢?”

赵月江竖起了大拇指,把一杯茶递给刚子,说:“来,喝一杯,茶还浓着呢!”

刚子瞅了一眼,摇摇头:“你喝过的叫我喝?”

“毛病!黑糖枸杞茶,爱喝不喝!”说罢,赵月江直起身子往沙发后背靠,说时迟那时快,刚子一把夺过茶杯,大口大口喝起来,一脸惊诧道:“不错,差点儿亏了!”

赵月江摇摇头:“你个癞子!”

“我是这样想的,咱下去了给村里人这么说,就说现在拉水的费用是一千二百元,后期还有没有第二阶段不清楚,但若有,听说费用更贵,至少要翻倍,你们自个儿看着掂量!”刚子边喝边说。

“施压法?”

“也不完全是。你想想,你现在不通水,就说明这所有的工程你都不参与,包括公共管道的铺设,那都是大家在出力,你说你前期闲坐着,等后期所有的配套设施搞好了,你突然反悔了,想直接从就近的管道接水管,谁愿意?你好意思?月江,我是认真的,你说这话有没有道理?”刚子放下茶杯,一脸认真。

赵月江盯着刚子看了一小会儿，突然笑了："刚子啊刚子！不，叔啊叔，就服你！"

"正经点儿，你说我说得对不对？一会儿刚子一会儿叔，一会儿又是舅的，夸我呢还是损我呢？以后一律喊刚子，别扭！"

看着一本正经的刚子，赵月江憋住笑，给他竖起了大拇指："就按你说的做，你真是我的克星啊！"

"那是救星好不好！"刚子哭笑不得。

"对对，是救星！"

"我发现我说好话你没当回事儿，老子好心好意给你出主意……"刚子较上劲了，越是这样赵月江越忍不住想笑，因为平日里，他总是一副大大咧咧不着调的样子，突然一认真起来，倒让人觉得不适应。他的话，赵月江完全听懂了，说得很在理，他都没想起来，这就是高中生和小学生的差距啊！

"叔，跟你开玩笑呢，我都听懂了，这不平时你都是很放松的样子，这突然一严肃，倒让人不习惯了！来，抽烟，准备出发！"赵月江站起来，给刚子耳朵上又夹了一根。

"不听老人言，吃亏在眼前！"刚子站起来揪了一下赵月江的耳朵，"本子拿上走！"

关了电炉子，二人出了门。

他们先去了赵胜忠家，这是刚子的馊主意，他说，做工作先要"大义灭亲"，先杀熟！赵月江说，怎么搞得跟传销一样？刚子瞪着眼说，你听还是不听？不听我走了！说到这里，赵月江只好"委曲求全"，说行行行！快要进二爸家门了，赵月江突然说了一句："好像谁说以后要听我的话呢？好歹也是三分之一的党员呢！""少废话！走！我是你的克星成了吧！"刚子使劲儿推了一把赵月江。

赵月江先解释了一番，二爸觉得不错，但还是犹豫不定，说他给晓江打个电话，让他作个决定。刚子眉头一皱刚要反对，赵月江使了个眼色，说："行，那你现在就打，我敢肯定晓江一口答应。"

电话拨通了，说了不到一分钟就挂断了，刚子听得很清楚，晓江说我很忙之类的话。

"怎么样？"刚子问。

“娃上班忙着呢，他说多好的事，为什么不拉?”赵胜忠笑了。

“登记，赵胜忠!”刚子说，“给钱，一千二!”他很直接。

“现在就要啊?”赵胜忠看了侄子一眼。赵月江点点头说：“二爸，我敢肯定，这么好的事咱村里大多数都同意，你说咱新河村六十来户人，我们只登记个名字就走了，二次不还得来收钱?跑这冤枉路没意思，再说我不还是你侄子嘛，亲亲的侄子咧!”

“就这么一个亲侄子!”刚子也掺和了一句。

“行行行，不管是谁，本来这是好事，我给你们找去!”

很快，钱找来了，刚子数了一千二准备走，赵月江问：“我二妈呢?来了给说清楚。”

“没事，这事我能做得了主!”

第一家很顺利。第二家去了小叔赵胜利家，不用多解释，一听“自来水”三个字，赵胜利就拍了拍手：“好事啊!”他很快给了钱，问：“啥时候能通上水?”

“说不上，年底应该差不多。”还没等赵月江开口，刚子已经抢话了。

出了门，赵月江用异样的眼神看了刚子一眼，问道：“叔，你咋知道年底差不多?”

“哎呀，差不多，不就挖个渠埋根管子的事嘛!埋人那么大个棺材，几下就解决了，没那么复杂，我的主任!”

赵月江摇摇头，笑了：“走吧，下一家!”

接着去了赵同阳家，本来不顺路，这回是赵月江的要求，想起离去的亮亮，刚子只得同意。

小叔子走了，给家里留了一大笔钱，加上村里人在背后议论纷纷，曹莲花总算良心发现了。二人进门说了来意，曹莲花先倒了杯水发了根烟，说：“这是好事儿，我赞同，不知道同阳什么意见，我先问问。”

赵同阳这些年一直在外打工，以前儿子生病欠了一屁股债，今年连低保取消了，情况就更拮据了。还好，弟弟弥留之际给他留了一笔费用，多少贴补一下家用。想起他那可怜的弟弟，自己这些年一直漂泊在外，没好好照顾照顾他，如今走了，他心里难过不已。加上人们对女人的谩骂，他觉得家里没必要多待，也没脸待下去，本来人在企业身不由己，只得早早赶回城里做工。弟弟安葬后的第三天他就出门了。眼下正是春播的时令，因为弟弟突然离去，走得这么不好，他没心思管地里的庄稼了——本来，农作物价格低，待在家里多耽误几天不划算，走前他给外村的姐姐交代了一下，叫她到时候过去帮帮忙。他也给女人安顿了，叫她今年少种一些，明年再看情况。

电话拨通了，赵同阳没意见，只告诉赵月江说家里劳力不足，可能挖不到门口。赵月江作为村主任，一口应下了，说："这个不用担心，到时候我安排几个人帮帮忙，你家离路口不远，工程量不大。"

一边听着的刚子也点了点头。其实，他们心里并不是有多愿意帮忙曹莲花，也不是为曹莲花的幡然醒悟而感到高兴，只是看在曾经和亮亮是好友的份上。虽说人走了，但亮亮心里对哥哥一直很忠诚，如果在天有灵，他一定希望他的好哥们在这时候替他帮一帮哥哥。

跑了整整一天，新河村六十五户全部走遍了，有几户说改日答复，只有六户死活不干，刚子虽然能说会道，但最终败下阵来。随他们去吧！反正别后悔，到那时再想轻轻松松接根管子，没那么容易！

这些顽固分子当中，就有一户是赵新林家。他的理由很简单，不过听着也合理——他家就住在沟底，离水泉很近。既然这样，那好吧，反正是自愿的，别后悔就行！

对今天的工作，赵月江很满意，九成的人登记了，还有两成的人没凑足钱，有一小部分人在观望，这已经超出他的预料了，也多亏了刚子帮忙！虽说他的日子过得一塌糊涂，但人很聪明，最拿手的就是修理机械、电器，时常被人叫去修这修那，孩子们还给他起了个绰号，叫铁先生。新河村人一直把医生、郎中、大夫这些词统称为先生，他爹是乡村郎中，虽然已经死了，若是再叫儿子为先生，似乎不妥，所以这个绰号在大人的干预下最终没传开来，不过村里的小孩子私下里还是会这么偷偷地叫。

正因为刚子有这样的群众缘，自然是"老将出马，一个顶仨"了。这一点，作为村主任的赵月江，实在羡慕不来，只有仰望的份儿。

四天后，所有的登记和收缴工作正式结束，新河村共有六十五户，最终交清了六十户，有五户干脆油盐不进，赵新林包括在内。刚子说，这五户零头似乎是多余的，都三进宫了，凑个整数也好，六十分及格，多一个不要！

该说的也说了，那一笔精明账也算过了，甚至在做工作的时候，刚子还添油加醋地说了一通乱七八糟、危言耸听的话，这五户就是听不进去；虽说大多数都登记了，剩五户也无所谓，只是对这个结果他还是很遗憾，他没想别的，只愿望新河村的每一个父老乡亲都能吃上安全便捷的水。如果再有心一点，念一念党的恩情最好不过了。

赵月江才把最终的登记结果和现金全部上交给了王望农。昨天，他又等了一天，他希望有人能想通，能及时赶上来把名字填上，一整天过去了，再没来一个，看来这五户是吃了秤砣铁了心，也罢也罢！

王望农看到这个结果大为惊喜，他问赵月江，怎么做到的？这工作效率实在是高啊！

赵月江淡然一笑，说："不是我的工作效率高，是党的政策好哇！"

王望农点点头长舒了口气，微微一笑，说："你能想到这一点，觉悟高了！如果人人都这么想了，那党的这块恩情之煤没有白白燃烧，那些奋战在一线的基层工作者们的心血也没白白浪费啊！"

"书记，你对这个结果不满意吗？"赵月江有些纳闷，刚才还在夸他效率高，这回怎么又说这般泄气的话？

"老百姓出钱出力了，自然觉得这是他们和党的政策等价交换来的，这么想来，党的恩情还存在吗？月江，三亿人的吃水问题，国家得投资多少钱啊，不可想象！你说落到咱们头上，一户才一千二百元，仅仅是材料费，有多少？你说现在谁家拿不出这点钱？谁家没个外出务工的人呢？不说了，就这样挺好，总有一天他们会明白党的这份恩情的。"王望农意味深长地说。

不愧是老将，他这一说，让赵月江哑口无言。自己真是错了，惭愧至极。他突然觉得，需要向王望农这些老前辈学习的还很多很多，做一个合格的党员真不是嘴上随便说说的。

第四章　浑水

春播的时令到了，这几日天气阴沉沉的，田地墒情很好，人们开始忙着春播了。

自三月三给龙王爷唱了愿戏之后，老天爷一直没有下过一场像样的雨，人们开始骂骂咧咧：这好戏白唱了！龙王爷还没给玉皇大帝捎去祈雨的信息？清明前后种瓜点豆，这清明过了几天了，因为不下雨，黄土干透了，野鸡从地里飞起，尘土飞扬，像放了个炮仗。这般干旱，如何播种得下？撒了种子也是白白浪费，要么成了耗子的干粮，人们不得不等等雨。还好，前几日一连下了三天雨，不是很大，但完全够了，地被浇透了。有人开玩笑说，拿人手短吃人嘴软，看来这老龙王也懂得人间的一些个道理，听了秦人的正宗好戏，受了人们的香火盘缠，虽说没有及时下，可能是这段时间在和玉皇大帝争取吧——天底下那么多大大小小的庙宇，一方百姓一方神，各路神仙都是受人之托扎堆求雨，天庭的门被挤破了，管事的总得一个一个准奏吧！要不就是忘记了。

如今的新河村，牛耕时代早就过去了——旋耕机代替了牛拉犁。虽说野外还可以看到三三两两的牛和驴在忙活，但那已经不算什么了。全村九成的人家都有一台这样的耕地机器，只要添满柴油，熟练掌握操作要领，大可不必像以前一样，天还没大亮就赶着牛扛着犁早早出发；现在一觉睡到大天亮，醒来熬上罐罐茶，慢慢吃饱喝足，再悠闲地开着机器去耕地，那效率实在是高，太阳还没晒到半坡呢，一大片地早就耕完了。

旋耕机以柴油机作为驱动力，马力大，劲头足，加上设计科学的旋转刀头，碎土能力极强，易切碎地表深层以下的根茬，耕过的地十分松软、平坦，像一大片土壤海绵，踩上去很容易陷进去。与传统农耕相比，机器作业有很多优势，省时省力，优质高效，一次作业碎土细腻，能打破犁底层，恢复土壤耕层结构，提高土壤蓄水保墒能力，消灭部分杂草，减少病虫害，平整地表，以及提高机械化作业标准等，被村里人广泛使用。至此，那些牲口们终于闲下来了，以前需要耕的地大可不必操心了，能睡个好觉了。可没享几天清福，它们就被主人卖掉了，因为没多大用处了，肚量大费粮草，唯一存在的价值，就是能积攒些粪土上肥或者晒干了烧炕，驴还能驮运点东西，牛则不行。几年过去，村里慢慢安静了，那些牛啊驴啊再也看不到了，黄昏或者大清早，再也听不见一声高亢的驴叫了，饮水的河塘被暴雨冲垮了，直到长满野草也没等到那些熟悉的面孔跟它正式道别，春天里绿油油的山坡上，放牛的孩子永远迷失在遥远的回忆里了，似乎现代文明的冲击，让农耕时代的诸多美好记忆一下子消亡了，也许，下一代游子的乡愁里，只剩下几声单调的鸡鸣和狗叫。

时代发展了，人们的思想观念转变了，如今开始搞起养殖了，但不再养那些品种极普通的牛和驴了，取而代之的是经过改良的牛，价格不菲，或者养一群羊卖钱，作为家庭的主要经济来源。而养殖户也是少得可怜，屈指可数，自然，没有了它们的参与，记忆里的古老乡村依旧黯然失色，曾经那个熟悉又热闹的故乡，再也回不去了。

新河村第一个买旋耕机的人是赵刚子，这和他平日爱鼓捣机器有关，在种地的农民里头，他也是为数不多的高中生，读书多，思想自然比别人开放些，他是相信科学的。当龙窑街上出现第一台旋耕机的时候，他听人们说了，说最近新出了一种能耕地的机器，外观像小型拖拉机，操作简单，犁地效率高，质量好，而且省时省力，但就是价格太贵，差不多六千块钱。

老年人一听就笑了："六千块？小一万元呢！有那些钱还不如买六千斤粮食呢！我活老了，耕了一辈子的地，什么机器能比牛耕的地熟？跑得快倒是信呢！可跑那么快地能耕透吗？开玩笑，生地你也敢种？"

"是啊，多少辈人活过来了，牛耕种田也没饿死过一个人啊！现在的社会净瞎折腾，今天出个这明天出个那，变着法子想骗走你口袋里的那两个救命钱！"

"可不是嘛！牲口多好，既能耕地又能驮运，粪便可以上肥、烧炕，还可以繁殖卖钱，有好多好处，我钱多了撑得慌买个铁疙瘩？就算能耕地，其他的作用呢？"

有人这么说："咱兜里没钱，不要轻易说新机器不好，吃不到葡萄说葡萄酸，人家笑话咱是井底之蛙呢！”

刚子也在，他只说了一句，要相信科学！

人们摇摇头不多说什么，但心里无不都在嘲笑他：你要是相信科学，你老婆能跑了？

大清早，刚子就跑到龙窑街上去看了，听老板一介绍，再看了说明书，拿出手机一阵狂搜，他感觉这玩意儿的确有戏。老板见他如此痴迷，就拿出一瓶啤酒让他边喝边看。整整研究了一个多小时，再砍价半小时，前后差不多花了两个小时，他就决定要买下一台。而真正让他下定决心的，是老板告诉了他一个商机，说：“小伙子，你爱鼓捣机器，这一来二去咱都成了熟人，我告诉你，这家伙绝对好，不骗你，我是咱乡里第一个做代理的，我是个谨慎人，精打细算，不做亏本的买卖，我都亲自去过厂家了，也亲眼看了当地人耕过的地，哎呀没的说，跟面包一样松软细腻，不信你看。”老板拿出手机，给他翻了好多照片，继续说：“说再多也没用，不如你亲自试试，省时省力不费油。你买回去不光给自家用，村里人看上眼了，他一定会出钱请你耕地，这多好的商机？我现在年龄大了，力不从心了，不然只悄悄买一台，先在十里八村赚他个盆满钵满，嘿，多好的事！刚子，你绝对会感谢我的，早买早赚，等大家认可了，一个一个再买的时候，你早把成本赚回来了！”

刚子只信科学，他细细研究了旋耕刀的结构，完全符合碎土原理，加上大马力的柴油机，他觉得老板“吹嘘”的和网上介绍的，足以为信。当场，就选了一台付了定金，钱分两期还清，老板见是熟人就一口答应了。刚子记性好，只看了一遍说明书，还没等人家指教一番就把车开出门了。“这小子真有天分！”身后，那老板直竖起大拇指，佩服得五体投地。

临走前，刚子说，如果有问题了我随时请教你。老板摇摇头：“你小子别来了，免得我不如你而尴尬！”两人哈哈大笑，刚子一加油门车子走了，老板追着给他耳朵上塞了根烟。

进了村，人们见了都围过来。“怎么会有这么小的拖拉机？”有人惊讶地问。

“这叫旋耕机，耕地用的，可好使了。”刚子一脸兴奋。

“这能耕地？咋耕地？”

“把旋转刀套上，在地里跑就行了，一天能耕好多地呢！”

“跑？你跑一个试试！”

“把路挖坏了，我下午就拿它种地去呢，在对山坡上，你们有空可以过来看看。”

刚子开着车子走了，人们看着他远去的背影，无不嘿嘿一笑，心里暗骂：这个败家子，又瞎折腾了！还耕地机，你咋不买个做饭机呢，那更省事！

老母亲见儿子一声不吭就买个铁疙瘩回来，说是耕地用的，五千五百块，可把她气得够呛！但也拿他没办法，这些年儿媳妇走后，刚子的脾气变得很暴躁，连她这个当娘的也得让他三分，不然闹起来很头疼。

下午，刚子果真开着机器下地了，母亲心里惴惴不安，她在想，这么折腾庄稼能有收成吗？唉！这不孝子！刚子一口气耕了三亩地，结果没让他失望，也让没念过书的母亲大为惊讶：怎么可能？一趟过去就有一米宽，耕过的地松软得像海绵一样，走两步路都困难，像是陷进了泥潭里，简直神了！以往牛耕地，慢不说，一趟过去全是大土块，后面总要跟上一两人专门碎土，这玩意倒好，一次性到位，真是大开眼界了，用儿子的话说，她是头一次感受到了科技的魅力！

这半天，也有人来过了，他们看了之后，无不为之惊叹，这刚子脑瓜子就是灵活，虽说贵了点，但真有贵的道理啊！三亩地用牛耕，需要大半天，人累牛也吃力，一般人们都是分两次耕完，你瞧这机器，才用了不到一个小时，估计是刚开始接触，操作不熟练，若是以后用顺手了，怕是半个小时就能解决吧！

见过的人认可了，说那机器确实好，以后再不要瞎说了，只怪咱没钱。但老人看了后说，这不行，地耕得是好，但挖得太深，把生土翻出来了，庄稼长不好。刚子认同这一点，说第一年可能受影响，但过两年日晒雨淋都成熟土了，种子扎根深，长势肯定喜人。传统的牛耕因为力气小，耕得浅，熟地就表皮那一点点，深层全是硬土，不透气，庄稼能长好吗？

人们觉得刚子说得不无道理。不管怎样，好与坏各有分说，刚子不在乎，他只相信科学。

那一年春播，只有三户条件好一点的家庭叫他耕了田，虽然挣得不多，但印证了老板的说法，的确是个商机。等六月麦子收了再看，麦茬地难耕，有人肯定会考虑用机器翻耕，等着瞧好吧！结果，他的想法还真应验了，那一年，村里三成的麦茬地都是他耕的，虽然累了点，但确实赚了点钱！忙完后，他去街上见了老板，当面给他说了声感谢，聊到尽兴处，他忍不住去隔壁商店买了一扎啤酒，两人好好喝了一顿。老板说，你的好生意明年才真正开始了。果然，那开头的几年，时令未到，人们争着抢着提前预订，他根本忙不过来，不到两年时间，机器的成本钱早赚回来了。实践是检验真理的唯一标准，慢慢地，人们真正认识到了旋耕机的优势，家家户户才陆续开始入手了。这时候，他们才反应过来，这刚子不愧是读过两天书的，人家不仅是农村的科技带头人，还牢牢抓住了一个大商机，赚了个满钵不说，这两年庄稼确实长得不错。曾经的那些质疑者们只好悄悄闭嘴了，一摸口袋空空的，惭愧啊，说了一大堆胡话，只为自己没钱找了个借口！

当人们夸赞刚子脑瓜子聪明时，他只淡然一笑，还是那句老话：要相信科学！

多少年过去，单说这一片黄土地上的人们，延续了上千年的农耕时代渐渐结束了，取而代之的是先进的机械化。以前，一到春播的时令，山山岭岭很热闹，牛的叫声，人的吆喝，孩子们打闹嬉戏，如今一去不复返。你能听到的，到处是机器的声音，此起彼伏。甚至在野外见不到几个人，因为一人足够，不留心观察，你会怀疑他们是不是忘记了播种的时令，都啥时候了咋还不见人下地？而等见了面问起时，好多人都说种上了。有人很诧异，问："啥时候种上的，咋没见你？""黄昏时分，夕阳西下，晚风拂面，干活凉快！反正机器方便，随时空了就种。"

在运输方面，也大大改善了。比如粪土，以前纯粹靠人工一担一担往地里挑，养驴的靠驴驮，条件好一点的，用木架车拉。可就算有木架车，往山里拉一趟粪土，山路曲折陡峭，也是累得人够呛。收麦子的时候，无外乎也用这几种方式，大热天累得汗流浃背，肩膀蹭掉了皮，身上晒得黑黢黢的，但没办法，那时候条件限制，只能这么累死累活地拼命干着。如今条件好了，大多数人买了农用三轮车，马力十足，装多少拉多少，踩一脚油门多陡的山都爬过去了。就算没三轮车的人，现在手头也宽裕了，他们会叫人帮忙，种田变得轻松多了。机械化的参与，不仅改变了人们的播种方式，提升了劳作效率，解放了生产力，更是大大提高了农作物的出产量。

而今天的这一切，都是亿万农民共享了改革开放和时代发展的红利，老一辈人亲眼见证了千载难逢、波澜壮阔的近四十年，今非昔比、恍如一梦啊！人们无不慨叹：这是一个伟大的时代，也是最好的时代。

如今，早没人叫刚子帮忙耕地了，因为家家都有旋耕机。就算男主人去了外地，女人不会操作花钱叫人，也没人去，因为太累没人稀罕那几个钱。现代化的闯入，不仅改变了人们的生活方式，连思想观念都转变了，以前干活第一，身体第二，现在反过来了，身体第一，干活其次。

今年，赵同阳不在，春播的时候，赵月江主动去帮了忙，一是播种结束后，下一步要紧锣密鼓地集中精力开展吃水工程工作；二是亮亮刚走，他心里还惦念着他，再说他嫂子也幡然悔悟了，更重要的一点是，去年就因为自己的过错害得人家的低保被取消了。

好在，赵同阳的姐姐过来帮忙了。赵月江耕地，机器是曹莲花家的。两天时间就种上了，今年种得不多。轮到他家忙的时候，作为感谢，曹莲花也来帮忙了。赵月江说不要紧，我自已能行，加上姐姐人手足够了，可曹莲花说哪有这样的道理，你帮我我帮你，这样我才心安啊。

除此之外，在接下来的日子里，赵月江总会主动去她家帮帮忙，主要是低保的事让他心生愧疚。这样一来二去，以前不怎么跟人打交道的曹莲花，也跟赵月江跑熟了，没事的时候就会去他家坐坐，和月霞聊聊天，和他母亲说说话，觉得日子也过得快。关键今年亮亮没了，她一个人蹲在屋子里，老觉得心里不踏实。

左邻右舍、乡里乡亲，多走动走动总是好的，闲暇之余凑一起拉家常，聊聊年成，谈论一下村里的大小事务，说一下陈芝麻烂谷子，不仅增进了邻里感情，还收获了好多未知信息。出来时太阳刚刚升起，回家时夕阳西下，炊烟升起。串门，不止一家，往往是串了东家串西家，手机里吆喝一声，几个平日里关系不错的都赶过来，无论蹲在屋里，还是过道里，最好有太阳，随便一坐，一场闲聊便开始了，手头再做点活两不耽误。他们话题很多，从一粒芝麻能扯到大半个中国，从一个人能扯到一个村，从一个村再扯到仅仅是听说的、还并不准确的一点点国际新闻……人们把这种群聊现象称为乡村活动中心，他们掌握着整个村的大小信息，有的没的歪解的道听途说的，都能娓娓道来，说得有鼻子有眼。不过，这也是农闲时节打发无聊最好的一种方式。

单说曹莲花，这时间久了，两家跑得如此勤快，孤男寡女的，总会招致一些流言蜚语出来，无外乎炮制一些关于他俩的桃色新闻，有的没的乱说一通。他们的依据在于，李燕飞这几年一直不在家，长此以往，赵月江一个单身汉没女人守着，不会犯错？赵同阳也是，常年在外打工，家里只留下老婆孩子。白天，孩子去了学校，就剩下她一个人，能不胡思乱想？问题是，早前还听人传出过关于她的一些闲话，说赵新林时常往她家里跑，至于发生了什么出格的事，并没有人看见过，但刚子说他抓过现行，不过他是个有是非观念的人，这话只对赵月江说过，别人无从得知。照这么看来，曹莲花往村主任家跑，难道没几个意思？鬼才信呢！赵海平活着的时候，她家吃了多少年的低保，当然事实摆在眼前，她儿子体弱多病，花销确实大。这老村主任一没，捞不到好处了，就改勾引婚姻不如意的赵月江了？

似乎他们的逻辑是清晰的，她来往的这两家，都撇不开“村主任”，这怎能不让人心生怀疑？不管事实怎样，人们那张嘴啊，总是想象力丰富到让人瞠目结舌，稍有一点风吹草动，他们就能捕风捉影随便炮制出一部长篇小说来，情节曲折，好听好看。若是改编成电视剧，收视率一定不错吧。

关于他俩的风言风语，一时间在村里悄悄传开了。刚子听说了，他劝过赵月江，叫他跟曹莲花保持距离。赵月江一听，气得吹胡子瞪眼，谁这么嘴碎？我非撕烂他不可，人在难处帮一把有什么错？这些无耻之徒居心何在！我赵月江虽说老婆不争气，好歹也是半个干部加三分之一的党员呢，该做什么不该做什么，我心里自然有数，还用得着他们指指点点？他赵新林能丢得起这个人（刚子说他和曹莲花有染），我可丢不起！到时候丢了官职不说，家人的脸面还往哪里搁？亮亮在天有灵不会怪罪他吗？虽说和李燕飞闹到这一步僵局，但终归他们还没有离婚，如果真坏了名声，往后连一点挽救的机会都没有了，他没有糊涂到自寻死路的地步。更重要的是，这么做能对得起王望农为他的一番心血吗？简直是胡扯！

二爸赵胜忠也给他训了话，叫他趁早悬崖勒马，不要引火烧身。赵月江哭笑不得，他告诉二爸说：“你们都是从哪里听来的？别人不相信我也就罢了，二爸，你连亲侄子都不相信？”

二爸瞪了他一眼，慢悠悠地说：“都是男人，都是过来人，我多少了解一点。以前你是什么人，村里人也了解个大概，虽说没怎么过分地瞎整，但也不让人省心。总之二爸是为你好，你可不能丢了咱赵家的脸面，人家王望农好心好意帮你，那是看在你爸的面子上，你小子要知足，不能辜负了人家一片好心，也要对得起你爸的在天之灵啊！你现在的情况再差，也没和燕飞正式离婚，在法律意义上，你还是有老婆的人，你若是瞎整，让李多旺那个浑球知道了，没事再给你整一堆事，屎盆子全扣在你头上，到那时就算浑身是嘴也说不过那个胡说大王！”

二爸的话他能听明白，可事实是，和曹莲花的来往，本是清清白白的，什么事儿都没有，家里现在乱成一锅粥，他哪里有心思去想那些风花雪月之事？世人的嘴啊，随便吐一口唾沫都能淹死人！好吧，风头正紧，凡事谨慎一点也没坏处，指不定这又是哪个在背后故意造谣整他，跟去年赵新林一样，好端端的一杯酒就喝出事了！世风日下，人心不古，不得不防啊！

打那以后，赵月江很少去曹莲花家了。曹莲花倒是常来常往，一切照旧。月江的母亲曾三番五次旁敲侧击暗示过她，叫她没事少往家里跑，免得别人说闲话。曹莲花不傻，她能听懂，但她一笑置之不理，故意装作什么都没听明白。不过曹莲花这些日子跑来跑去，没给赵月江帮上什么忙，倒是经常跟姐姐月霞说好话，让原本闷闷不乐的一个人慢慢变得开朗了。他都好久没有看到过姐姐笑了，曹莲花一来，说上几句不着调的笑话，姐姐就笑得像小孩一样，从这一点讲，他倒是希望这个女人能常来，可是别人异样的眼光和无端的揣测，让他不得不对她心生厌烦，甚至对她有什么不纯的动机深感怀疑。

刚子曾告诉过他，曹莲花和赵新林关系不纯，他亲眼见过。刚子说这事只有他一个人知道，除了自己他再没有告诉过第二个人，他相信刚子的话。可时间过了这么久，就算刚子保守得再好，纸终究是包不住火的，他们之间若真是有什么风吹草动，难道没第二个人看见？事实是，一切照旧，平安无事，没人传出过关于他俩的一些风流事，只不过人云亦云，简单提提罢了，可不像此时的他，居然传得这么风火！这么说来，刚子的话可信吗？他和赵新林一向不和，难不成是谁有意炮制的谣言？他又为什么只告诉我一个人呢？谣言谣言，不就是唯恐天下不乱之意图吗？他却犹抱琵琶半遮面，让人搞不明白。

所以，对曹莲花最初上他家的门，他并没有那么厌烦，毕竟真相怎样，他也无从判别。可现在大不一样了，人们把屎盆子全扣到他头上了，他总不能无动于衷吧！

一次，曹莲花来家里，聊了一阵后，他把她单独叫到房间里，问她为什么还要一意孤行，难道没听说村里人的风言风语吗？曹莲花淡淡一笑，说："听说了啊！清者自清浊者自浊，管他呢！"赵月江摇摇头，无奈地瞪了一眼："可你没听说过人言可畏吗？""嘴长在别人身上，我怎奈何？我一个女人没怕你怕什么？"曹莲花仍旧一副无所谓的样子。"这仅仅是怕的问题吗？你咋不细细想想，如此下去，对你我影响还不小？"

话说到这里，曹莲花哭哭啼啼的，说："亮亮走了，人们都在背后戳我脊梁骨，我心里难受，但也无法挽回。同阳这些年一直在外打工，几个孩子时常在学校，我又不是老年人，一个人待在家里无聊不说，想起亮亮，心里有些害怕，我们两家离得比较近，就随便走走打发下时间。再说，这段日子来，人们都知道骂我，没有一个人给过我一次改过自新的机会，这也就罢了，在我最忙的时候，也没人出手帮一把，只有你，还想起关心一下我的难处……"

听曹莲花这么一说，赵月江顿时心软了，觉得句句在理。无奈人言可畏啊！

他只说："身为村主任，该做这些。"

曹莲花第一次坦诚相见跟他说了这么多，也第一次当面好好说了声谢谢。这时候，赵月江突然想起那个问题，不知道当不当问，他很纠结。曹莲花看出了写在他脸上的疑虑，问道："你怎么了？"

"呃……没什么！"

"有什么事你就说吧，别往心里搁。这些年你的日子过得不如意，我作为女人能理解，希望能尽一点微薄之力，也算是对你帮助的一份感谢吧！"

赵月江摇摇头："不，不是我的事。"

"那是我的了？"

"呃……不！没有！"

在赵新林面前，关于喝酒诬陷一事，他为了王望农着想，什么事都没跟人提起过。这一年来，他做了一回伪装高手，无人察觉，就连刚子也不清楚。可这一回，在曹莲花面前，他却失算了，他心里所想之事被人家轻易看出来了，依曹莲花多疑的性格，怕是不得不说了。

“好吧，你还是拿我当外人！不强求了，免得你为难！”显然，曹莲花有些生气了。

“其实是一些废话，真的是废话！”

“好吧，你放心，我以后不会来了。”说着，曹莲花准备起身。这一刻，不知道为什么，赵月江像被迷住了大脑，或许是他担心被人误会，便脱口而出：“你跟赵新林有事？”

“嗯？”曹莲花一愣，身子悬在半空中，一听这话，似乎一阵霹雳把她震倒了，一屁股坐下来，她表情凝重一言不发。

“对不起，对不起！我听别人瞎说的，抱歉！”赵月江尴尬至极，随手掏出一支烟点上。

这时，她突然笑了，笑得很自然：“你听谁说的？”

“别人啊！”对曹莲花的反应，赵月江摸不着头脑，一会儿乌云密布，霎时间多云转晴。

“刚子？”

“呃，不！听人说的。”

“好吧，既然话说到这里了，我就满足了你的好奇心，本来，我刚才已经说过了，你这么帮助我，我应该相信你！”曹莲花笑了一下，那笑很温柔。

赵月江摇摇头，摆摆手：“不不，你误会了，我不是出于好奇，若是同样的流言蜚语出现在同一个人身上，你觉得……”

曹莲花愣了愣神，良久才笑了：“不愧是跟着王望农混的，这话说得有水平，你的意思我明白，谢谢，不过我心里有数。”

“好吧，你先回吧，我这会儿都困了。”赵月江下了逐客令，他担心说多了对谁都不好。

“有！真有那么一回事。”突然，曹莲花平静地说了这么一句。

“你忙，我休息会儿。”他那阵子想知道，这一刻却不想听了。

“他爹是村主任，我家低保是最高级别的，而且吃了这么多年，为了生活，有些事我不得不这么苟活下去！赵新林不是人，可有时候我真拿他没办法，想逃也逃不了，你叫我怎么办？”曹莲花压抑着内心的痛苦，绝望地吼了一声，两股热泪滑下脸颊。

“话说到这里，顺便，我跟你讲明白吧！赵月江，我问你，你这么敏感地远离我，是不是也觉得我对你有什么非分之想？都是成人，都是过来人，说直白一点，你可能觉得我男人长期在外，我寂寞难耐想得到你的安慰？除了此……”曹莲花有些激动，赵月江觉得他捅了马蜂窝，不得不打断了话茬，可曹莲花一笑接着说，“你听我说完，就算新河村人都不理解我，但我希望你能以一个村主任的身份听听一个村民的心事，这不过分吧？除了此，你是不是觉得我有什么动机，靠近你是为了将来能给我家捞一点好处？是！是个正常人都会这么想，以前的我想疯了，但如今，老天爷关照，我儿子病情好多了，我欣慰至极，我感谢老天爷眷顾，人只要活着，没一个不爱钱的，我是俗人我也爱钱，但比起以前好多了！如今，我只想安安静静地过上正常人的生活，明白？”

“正常人的生活？”赵月江一愣，觉得曹莲花像是受了莫大的委屈。

“赵月江，你人不错，就是太软弱，若是换了刚子，估计李燕飞早回到你身边了，李多旺再浑，他能浑过刚子吗？”

“说你的事。”

“这就是为什么我能对你说这么多心事的原因，你是人浑心不浑。月江，人们都在骂我，说我不是人，是母夜叉，对同亮的死，似乎我是最大的罪魁祸首，我认！但你知道不，就因为孩子的病，把我们两口子逼上梁山了，穷怕了，我真的曾经诅咒过亮亮，叫他赶紧死，我只想把钱留下来，给我的儿子治病，亮亮好赖活了半辈子，也值了！可我的娃才是个嫩芽啊，我不忍心！你说我是狼心狗肺吗？同阳也不理解我……”曹莲花泪流满面，赵月江递给她一张卫生纸。

“如今的我，一整天提心吊胆的，赵新林天天缠着我，那个牲口……他没女人吗？我恨不得一刀捅了他。所以，我没地方躲，只能往你家里跑。至于晚上，他老婆在，他肯定不敢胡来，甚至，我天真地以为，咱俩之间的谣言会让赵新林中止这一切……”说到这里，曹莲花擦干眼泪，深深地舒了口气，似乎把满肚子的垃圾倒了出来，人轻松了许多。

“这……”赵月江惊讶不已，“怎么没听人提起过这些事呢？就我俩之间，仅仅是大白天光明正大地串个门，却被人传得风风火火……”

话音刚落，曹莲花“扑哧”一笑：“你真傻还是装傻？我都说到这份上了，你还没搞明白？”

“这……”赵月江更糊涂了，他盯着曹莲花不知道该说什么。

曹莲花一笑不再说什么，她站起来倒了些水准备洗把脸。沉静中，只听见水声“哗哗”，曹莲花的脚步“哒哒”，赵月江靠在沙发上，努力回忆着刚才说过的话，突然他脑袋“嗡”的一响，明白了，什么都明白了！

“全都是他造的谣！这个牲口，什么事做不出来！”

“明白了？”

赵月江一脸沉重，他盯着曹莲花看了良久，那眼神里充满怜悯：“没事，你以后来吧！”

“你不怕……”

“我能承受得住！你不是说了，清者自清嘛！”赵月江露出了理解的微笑。

“这事，你没跟他老婆提起吗？”

“你觉得她胳膊肘会往外拐吗？她宁可相信赵新林的满嘴胡言，也不会信我的半个标点符号。不过没事，我心里有所准备，他小子把我逼急了，我要让他后悔一辈子！”曹莲花面无表情，说得如此轻松。赵月江能看明白，一个人若不是被逼疯了，能有这般“视死如归”的淡定吗？

“这么说，刚子说得对！”赵月江自言自语。

“我说是刚子吧？你还有意隐瞒。”曹莲花一笑。

“他说，曾有一次被他撞见了。”

“嗯，是这样。”曹莲花点点头，“他嘴可真牢！其实那次我比较庆幸，希望刚子把事传出去，至少可以救救我，可后来一直静悄悄的，我就知道他有原则，把一切吞进肚子里了。不过现在想来，还是别传出去为好，我谢谢他。”

“为什么？”

“不为什么，为了我的孩子。”

顿了一下，赵月江还是重复了刚才那个问题：“为什么没听见有人提起过这事？”

曹莲花还是一笑：“瘦死的骆驼比马大，好歹他爷他爹曾经是新河村的扛把子……”

“你是说……”

“连刚子都没传出去，不正是吗？”曹莲花唉了一声。

“可我咋就没发现这事呢！”

“现在不是说透了吗？下一步你打算怎么办？”

“我……”赵月江哑口无言。

“去年我家低保被刷掉了，知道为什么吗？王望农都说了，赵新林家祖上两代人参与管理国家事务有功！”

“瞎扯！”赵月江的脸唰的一下红了，一阵发烫。想起去年那件事，加上赵新林这般为所欲为，他恨不能现在就捶他一顿！

他狠狠地拍了大腿一巴掌，曹莲花一惊，转而一笑，她似乎看出了他的愤怒：“好好做你的村主任，这世间的事啊，有些本就不该属于人管的。”

“那还要谁管？”赵月江的语气近乎咆哮。

曹莲花又是平静一笑，举起右手指了指屋顶：“那是老天爷的事儿！”

“老天爷？”赵月江鼻子里一哼，又点上一支烟不再说什么。

正在这时，门帘哗啦一声掀开了，来人是赵刚子。

他们谁都没听见院子里有响动，大门一直是开着的。

“刚子？”曹莲花一脸惊讶。

“刚子！来，坐！”赵月江除了惊讶外，脸上掠过一丝抹不去的尴尬。

“呃，”为了不让谁都难堪，刚子故作大大咧咧地开起玩笑来，“刚完事？”

“滚犊子！”赵月江骂了一声。

曹莲花没说什么，只是笑了一下，笑得很自然。“来，坐！”她站起来给刚子让座。

“就一个座位，咋的，我还要抱着你坐？”刚子一本正经地说。曹莲花知道刚子在开玩笑，也笑着说：“可以啊，怕是我太胖你抱不动吧！”

“来来来，我这里有，我抱着你！”赵月江笑着挪了挪屁股。

“那还不如让莲花抱我呢，你没意思！”刚子说着，一屁股就蹲在沙发上，只听“吱呀”一声，沙发厉害地晃了一下。赵月江在他腿上拍了一下：“你慢点，这还是我老爹留下来的念想呢！”

“这破房子也是你爹手里的，大大的念想，你留着吧！下雨天可以洗个免费澡！”

两人被逗笑了，哈哈大笑起来。“这不手头拮据没办法吗，这房子三十多年了，确实该翻修了！”赵月江望着黑黑的屋顶一脸忧愁。

“赶紧翻吧，说不准哪一天醒来就变成坟墓了！”

“瞎扯！”赵月江给刚子发了根烟，点上，说，“先把乌鸦嘴堵上！”

刚子抽了一口烟，说别那么小心，人一辈子就那么回事，看着今天活蹦乱跳的，明天指不定就见不上了，还别不信！

“这话倒是有理。”曹莲花应了一声。

“我过来的时候，看见赵新林在砍树，是不是要给他做棺材？”刚子说。

“哎呀，你那破嘴！人家就不能烧柴用了？”赵月江瞪了一眼。

“我来呢，就是想告诉你，关山坡上是不是有你家几棵树呢？”刚子觉得赵新林好像砍错树了，不是有意为之就是认错了。

“对啊！我爸给我指认过，有五六棵吧！”

“看位置……我咋觉得有问题！”刚子皱着眉头说。

“你俩先聊着，我过去跟月霞坐坐。”这时，曹莲花站起来走了，谁都没有挽留她。

人刚走，刚子就拉下脸，盯着赵月江小声嘀咕道：“啥意思？”刚子指了一下曹莲花坐过的那把凳子：“这都明目张胆了！”

“你想啥呢？人家只是过来坐坐而已，别多想！”

“你小子！”刚子用右手食指在他眼前晃了晃，“好好想想吧，可别到时候怪我没提醒你！”

“你还信不过我？说实话吧，我就是把她单独叫过来，跟她谈了谈，希望她以后不要再来了。”

“来还是不来？没听清！”

“不要来了！我受不了，眼下村里人都戳我脊梁骨了！”

“好，有这份自知之明就好，那结果呢？”

“唉！”赵月江叹了口气，欲言又止，他在纠结到底要不要把曹莲花的心事一股脑儿告诉刚子？刚子是可信的，原来他说赵新林和曹莲花有一腿，果真不假，他把这个秘密唯独告诉了自己，难道他不能把这事告诉刚子吗？

“咋啦？忧心忡忡的，难不成你在骗我？”

“没有！不说这事了，你先说说赵新林砍树的事。”

“你！说还是不说？你还信不过我？”刚子声音有点大。赵月江一把捂住他的嘴，“小点儿声，人家在对屋呢，听得清清楚楚！”

这下，刚子只好作罢：“反正你好自为之。走，看看去，我感觉不对劲，我记得你爸活着的时候就在那个位置修剪过树。”

“该不会吧！”赵月江半信半疑。

“看看去就知道了，别人家的事我还懒得管呢！”说着，刚子起身准备走，赵月江只得跟着站起来。

两人出了门，透过玻璃窗，曹莲花看到了，她知道二人去找赵新林的麻烦了，她心里一阵惆怅，只担心赵月江会出事。赵新林这个恶心的人啊，他在做什么她一清二楚，唉，都是自己连累了他。也罢，今后还是离他远一些为好，都是自己的不幸，何必强加于人呢？我太自私了！她心里默默地说了一句“对不起，月江”。

路上，赵月江心里纠结不已，他在犹豫要不要把曹莲花的秘密告诉刚子。刚子说，别人家的事我还懒得管呢，就冲这句话，他觉得直说无妨，他是可信的，守原则的。可毕竟这是曹莲花的秘密，她只对他说过，人家又没明确授意他传给第二个人，秘密秘密，知道的人多了还是秘密吗？知道的人多了，岂不节外生枝？曹莲花之所以屈辱隐忍了这么久，她说了都是为了孩子的声誉，不然她早撕破脸跟赵新林干了！如此这般，还是保守为好。

“快点儿，慢腾腾的，你是不是怕了？放心，有我呢！现在是法治社会，咱有理怕啥？何况还没到地方，是不是还不一定呢！”刚子给赵月江打气。

就是“有我呢”这句话，终于突破了赵月江的心理防线，他本能地喊了一声：“刚子，我跟你说点事。”

“啥事？刚才还磨磨蹭蹭的，不愿意说拉倒，免得你为难！”

“是曹莲花的事，你说得很对，她和赵新林的确有一腿。”

“呵呵，屁话！就这？我不是早跟你说了吗，敢情你一直没信我？曹莲花总不会跟你当面说这些了吧？”

赵月江点点头：“都说了。”

刚子惊讶不已，赵月江点上烟，把曹莲花的心事告诉了刚子。说罢，他加了一句：“刚子，我相信你！”

“关键是，你一直不相信老子！赵新林，真不是人，难怪这曹莲花恬不知耻地往你家跑……误会你们了！”刚子气愤至极。

“所以，我突然觉得，这树八成是砍了我家的，你仔细想想。”赵月江说。

刚子稍微顿了一下：“他在报复你？挡了他的……”“是！”话没说完，赵月江认同地点了点头。

“所以，别去了，一棵树砍了就砍了吧，他最多就砍一棵出出气，绝不会多砍！”赵月江劝刚子说。

“白砍？凭什么？他还拿他当赵家的第三任村主任呢？”刚子不同意，他把步子迈得更大了。

身后，赵月江忧心忡忡，他想起了王望农，如果因为一棵树闹僵了，赵新林这个小人会不会旧事重提，把去年低保的事再胡乱加工一番，影响他倒不要紧，只怕王望农会受到牵连，如果那样真得不偿失了！

“回！”突然，刚子喊了一声，像是把压抑在心中的怒火全部释放出来，他转过身，径直朝村口奔去。

赵月江没反应过来，但这也正是他所期望的，一棵树砍了就砍了，无所谓，盖不了房子，但柴终归是他的，也避免了没意义的争吵，不去理会不代表软弱，不过能恶心一下赵新林。只有刚子心里明白，他之所以突然反悔，一切都是为赵月江考虑，眼下村里就要通水了，等待他要做的工作一大堆，加上这些年本来过得不如意，何必再为这一点小事让一个神经病给他添堵呢？再说了，赵月江现在是村主任，又在申请入党，若是因为这事闹大了，恐怕对他的前途大有影响。

树，的确是赵月江家的，赵新林故意砍掉的，他就是想借此给赵月江找找麻烦、耍耍威风。可惜，人在半路上又返回了，这一切他都看到了，刚子想做出头鸟，都来吧，正好新仇旧怨一起了结了。

可最终，他们没来，这多少让他有些失望。

刚子径直回了自己家。分别的路口，赵月江让他去家里喝杯茶，刚子说不了，我去家里收拾收拾，屋外的过道里有些木头，可能那里埋水管比较合适。听刚子这么说，赵月江会心地笑了，说："都像你这么积极，恐怕通水时间等不到年底吧！"刚子哈哈笑了："快着呢，现在春种都结束了，天气很好，最好一直别下雨，连续干的话要不了十天半月，当然他们都要像我一样积极呢！"

两人各点了一支烟，转身的那一刻，刚子喊了一声："委屈你了！"说罢，他扬长而去。

赵月江一愣，瞬间回过神来，他是在说和曹莲花闹出绯闻的事吧！谢谢老朋友理解，只你一人懂足矣，望着远去的背影，赵月江自言自语地说了一句："不委屈！"

就在同时，"砰"的一声，对山传来一阵响亮的枪声，他回头一看，刚子也回头了，看方向应该是赵新林。他砍个树，还能这样？

他听见刚子骂了一声，朝远处使劲儿吐了一口唾沫，便消失在拐角处。

"都啥年代了，还拿枪打猎呢！"赵月江也吐了一口唾沫，转身走了。

回到家，曹莲花还在，见他进来，她出来问话："哪里去了？大嫂子问你呢！"

其实，她早想走了，但就是放心不下赵月江，生怕他俩和赵新林闹事，就一直等着。

"哦，出去转了转。"赵月江轻描淡写地说，他把铁锹立在了门后。

"没事儿吧？"曹莲花上下打量了一番。

"咋了？你看啥呢！"

"哦，没啥。那会刚子说……是你家的树不？"曹莲花怕屋里的人听见，她故意走了几步靠近大门口。

"不知道，懒得去看，不就一棵树吗，随他去！"说罢，赵月江进了他的房间，曹莲花跟过来，但没有进屋，只是立在门口，说："一棵树不要紧，就该有这样的气量。你忙，我先走了。"

赵月江清楚地看见曹莲花的脸上露出一丝淡淡的微笑，那笑容很亲切，很温暖，像一杯茶，让人瞬间不再口渴，甚至忘记疲乏。曹莲花心里，只要没有发生冲突，她倍感欣慰，一切皆因她走得太近而一波三折，会不会因为她的远离让一切尽快平息？她想，应该是，赵新林这等小人，你不达他的心意，他是不会善罢甘休的。

这个家，这个熟悉而又陌生的院子，从今以后，她不得不少来一趟了。才刚刚得到几分热闹，就这样在几秒钟又回到了从前的死寂。

第五章　秋水

三天后，天朗气清。上午，王望农领着一个戴眼镜的中年男人来到新河村。

等赵月江知道时，他们已经在村里转悠了二十来分钟，要不是曹莲花给他提醒了一声，他根本不知道王望农来了。

那会儿，曹莲花正在场里找柴火准备烙饼，她家离大路较近，人们进村一般要从这个路口经过。王望农她很熟悉，只见他带着一个陌生男子边走边看，靠近路口时，他看到了她，王望农先给她打了声招呼，对于上次低保被刷事件，他一直压在心底不是滋味，曹莲花也是，因为这件事对王望农有了偏见。

他喊："莲花，忙呢？"

她笑着回答："嗯，来了，王书记！"

王望农笑着给她挥了挥手。打完招呼，两人又继续向前走，原以为要去赵月江家，结果从她家这边的小路上过来了，走得近了，他听见王望农说："这上边都属于一队，村里人习惯叫作上庄，下面就是二队。新河村就是这种地形，山大沟深，你也看见了，上面还好一点，下边有些路全是大石头……"

曹莲花听得稀里糊涂，大概觉得应该是和通自来水的事有关吧。

"书记，你们到屋里坐坐，喝口水吧！"

"不了，莲花，这是县里派过来的技术员，专门给咱村里规划管网线路的，我先带他转转。"

"自来水吗？"

"对对！"

"哦，那你没通知月江一声吗？"

"这边转罢了就去他家，还要了解一些情况呢！地都种完了吧？"

"种完了，书记，月江帮了忙呢。"

“那好，你忙，我们再转转去。”说罢，王望农领着技术员往前边走了，曹莲花赶紧抱着柴火进屋了，扔下柴，她拨通了赵月江的电话，把情况详细说了。

得知消息，赵月江赶紧叫姐姐收拾一下屋子，再准备些吃的，说待会儿有客人要来。

赵月江拿了一包烟，急匆匆地往上庄跑，他心里暗暗抱怨起王望农：不是早说过了，只要他来新河村，不管公事还是私事，都要记得先通知他一声，到家里坐坐喝口水，何况今天还带了客人呢，大技术员，怎么不叫人家先歇一歇腿呢？

按曹莲花所说的位置，赵月江赶过去一看，两人还停留在那里，跟几个村里人正在交流一些情况。见赵月江过来，王望农远远地摆了摆手，冲他一笑。

两步跑过去，赵月江已经气喘吁吁，他边问候边发烟：“书记，技术员好，你们啥时候来的？”

“不多时，二十来分钟。”王望农接过烟笑了，“你干啥去了？咋这么气喘？”

赵月江没好气地偷偷瞪了他一眼：“咋不通知我一声？刚不是莲花嫂子给我打了个电话，你就这么让客人一直忙碌，不知道歇歇腿？”

那技术员开口了：“呵呵，刚来，还没跑腿呢，不累不累！”

“哦，忘了介绍了，这是给咱们规划自来水管网的黄技术员，”王望农转向他，“这位呢，就是我给你提过的赵月江同志，现在是入党积极分子，咱新河村的村主任。”

黄技术员伸出右手，赵月江赶紧双手握住，一脸羞涩：“我才开始呢，算不上党员。向你们多学习，辛苦了！”

“幸会幸会，听王书记说你大有能耐呢！这通水工程很快就要落地了，辛苦了赵主任！”这黄技术员说话太客气，戴着眼镜一看就是文化人，还这般低调。赵月江赶紧回话：“黄技术员，您客气了，这是我份内的事儿，您直呼名字吧，我叫赵月江，月亮的月，长江的江。”

“明月照大江，这是小时候我给他取的名，他不知道。”王望农插话道。

“嘿哟，这名字够大气，王书记博学多闻啊！没记错的话，这句出自金庸先生的《倚天屠龙记》吧！原文我还记得很清楚：他强由他强，清风拂山岗；他横任他横，明月照大江。这是面对敌人，也可以说面对困难的一种豁达和大度吧，不错，有前途！能这么理解吗，王书记？”

“能，理解得很到位。你可记住了，月江？以后给人介绍名字的时候，你就这么说，月是明月的月，江是大江的江，接着来一句明月照大江，如果能记住的话，把黄技术员刚才说的那四句再给他背一遍，就算不懂的人也能听出个大概来。眼下吃水工程就要紧锣密鼓地开始了，希望在这时候，你能重新认清这个名字背后所蕴含的意义和力量吧！”王望农说着拍了拍赵月江的肩膀。

“你说，这是你给我取的名儿？长这么大我怎么没听我爸提起过这事？还有我妈，你也没提过呀！”赵月江很惊讶，他怎么也没想到“月江”俩字，居然是王望农给他取的，这背后还蕴含着这么美好的意义，三十多年过去了，他怎么一点儿都不晓得？

王望农笑了，说：“走吧，咱先回你家坐坐，让黄技术员喝口水，歇歇腿。”

“不累，再转转！”黄技术员说。

“走，走！时间尚早，喝口水再忙，新河村大着呢，六十多户人呢！”说着，赵月江一把拉住他的胳膊就往家里拽，黄技术员一时盛情难却，只好跟着走了。

路上，王望农告诉赵月江说：“你爸是个很要强的人，这名字是我取的，你觉得他会告诉你这些吗？当然，给别人取名字是常有的事，本来不值得一提。你知道最初你爸给你取了啥名吗？估计你猜不出来！叫加江，可不是嘉陵江的嘉，是加减乘除的加，你觉得哪个好听？”

“月江很不错啊，这俩字开官运了！”还没等赵月江开口，黄技术员就笑着抢答了。

“还真是。我同意黄技术员的观点，月江大气些，加，夹、假，听着不是很好。”

“赵主任，叫我黄喜文就行，本没多少技术，你一口一声技术员，听着怪别扭的！”黄喜文冲着赵月江笑了一下，转身给两位发了烟，“你们听听我这名字，喜文，多土的名字！”

“你这谦虚的，都是县里派过来的技术员，能没有技术吗？呵呵，月江，不妨叫他一声哥也罢，他比你大不了多少。”王望农说。

“喜文还不好听啊？喜欢文学，将来当大作家呢！”赵月江夸赞说。

“你看我像当作家的样子吗？念了一场书，就怕写作文，不知道我爸当初为啥给我取这个名字？”黄喜文说着忍不住笑了。

说话间，就到了赵月江家门口。这时，王望农停下来，指着下面的人家说：“就是以月江家门前过道为界，下面的都属于二队，他们习惯叫下庄。”

“哦，这个村的确不小，这工程量大着呢，月江！”黄喜文笑着说。

“不怕，有你和王书记坐镇呢，咱能干好！”赵月江自信地笑着说，“走，赶紧进屋。”

三人进了屋，二姐已经准备好了馍馍，连喝茶的家当都摆好了。

“赶紧喝茶。”赵月江插上电炉子，几人边喝边聊。

王望农告诉赵月江说：“这次下来主要有两件事，一是黄技术员先考察一下村里的地形和路况，根据实际情况先做一份规划方案；另一个就是我下来看看这边的春播情况，这是大事，千万不能马虎了。我下来的时候顺便打听了几户，都说种上了，曹莲花还说你帮了她家？很好，能帮的都帮一下，先把庄稼种好，下一步咱就要忙大工程了。对了，你了解了没，村里人都种得怎样了？”

“都种上了，书记，再说都这时候了，时令也过了。”

“哦，那就好，过不了几天，估计不出一周就开始了，到时候黄技术员一边画线，你们就可以同时施工了。”

“哦，也好，越快越好，后期赶上下雨时节就不好了，这段日子天气一直很好，人们刚播种完都闲着呢，我恨不得现在就大干一场呢！”赵月江说着撸了一下袖子，似乎已经做好了干活的准备。

黄喜文笑了，说：“你别急，这两天先好好歇歇，等真正开工了，你就不会再说这些话了，累得腰酸背痛，忙得连喘气的机会都没有！”

“不怕！一听‘自来水’这三个字，我浑身就来劲儿！你想想，这多少辈人过去了，谁会想到在这个偏远的山沟沟里能吃上自来水？说梦话呢！谁不知道这是城里人常用的玩意儿？如今国家有钱了，党的政策好了，惠民工程走到咱农村了，嘿，打这以后啊，自来水就像个孩子，它也是农村娃了！”

“哈哈哈，说得好！有你这话我就放心了，年轻人就该有这股干劲儿。月江，新河村的吃水大计你要多用心，我相信你能把这事办好。”王望农笑得很开心。

“书记放心，俗话说，巧妇难为无米之炊，那是以前，如今政府都把油和面都放到咱家门口了，做成面条这事还难吗？”

“如果不是统一安排试运行，看月江这架势，新河村人一定要比其他地方早吃上自来水呢！”黄喜文笑着说。

“嘿！你是不知道，黄哥，咱山里条件艰苦，以前都是靠吃山泉水生活的，水泉就在对山，看着并不远，但来来回回要爬两道坡，吃力得很！年轻人还能吃得消，上了年纪的人太难了，对他们来说，有时候吃一口水比换一口油都难！你也知道，现在的村子大都空了，年轻人全跑到城里去了，一年到头家里就剩几个老人，生活全靠自理，关键腿脚不大好，你说能不难吗？还好，世纪初政府出资挖了几口水窖，就这，把山里人高兴得几夜没睡着，这下又是自来水，嘿，不知道通了以后，人们会不会兴奋得三天三夜不合眼？至少当晚我会喝一瓶酒好好庆祝一下，党的恩情咱报不完啊！”提起自来水，赵月江高兴得似乎有说不完的话。

“月江说的，我感同身受，我家也是农村的，小时候和我哥抬水，要走很远的路，时常因为上坡时水桶滑下来，我哥就气得大哭。后来，我爸在棍子上钉了根钉子，防止溜滑引起我俩吵架，效果确实不错。那时候还小，上小学嘛，肩膀没巴掌大一点儿，细皮嫩肉的，抬一桶水回来，皮肤都压红了，疼得睡觉都不敢翻身！可是没办法，家里农活多，小孩子放学了不得不帮大人干这些家务活。长此以往，肩膀都磨起茧子了，以后抬水感觉不到疼痛了，但吃力是避免不了的。哎呀，时间真快，改革开放快四十年了，国家发生了翻天覆地的变化，想想昨天走过的路，再看看今天的日子，呵呵，简直像是在做梦！月江啊，只要你有这份心，我们也踏实了，忆苦思甜，珍惜当下，吾辈当自强，新河村有你这样的后生，也是民之福气啊，是不王书记？”

“他小子要是没这份心，我能叫他入党？”王望农盯着赵月江一本正经地说。

“哈哈哈……”黄喜文大笑起来，赵月江也挠挠头笑了。

正聊得尽兴，突然门帘掀开了，月霞进来了。她一脸羞涩，轻声问弟弟：“待会儿做什么饭？我准备一下。”

“你们想吃什么？黄哥、王书记？”赵月江询问二人。

“饱饱的，吃什么？”黄喜文拍拍肚子干脆地说。

王望农看了一眼手表，说：“现在十点了，随便准备一点就行，茶喝完了再转转，午饭就在这里吃，黄技术员？”

"哦，午饭啊？那成，就是麻烦人家。"黄喜文礼貌地冲月霞笑了一下。

"不麻烦，也没几个人，很快的。那就臊子面吧！"她说。

"成吧？"赵月江还在征询二人的意见。

"臊子面很好啊，那麻烦月霞了。"王望农冲她一笑。

月霞走了，黄喜文笑着说："你媳妇挺漂亮，很贤惠啊！"

"嘿！不是，那是我二姐。"

"你姐？哦，月霞月江，你瞧我这脑子！抱歉，回娘家啊！"

"呃……不，她还没结婚呢！"提起姐姐，赵月江脸上不免掠过一丝淡淡的忧伤。

话说到这里，气氛突然安静下来，黄喜文不知道该怎么接下去，不论从月霞的年龄上，从她朴素的穿着上，还是从赵月江方才忧伤的表情里，他能明显地感觉到，这个普通的女子身上一定遭遇了什么不幸的事儿，这话题没法继续聊下去了。

屋内，空气一下子凝固起来，没人再说话，只听见电炉上的茶罐被烧煮得嗞嗞作响。似乎只有它清楚，月霞的内心和经历，跟这一杯苦茶一样，在苦海里被生活煎熬成了浓汤，不是经历一番生活之痛的人，仅一面之缘，是不能轻易品出她如茶一般的苦涩和辛酸的。

王望农什么都清楚，见空气安静下来，他赶紧笑着救场："好好喝茶，喝完了咱干一会儿工作，反正今天午饭不用愁了，月霞的手艺不错，我吃过。"

"是吗？那敢情好！今天谢谢月江了。"黄喜文说。

"谢啥？以后要是来村里了随时打电话，喝茶、吃饭、休息，甚至喝酒我全包了。"

"以后有麻烦你的日子，工程还没开始呢！"黄喜文笑了。

"黄技术员，说到这里，还得麻烦你一件事，你们附近有认识的可靠一点的人、亲戚都行，给月霞说个婆家，可好啊？"

"做媒婆？好得很啊，这么好的姑娘，我一定给她说一个。说来惭愧，我这个'泥菩萨'过江，也是自身难保啊！"

"这话几个意思？"王望农没听明白。

"不怕你们笑话，我三十六的人了，到现在也单着，你说我这个媒婆还可靠不？”黄喜文吧唧了一下嘴巴，脸上难掩一丝忧伤。

“好好说，怎么回事？你这么精干的一个技术员，怎么会没成家呢？他这话，月江你信不？”

“八成是在开玩笑呢！这么攒劲的一个人，咋可能嘛！要不就是眼光太高。”赵月江摇摇头表示不相信。

“唉，三年前女人出车祸了，没抢救得过来。现在身边有个小姑娘，带着孩子很难找啊，关键娃还小，我担心后妈虐待呢，这不一直在凑机会嘛！”黄喜文给自己点上一支烟，使劲儿抽了两口。

赵月江一听心里咯噔了一下，他看了一眼王望农。王望农面无表情，皱着眉头。

“哎呀！不好意思，你看我俩逼着你说了一些伤心的事，你别介意啊，黄技术员。”王望农有些尴尬，他安慰黄喜文说。

“嘿！瞧你说哪里的话。过去了都过去了，说说也无妨，人啊，一辈子就是这样，处处充满意外。其实这也不是意外，人生海海，世事无常，走到今天，我也认了。”黄喜文似乎看透了一切，说得很淡然，语气很平静。

“谁说不是呢，人年龄一大，尤其是经历了一些生死大事，什么都看透了，也相信命运一说了。”王望农表示赞同。

“月霞什么情况？月江，你介意说一说吗？我能感觉出来，她好像并不快乐。”黄喜文一脸平静，他给赵月江发了支烟。他之所以这时候敢这么唐突地问，因为他觉得，至少月霞的命运比他好多了。

这一回，赵月江的反应平和多了，他抽了口烟，顿了几秒钟，接着长叹一口气，说：“黄哥，比起你的遭遇，我二姐好多了。”他一笑，笑里似乎夹杂着一丝欣慰，他想起黄喜文的老婆出车祸走了，至少二姐还活着，作为女性，她也比黄喜文选择的机会大多了，所以，这么一比较，他觉得二姐的未来还是有药可救的。

“介意说说吗？我感觉她内心很善良。”黄喜文之所以这么想知道月霞的经历，是因为在第一眼看到她的时候，他觉得她很善良，很漂亮。当听到她还没有结婚时，他心里半喜半忧。喜的是，他多少有那么一点点的希望，希望这个和他年龄相仿的姑娘有朝一日能成为他的新娘，他们牵手成一家，共同照顾可爱的小女儿，将来再生一个该多好啊！三年过去了，他何尝不希望再遇见一个有缘人跟他共度余生，主要是孩子还小，她需要母爱的关怀啊！忧的是，他不知道这样一个不错的姑娘，究竟经历了什么样的遭遇，让她变得这般哀怨忧伤，甚至有些木讷。难道她是个单身主义者？

赵月江摇摇头，微微一笑："你都这么惨了还敢说，至少她的情况比你好多了，有啥不能说的？刚才王书记说了，叫你给她寻个婆家，自然得了解一些情况了。"

接下来，赵月江一五一十地把二姐的经历全部告诉了黄喜文。听罢，黄喜文哀叹一声："多好的姑娘，唉，也是苦了你了。这么说来，咱们都是命运相似的人，都是单身的人啊！"

"嘿，可不是嘛！生活啊，有时候就是这样，可即便这样，你还得笑着活下去不是？总不能喝一口那玩意儿一走了之吧，好死不如赖活着，关键死也不容易啊，不到万不得已的那天，阎王爷都懒得收你呢，我估计我就是被他老人家遗忘了的那一个！哈哈哈！"赵月江爽朗地大笑起来，黄喜文看得出来，那是对生活无助之余的一种豁达与抗争，就像他的名字——明月照大江。自女人死后，他也何尝不像此刻的赵月江一样，时常神经质地笑一笑呢？不笑能咋的，笑也是对老天不公的一种蔑视啊，当然更多的是给自己加油打气，给黯淡无光的生活增添一抹色彩。

"哎呀！好了好了，你俩就喝了点茶，又没喝酒，瞧说的那话，没法听！眼下这么好的光景说这些不嫌晦气？死啊死啊的，刚还说党的政策好呢，改革开放日子红红火火，一两句废话就给浇灭了，你们心态有问题！既然命运相似，就该惺惺相惜，同是天涯沦落人，相逢何必曾相识？我看啊，今天就是好日子，我做媒，干脆把月霞嫁给黄技术员得了！这么想好日子不就来了？有了好日子，我看你们谁还想寻死！照你俩这么下去，我也得下岗了，这工程马上就要开始了，我还指望你俩打头阵呢，可这副样子咋成？"王望农故意生气地说，其实是对造化弄人的无奈和愤怒，也对二人命运多舛深表同情，当然更是一种鼓励。

"哈哈哈，也是啊，你瞧我俩，苦大仇深的，人总要活在当下的，死抓着过去不放，那一辈子能幸福吗？天涯何处无芳草，何必单恋一枝花？你瞧我，被李燕飞折腾成什么样了。我姐，南敏儿这一跑，一无所有了！行！既然王书记做媒了，择日不如撞日，黄哥，你觉得我姐咋样?”赵月江举起茶杯，以茶代酒，碰了一下黄喜文的杯子，仰起头一饮而尽，他的动作和表情，像是把一杯苦酒吞进了肚里。

黄喜文像是没听见，他只顾抽着烟一言不发。

“啊”的一声，似乎很香，赵月江把茶杯砸在桌上，抹了一下嘴巴。王望农忍不住一笑：“你小子是不是想喝酒了？有好酒没，咱喝两盅!”

“不！还有工作呢，书记，改天喝!”黄喜文连忙劝阻。

“你坐稳了!”王望农给黄喜文使了个眼色，黄喜文愣了一下没明白何意。

“好啊，有，正好有两瓶，来，咱先喝着，工作的事吃完饭了再干，不差一天两天的。”说罢，赵月江起身去拿酒了。

院子里，他喊了一声二姐，叫她弄几个菜来。月霞回应说好的。

趁赵月江不在，王望农小声问黄喜文：“咋样？月霞!”

“啊？噢，人不错，挺好的。”

“人你见过了，能看上不?”

“呵呵，好着呢!”黄喜文的脸上泛起一丝红晕。

“这是大好的机会，你若不嫌弃人家的过去，就好好说，若是有意见，就算了，我也不瞎搅和了!”

“我哪有资格嫌弃人家？我都快四十的人了，身边还有个孩子!”

“好，有这话就够了。除此，她没念过书，是个农民，你至少还有份工作，嫌弃不?”

“哎呀！就是一个跑腿的，我也种地呢，挣钱不多，勉强吃饱。”

“说重点，嫌弃不?”

“只要人心好，不虐待娃，我求之不得呢！就怕月霞不愿意，一嫁过去就做后妈？她傻啊!”

“好，知道了，今天工作先放一放，听我的。月霞人实诚，我比你清楚，虽然肚子里没文化，但谁娶了她绝对有福气。刚才你也听见了，为了南家的前夫，她空等了整整三年，多重情义的姑娘啊！我和他父亲是好朋友，可以说是生死之交，今天我就替兄弟做一回主，把女儿的大事给定了，当然在我心中，月霞也是我女儿。喜文啊，我跟你认识不久，这几天我带着你各村子跑，从工作上、为人处世上，我觉得你人不错，希望我没看错你！”王望农一脸认真，让黄喜文心里一阵温暖。话说到这里，他似乎看到了生活的一丝希望，便忍不住一把抓住王望农的手，感激地说：“今天叫你一声叔，先谢谢你。婚姻是两个人的事，我跟月霞只有一面之缘，我表明态度，我中意她，但不知她……今天咱就当相亲，试一试吧。你可别用力过度，态度中肯一些，别为难了，月江，毕竟你是他的领导！”

“呵呵！”王望农一笑，用力拍了拍黄喜文的背，使劲点点头，“可能，我真的没看错你！”

这时，院子里传来瓶子碰击的声响，王望农站起来喊了一声：“月江，有没有？”他掀开门帘笑了：“你小子是不是往空瓶里灌水呢？”

赵月江笑了：“咋可能嘛！我说怎么找不见了，原来被我妈当空瓶扔在门外的空瓶堆里了。”

“是吗？你看看包装好着没？”王望农接过酒瓶，凑到鼻子前闻了闻说，“嗯！好着呢！”

进了屋，两瓶酒放到桌子上，王望农一把拧开，问酒杯呢？赵月江说在茶几下面呢！

黄喜文低头一看，茶几下面的确有几个白色的酒盅。他拿出来放到茶几上，王望农一看，哎了一声，说：“杯子没有吗？小一点的。”

“喝酒用杯子干啥？”赵月江说。

“太小了，没意思。”

“就这好，喝太猛了人受不了，天气这么热的。”黄喜文说。

“也行，你洗一洗。”说罢，王望农去了厨房，他问候了一声月江的母亲，说我们中午在这里吃饭，又麻烦你了。女人一笑，说：“有啥麻烦的？这屋里能来个人，我很高兴，热闹一下多好。我就不过来了，你们好好喝着。”

王望农说：“好的嫂子，你好好歇着，我过来看看月霞做了什么菜。”

月霞面带笑意，说：“王叔，家里也没啥菜了，削个苹果，一个黄瓜，再炒个油菜，你看行吗？”

王望农盯着月霞细细地打量了一番，这个原本很幸福的姑娘，这几年来，在生活的折磨下变得苍老了、成熟了。同时，也因为心伤长期不出门，脸上沉淀了一抹深深的忧伤，和一些明显的呆滞与木讷。这不是他的女儿，但因为是好朋友的女儿，所以在他心中，早把她当作女儿了。

在月霞未出嫁之前，就是在没有去南家之前，在他的印象里，这是一个开朗的女孩儿，两根粗粗的辫子时常耷拉在胸前，上面扎着一朵红艳艳的塑料花，眼睛大大的，鼻梁高高的，爱说爱笑，活蹦乱跳。那时的她，注定和她的性格一样，在未来的路上，一定有一段很幸福的生活，他一直这么想，也一直这么为她祝福。

只可惜，造化弄人，一声叹息啊！

老友活着的时候，他经常去他家，跟老哥喝两杯茶，也猜拳喝酒。一进门，月霞就笑着叫一声叔叔好，接着就扯着大嗓门朝堂屋里喊话："爸，王叔来了！"她更小的时候，他每次上门就会给她买一些零食，主要是糖果，月霞高兴地抱着他的大腿一个劲儿地喊"我爱叔叔"或者"谢谢叔叔"。如果哪一天忘记了买，她就会不高兴，一直噘着嘴巴不爱搭理人……

"叔，成不？"月霞叫了一声，把他从回忆里拉过来，"你咋啦？哭了！"

情到深处泪自涌，他没发现自己的眼里怎么含着晶莹的泪花。时间可真快啊，那时候，他爹活着，孩子们都过得快快乐乐，这个家总是热热闹闹的，如今呢，时过境迁物是人非，留给他的只有一些触摸不到的回忆和一声无奈的叹息罢了！

"成！有鸡蛋没？再炒一碟鸡蛋，今天的菜钱我付了。"

"叔，你说啥呢！"月霞瞪了他一眼，"你赶紧堂屋里坐，我给你炒鸡蛋，刚才没想起来。"

"月霞，这是公事，上头能报销的。"王望农在骗她。

"不认识的人来了都得免费吃上一碗，何况是你带来的人！"

话说到这里，王望农一笑，说："今天来的这个陌生人，长得还不如咱家月江呢，说实话，都不想给他吃呢！"

"丑吗？挺精干的啊！"月霞一脸认真。

"扑哧"一声，王望农憋不住笑了："好，那就好，你是主人，你觉得他够资格吃咱家一碗饭，那就好好做，我没意见。"

"啥意思？"月霞有些莫名其妙。王望农笑而不答，从头到脚扫视了一眼她，转移了话题悄悄地说："月霞，有人呢，稍微收拾一下，人家笑话呢！"说罢，他径直出门了。

"嗯？啊？……"月霞皱着眉看了一眼裤子和衣服，并闻了闻袖子，也没什么异味。"好吧！"她自言自语。

来到堂屋，赵月江问："哪里去了？酒满上了不见人！"

"上了个厕所。"

"来，干一杯！"三人举起酒杯一饮而尽。

酒下了肚，赵月江问黄喜文："叫你老哥了，别介意啊黄技术员，那会我问你的问题，你觉得怎样？"

"叫哥亲切。啥事？"黄喜文一愣，突然想起来了。他一笑，看了一眼王望农，有些害羞地说："月霞挺好的，怕是我这种情况，你姐不愿意，你说一嫁过去就做了后妈，换作你咋想？"

"我啊？简单！不在乎，我喜欢小女孩，扎两个小辫子挺可爱。我姐嫁过去就当妈，其实也挺好。我说过了，早前她本来怀了一个孩子的，这现成的女儿不好吗？就当是曾经失去的那个宝贝，老天爷为她补上了，这一点她完全能接受的。再说，这女儿有了，她肚子少受一次疼痛，后面再生个男孩够了，儿女双全，多好的事！"

王望农听罢点了点头，黄喜文一笑："月江的确能说。关键这只是你的想法，你是你，你姐是你姐，你的想法代表不了她。"

"是，但我们是亲姐弟，我更了解她。这么说，你是中意她的？呵呵，好事，这也算一见钟情吧！"

"一见钟情又怎样？我这种情况……"

"好了好了，我还说我姐那种情况呢！咱不说那些没用的了，王书记说得对，悲观是因为心态有问题！既然命运相似，何不惺惺相惜？这事啊，只要你表态了，我姐的工作我去做，八九不离十，哎呀，年龄都大了，我这个当弟弟的也着急，我妈天天喊着赶紧把二姐嫁出去，免得一天大门不出二门不迈，时间长了都憋出病了，可愁死人了！不过黄哥，作为这个家的男子汉，有些话我说在前头，我是第一次见你，言语之间觉得你不错，我姐呢，虽然没读过书，还经历了那么多事。但我敢保证一点，她啊，心肠善得很，重情重义，嫁过去你不吃亏。和她一比呢，你好歹是个国家干部，有正式工作，我姐只能忙家务，所以有些事你要看清楚一点，也要看开些……”

话还没说完，王望农忍不住哈哈大笑起来，黄喜文也跟着笑了，赵月江一头雾水，盯着二人百思不得其解。“你们笑什么？”他问。

“啥都别说了，好好喝酒，他俩刚见面，八字还没一撇呢，今天咱就当相亲，看看各自的态度就好，别聊那么深，一步步来嘛！”王望农还是忍不住笑。

“这话也对。别笑叔，我说得有道理呢！”赵月江一脸认真。

“我没说没道理，道理很对。你问问黄技术员，为什么我要笑！”

“为啥黄哥？”赵月江把目光转向黄喜文。

“嘿！你问过的这些问题，说过的这些话，其实刚才王书记也问过了，大意和你说得很相似。”黄喜文解释说。

“是吗？啥时候问的？”

“就你找酒的那空隙。”

这下，赵月江也笑了：“那，这么说来……也对，才见了一面，就当相亲，慢慢了解，如果投缘的话，王叔做媒，我尽量做我姐的工作。”

王望农点了点头，长舒了一口气，意味深长地说：“月江，你真的长大了。”

“叔，我能明白你要说啥。老话说得好，这父不死儿不大，我爸走了多少年了，我是家里唯一的男子汉，不学着长大，这个家的顶梁柱谁来担当呢？我妈有病在身，我姐那样子，大姐远嫁了，如今这个烂摊子我不操心谁来操心？”

听着赵月江发自肺腑的心里话，懂事得让人心疼，王望农猛然想起了死去的老友，如果今天他在，估计这个家一定是另一番样子。月江一定是幸福的，月霞也能嫁个好人家。可偏偏命运捉弄，让原本一个美好的家变得这般狼狈不堪，活着的人还得好好活下去，纵然生活欺骗了你，但你还得笑着回报给它一个大大的拥抱。

过了一会儿，月霞端着菜进来了。她果然收拾了一下，穿了一件新衣服，梳了头发，化了淡妆。这一举动，赵月江没反应过来，他了解二姐，这可不是她的性格啊！黄喜文也看傻了眼：这姑娘一捯饬真好看。

“来，吃菜，简单了些，你们凑合着吃。”月霞笑着说。

“月霞，给你介绍一下，这位是县里派过来的技术员，给咱村里规划自来水管网的，就是水管子该怎么铺设，人家说了算。他呢，姓黄，叫喜文，比你大两三岁，称呼他为哥就行。”王望农把目光转向黄喜文，“这是月江的二姐，叫月霞，人很漂亮，心地善良，还做得一手好菜呢！”

“叔！你好好说。”月霞已经害羞了，她叫了一声黄哥，说，“你别听王书记的，他笑话我呢，你凑合着吃就行了。”

黄喜文夹了一块炒鸡蛋，嘴里嚼了两下，点点头“嗯”了一声，连说好，好，味道确实好！

赵月霞摇摇头笑了，你们先吃着，少喝点酒，我给咱压些面条去。说罢，人准备出门，这时王望农嘴里含着一块鸡蛋，说：“来，你等等。”他连着嚼了两下，把鸡蛋咽了下去说：“月霞，人家是县里过来的客人，你不给他倒个酒？”

“呵呵，好吧！”月霞转过身靠近茶几，拿起酒瓶给黄喜文倒了一杯说，“黄哥，你吃好喝好。”

黄喜文连连点头，不知道说什么好，他的手在发抖，脸一下子涨得绯红，很明显，他害羞了。

“月江，把你的酒杯给你姐，叫她跟人家喝一个。”

“不了不了，我不会喝酒。”赵月霞笑了。

“月霞，多少喝一点嘛，表示一下就行。”王望农再次劝她说。

“不会喝就算了，没事。”黄喜文笑着说。

“行，我陪你喝一点点，你是县里来的贵客，能上我家门实属荣幸！”说着，月霞接过酒杯。二人碰了一下，黄喜文仰起头一饮而尽，月霞只是呷了一小口，还被呛了一下，说道：“好了，你们慢慢喝，我给咱准备饭去。”这时，黄喜文递给她一张卫生纸，说：“难为你了。”

月霞接过纸擦了擦嘴，笑着说：“实在丢人，我真不会喝酒。”

“女孩子少喝酒为好，谢谢你！”黄喜文客气地说了声谢谢，月霞摆摆手笑着出门了。

人走后，黄喜文小声问王望农：“人家不会喝酒，你还强迫人家？”

王望农盯着赵月江看了一眼，二人忍不住笑了：“难道你没看出来，王书记在给你俩创造说话的机会？”赵月江笑道。

“是吗？嘿呀，你瞧我这脑子！”黄喜文拍了一下脑袋。“如果我不这么为难她，她放下菜不就走了，你还能仔细地多看一眼？”王望农眉毛上扬，端起酒杯在黄喜文的眼前晃了一下。黄喜文知道他要跟他喝个酒，就举起杯碰了一下，说：“谢谢书记。”

“哎呀！你倒是看看，我酒杯里有酒没？我让你倒一个啊！”

“没酒了？”黄喜文仔细一瞅，还真没了，连忙倒上。王望农盯着他坏坏一笑：“我发现你小子不正常了，一看见我侄女思想就抛锚了。”

“来来，咱喝一个！”黄喜文不再多说什么，举起杯跟二人一碰，三人仰起头一饮而尽。

放下酒杯，黄喜文夹了一口菜，说：“这菜确实做得不错！”

“盐多了！”赵月江说。

“对，我也觉得。我说黄喜文这阵子不对劲了，这才见了第二面，你瞧，情人眼里出西施了！”王望农故意夸张地说。

“盐多了吗？”黄喜文红着脸又夹了一筷子，嚼了一下，皱着眉头细细品味，“真的不多，刚好啊！”

“哈哈哈！”二人捂着嘴大笑起来，黄喜文这才反应过来，他俩是合起伙来捉弄他呢！

虽说跟黄喜文才认识不久，但几杯酒下肚，他们敞开了聊，似乎是久别重逢的老友，一见面就有说不完的话。当然，主要的原因是，人逢喜事精神爽，这虽然刚刚起了个头，但在三人的心里，都希望在不久的将来，月霞能有个好一点的归宿，黄喜文也期待好运降临到他头上，让他赶紧抱得美人归吧！这苦日子啊，赶快过去吧，他受够了，想必月霞也累了，希望心能靠岸吧！

几人边吃边喝边聊。因为走了一阵的路，黄喜文肚子有些空了，本来酒量不怎么样，但因为心情好，所以多喝了几杯就感觉晕乎乎的。好久不喝酒，今日难得有这种醉酒的感觉，心情舒畅极了，恍惚间觉得这像是几年前他结婚的场面，那么热闹，那么让人向往。

几人正喝得尽兴，突然门帘“哗”一下掀开了，来人是赵刚子。

“刚子？来，坐！”王望农先看到了，他热情地摆摆手，笑着叫他进来。

赵月江听见了，站起来给他让了个座，说：“叔，坐！”赵月江酒量还可以，但几杯下肚大脑难免有些兴奋。

刚子有些发蒙：这什么情况？怎么王望农在？早知道这样他就不进来了！可已经进来了，总不能转身出去吧？好歹一进门王望农礼貌地问候了一声，当然，他知道多半是酒精的作用。不过，话说回来，这些年，王望农对他不错，平日里不怎么说话，但要是碰了面总会主动问一声，人家是当书记的，肚量还是有的。但他却不一样，多少年过去，一直对他心怀偏见，即便迎面相逢，他也会低下头装作看不见。

真是冤家路窄，还好有刚子陪着，坐就坐吧！刚子一屁股坐在沙发上，给几人发了烟，包括王望农。

“这位是，黄大技术员，我黄哥，人家是县里派过来的技术员，负责自来水管网的规划工作。”赵月江给刚子介绍说，“这位呢，是我老叔兼好友赵刚子，高中生，人很聪明，维修机械、家电那是一把好手，人送外号，铁……铁先生！”

刚子摇摇头笑了，他扯了一把赵月江的衣襟说：“别丢人现眼了，才喝了多少就这样了？”

“我是高兴，今天有客来，热闹嘛！”说完，赵月江从茶几下面取了一个酒盅，给刚子倒了一杯说，“不敬大家一个？”

“敬！都是大领导，为咱新河村的吃水问题奔波，理应敬一个！”说罢，刚子举起杯，先给黄喜文敬了一杯，接着又满上，给王望农敬了一杯。

赵月江没醉，很清醒。他万万没想到，刚子今天能这么开明，给黄喜文敬酒不足为奇，但给王望农敬酒就有些奇怪了。而他不知道，在刚子心里，这是别人家，是他好友家，来人都是冲着公事来的，他一个高中生还是分得清时局的。要是不给王望农面子，说白了就是不给月江面子，让黄技术员见了岂不笑话咱没头脑？何况，刚才月江说了：这是我老叔兼好友。如果他做得不够好，岂不打了月江的脸面，连自己也被人看作是无脑儿！退一步讲，就算王望农有千错万错，但不管怎么说，月江能当上村主任，是人家王书记一手栽培的，不看僧面看佛面，他得尊重和理解好友赵月江的心理啊！

讽刺的是，静下心来仔细一想，在这些人面前，他的日子混成那样了，他还有什么资本给别人施舍所谓的面子呢？人家不笑话咱就已经瞧得起咱了，嘿，想来也是把自己太当回事了。

“无中生有，转嫁痛苦，自我安慰！”脑海里，又响起赵月江骂他的那几句话，不正是这样吗？他想，就算王望农不喝酒，若是同样的场合遇见，他也一定会热情地主动给他打一声招呼的，他可能做不到，这就是格局吧！

赵月江坐下来，使劲儿拍了拍他的肩膀，笑着说：“好！你倒的酒闻着更香！”

他清楚，赵月江这话什么意思，他是在夸赞自己的表现，在今天这个场合里，你刚子给足了我面子。

“那行，既然你说我倒的酒香，那我再给大家倒一个如何？哈哈哈！”刚子笑得很开心。

“好！倒，先给黄哥倒，下来王书记，我就算了。”

“为什么算了？你是咱新河村的村主任，别拿主任不当干部，为什么不倒？都倒！”

刚子给每人都倒上了。他心里有数，平日里和月江是要好的哥们，啥话都能说得出来，包括脏话，但今天不同，有客人在，他要给足他面子，一是不失了自己的身份，二来毕竟人家是书记王望农一手培养出来的。

几人高兴地说说笑笑，边吃边喝，好不尽兴。厨房里的老母亲听见这般热闹的吼声，心里一下子畅快了许多，仿佛时光倒流，转瞬回到了几年前，那时候男人在，王望农每次一来，两人就猜拳喝酒，吼声也是这般大，家里的气氛异常热闹。

喝了一阵子，赵月江出门去厨房看饭做得怎样了，一进门，发现曹莲花在，她正在帮二姐做饭。他笑着问好，嫂子，你啥时候下来的？辛苦了！曹莲花说来了一会儿了，我在上头听见你们吼声很大，我一猜可能在喝酒，喝酒哪能少得了几个菜？这不就下来帮帮月霞。

“你过去坐一会儿吗？”赵月江问。

“呵呵，我不会喝酒，我不去。”曹莲花说，“饭不用着急，有我帮忙快着呢！”

谢过曹莲花，赵月江再回到堂屋。此时，黄喜文已经背靠着沙发闭着眼静静地躺着，像是睡着了，脸红红的。他喝酒反应这么大吗？是不是喝多了，酒量小啊！他心想。

王望农也有些醉醺醺的，毕竟上了年龄，以前他可是喝酒的高手啊，这一瓶还没完呢，看来他俩都不行了。还好，来了刚子，气氛更热闹了，酒也能消耗一些了，好久没喝过酒了，这醉醺醺的感觉和这闹哄哄的气氛，真是千金难求啊!

“黄哥，你咋了？没喝多吧!”赵月江凑近他耳边问。

“哎哟，有点多了，我酒量不行啊!”黄喜文微微睁开眼，像是已经醉了。这时，刚子哈哈大笑起来，说：“领导啊，你这是装的吧？来，咱再喝两杯，酒还多着呢!”

黄喜文摆摆手，摇摇头不说话。

“算了，看来是喝多了。”王望农说，“黄技术员，要不你起来多喝点开水，解一解?”

黄喜文点点头，慢慢坐起来，刚子帮忙倒茶，说：“慢慢喝，估计是没吃饭，空腹喝就容易醉。”

赵月江找了条湿毛巾，递给黄喜文让他擦擦脸，清醒清醒。

接下来，三人继续喝，黄喜文不再睡觉，一个人喝起茶来。喝了一阵水，再撒了一泡尿，感觉好多了，他进门接着喝。

等饭端上来时，黄喜文已经醉得不省人事了。刚子和赵月江把他抬到炕上休息。王望农也摇摇晃晃，但不至于醉得迷迷糊糊。刚子来得晚，他还清醒着呢，赵月江酒量不错，自然还能坚持一会儿。

几人正在吃饭，沉静中，突然，黄喜文“哇”的一声吐了，吐了一床单，自己的衣服也弄脏了。看来饭是没法吃了，刚子帮忙清理了一下，他建议把黄喜文抬到西屋里，好让他清静一会儿，再打开窗户透透风，本来堂屋里酒味太浓，闻着这么大的味道很难醒酒。

赵月江说行，两人把黄喜文抬到西屋里。他醉得没有一点儿反应，身体软软的，抬起来沉沉的。刚子笑着说，就这点酒量，还干技术员呢?

赵月江去了厨房，他嘱咐二姐说，你抽空把这件衣服洗了，太阳很大，一会儿就干了。

月霞闻着浓浓的酒味就想吐，说，你去洗吧！我闻不了这味儿!

赵月江瞪了一眼，说：“有客人呢，你叫我咋洗衣服？快洗了，人家醒来就穿呢！"

没辙，月霞只好帮忙洗了。怕一时半会干不了，她叫曹莲花帮忙多拧了一会儿。

吃完饭，王望农就睡了，他说他也喝多了，走路都走不稳了。

两个领导睡下了，只有赵月江和刚子还清醒着，到底是年轻人，能喝！他俩坐在沙发上喝起茶来，边喝边聊。

赵月江说，刚子，今天很感谢你。

刚子清楚他要说什么，嘿嘿一笑："好歹你是村主任，我的好哥们，我不给你这个面子行吗？"

"王望农人不错，今天你俩也喝酒了，希望以后别瞎折腾了，听我一句劝，成不？"

"嘿！"刚子一笑，"都过去了，不提了！"

"对，都过去了！争也没啥意思，大男人嘛，都是站着撒尿的，除了生死，有啥看不开的？好歹人家是书记，也是我的上司，不看僧面看佛面嘛，是不？"

"你这嘴巴真会说。来，不说这些了，还能喝不？再整两杯。"说着，刚子倒上酒。

"成！这黄喜文还没吃上饭呢，应该关照着点，你瞧把人家喝吐了都！"赵月江忍不住笑了。

"怪他自个儿没量，不要紧，睡一觉就没事了，起来了再给他下一碗面行了。"刚子说。

说到这里，赵月江突然想起黄喜文，他担心人再吐了，或者掉下炕摔了，便跑过去看了看。一进屋，只听见黄喜文嘴里嘀嘀咕咕说着什么，听不大清楚，但明显地看见他眼里流着泪水，身子一抽一抽的，像是哭得很伤心。

他懂他的苦楚。"二姐！"他喊了一声，月霞进了门，他吩咐说，你拿条热毛巾给他敷一下，看能不能尽快醒酒，他好像很痛苦。

"他哭了？怎么回事？"月霞看见他的眼角不住地流泪，"好，我去拿毛巾。"

月霞端着脸盆进来了，她洗了洗毛巾，拧干，替黄喜文擦了一下脸，还有眼角的泪水。

"他怎么了？"她问。

“他可能伤心了。”

“为啥？”

“他也是单身！”

“咋可能？这么精干的一个小伙子！”

“你觉得精干吗？”他盯着姐姐认真地问。

“比你强！”二姐干脆地说。

赵月江忍不住笑了：“可惜都是命苦人，他老婆三年前出车祸死了，他很爱她。”

“哦，比我还可怜。”月霞又洗了一次毛巾，给他额头敷上。就在这时，黄喜文迷糊中举起右手，一把抓住月霞的手腕，月霞吓了一跳，不由得叫了一声，刚要挣脱他的手，这时赵月江“哎”了一声，给她使了个眼色：“别动！”

“你小子！这成何体统？”月霞皱着眉头有些慌了。

“二姐。”

“嗯？”

“你觉得他怎样？”

“他？你想说啥？”

“姐，你想这辈子就这么荒废下去吗？你也老了，该为自己好好考虑考虑了。别说妈为你的事操碎了心，我这个当弟弟的也难受啊！”

“嗯？对，都说得对，我知道了，尽快吧！”

“他说，”他看了一眼黄喜文，“他第一眼看见你，就觉得很面熟，直说了吧，他对你有意思，你别吃惊，他说的都是真心话！”

“啊？他……”月霞像是被吓了一跳，本能地把手使劲一抽，终于挣脱了。

“瞎说！神经病！”月霞准备要出门。

“姐，他说的都是真的，他想有个家，你呢？不想吗？择日不如撞日，你觉得他怎样？其实你不知道，这一阵子，我和王书记一直在谈论你们的事呢。他说他看上你，就是不知道你什么意思，他很期待跟你试着相处一段时间。”赵月江堵住姐姐的去路，一脸严肃。

“我啥情况你不知道？”

“都说了，什么都说了，他说不在乎，他只看重你的善良，你重情重义。”

“你都说了？他是这么回答的？”月霞睁大了眼睛。

赵月江点点头：“不过，姐，你别这么自卑，他身边有个五岁的女孩子，长得很可爱，很乖，你介意吗？我先说两句，几年前，你本来怀了一个小孩的……我是说，黄喜文家的那个小女孩，我觉得她是老天爷补偿给你曾经失去的礼物。”

说到这里，月霞沉默了，想起过往，她不愿提起一点点，但脑海里又无法抹去。这些年过去，她一个人承受了太多太多的压力和痛苦，一个人的日子真的太难熬了，她何尝不希望能有一个知冷知热的男人陪她度过余生呢？这些年来，她慢慢看清了一些事情，过去的总归要过去，人是要活在当下的。如果一味地揪着过去不放，那心里还能有快乐吗？一个人可以任性一时，但不能任性一辈子，一晃年龄上去了，自己成了老女人，再嫁不出去就要孤独终老了，自己痛苦不说，还让亲人这般操心，实在不孝。

如今，她不是不想开始一段新生活，让曾经死过一次的自己重新活过来，这很难，或许并不难，似乎像今天一样，这个陌生人的到来，像是老天爷开眼了，终于给了她一线希望——至于合不合适，肯定得相处一段日子再说，但总归，有了眉目！只是，在她的婚姻开始之前，她最大的愿望就是先让弟弟的感情圆满，她一直期盼一个奇迹，李燕飞有一天突然茅塞顿开，然后主动跑回来告诉月江说：“亲爱的，我错了，我不该听信了父母的话而荒废了我俩大好的日子，原谅我，咱们好好过日子吧！”可是，三年过去了，她一直没有等到。

“姐，有时候看着你这副样子，我夜里都偷偷地哭，你要清醒过来，改变自己，生活是美好的，眼下就要通自来水了，政策这么好，我们有什么理由把日子过得一团糟呢？”

“可是，你呢？我心里也在为着你啊！你是弟弟，我是姐姐，我已经成这样子了，不值钱了，我希望在我出嫁之前，能为你做些什么！”她哭了，眼泪滑下脸颊。

“谢谢你，姐，这些年让你受委屈了！对不起！我也有责任！”赵月江很淡定，语气很平静，但热泪滚滚。

“这个人很精干，很好，看面相很慈善，可是咱配不上人家！至于他身边有个女孩子，我不介意，真不介意！你刚才说得很好，那个小女孩应该是老天爷给我的补偿，它本来欠我一个孩子啊！”月霞的眼泪掉进了嘴里，她用舌头舔了一下。

“我可怜的姐，别那样想，你很漂亮，你很善良，你重情重义，黄喜文说了，他第一眼就中意你，说明他眼睛没瞎，姐，不能再错过了，我是认真的！”赵月江吸了一下鼻涕。

说到这里，月霞走过来，擦了一把弟弟的眼睛，笑着点了点头：“听你的话，但愿我的未来是幸福的。妈老了，我知道，她的病一半因我而起，另一半因为你，爸走得早，咱俩不孝啊！不过你还给妈生了个孙子兵兵，我呢？一无所有！我听你的，你们帮我撮合吧，如果老天眷顾，我想我和他会幸福的。”

赵月江欣慰地笑了，他擦干眼泪，轻松地舒了口气：“姐，都说好了，王望农说他给你做媒，他是替咱爸给你这半个女儿寻找幸福的。”

“好，好！但愿一切都好起来。”说罢，她转过身又洗了一下毛巾，认真地给炕上的那个男人轻轻地擦了一遍脸。赵月江看在眼里，姐姐对他是有好感的，不然，依她的性格是不会轻易对一个陌生人这么快上心的。

这一切，都被刚子透过玻璃窗看到了，他模模糊糊听懂了，但又不敢确认。赵月江进门，他给他倒上一杯酒，关心地问道：“你们……怎么了？”

“咋啦？”赵月江的眼睛红肿了，但他还是装作一副若无其事的样子笑得很自然。

“月江，我都看到了，你的意思是……那个姓黄的，跟月霞？”刚子把两只手的食指指尖碰了一下。

“嗯？”

刚子指了一下半开着的窗户，指了指自己的眼睛，又拨弄了一下耳朵。

赵月江明白了，原来刚才的一切被刚子看到了、听到了。无妨，他是他最好的朋友，知道了又怎样？

赵月江举起酒杯，刚子迎合：“干！”两人仰起头一口喝干。

“是这样……”他把所有的事情都跟刚子说了。听罢，刚子会心地笑了，说：“好事，真是好事！我觉得，月霞一直在等这一天，在等这个陌生人。对姓黄的来说，也是一样，说不定很早以前，他们就在不同的时间和空间相互等待着彼此吧，如今缘分到了，时间定格了，空间在这里归零了。”

“但愿今天这个美好的日子，就是二姐幸福的起点吧！”赵月江再满上一杯酒，自己一口喝干了，这酒很香，似乎已经注入了某种甜蜜的味道。

缘分来了挡都挡不住，两个命运相似的人，在这一次短短的会面后，彼此产生了好感，他们互留了电话号码，在王望农的撮合下，开始试着交往了。

母亲见过黄喜文了，但她并不知道女儿的爱情已经开始了。赵月江只是试探性地问过她，说：“妈，咱家里来的那个黄技术员怎么样？”

“很好啊，长得很精干。”母亲直截了当地说。

“我也觉得不错，以后他时常会来家里，我是村主任，王望农说了，得把人家巴结好，不然咱村里的自来水就会出现质量问题！”

“好，这娃看着顺眼呢，结婚了没？”母亲问。

“这么好看的人，哪能落单呢？”赵月江说。

“哦，确实。”母亲脸上掠过一丝失望。

赵月江忍不住心里暗暗发笑。

过了两天，早上，赵月江正在屋里喝罐罐茶，突然听见有人在敲门，声音很急促。他站起来，透过玻璃窗喊了一声：“进来，门没上闩！”

话刚落音，只听“砰”的一声门被狠狠地摔开了，碰在墙上很响亮，他吓了一跳，赶紧出门一看，来人正是老丈人李多旺。

“爸！”赵月江摸不着头脑，但能看得出来，他脸上气势汹汹的，像是发生了什么大事。

“赵月江，你个死狗！你给老子滚出来！”李多旺站在院子里大喊。

“在这儿呢！你咋了？”说话间，赵月江已经到了院子里。两人一碰面，还没等他开口好好问候一声，老丈人就一把扯住他的衣领愤怒地吼道：“赵月江，你不是人！”

“咋了？你好端端的这是要干吗？怎么一进门就犯浑！”赵月江一把甩开了李多旺，对这种没有脑子的人，时常在他面前耍横，他一看就来气。

“说，你啥时候能离婚？”

“我为什么要离婚？我说了，只要我还有一口气，你休想拆散我和燕飞！你呀，简直没救了，你不但害死了你女儿，还害死了我！”

两人大吵起来，这时，厨房里老母亲听见了，透过窗户一看，又是李多旺，她气不打一处来，便朝窗外大喊："李家庄的狗，你赶紧滚出去！这个家不是你想来就来的，你还厉害得很！"

女人吼了一句，李多旺来气了，也朝着窗户骂了一句："你个老不死的，你快了！"

刚说完，赵月江就一拳头打在老丈人的头上，骂道："反了你了，好端端的谁又把你招惹了？李家庄就你狠，耍横耍习惯了！出去，这是我家，以后再上门我打断你的腿！我给你脸了，还想蹬鼻子上脸，你还真以为我怕你！"一边骂着，赵月江一把抱起老丈人把他拖到大门外，"哐当"一声，他把门关上了。

"走，到大场里闹去，我家里还不欢迎你呢！"

因为挨了一拳头，李多旺的火一下子蹿上来。门前，他像疯狗一样大骂起来："赵月江，你狗日的有能耐了是不？好，我今天就不走了，除非你把我打死，要不，你跟燕飞把婚离了，不然老子跟你没完！"

李多旺哪里受得了这种委屈，一摸头看了一下手，手上好好的，他以为打出血了。

"说！你到底想咋样？大清早的，你又哪根筋不对了？"

"是你他妈的哪根筋不对了，你有家室为啥还要沾惹别人家的女人！你把我家燕飞放在眼里了没？离！必须离！"

听李多旺这么一说，赵月江瞬间反应过来，原来他是在说他和曹莲花之间的一些绯闻！这真是奇怪了，李家庄离新河村有一段距离呢，谁他娘的嘴这么碎在背后这么糟践人？赵新林？猛地，他脑海里闪过这样一个人，对，应该是他，绝对是他！上次砍了家里一棵树，本想借此闹事，结果他和刚子没接招，估计是狗急跳墙了，才想到这么烂的一招吧！

他刚想问李多旺，是不是赵新林给你传的鬼话？突然反应过来，不应该是他，因为三月初五唱戏那天，他和赵新林干了一架，把派出所都招来了，他不可能和李多旺狼狈为奸。

"你放屁！谁告诉你的？"赵月江质问。

"老子听说的，咋的，你一个大男人敢做不敢当吗？赵月江，燕飞不在，把你憋疯了吗？你们村曹莲花有那么好吗？"李多旺血口喷人。

"你赶紧给老子闭嘴，我警告你，你说的这事纯属子虚乌有，不知道是哪个诚心糟践我，要不就是你道听途说、没事找事，总之我告诉你，你再污蔑人让你吃不了兜着走!”赵月江又攥紧了拳头，李多旺看得清清楚楚。

“吃不了兜着走？呵呵！好，你来，你再来！你比我年轻，比我有力气，你来赵月江，你今天把我弄死，反正为了我可怜的女儿，我今天跟你拼了老命了!”说着，李多旺冲过来，欲一头撞在赵月江的怀里。他是低着头的，因为速度快，快到跟前的时候，赵月江往右一躲闪，李多旺扑空了，差点儿摔倒。

“你口口声声说为了可怜的女儿，你不嫌害臊啊你！你还知道燕飞可怜？你还知道她是我的女人？那这些年你给女儿灌了什么迷魂汤，本来好好的一个人，说变就变了。你瞧瞧，十里八村的女人，哪一个女娃像你家燕飞一样，常年待在娘家里？你何居心别以为我不知道，新河村谁不晓得，李家庄人说起你，简直跟说戏一样，你真把脸塞到裤裆里活人，不知羞耻!”这回，赵月江不依不饶，不像上次在高山寺人那么多，他为了顾忌脸面不想丢那人。

“哎呀！赵月江打人了！用脚踢我头了！来人了，赵月江打人了!”李多旺，就是这么一个出了名的死狗，他讲不清楚道理，又开始用下三烂的招数了。

赵月江哭笑不得，骂道：“你连手脚都不分啊？再大声点，太小了别人听不见！我劝你啊，最好拨打110，让警察来处理我!”

“赵月江，你个西门庆，你是陈世美！你胡说八道，你跟别的女人睡觉，你害死了我的女儿，我跟你没完!”瞧！这厮又胡搅蛮缠了。

“喂！已经警告过你了，再胡说我撕烂你的嘴，反正今天在新河村，我不怕你一个人，我随便喊几个人就能把你的狗腿打断，你不信试试!”赵月江指着老丈人的鼻子威胁道。

“来人啊，赵月江打人了，村主任打人了！浑账女婿打老丈人了!”李多旺似乎心里胆怯了，他不敢再扯曹莲花的事了，只骂赵月江打人了。

今日龙窑乡逢集，姐姐月霞带着兵兵去逛街了，要不然，光有兵兵这个小外孙就能收拾了他。

“你喊吧！使劲儿喊，朝着人家喊，别对着墙壁喊，不然别人听不见。我先进屋去了!”赵月江说完，准备进屋。这时，顶头有人在喊话：“月江，又咋了？”

他回头一看，原来是上头的曹莲花，他笑了一下，说：“嫂子，李家庄的死狗又来瞎扯了！”

“赵月江，你才是死狗，你跟曹莲花生孩子了吧？”上头有大树挡着，李多旺根本没看清上面说话的人是谁。曹莲花她见过几面，但没想到人家就在顶头。此话一出，别说赵月江气炸了，连曹莲花都惊愕不已，她朝下面大喊：“李多旺，你再说一遍，我曹莲花咋了？和月江生孩子了？就生了你这么个玩意儿？”

骂完，曹莲花跑下来了，赵月江心里一喜：好戏来了，我一个女婿不好大打出手，外人就好说了，曹莲花什么人？新河村有名的人，谁把她惹急了连哭都找不着调呢！

李多旺这才反应过来，他心里一惊。“那是曹莲花吗？”他问女婿。

赵月江没听错，李多旺的语气猛地降低了八个调，很柔和。“不是！”赵月江说。

这时，李多旺拍了拍身上的尘土，往前面多走了几步，朝上面仔细瞧了瞧，他是在确认刚才那个女人到底是谁，当然他根本看不到，曹莲花已经从那头下来了。

正看着，突然身后一阵尖叫：“李多旺！你说啥？你说赵月江和谁生孩子了？啊！和谁？我吗？我怎么就不要脸了？好，你把我俩的孩子找出来，今天你要是找不出来我非弄死你不可！”

赵月江一看，曹莲花气势汹汹地疾步过来了，她手里拿着一根棍子，不是很长，但有大拇指那么粗。见状，赵月江憋不住笑了，他朝擦肩而过的曹莲花使了个眼色，给她竖了个大拇指，他想表达什么曹莲花一看一清二楚。

“月江！她是，曹莲花吗？看着不像！”李多旺的声音有些颤抖，他给女婿喊话。赵月江心里一阵窃喜，一言不发。

“李多旺！你连老娘都不认识了？你刚说啥？再说一遍！你说曹莲花和赵月江生了个娃？你吗？还是……在哪里？你给我找出来，今天找不出来，你休想从新河村干净利落地走出去！我曹莲花过的日子不如人，让新河村人笑话也就罢了，没想到连一个外人也这么糟蹋我，凭什么？我吃你家喝你家了？”曹莲花两眼瞪圆，两眉紧锁，双手叉腰，两脸横肉，看样子十分吓人。

“你……曹莲花?!”李多旺身子没站直，就哆哆嗦嗦地问。

“啊！对！咋啦！不认识了？”曹莲花尽力扯着大嗓门大喊，连赵月江都吓了一跳，更别说李多旺了。

曹莲花是谁？新河村有名的母老虎！新河村人一清二楚，李多旺也心知肚明。这下，他真的傻眼了，没想到会这么倒霉，本想借此事和女婿好好闹一番，不承想被她听见了，这如何是好！

“月江！”他喊。赵月江不回头，径直进屋了。

这时，大场里陆陆续续围满了一些看热闹的人。曹莲花一点儿也不怕，她觉得这正是个好机会，为她和赵月江正名的大好机会，不知道是哪个别有用心的在背后嚼舌根子说他俩的坏话？除了赵新林，还能有谁？哪怕是道听途说的，也不行！好，今天有人上门当着她的面明目张胆地胡说来了，这个账是得好好跟他、跟所有人清算一下了。

“说！今天你要是说不清楚，我撕烂你的臭嘴！我曹莲花是不如人，但还轮不到你一个外人这么糟践我！你说，你今天把话说明白，你哪只眼睛看见我和赵月江睡一张床上了？你亲眼看见了？我俩生孩子了？生的孩子在哪里？你找出来！”曹莲花吼声如雷，眼神里充满了杀气。

围观的人不由得捂着嘴笑了。人们算是听明白了，原来李多旺是为这事而来的，可能他听说女婿乱搞了，想给女儿出口气，结果被曹莲花听到了，所以，就出现这种场面了吧！哈哈，这下有好戏看了，一个死狗遇上了母老虎，胜负不用多猜，肯定是母老虎赢了，光看曹莲花这气势，怕是李多旺吓得早尿裤子了吧！

“哎呀，你别生气啊他嫂子，我也是听人说的，我也被人骗了，我是受害者，既然没有岂不更好？你看月江是我女婿，他俩还没离婚呢，你说他这么瞎搞……”

话还没说完，曹莲花就朝他腿上狠狠抽了一棍子，骂道：“听人说的？你还听说啥了？一天不把自己的日子好好过，净操心别人的事，你不怕把肠子操烂吗？有些人就跟你一样，一天闲得没事干，在别人屁股底下闻味道，闻完了还给别人四处分享，有意思吗？恶心不？亏你说得出口，你女婿？他俩没离婚？你还操心的事真多啊，李多旺，你个浑蛋把小两口害成什么样子了，你真会表功啊你！”

曹莲花骂得真解气，站在门口的赵月江听得一清二楚，他心里那个爽啊，简直没法形容。

围观的人听出了一些异样，有的人脸上莫名一阵烧乎乎的，站了没几分钟就尴尬地退出去了。这曹莲花是在骂李多旺吗？不，这分明是在骂那些道听途说、搬弄是非的村里人啊！至于她和赵月江的绯闻是不是真的，先不管结论，但曹莲花说的这些话不无道理：我和他有事，你亲眼看见了吗？没有！你听见了吗？也没有！那你凭啥要瞎说？因为都是听别人胡乱编造的，这么说来，这种行为不就是在别人屁股底下闻味道吗？不管臭的香的，还美滋滋地到处分享，自然，一传十十传百，好好的一个人就这样被黑化了！若是有一天被当事人质问时，你根本拿不出证据，只能说这是从别人嘴里听说的。这哪行？拿“听说的”作挡箭牌，法律它能惯着你吗？

是啊，我们最不理智的行为，就是从别人嘴里认识了一个人，这很愚蠢。

“不！你今天要是不把这事说清楚，我跟你没完，我一个女人家的，日子过到这地步了，我不怕你。你虽说是李家庄的死狗，名气大得很，连龙窑乡派出所的人都知道你的大名，你真威风，不过我不怕，你有种就打我！”曹莲花心里有数，李多旺已经认错了，但不能就这么轻易饶了他，一是给自己和赵月江好好正名，二是这个死狗太过分了，这些年把赵月江害成啥样了，赵月江是好人，正因为好心帮了她，才被别人误会了，她要趁机替赵月江出这一口恶气。

“哎呀！他嫂子，我真错了，你就饶了我吧！我也是听别人瞎说的，你看你……”李多旺一脸无奈，但能看得出来，他心里也很生气，只是在这个母老虎面前不得不忍着——他好歹也是个有“名气”的人，这十里八村的人都清楚，要是真闹起来，谁不会识时务而礼让他三分呢？唉，今天也是倒霉，本想着拿赵月江好好出口气，没承想却栽在这个母夜叉的手里。围观的人都是新河村的父老乡亲，这些年因为女儿的事，他的名声也臭到方圆百里了，新河村人自然向着赵月江了。眼下，见他这般狼狈的样子，他们心里一定是舒服极了，指不定这阵子赵月江正偷偷躲在暗处，看着他的窝囊样子暗暗发笑吧！

有人对他指指点点，他看到了；有人笑得很凶，他听到了；有人吐了口唾沫飞溅在他身上，他，他只能忍了！这一刻，从未有过的屈辱，自己就像一个过街的老鼠被人追打，也让他想起了老父亲曾说过的旧社会里批斗坏人的场景，正是这副样子，很多人围着，被批斗的人站在中间，被众人推来搡去，俗称

“炒豆子”。

虽然自己没有被他们“炒豆子”，但这么多人围着、说着、笑着、指着，让他有些眩晕，像是被悬挂在绞刑架上的囚犯，心里从未有过的恐惧和难受——李多旺，你堂堂一个大牛人，怎么一下子变成这副怂样子了？仅仅是一个女人啊，哈哈，你丢不丢人？——为什么？为什么我会走到这一步？为什么这么多人里，没一个人出来劝劝曹莲花帮一帮他？天哪，连自己的女婿赵月江都躲得远远的！——我，我真的臭到家了？做一个被人尊重的人，也是被人围起来，但不是这般样子！我为什么偏偏是不被人尊重的那个好人呢？难道这些年我做错了吗？

我做错了吗？李多旺的脑海里闪现出他可怜的女儿李燕飞，时常待在家里干活，要么在野外转悠，成了什么样子？他可爱的外孙子兵兵，见了他不叫姥爷，跑得远远的，甚至还会出口骂他是神经病！他的女婿赵月江，虽说没多大本事，挣不来多少钱，日子是拮据了些，曾经也犯过浑，但如今不一样了，当了村主任，改变了许多，在新河村人眼里，他是一个好孩子、好主任！

李多旺啊李多旺，这些年你究竟做了些什么？他低着头，在众人的围观中想了很多，也就是在这样的场合，他像是遇见了自己的灵魂，那灵魂啊，已经长满了野草，朝四处疯长、蔓延……

“好了好了！”一个声音惊醒了他，是赵月江，他的女婿。

“不！事情还没说清楚呢！”曹莲花还在咆哮，当然赵月江看得出来，她是在演戏。他给她使了个眼色，说：“嫂子，你就放他一马，是人都会犯错，知错能改善莫大焉！不看僧面看佛面，看在他是我老丈人的份上算了吧！他不是说了，这些话都是道听途说听来的，其实是一些闲着没事干、爱闻别人屁股的人编造出来的，和那些人计较什么？有失咱的身份！”说话间，赵月江抽走了她手里的棍子，朝老丈人走去。

“走，回屋去，这么多人，不嫌丢人！”他一把拉过老丈人朝大门口走去。身后，人们哈哈大笑，赵月江听见了，心里也跟着大笑，甚至他已经憋不住了，想借着喇叭朝整个村子大笑一阵子，整整三年了，头一回这么爽快过。李多旺啊李多旺，你也有今天？人都说你是个有名的死狗，今天看来也不过尔尔！

谢谢曹莲花！他心里乐开了花。不仅仅教训了嚣张蛮横的李多旺，还当着这么多人的面把那些爱嚼舌根子的人骂了个狗血喷头，该！一天不好好过日子，三五成群混在一起尽说闲话！他想，从今天起，关于他和曹莲花的一些绯闻，应该是不攻自破了吧！

走到门口，李多旺并没有进门，而是一把甩开了女婿的手，径直朝小路上去了。赵月江喊："屋里不坐坐吗?""不了!"声音听着有点倔强，但总归没了那份戾气。

人们又是一阵大笑，李多旺头也不回地大步大步向前走去，赵月江回头看了一眼大伙儿，又看看曹莲花，也忍不住哈哈大笑起来。

"该！卤水点豆腐一物降一物，这种人就要曹莲花治呢！"是刚子。赵月江一惊：他啥时候来的？我一直在门口守着呢，怎么没见他从这里经过？他不知道，刚子是闻着热闹一时心急就爬坡上来的，他也是个好事者。

人们看看刚子，看看曹莲花，都憋不住哈哈大笑起来。

刚子开玩笑说："你们都说曹莲花和月江有一腿，从今天这场戏中，我咋觉得莲花和李多旺扯不清呢！你瞧瞧，莲花吼一吼，旺旺抖三抖!"

"哈哈哈……"众人又是一阵大笑。曹莲花走过来，一把挽着刚子的胳膊笑着说："别说我和旺旺了，你就是下一个我要勾引的对象，我的目标是把新河村的每一个长得好看的都勾引一遍，你们可要当心喽!"

人们看出来了，曹莲花确实没问题，她如此开朗的一个人，有说有笑，怎么会和赵月江有一腿呢？若是有，她怎会不顾别人的反对还往他家里跑呢？这不明摆着人家是清者自清嘛!

曹莲花，曾经穷怕了，因为孩子生病，花光了她所有的家底，走在人群里，她累得抬不起头，自然无心说话。这两年过来，儿子的病情好转了，虽说到现在欠着外债，但总归说来，一切都在向光生长。

如今，唯一让她心累的，就是赵新林的胡搅蛮缠了。那是个真正的小人、浑蛋，做事从来不计后果！更让人无奈的是，曾经的那些穷日子里，为了孩子的病，她不得不在他的魔爪下苟活。而今，他手里已经有了很多她的把柄，为了孩子的名声，她不得不忍气吞声。李多旺，那个名震四方的死狗她能轻易拿下，但对于赵新林，她真的无能为力。

第六章　甜水

三天后，天晴得很好。上午，在王望农和黄喜文的带领下，两辆挖掘机开进了新河村，一辆在大路口往村里挖，一辆在村口往上挖，两端同时相向开工，最后在中间接通。挖掘的路线是由黄喜文规划出来的，他拿着根棍子在前面指点，后面跟着两个年轻的后生，他们手里各自拿着一包石灰撒线。这段路是埋主管道的，长度上百米，是从大路口的公共管道引进来的。

开挖现场挤满了很多围观的人，赵月江是村主任，他必须在场，刚子在，不拉水的赵新林也赶来了，连八十高龄的高东喜老人也拄着拐杖凑热闹来了。月霞也在，她手里提着一杯糖茶水，是给黄喜文准备的。

赵月江想，如果赵同亮活着，他也一定会来的。

开挖前，刚子扯着嗓门给仅有的几个人喊话：“就这么开挖了？”王望农离他最近，一听这话一愣：“咋？哪里还有问题吗？”“不举行个仪式？”刚子一脸正经。王望农笑了：“仪式？嘿嘿！时间紧，没那讲究！”刚子摇摇头吧唧了一下嘴巴：“那好歹放一串鞭炮也好，常说开工大吉，响一响图个吉利嘛！”王望农摆摆手：“算了算了，又不是盖房子，一切从简。”自上次在赵月江家和他喝过酒后，现在刚子开始和他搭话了，他笑着说：“谁说只有盖房子才能放鞭炮？开渠引水多大的喜事，怎能不热闹一下呢？”黄喜文听见了，说：“说得也是，不过来不及了，手头没准备鞭炮啊！”“那简单！我去取，家里好像有一小串呢。”说罢，刚子转身跑了。

黄喜文看了王望农一眼说：“刚子性格直，随他吧，你俩才刚刚和好，你咋不随着他一点呢？放个炮也不影响什么。”

王望农笑道：“嘿！也是，你瞧我这脑子！”

不远处，赵月江看见刚子火急火燎地跑下来，他以为出啥事了，赶紧喊话：

“咋啦，刚子？”机器声音大，刚子没听见。赵月江再喊一声，刚子听见了，他停住回话：“家里一趟，咋啦？”

“来，你过来。”赵月江挥手示意。

很快，刚子跑到他跟前：“咋了？”他气喘吁吁。

“干啥去？”

“取一串鞭炮。”

“鞭炮？呵呵，你要那干啥？”

“开工大吉啊！放一串图个吉利嘛！”

“吉利？王书记安排的？”赵月江忍不住笑了，“你看这天气晴得多好，这日子还不吉利？”

“不！我的主意，上面那俩领导不管事，不懂，这事得咱操心，挖渠修水是大事，你不觉得缺点仪式感吗？”

“去吧，赶紧去，大炮也拿几个来，越多越好！”赵月江有些不耐烦了。刚子以为他听明白了，高兴地说：“这就对了，还是你懂我！”说罢转身跑了。身后，赵月江摇摇头，忍不住笑了。

没过几分钟，炮仗拿来了，一串并不长的鞭炮和三个大炮。刚子跑得满头大汗，他说吉时不能错过了。

“砰！砰！砰！”所有的炮仗被刚子点燃了，顿时，青烟飞起，浓浓的火药味弥漫在空气中，竟然闻着很香，气氛一下子活跃了，跟过年似的。

就是这一阵炮声，才引来了这么多围观的人。看着他们围成一圈说说笑笑，刚子自豪地对王望农说：“你看，这多热闹！通水工程是大事，本该有这样的气氛。再说了，让大伙儿先看看这场面，提前有个心理准备，对后期挖渠都有帮助。”

黄喜文笑了，王望农点点头也笑了。

高东喜老人捋着长长的白须笑呵呵地说：“哎呀！现在的这机器，效率就是快，一铲子下去一个大坑，这要是人工挖，不知道要等到什么时候才能完。”

刚子说，快着呢，你给每人一天发两百元的工资，说不准比机器挖得还快呢！

众人哈哈大笑起来，赵月江逗他说：“给你四百也起不了作用。”

“为啥？”刚子疑惑。

“你混在人群里就是个充数的，半天挖不了两铁锹！”

“这是给咱村里通水，我家也在其中，不像有些人，不通水当然不管这些事了！”刚子是无心之言，他没针对任何人，也包括赵新林，只是随口这么一说，但说者无意听者有心，赵新林就在人群里，他听见了，心里有些冒火：这刚子管得真宽，拉不拉水是我的自由，关你屁事？

听刚子这么一说，有些敏感的人似乎闻见了一丝淡淡的火药味儿，人群安静了几秒钟，高东喜老人接着说：“呵呵，就算不出钱也得挖，多好的一件事啊，这是为咱自己谋幸福的！你看现在共产党的政策多好，咱这么偏远的山沟沟里也能吃上自来水了，跟做梦一样。当初登记的时候，月江跟我讲这事，我还以为是玩笑话呢，今天这机器一响，哈哈，这不是梦啊！”

刚子拍了拍老人的背，逗他说：“高哥，你现在睡醒了没？这是真的，这不是闹着玩儿的！”

“呵呵，知道，知道了。”老人张着嘴，露出仅剩的几颗牙，乐呵呵的。

“好好活，活他个一百岁，你看现在的生活多好，有吃有穿又有喝。等自来水通了，你接一根管子直接通到炕上，喝茶时随时一拧开关，铆劲儿喝！”

众人哈哈大笑，高老爷子也笑了：“这刚子，嘴太能说。哎呀，怕是活不长久了，八十多的人了，到死的时候了，还活一百岁？了不得了！唉！”老人这一叹，是在叹他眼下不如意的生活。儿子招弟死得早，如今大孙子待他跟外人一样，什么难听的话都能骂得出来，活到这岁数他都嫌多，还一百岁，那还不如提前要了他的老命呢！年轻时，就因为一个姓，高和赵，两个不同的字，争来争去争得如今这般下场，有何意义？想来真是可悲！

人群里，赵长平也在，他听见了爷爷的叹气，心里不免气愤：这死老头子，在人群里长吁短叹乱说话几个意思？明说了我不好呗！哼，都八十多的人了，干不了活，还越活越精神，我巴不得过两天你就走呢，还活到一百岁？疯了！今天这般下场，不怪谁，都怪你，该！

月霞站在最后面，她手里的水杯还满着，但里面的水一直热着，她拿的是保温杯。村里人还没这么多的时候，她问过一次黄喜文，说口渴不？黄喜文一笑，摆摆手说不渴。这阵子，他忙活了有一些时候了，太阳很大，应该是口渴了，可围观的人实在太多，她不敢凑上前去，生怕哪个多嘴的会瞎说。其实，月霞想多了，她和黄喜文之间的事，赵月江和刚子他们有意隐瞒着，生怕两人不合适传出去人家笑话，暂时先等等，等他俩有了眉目，感情升温了再传话出去不迟。所以，现在外人根本不知道，若是他们知道了，一定会祝福二人的。月霞年龄不小了，那次失败的换头亲，让她承受了太多太多的痛苦，如今该找个如意郎君嫁了，死去的爹在天有灵也该瞑目了，重病在床的老母亲也是，心情好了对养病也有好处，作为这个家唯一的男子汉赵月江，心里也踏实了。

她几次试图朝黄喜文挥手，示意他过来一趟，可黄喜文作为技术员确实忙，他根本没看到。月霞几回看见他舔了舔嘴巴，一定是口渴了，但几次她试着鼓起勇气给他去送水，可人太多，她又退却了。和她同龄的女孩子，早是两个孩子的妈了，如今的她，在面对黄喜文时，似乎心里还觉得自己是个少女，还保有几年前那份面对爱情时的懵懂和羞涩。

没辙，她过去找弟弟，刚子和他在一起。她把弟弟拉到一旁，悄悄跟他说："月江，你把这个拿过去，我看黄技术员口渴了。"

赵月江憋不住笑了，用异样的眼神盯着姐姐看了片刻。"咋了？"二姐有些莫名其妙。

"你变了，我是你亲弟弟不？"

"是啊！"

"那你咋不先问我口渴了没？"

月霞一下子脸红了，拍了一下弟弟的背干脆地说："去去去，赶紧送去！"

"你变了！你真变了！"说着，赵月江准备拧开盖子要喝一口。这时二姐瞪了一眼，一把按住说："没大没小，先让人家技术员喝！"

"技术员？你想说给你家男人喝吧！"赵月江故意逗姐姐，月霞一巴掌打过来，赵月江一躲跑了。跑到远处，他拧开盖子尝了一口，天哪，这么甜的茶水，赵月霞啊赵月霞，你太不厚道了，好歹咱俩是多年的亲姐弟，你啥时候给我熬过这么好喝的茶？太不公平了！

姐姐远远地盯着他，做了个打巴掌的姿势，赵月江吐了吐舌头走了。

其实，他是开玩笑的，暂且不说将来，就眼下姐姐能有这样的幸福，他这个做弟弟的心满意足了，他真心为她祝福，也祈祷老天爷眷顾，死去的老父亲保佑，让黄喜文这个不错的后生能好好善待她，让曾经受过情伤的姐姐幸福地过完一生。

过来的时候，刚子拦住他问：“哪来的水？你姐给的？”

赵月江摇摇头，朝黄喜文那边看了一眼，说：“他的。”

刚子一脸坏笑。“她给他准备的？”他把头从左面晃到右面，“我的呢？”

“去！我是他弟，亲的，连我都没有！”赵月江故意叹了口气，“喝不？小小喝一口？”

“拿回去！抿一口有啥意思？”刚子瞪了一眼。

“行！本来不是给咱的，我都没敢喝！”

“扑哧！”刚子忍不住一笑，“赶紧拿过去，看着就来气！这月霞也真是，根本不把娘家人当回事！”

赵月江走了，他朝王望农走去。到跟前，他递上茶水，说：“书记，喝口水。”王望农说不喝。赵月江诡秘一笑，说：“尝一口。”王望农一看杯子，再看看赵月江，愣了愣神：“你小子该不会跟我耍什么花招吧？”

赵月江一皱眉，嘴巴吧唧了一下说：“咋？我能害你？”他把脸凑到王望农耳边，悄悄说：“这是月霞专门给黄喜文熬的糖茶，可好喝了，你尝尝！”

王望农哈哈一笑，说：“是吗？这小子有口福，那我的呢？”王望农打量了一下赵月江的衣兜，以为在哪个地方藏着呢！

“别看了，没有，我这个亲弟弟，唉，也没有！”赵月江夸张地叹了一口气。

“这！这月霞也太过分了吧！跟黄喜文才认识几天，她一下子就变坏了？不行，这不公平，我必须得尝一口！”他接过杯子稍稍抿了一口，吧唧了一下嘴巴，舔了一下嘴皮，看了一眼赵月江，又朝远处看了一眼月霞，他忍不住一笑，接着长长地舒了一口气，意味深长地点了点头。片刻后，他才说：“拿去吧，咱没口福，便宜了那小子！”

“谁说不是呢？”赵月江夸张地摇摇头，他盖好盖子，转身朝黄喜文走去。

他把杯子递给了他，故意拉着脸说：“给，领导。”

“哎哟！谢谢，口还真有点渴了！”黄喜文接过杯子刚要喝，猛然想起该问问月江，他说，“你瞧我，多没礼貌，来，你先喝，我看你今天跑上跑下也辛苦了。”

“你喝吧，哪有你这么辛苦？”赵月江故意冷冷地说。

黄喜文没反应过来，他心想：这月江咋了，好像不高兴，他在生我的气吗？为什么？我没招惹他啊！

“月江，你咋了？好像不高兴？没啥事吧？”黄喜文一脸认真地盯着赵月江问。

“不要紧，就是心口有点儿疼！”赵月江一本正经地捂着胸口，表情故作痛苦地说。

“哎呀！是吗？你心脏不好吗？”说着，黄喜文把杯子放到地上，拍着他的背轻声说，“来，来，先坐下休息会儿，喝口水。”

赵月江摇摇头，摆摆手：“不喝，我喝不起，我没那命！”

此话一出，黄喜文更加摸不着头脑了，总觉得这村主任拐着弯子在骂他，细细寻思，好像没得罪他啊！莫不是……他心里不愿意我这个未来的姐夫？他觉得我不够好，在故意推脱？

正想着，月霞突然小跑着过来了，她远远地喊话：“月江，看我不打死你！”

听见二姐过来，赵月江忽地一下翻起身，捂着胸口跟黄喜文说：“你忙，你忙！我有事先走了！”

“喂！你等等，有病不能背，赶紧到医院看看啊！”黄喜文拿起杯子，准备追过去。身后，月霞又喊话：“黄技术员，等等！”他只好停下来，月霞走近了，他有些焦急地问：“月霞，月江心脏不好吗？要不我陪他去看看医生？”

月霞看着黄喜文一脸紧张，她忍不住笑了：“你呀！上当了，心脏不好的人咋看见我就好了？他整你呢！”

“整我？”黄喜文用右手食指指着自己，一脸惊讶。

“都是这杯茶惹的。”月霞把她给黄喜文熬糖茶的经过讲了一遍。听罢，黄喜文才松了一口气，忍不住哈哈笑起来：“这家伙，刚才还真把我吓一跳！”他拧开盖子喝了一口，很甜很香。他笑着说，谢谢你。月霞低下头，搓着衣襟羞涩地摇摇头：“谢啥？不就一杯黑糖水！我看你舔了好几次嘴皮，我知道你一定口渴了，人多，我没好意思当面给你送过来，我们村啊，人多嘴杂，麻烦得很！”

黄喜文点点头笑了，问：“这么说，你没给弟弟顺便熬一杯茶？”

月霞摇摇头：“没有！”“哎呀，难怪！那小子吃醋了，哈哈哈！”黄喜文朝远处看了一眼。“下次记得给他也熬一杯，好不？不然我又不得安宁。”“才不呢！”月霞噘着嘴撒娇。

“你给王书记带水了没？”

“没有！”

“啊?！就给我一人？你这……”黄喜文皱着眉头看了月霞一眼，“赶紧给人家送过去让喝一口，这不合适！”

“不用了，刚我看见月江送过了，看样子他没喝。完了，这下都完了，我把他们都得罪了，你说我咋这么笨呢，为啥没想起他俩来?”月霞摇摇头，咬着下嘴唇，像是在自责。

“恋爱里的女人智商为零呗！”黄喜文笑着说。

“啥？啥为零?”月霞追问。

“没啥，我是说，下次记得给他俩带水！”

“好吧！”月霞噘着嘴，似乎并不屑于黄喜文的叮嘱。

远处，王望农和赵月江站在一起，他俩一直盯着月霞的表现。一会后，月霞不经意看见了，天哪，坏了，王书记全看在眼里了，我这个白痴，赶紧走吧！她低下头转过身，小声给黄喜文打了声招呼，说：“你忙着我走了啊！”

“把杯子带上，我喝好了。”

“留着啊，待会喝。”

“没了！”

“啊！这么快？嘿嘿，看来你真的渴了，我再给你熬一杯去。”

“不了，待会儿我的工作就结束了。”

“好，完了你下来，到屋里歇着来，我压好面条了。”说完，月霞转身大步走了。

“嗯！”望着离去的背影，黄喜文轻轻应了一声。此刻，他的心里是如此甜蜜，如此温暖。妻子走后头两年，他的心似乎一直是枯萎的，没见过一点儿阳光，白天这么忙乎着还好一点，晚上一进门看见可爱的女儿，他的心一下子乱成一团麻了。

他想，未来能和这个善良的姑娘走在一起，他应该是幸福的，不，是一定幸福的，不光是他，还有他的女儿贝贝，也注定是幸福的。贝贝没了母亲，在他的教养下如今学得很懂事很听话，遇上赵月霞这样重情重义的女人，这个家一定是和谐而温暖的。

中午，赵月江带着王望农、黄喜文，还有两个司机去家里吃饭了。路上，王望农故意落在最后，他小声告诉赵月江说："明天还得挖一天，这两天的饭钱我给你放下，人也不少，这是新河村的事，你一家承担说不过去！哦，对了，明天去我老丈人家，我还忘了！"

赵月江干脆地摇摇头，吧唧了一下嘴巴："哎呀！我说叔，你现在咋跟女人一样，也婆婆妈妈的？也就一两天时间，又不是十天半月的。现在政策好了，农民生活条件跟上了，虽然吃穿没城里人的好，但起码没挨饿吧？只要你们不嫌弃这一口粗茶淡饭，咱啥都不说啥也不想，该吃吃该喝喝，主要把工作干好就当是饭钱了。吃饭这事你以后少提，让别人听见咋议论我这个村主任？再说了，这日子是人靠头脑过出来的，又不是一两顿饭节省出来的，正所谓'吃不穷穿不穷，不会计算一世穷嘛'。"

听赵月江跟麻雀一样，嘀里咕噜一下子说了这么多，听着道理不假，但他明白，还是赵月江为人开阔大气，能看得开才这么说，若是换了别人，哪怕一顿饭也要算得清清楚楚，毕竟，这吃水工程是全村人的事，凭什么就让他一家人来承担呢？

到了家里，等了没多久饭就熟了，还是臊子面，月霞做的，很好吃。王望农一口气吃了三大碗，吃得饱饱的，他抹了一下嘴巴，打了个饱嗝对赵月江说："月霞这饭，能治胃病！我本来胃口不好，这娃的饭一端上来，怎么就忍不住想多吃呢！"

赵月江说，以后经常来，一碗十块钱，让月霞随时给你做。王望农一拍肚子，说："成交！人吃饭最重要的就是胃口，胃口不好吃啥没味！"

黄喜文搭话说："王书记这话在理，饭吃不香还不如喝凉水呢。"

"那你觉得月霞这饭咋样？"王望农笑着问他。

"很好啊，味道合口，我今天也吃了三大碗，哈哈哈！了不得了！"

"你小子有福气啊！是不月江？"

"唉，谁说不是呢！哪像我，连喝口茶水的命都没有，黄连里泡大的命，苦不堪言！"赵月江故意叹了口气。

“可不是嘛！我好歹也是高山村的村委书记，早前还经常来你家，月霞以前不是这样子，对我很亲热的。唉，不知道最近咋了，把我这个老叔也不放在眼里了！”王望农也跟着摇摇头。

黄喜文什么都听明白了，他忍不住哈哈大笑，连忙掏出两支烟给二人点上，说：“来，咱抽烟！”

吃罢饭，三人喝了几杯酒。黄喜文上次喝得酩酊大醉，这次他怕了，本来有事在身，喝了两杯就投降了。赵月江笑着说：“你不喝了我们都不喝了！”黄喜文说：“你们喝你们的，别管我，我酒量不行。”赵月江还是重复那句话，说你不喝了我也不喝了。没辙，黄喜文又多喝了两杯，喝完，赵月江说休息，我们也不喝了。

黄喜文纳闷，问为什么不喝了？你们酒量可以，再喝两杯无妨。赵月江咧开嘴笑了，说，没酒了喝啥？哈哈哈！

黄喜文摇摇头，指着赵月江欲言又止，半晌才说：“老弟啊，我越来越喜欢你了，你说话够意思，够意思啊！没事，下次来我给你们带两瓶，我屋里有酒呢，放了很久了没人喝。”

“不，这成何体统，我给咱买去，只不过我手头紧巴，买的酒没你的好，喝了容易醉。”

“哈哈哈，你小子！成，我给咱带两瓶好一点的，怪不得我上次醉了，原来是便宜货！”黄喜文也开起了玩笑。

“好，月江，你就别拦着了，让黄技术员带两瓶过来，合适着呢，这以后哇，他要经常给你带好酒呢，是不小黄？”

“成，成！一定带！不光给他带，给王叔也要带呢！”

“我也有这福分？这可是你说的，我等着你的好酒呢！”

“是我说的，说到做到！”

聊了一阵子，几人躺在沙发上、炕上休息了一会儿。月霞洗完锅后，打算给每人熬一杯糖茶，因为杯子没那么多，最后，她不得不把茶水统一装进一个大塑料桶里，再带上一个小碗，喝的时候倒进小碗里喝。

下午两点，刚上工不久，下庄就有人大吵大闹，吼得很凶。赵月江跟着王望农去了山顶上干活，他们什么都没听见。刚子来得迟，上来的时候，他说赵长平爷俩又在干仗了！赵月江没有过多惊讶，平静地问："咋回事？"

"谁晓得呢，他爷俩吵架是家常便饭，一日不吵浑身难受，嘿呀，这赵长平一吼，整个村子都热闹了，干活也有劲了。"刚子调侃说。

"唯恐天下不乱！"赵月江瞪了一眼。

"那还要我咋说？一年四季都这样，不知道羞耻！"

赵月江才听出来，刚子这是在说反话。谁说不是呢，一老一小天天吵，吵起来没完没了，听不见老爷子的叫声，八十多岁的人了，他还有多少力气干架？半个村庄都能听见赵长平的叫骂，吼声如雷，远处听的人都觉得吓人，何况行将就木的高老爷子呢？

刚子说，光听那声音，怕是老爷子的心脏要震碎了吧！

赵月江说，这老爷子真的活不长了，自来水就要通了，我看他连尝一口水的命都没有。

没人知道，不，可能早有人猜出来了，赵长平今天跟老爷子吵架，原因很简单，就是上午在挖渠现场说了几句不该说的话，叹了一声不该叹的气，在大孙子看来，那是爷爷在众人面前有意羞辱他，说他的不是。他俩之间的矛盾，根源上起于姓氏之争，久而久之，实质上是赵长平拿老人做了出气筒，在发泄自己的不幸，这和刚子对待王望农如出一辙，还是无中生有，转嫁痛苦，寻得自我安慰。

按工作计划，次日上午，王望农带着黄喜文开始对通往家家户户的管网布局画线。村内的主管道画线都是他亲自监督的，并叫了几个年轻人先挖了一段沟渠作为样本，之后，他交代赵月江说，以后就按这个标准挖就行了。剩下的，是村内的细管道开渠，这个简单一些，他给赵月江讲了一些最关键的注意事项，比如避开塌方，绕开树木，还有一些不方便施工的区域，他还讲了开渠的尺寸，深多少，宽多少，还交代他说，施工的时候若出现异常状况，一定要及时汇报，千万不可得过且过，要保证管道铺设安全、合理、耐用及饮水安全。

指导完后，黄喜文和王望农随即去了其他村，说是要视察进度和指导问题去。临走前，黄喜文交代赵月江说，如果有啥问题随时打我电话，开挖的时候一定要注意安全，按标准要求施工，如遇到异常情况及时反映。赵月江叫他们吃完午饭再走，王望农说不了，外村还有大量的工作要做呢，若是一直待在新河村，其他村的工作进度跟不上，咱整个高山村的吃水进度都会受到影响的，这就是水桶短板原理嘛！

黄喜文走的时候，月霞出门送了一程。这次，她又给他熬了一杯甜甜的糖茶水。黄喜文说路太远我就不带了，月霞噘着嘴生气了，说爱拿不拿，随便你！一旁的王望农忍不住笑着说，月霞，他不喝给我咋样？我能拎得动。月霞连连点头，说，可以，你拿走吧，但是记住，这水只能你一个人喝了，不能给他喝！

话说到这里，黄喜文上前一把夺过杯子，对她说："回去吧月霞，这么好的糖茶水，给他我还舍不得呢！"

众人笑了。他们走了，赵月江喊了一声姐，叫她回家。月霞说你先走，我马上下来。赵月江知道，姐姐是想再送黄喜文一程，说不准会一直目送不见他为止。哎，可怜的姐姐啊，重情重义固然是一个人最好的品质，但是在感情里，这样的人活得最累，也受伤最深啊！和南家的那一段感情，不就是最好的例子吗？但愿在今后的日子里，你能事事如愿，爱情美满。

路上，王望农告诉黄喜文说，你呀，真是有福气，二婚还带着孩子，能找到我家月霞这么好的姑娘，你真是上辈子积德了。婚姻这事真奇妙，三年四年地苦苦寻找，那个他（她）就是不来，当你绝望地想放弃的时候，突然，一次意外的偶遇就成了，你说这世间的事是不是琢磨不透？要我说啊，这人一辈子要遇见什么人，什么时候遇见，那准是有定数的，还别不信，你和月霞不就是这样？

黄喜文嘴角露出一丝笑容，点点头说："的确是，这三年里，虽说一直思念亡妻，但人总是要活在当下的。我一直尝试着相过几次亲，女方对我的长相和工作很满意，就是不喜欢身边的小姑娘，你说这有啥吗？有孩子岂不更好？你说呢，王书记？"

王望农皱着眉说，有些事要站在不同的角度和立场去考虑，假如我问你，你是一个单身汉，多少还有些条件，让你嫁给一个带孩子的女人，你愿意不？

黄喜文愣了一下，脸上闪过一丝尴尬，摇摇头不再说话。

"这不就对了？"王望农一笑，"喜文，你俩的事我看没问题，媒人是我，我是替月霞的父亲给她寻求幸福的，希望你能给我个面子，余生多多关照她，好吧？”

看着王望农一脸认真的样子，黄喜文猛地鼻子一酸，话到嘴边几次咽下。眼前这个慈祥的男人，他的好让他感动，他的期望令他惶恐。曾经快乐的、悲伤的，还有即将到来的幸福，令他恍惚，不辨真假，泪水夺眶而出。

“谢谢书记，我……何德何能……”

“赶紧打住啊，大好事，还哭呢！”王望农拍了拍他的肩。

黄喜文似乎才清醒过来，连忙擦了擦眼泪，扭头擤了一下鼻涕，红着眼，像个犯错的孩子。“谢谢……”他嗓子有些沙哑。此刻，纵有千言万语，亦无以言表。

“那就好！做了这么多年村里的工作，也见了不少人，我觉得我没看错你，希望你不要让我失望，更不能对不起月霞，否则，我的老兄在天有灵，他一定不会饶了我。”

“会的，一切都会如你所愿。”说着，黄喜文给王书记点上一支烟，两人边走边聊。

第七章　开渠

村里的管网路线画好了，公共部分由大家集体挖。赵月江还是带着刚子挨家挨户去叫人，大多数人都来了，只有个别人唠叨说有事情要忙呢！赵月江说，这是集体的事，如果你不来人家会有意见呢，再者还会影响大家的劳动积极性，到头来拖延了咱村的整体进度，上面怪罪下来事小，关键咱们把钱花上了，到时候吃不到水还不损害了咱自己的利益吗！

听村主任这么一说，有的人便明白了，说马上就来；但有的人还是一根筋，转不过弯来。

甚至还有人说，我们年龄大了，过不了两年就要进土了，跟着他们干活真的不合算！刚子说，你走了不重要，关键你的子子孙孙呢？往后再也不会回新河村了？别以为你家儿子干到城里就了不起了，你老两口要是眼睛一闭他们不照样还得来，来了办丧事不需要水吗？指望对面的山泉水，累死你的儿孙们！

刚子就这么耿直的一个人，说话粗糙得很，但人们都不生气，他一般不说废话，这正是话糙理不糙！老两口一听这话也在理，便点点头笑着说："有道理，说得有道理！可我们年纪大了干不了多少活，他们会嫌弃的！"

刚子说，能不能干活和态度端不端正是两码事，你积极参与，就算混在人群里也行，反正也没指望你们这些老年人能出多少力气，哈哈，关键是你们在，有些人他心里不是平衡一些吗？有些人糟糕得很呐！

开工第一天，来了很多人，大家一起挖，说说笑笑好不热闹。事先，赵月江给他们讲清了挖渠的标准，主要是深度和宽度，还有一些安全注意事项。因为人多，大家拥挤在一起难免有安全隐患，只得把队伍分开，一组一组一段一段挖，挖到后头逐渐对接，这样既安全效率又高。

赵新林不在，他蹲在家里看电视喝茶，悠闲自在。高东喜老人也没有来，估计是被孙子赵长平“关禁闭”了。

这时候，赵月江还是忍不住会想起赵同亮，如果他还活着，即便他带着病，他一定会来，一定会积极地挖一阵子。

入村的那段长长的土路上，从头到尾，上上下下挤满了忙碌的人。那场面很壮观，那喧闹声、那气势让人觉得是在移山，移一座很大的山。村里年长的老人说，这场景很像农业合作社那阵子，村里人一起上工劳作，一起收工回家，如今想来虽然苦了点，到头来还分不到多少粮食，但那热闹的声音依然萦绕在耳畔，依稀就像回到了昨天。

人群里，有人打开手机在放歌，年轻人听的是现代流行歌，年龄大一点的听秦腔。他们把音量调得很大，听着那声嘶力竭的吼声，年轻人就嚷开了：“谁家的戏子？能不能把嗓门调小一点！”老人不愿意了，笑着说：“你娃懂个啥，秦腔吼一嗓子，浑身来劲儿，你说你唱的那是个啥，跟猫哭似的，难听不说还让人犯困！”

好多人都笑了，觉得老年人说得有道理，便跟他站到一个队伍里一起“讨伐”年轻人，说：“赶紧关了吧，害臊不害臊，句句不离爱，到头来还是没有爱，你干脆插上耳机自个儿享受吧，我们啊，还是喜欢秦腔，它听着浑身来劲啊！”

年轻人寡不敌众，只得服输，把音量调小一些。再仔细一听，远处传来沙哑的秦声，听着苍凉但的确有力道，听着听着便忍不住跟着哼哼起来。一个人哼旁边的人也跟着哼，一个传一个，似乎是被感染了，大家都跟着哼哼，便觉得干活不再那么枯燥了，时间也过得快了，身体明显没有那么觉得累了。

当然，有人凑在一起边干边聊，什么都聊，聊家长里短，聊生活琐事，也聊这自来水工程。有人说，咱们这么累死累活地干，谁晓得到头来就一定能吃上自来水呢？先别高兴得太早，等真正通上水的那一天再狂欢吧！还有人说，我听我家亲戚说，他们那边的水开通大半年了，时常停水！一个问：那是为什么？对方回答：管子时常破裂，豆腐渣工程呗！你说咱们的要是也那样，那拉不拉水有什么区别呢？反正我咋觉得没希望，你们看呢？

沉静中，突然有人大吼一嗓子，哇呀呀！众人吓了一跳，回头一看原来是赵刚子，他接着唱：

王朝马汉一声禀
他言说公主到府中
我这里前去忙跪定
王朝马汉喊一声
莫呼威往后退
相爷把话说明白
见公主不比同僚辈
惊动凤驾礼有亏
…………

嘿哟！这刚子还有这一手？唱得真不赖，嗓门粗犷，声音沙哑，脸本来就黑，加上胡子没刮，要是稍微扮上一扮，活脱脱就是一个“包黑子”。人们停下手中的活，盯着刚子唱戏，有的人也跟着节奏哼唱起来。人群里，曹莲花也站出来，她也能吼两嗓子，原本接下来想扮一下公主，结果刚子唱完这一段就结束了。

赵月江笑着喊了一声：“停了停了，这才干了多少活就想着偷懒了？快忙活起来，好好干一阵子再闹腾！”

曹莲花喊话了，说：“他刚子刚唱了一曲，现在我唱一曲呗，他是包黑子，我是公主，他要杀我驸马爷，我还没讲理呢！”

没等赵月江开口，刚子扯着大嗓门回话了：“好好干活！你家驸马爷就不是好东西，放着好好的秦香莲不管，倒是在皇宫里又纳小妾了，老子不同意你讲理，退下！”

“是！”曹莲花退后了。

“那不叫是，叫嗻！”刚子在纠正，他双手叠在一起，置于右腰部，双膝半跪，头低下朝左看，眼里含情脉脉，声音故意压低，“奴婢告退！”

“哈哈哈……”众人哈哈大笑，气氛一下子热闹起来。

“你就扯吧！哪有公主自称奴婢的？你这‘包黑子’太胆大妄为，拉出去狗头铡伺候！”曹莲花做了个兰花指。

人们说着笑着干着，气氛融洽，效率高且不累。干一阵子，赵月江问累了吗？大多数人说累的时候，他就说原地休息会儿，喝口水，抽根烟。

人们扔下铁锹，随便坐在地上，抽烟的抽烟，喝水的喝水。有人问赵月江，说，这活有希望吗？

“啥意思？”赵月江问。

“水到底能不能通上？该不会是什么形象工程吧？”

“扯犊子！把嘴闭上好好干，到时候通不了水我给你免费挑水去！”刚子扯着嗓门抢话。

“刚子，这可是你说的啊！”

“对对，是我说的，这么多人都听着呢！到时候我赖账，叫他们把我阉了！”刚子伸直手掌，在半空中做了个切割的动作，惹得众人哈哈大笑。

“你那早该阉了，杨娟走了多少年了，留着有啥用？”

“滚犊子！不撒尿了？”刚子一本正经地说，人们又是一阵哄笑，是这个道理。

赵月江说，你们好好干就是了，政府啥时候骗过人？一纸红文下来，圆圆的公章一盖，那就是板上钉钉的事，岂能说是儿戏呢？你看2006年前夕，有人传言农民不交税了，没人相信！说交了几千年的农业税，咋可能突然不收了呢？公家那么好？中国农民占七成，也不想想那是多大的一笔费用，那公家的人吃啥喝啥？再说了，咱们种着国家的地，给政府上税那是合情合理，自古以来历朝历代都是这么过来的，只不过古代叫田赋，咱那阵子叫公粮。结果呢，2006年1月1日起，《中华人民共和国农业税条例》废止，九亿农民因此受益，是不是？为啥要废了？国家发展了，为老百姓减负，让咱们轻轻松松过上好日子！ 2008年北京奥运会，全世界的目光都聚焦在北京鸟巢，国人可是好好闹腾了一番，咱国家也在世界上扬了一把美名！还有，神舟十号载人飞船上天了……哎呀，我是想说，这几年国家富裕了，强大了，咱们今天享受的自来水，那就是改革开放的红利啊！知足吧！不好好干活还想啥呢？等自来水通了，年底咱们村一定要闹一场社火，好好庆祝一番！

“这主意好，吃水问题那是大事，年底是得好好庆祝一下。”刚子应和道。

休息一阵后，人们接着干，说说笑笑好不热闹，气氛活跃，效率也高。

黄昏时分，晚霞为大地披上了一层美丽的红纱，山是红的，村庄是红的，挖过的沟也变红了，仿佛里面已经流淌着洮水清澈的水，闭上眼睛聆听，顿时大河滔滔，那是时代强劲的心跳，那是新河村人生生不息的脉搏。

女人们先回家了，她们还要做饭。男人们还得忙活一阵子，直到电话响起，女人说饭做好了，人们这才停下来，点上一支烟，坐下来歇歇腿，随便扯两句话题，在聊天中把铁锹擦干净后陆续回家了。

赵月江留在最后，刚子也是。他给刚子点上一支烟，问："累吗？"

"不累！"刚子扭扭脖子说。

"真不累？"

"还好了！"

"今天成果不错，挖了这么多，照这个速度下去，快着呢！"

"是，这些土质比较好，谁能说得准后面不会遇上难挖的红土或者石头呢！"

"也是，但总体应该是好的，红土可能就集中在我家的庄背后，那里我估计不好挖。"

"到时候看吧，人多力量大，没啥问题。"刚子一脸自信。

"这是主管道所以人多，后面到每家每户的时候，人自然少了。"

"走吧，慢慢来！"刚子说。

"你先下，我再铲两铁锹，我家近。"

"嘿哟，你这思想觉悟高，不愧是入党积极分子，那行，我先下去，你忙完赶紧回，我累了不陪你了。"

说完，刚子扛着铁锹回家了。

赵月江继续挖着，这时候天边只剩一抹淡淡的红色，天说黑眨眼就黑了。月霞还没有喊话，饭应该没有做好，他再忙一会儿。

约莫十分钟后，曹莲花过来了，她是循着咳嗽声过来的，过来一看原来是村主任，她喊了一声："你咋还忙呢，月江？没吃饭吗？"

不用抬头看，听声音就知道是曹莲花，他回话："还没呢，时间还早，我再忙一会儿。"

"早点回吧，这是大家的事，何必这么辛苦？有谁能看见？"说着，曹莲花站到挖过的土堆上。

"我能看见，这不你也看见了嘛！"赵月江笑着说。

“早点歇着去，你这村主任当的，好处没落多少，干活你最积极！”曹莲花有些怨气，赵月江是个好人，她不希望他这么傻傻地白干活。

赵月江停下手中的活，示意她靠近一点，曹莲花向前挪了两步，蹲下来问：“怎么了？”

赵月江看了看四周，没一个人，他问：“嫂子，今天我看你笑得很开心，最近还好吧？”

赵月江这么一问，曹莲花马上反应过来，她嘴角上扬，点点头说：“好着呢！前天和你老丈人干了一架，他虽然不在场，但一定是听见一些消息了，这两天再没瞎折腾！”

“也是，如果换作是我，我也不敢！李多旺是什么人？有名的死狗，谁见了不让着他三分？可是嫂子你没有，我佩服你，你把他整得一点脾气都没有，想想那天的场景，我做梦都笑醒了，活该！这种人就得你这么整他，顺便还给我报了仇，我得谢谢你！”

曹莲花叹了口气说：“唉，我也是被逼的。虽说是被赵新林逼出来的火气，李多旺运气不好，偏偏烧在了他头上，也好，杀鸡给猴看，这不赵新林也安静下来了。”

“你敢对赵新林那样发火吗？”

“敢！但是为了孩子，我不得不隐忍着。”

“可是，这样下去何时才是个头啊！”

“会有机会的，我说过了，他的事人管不了，属于老天爷的事，一旦老天爷管起来，他一定离死不远了！”曹莲花捡起一个土块，朝坑里扔进去，“回吧，天要黑了，我看你家厨房的烟囱不冒烟了，那阵子烟还很大呢！”

“好吧，可能饭熟了。”说着，赵月江把铁锹扔上来，人爬上坑，简单擦了一下铁锹，他和曹莲花一起下去了。

分别的路口，曹莲花问他喝水去吗？赵月江摇摇头说：“我是不敢去了！”

“没事！谁胡说八道，撕烂他的嘴，再说晚上孩子们在呢！”

“不了！我要吃饭去了。”说完，赵月江扛起铁锹回家了。

晚上吃完饭，二姐在洗锅，母亲上完厕所顺便进了儿子住的西屋。赵月江正拿着那份修改过的入党申请书看，见母亲进来，他叫她坐下。

“你看啥呢，月江？”母亲问。

“哦，没啥，一张纸。”赵月江没有看母亲随口说。

“月江。”母亲轻轻叫了一声，语气有些不正常，像是有话要说。

“嗯？”赵月江这才把纸放下，看了她一眼，“咋啦，妈？”

“我问个事。”母亲掀开门帘向外看了一眼，似乎有人在偷听。其实她是在看厨房里的二姐，看她是不是在院子里。

“你二姐这两天好像不大对劲！”母亲的语气神神道道的。

“咋不对劲了？好好的啊！”赵月江一听就知道母亲想要问啥，他故意装作不知道。

“不对，绝对有问题。以前闷头闷脑的，一棍子打不出个屁来，见谁都像仇人一样爱搭不理。可是这两天奇怪了，爱收拾了，还穿上新衣服了，脸上也有笑容了，不知道她咋了？我担心你姐是不是脑瓜子受了刺激，症状慢慢显现出来了？这可不好啊！”母亲哀叹一声。

“妈呀，你想啥呢？这还不简单，这两天不是王望农和黄技术员来家里了，她要给人家做饭还端饭，你说不收拾一下是不是说不过去？我这个当村主任的脸上无光，王叔和我爸以前是好朋友，他经常来咱家里，你说月霞邋里邋遢的，他能受得了吗？我听月霞说了，黄技术员来的第一次，王叔就给她交代过了，说有客人在，你多少捯饬一下，人家笑话呢！这不月霞就这样了吗，有啥奇怪的！”赵月江一笑，一本正经地解释道。

母亲舒了口气，皱着眉头思忖片刻，说：“好像不单单是这回事，收拾归收拾，现在还化妆了，你说这怪不？以前不笑，现在开心得像个小孩子，似乎早前发生的事一夜之间忘记了，这绝对不正常，你没问过你姐吗？”

“你俩不是在厨房里一起睡吗？你没问过她？”

“问了，她不说，她只说客人来了，总不能给月江丢脸吧！”

“这不就对了，二姐说的话没毛病啊！”

“好像还是不对。今天那俩干部走了，她还是这么开心，我搞不懂咋回事。还有一点，晚上的时候，我看她抱着个手机玩，在外面玩一阵子，到深夜才进门，我耳朵本来不好，听不见人家在说什么；有时候睡在炕上还玩，把头蒙在被窝里嘀里咕噜说话，不知道说的啥，关键是能玩到深夜呢，玩着玩着突然哈哈笑了，笑得那个开心啊！真不正常，以前很少玩手机的，本来识字不多。”母亲还是一脸疑惑。

“妈，不用管了，以前她不开心的时候你操心，现在人正常了你倒觉得有问题，你咋想的？没事，我看挺正常的。”说着，赵月江又拿起那张纸看了起来。

母亲站起来，说：“但愿你姐不要出问题。这两天不知道去了哪里，挖水渠有啥好看的，她平时不爱出门的，你说她看啥去了？月江，你可要操心着点，这事不能马虎！”

“知道了妈，明天我问问她到底咋回事，好不？你甭操心好好睡觉去。”赵月江安慰母亲说。

“知道了。开心是好事，但也太反常了。”母亲嘀咕了一句出门了。

门帘把母亲隔在外面，赵月江忍不住笑了。他放下那张纸，盯着墙上挂着的旧相框，他看到了年轻时候的父亲，儿时的大姐二姐还有自己，那时候，虽说日子苦了点，但一家人都在，气氛是那样活跃。那时候的父亲，对孩子们慈祥和蔼，可以说百依百顺，不像母亲，惹生气了会骂几句，甚至打屁股。几个孩子经常为了吃一口苹果争得大打出手，父亲总会想办法从集市上买一些回来，可不到十分钟，两三斤苹果就被他们姐弟仨抢完了。母亲又骂开了，一群馋死鬼！父亲骂母亲，你闭嘴，孩子还小，嘴馋不是很正常的事吗？

他想，慈善的父亲早逝了，似乎一直在呵护着人间的孩子能过上幸福的生活。这不，去年他当上了村主任，今年好事连连，他成了入党积极分子，二姐又找到了心仪的白马王子。但愿往后的日子里，一切平安如意，姐姐和黄喜文能白头偕老，再好一点，母亲的病早日康复，李燕飞能想通，回来跟他好好过日子。

站起来，伸一伸懒腰，多舒服！透过玻璃窗，他看见二姐正坐在院子里玩手机，虽然她不识字，但学会了玩微信，打电话。她每次玩的时候，总是把音量调得很低，生怕谁听到她和别人的聊天内容，不用多猜，对面的那个人一定是黄喜文。很多时候，她会偷偷躲到一个角落里去玩，玩着笑着，好不开心。

至此，赵月江终于松了口气，看着曾经“死过”一次的姐姐，如今变得这般快乐，他是怎么也没想到的，他为她今天能有这样的小幸福倍感欣慰，也为黄喜文能接纳姐姐的过去心存感激，当然他们有着相似的命运，这算是完美互补吧！这个秘密，他暂时不会告诉母亲，等过一段日子，他俩的感情升温一些了，他再考虑告诉她。母亲一定不会反对的，她还求之不得呢，她曾说过黄喜文是个不错的小伙子，至于有孩子的事，目前并不知道，他想，姐姐走到这一步了，她老人家还能有什么意见呢。

村里的主干渠道挖了四天，人们终于松了口气，回头一看这几天的成绩，有人不禁一笑："这看着很长，四天轻轻松松就挖完了，还挺快啊！"

刚子嘿嘿一笑，说："这才开始！毕竟是主干道，人多自然挖得快，其实有些老年人不咋顶用，如果都是年轻人，估计两天时间就能干完！还有一点，你们可能不知道，每天所有人回家后，月江还在挖呢，他是最后一个回家的，晓得不？都不信吧？可这是事实。"

人们惊讶地看了看赵月江，有人问他："月江，你为啥这么拼？"

赵月江淡淡一笑，说："别当回事，我只是比你们多干了一点点而已。"

"不错！"人们相互议论起来。可有人一笑，不以为然地小声嘀咕："人家是村主任，上头一定给了钱了，应该是带队费吧！"有的一听觉得还真有理，便对他的积极表现不屑一顾，甚至心里暗骂起来。

主干渠道挖完后，接下来就是通往各家各户的支渠开挖，这项工作比较难，难就难在人手少。家家户户留着一些上了年纪的人，年轻人都出去打工了，有的在外地上学。还好，这些老人们干了一辈子的活，手上有的是力气，身体也有耐力。如果离路口近一点的自然短一些，工程量就小，比如曹莲花家；离得远一点的工程量最大了，比如高东喜家。

不管怎样，已经走到这一步了，再难也得想办法坚持下去。王望农曾交代过赵月江，说一定要克服种种困难，迎难而上，把老百姓的吃水大计解决好。眼下，棘手的问题来了，他不得不鼓励大家好好挖，挖一点少一点，如果只是怨天尤人，站在那里不动，那这辈子别想吃上便利的水了。

赵月江先带头把通往他家的路线大致画了一下，并以此为例给大家讲解了一遍管路布置的一些要点，比如尽量直线而不绕弯，避开大树，避开塌方，还有大石头聚集的地方，危险地带不方便施工要避开。最重要的一点，离家近的地方底下埋着电线，挖的时候一定要注意，千万不能出现触电事故。此外，在规划路线的时候，一定要跟主管道相关的每一户沟通好，不能为了图方便而损害了谁家的利益，宁可远一点也不要闹出这样那样的矛盾，甚至大打出手，那就不好了。最后，他还嘱咐大伙儿，一定要相互配合好，这是大家的事，不要动不动找借口不出工，不然别人看了心里会咋想？人人都往后退，那能完成任务吗？

讲解完，大家各自散了，他们开始按照赵月江讲的往自己家画线并挖渠。

其实人多了积极性反而不高，年龄大的一铁锹还没挖出来，年轻人已经挖了三铁锹。当然，这是很正常的事，气力肯定存在差别，不过也不排除有个别人在悄悄磨洋工。

任务分配到每家每户，结果明显不一样了，都主动多了。就像农业合作社解散以后，土地承包到户，生产积极性一下子提高了，一年下来的产量也翻倍提升，一样的道理——人，难免存在着一些私心。这种私心，在接下来的表现中，让赵月江倍感意外，他暂且把这种现象理解为他们的觉悟高，积极性高。他想，若是按这样的进度下去，只要天气好，十天半月就能结束。

隔了两天，下午时分，天气骤变，狂风大作，乌云密布，黑压压一片从东边漫过来，刚才还有些太阳，没几分钟就不见了阳光，天阴沉沉的，眼看一场暴雨即将来临。

人们都回家了，赵月江也是。坐在沙发上，他心里怎么也平静不下来，不知道在想啥，总觉得有什么事没做，心里有些着急。想来想去，突然脑袋里“嗡”的一响，对了，主管道水渠有没有事？如果进水了要不要紧？他想，如果下一点小雨应该不影响，可看今天这样子，情况似乎不妙。如果下一场大暴雨，雨水聚集一坑那怎么办？塌方不说，有可能渠沟里有老鼠洞，水大了会不会冲垮路面？更重要的是，大路下面有人家，如果水从里面渗流下去，会不会对房屋地基造成威胁？首当其冲的就是曹莲花家。

想到这里，他赶紧给王望农打了个电话，把自己的想法说了一遍。电话那边，王望农沉默了片刻才说：“现在还有人吗？你赶紧叫上几个想办法处理一下，我目前能想到的办法就是在沟渠的下方一侧开一道排水沟，路面本来不宽，叫几个年轻力壮的小伙子应该快着呢！”

“好，知道了。”挂了电话，赵月江首先给刚子打了电话，叫他赶紧过来一趟。刚子说快要下大雨了，我来干什么？因为时间紧，来不及解释，但见刚子这么一问，他只好大概讲了一遍。听罢，刚子竟然大笑起来，主任啊你想多了，下点雨没事的，曹莲花家离大路有一段距离呢，不会那么巧合的，你放心！再说快要下雨了，你上哪里找人去？就咱俩挖？能来得及吗？

刚子挂了电话，赵月江想再打一个，可时间根本来不及了，天色尚早，但厚厚的云层遮天蔽日，屋外已经黑下来了，阴沉沉地，像是要很快掉下来的样子。没辙，他赶紧拉上二姐月霞跑到曹莲花家。他把情况讲了一遍，曹莲花想了想说，应该不会吧，我家离大路还远着呢！

赵月江摇摇头说："你还想起前年吗？一场大暴雨，你家的庄后面墙体上渗水了，有没有这回事？"

"这有，但渗水不大。"

"可这次挖了一米二的深度，要是大水聚集在沟渠里，你想想，那就不是那么回事了！"

话刚落音，曹莲花脸色猛然变了，说道："那你说咋办？眼看就要下雨了！"

"我请示过王书记了，他说在沟渠侧面开一道排水沟。"

"那能来得及吗？现在一个人都没有，可咋办？"此刻，曹莲花这才感到紧张了。

赵月江点了支烟，皱着眉头看了看天空，院子里，豆大的雨点已经弥漫开来，不到一分钟，水泥院子已经湿漉漉的了。

"快！我家有水管，铺管子，用水泵抽！"说完，赵月江带着两人跑到他家取东西了。半路上，他冒着雨给刚子打了个电话，叫他赶紧打伞过来，有件大事！

这下，刚子紧张了，以为真要出大事了，二话不说，穿了件雨衣就往赵月江家跑。过来时，人不在，他问老母亲，说月江哪里去了？女人说去曹莲花家了，刚子又往上跑。

此时，雷雨大作，人基本上站不稳了。赵月江穿着解放鞋，在这样的烂泥路上打滑了好几次。但好在路程不远，几人相互搀扶着爬上了坡，回到曹莲花家，他才换上了赵同阳的长筒雨靴，穿了一件雨衣。

"要不算了，这么大的雨根本出不去！"曹莲花说。

"不行！管子、水泵都方便着呢，你家离路口不远，必须得去！安全是大事！”说罢，赵月江扛着一卷水管冲出门去，曹莲花和赵月霞抬着水泵也往外跑，刚到门口，刚子迎面赶来了。

“快！拿着水泵！”赵月江喊话。刚子一把接过水泵扛在肩上，说：“赶紧回去，雨很大。”两个女人只得回家了。

雨的确大，路实在滑，赵月江一边扛着一大盘水管，一手拄着铁锹艰难地向上挪步。风也大，豆大的雨点迎面扑来，打得他几乎睁不开眼睛。

“月江！你这是何苦呢！”身后，刚子有些生气地大喊。

“闭嘴！我是担心曹莲花家的房子，你也不好好想想……”话说到这里，他已经很气喘了，身上开始冒汗了。

身后，刚子扛着水泵，边走边艰难地一点点松开电线，电线很长，插头端就固定在家里。

好在她家离路口不远，迎着风雨折腾了一阵子终于到地方了。那时，沟渠里已经聚集了一些水，不是很多，但很明显，若是暴雨持续一段时间，肯定涨满了。

两人相互配合，把水泵安装好，把管子展开，出水口搭在远远的沟里。这下安全了。

赵月江终于松了口气，脸上露出一丝欣慰的笑。刚子瞪了一眼，说：“有作用吗？”

“走，前边有个破窑，咱进去避雨，看看情况。”

“啥？为啥去窑里，不回家吗？”

“先观察一下情况。”

“这么大的雨还观察啥？把水泵开开咱走啊！”

“水不多，那水泵能空运转吗？不烧坏了？”

“哦，我忘了！”刚子只好闭嘴，他跟着村主任去了眼前的破窑里。

刚坐下，王望农打来电话，他问：“挖开了吗？根本来不及吧！”

“来不及。我安装了水泵，等水多了就抽一下。”

“哦！你真聪明，这是个好办法，那装好了吗？”

“刚完，一切到位。”

“辛苦了，好样的！”电话那头，他听见王望农欣慰地笑了一下。

“可能我多虑了，应该没啥事。”

“不！你做得很对，若是因为挖水沟把人家的房子冲坏了，那我也有责任啊！”

赵月江对着电话点了点头。他看了一眼身旁的刚子，刚子身上湿透了，像个落汤鸡，他忍不住一笑，说：“我和刚子俩。”

“刚子也在？我就知道他是好样的，这事我会告诉南庆仁的。”

刚子听见了，嘿嘿一笑，自言自语道：“告诉他有啥用？还不如发一点奖金来！”

正聊着，有电话打进来了，一看是曹莲花的，她带着哭腔说，房子后面的墙上渗水了，有点大，怎么回事？

“快！通电！”说完，赵月江装好电话，喊了一声刚子，“走！”

跑过去一看，沟渠里已经聚满了一坑水，水泵正在卖力地工作。

“好险！”赵月江拍了拍胸脯。“你真神了，月江，今天要不是你跑得及时，曹莲花家就完了，这事是因为挖水沟引起的，如果房子真出事了，你说责任在谁？”说着，刚子给赵月江竖起了大拇指。

“还能怪谁？怪我了！”

“你?！咋可能！”

“我是村主任啊！”

雨水聚集的速度赶不上水泵工作的速度，当水少的时候，如果不关掉泵就会烧坏。赵月江看了半晌，终于做出一个决定：找地膜！

刚子问，地膜？你打算盖住这么长的坑吗？笑话！

“少说两句，快！你去取，曹莲花家应该有。”赵月江喊了一声，刚子转身就走，“铁锹拿上，小心点！”赵月江扔过铁锹，刚子拿上跑了。

雨下得很大，很大，下了好一阵子还没有要停的意思，赵月江心里变得沉重起来。

刚子跑得很急，他能看出赵月江内心的焦虑，也能理解曹莲花的提心吊胆。没两分钟，他就跑上来了，肩上扛着一卷地膜气喘吁吁，额头上渗着豆大的雨点，汗和水混在一起，从脸颊上爬下来。

就这一会儿工夫，水又聚满了，他再次给曹莲花打电话叫她通电，很快，电通上了，水一下子抽完了，再关掉。

“地膜头子！”赵月江喊了一声，随即跳下坑，刚子撕开地膜的一头递给赵月江，他接过来，留了一些余头，从沟渠的末端一直往后铺了好长一段距离，直到超过曹莲花家的房子位置才停下。地膜宽，两边卷起来贴着土层形成一个长长的水槽，因为盖过了渗水的地方，墙体自然不会再漏水了，等水聚集多了再用水泵抽，这样安全一点，不然有一部分水会从半路渗出去，墙还是不安全。

赵月江麻利地操作完了一切，刚子看明白了，这的确是个好办法，铺在下面的地膜，就像是给沟底裹了一层薄薄的水泥，有效地防止了雨水从漏洞处渗流。

刚子把他拉上来，站在路畔，雨水很快冲刷掉了他身上的烂泥。刚子抹了一下脸上的雨水，看着赵月江狼狈的样子，他憋不住笑了，眼眶里也渗出了泪水，他为新河村能有这样一个忠实的村主任感到自豪。如果今天不是他及时出手，这么大的暴雨谁晓得会闹出什么样的乱子来！到那时，王望农、南庆仁二人恐怕也脱不了干系。

大雨持续了一个多小时，刚子和赵月江一直坚守在现场，等一会儿排一阵水。其间，曹莲花担心二人感冒，跑上来送了雨伞还熬了姜汤。就在这个时候，当她再次面对暴雨中忙碌的赵月江时，她突然有一个莫名其妙的想法：干脆让那些流言蜚语来得更猛烈些吧！我不怕，和这样的热心人纠缠在一起，有何不好？李燕飞啊，赶紧回来吧，如果今生失去赵月江，你将变得一无所有！

大暴雨终于停了，慢慢转成了小雨。两人在雨中折腾了一个多小时，冷了，累了，也饿了。

“回吧！”赵月江脱下雨衣使劲抖了抖，风夹杂着雨星吹在身上，瞬间一阵寒意侵袭而来，“有点冷啊！”他一连打了三个喷嚏，额头有点烧乎乎的。

“没感冒吧？”刚子问。

“一年到头感不了一次冒，没事的！”

刚子准备收拾水泵，赵月江摆摆手说不用了，待会儿慢慢收拾。

二人拉着铁锹回家了。到屋里，曹莲花感激不尽，早给他们生好了火，炒了几个菜，还温了一壶酒。

“月霞走了吗？”赵月江问。

“走了，雨太大，你妈一个人在家她不放心。”曹莲花说。

刚子见状，高兴地一拍手，笑着说：“月江，今天没白来，这都是你安排的？”

赵月江摆摆手不说话，仰起头正在酝酿喷嚏。“喂！”刚子以为他没听见，“阿嚏”，一个喷嚏打响了，“好冷啊！上炕上炕！”

“没感冒吧？”曹莲花关心地问。“没有，大冬天都不感冒的！”刚子揉了一下眼睛。曹莲花看见赵月江眼里闪着一丝泪花，他应该感冒了。她走过去，顺手在他额头上摸了一下：“哎呀，不好，发烫啊！”

“不是吧？没那么矫情！”赵月江拉开被子裹紧，“来，刚子，上来喝两杯，暖暖身子！”

“这小子怕是真感冒了？”刚子盯着他仔细打量一番，只见他脸上红扑扑的，眼睛水汪汪的。

“来！我这里有退烧药，你赶紧吃上，好好睡一觉就没事了，真对不起！”曹莲花心里很愧疚。

“不不不！”赵月江赶紧摇头，“没事！好好的吃什么药？就算感冒了也无妨，喝两盅酒消消毒就过去了。”说着，赵月江先倒上一杯喝了。这时，刚子洗完脚也上炕了。

“你自个儿掂量，这雷雨一过，看样子明天就能放晴，还有一大堆活要干呢！”刚子提醒他说。

“吃菜吃菜！”赵月江根本不理会。曹莲花把药都拿来了，可他就是不听劝。“随你便！躺在床上可别怪我没给你药吃！”曹莲花生气了。

二人边吃边喝，不一会儿工夫，酒过半了，菜也吃得差不多了。刚子还想喝，赵月江说自己不行了，很难受，想睡一会儿。

“睡吧睡吧！曹莲花的炕可睡不了几次！”刚子逗他说。

“滚！没个正形！老子真困了。”说完，赵月江把自己裹进被窝里睡了。

“行！你先睡，我吃完了把东西收拾一下。”刚子说。赵月江似乎已经睡着了，再没有理会他。

整整睡了两个钟头，人还不见醒来。曹莲花又摸了一下额头，天哪，这么烫，一定是发高烧了！她赶紧叫醒刚子，让他帮忙叫大夫。

屋外，雨停了，不知何时停的。刚下过雨路不好走，刚子只得打电话叫邻村的一位老中医来。可人家不来，说感冒发烧多大个事？吃点药就行了。刚子再三求情，人家把电话挂了。这大夫就是这种怪脾气，本来上了年纪走路不方便，而且刚下了雨谁愿意在烂泥里折腾？

没辙，刚子说先让他吃一片退烧药吧，其他药先不要乱吃，毕竟喝过酒了。

还能咋办？只能吃药了！曹莲花把他叫醒，给他喂了药，那时赵月江已经烧糊涂了。

人躺下，曹莲花端来一盆温水，用毛巾给他敷额头、颈部、腋窝，辅助物理降温。

还好，赵月江的体质不错，睡了一觉出了一身汗，高烧终于退了，曹莲花终于松了口气。刚子一直陪着，他担心把赵月江一个人留下，别人又说闲话。

平安无事，所有人都放心了。曹莲花气得骂他不听话，刚子也说死逞强！赵月江大手一挥，说死不了！

次日，天气放晴，红红的太阳炙烤着村庄和大地，没过多久，刚才还湿漉漉的地面一下子烘干了。

第一件事，赵月江叫了几个年轻人先在沟渠的一侧开了排水沟，接着，仔细排查了一下渗水的地方，找了大半天，终于发现一个拳头大的洞，挖了一下才明白，应该是老鼠洞。但老鼠洞有那么粗那么深吗？说不清楚，也可能是长期渗水慢慢冲开的吧！

找到洞口，他连忙给王望农打了个电话，说昨天下雨发现了地下渗水情况，原来渠道底部有个小窟窿，我们打算深挖后再夯实。王望农说好，多亏你发现得及时，要不然曹莲花家的房子出事不说，长期渗水会引起土壤下沉，造成水管断裂漏水，到那时候可就麻烦了！哎呀，你可是立了一大功了！

这又是一项棘手的工作。赵月江准备再叫些人来，可吃了闭门羹。理由很简单，他们说那是曹莲花家的事跟我们有啥关系？赵月江一脸平静，笑着说："是我没解释清楚，是这样，虽然对曹莲花家有直接的影响，但是，王书记说了，如果不趁这次把洞口堵好，长期渗水会引起土壤下沉、内陷，管子正好埋在这个位置，你们想想，一旦塌方，一根细细的塑料管能承受多大的压力？到那时，谁也别想安安稳稳地吃水了，到头来还不得大家一起解决？关键时候再找漏洞估计难了！这次下了雨才意外发现，感觉是老天爷冥冥之中在帮助我们，错过了，下次就难说了！”

听赵月江这么一解释，人们不禁倒吸一口凉气，眉头一皱细细一寻思，哟呵，还真是那么回事！千里之堤，溃于蚁穴，小事不管，大事不远，这事还真不能马虎了！若是糟糕的那一天真的来临，的确，谁都别想消停！

最后，人们还是去了，因为地方窄小，不得不轮流换着挖。耗时并不多，人们最终把这件事彻底解决了。填埋的时候，都是一点一点用棍子捣瓷实的。

第八章　引水

后续的开渠工作有序进行着，这几天大家都很积极，可能是担心下雨，也可能还有其他农活要忙。要么，纯粹是“包挖到户”，积极性高了而已。赵月江给大家召开了一次动员会，叫他们好好挖，在不耽误农活的前提下，尽量保持工作进度，如果遇到什么问题给他打电话。

赵月江、小叔赵胜利、二爸赵胜忠，他们三家作为一个小组一起挖，因为这一支流就经过他们三家。这三人里头，赵月江最年轻，二爸上了年纪，小叔身体还好。赵月江一直在挖，再没人顶替，有时候月霞出来帮帮忙，二妈替换下二爸，小婶替换小叔。换了人，效率下降了。二妈还腿脚不好，可家里再没有其他年轻人，只能这么将就着慢慢挖了。

赵月江转了一圈，发现他们的进度有些落后，可就这么点人手，能咋办？慢慢来吧，花上十天半月总能完成了吧，现在又没多少农活，一天找点事干心不慌，日子也过得快。按上面的意思，只要不耽误农时就好，当然并不影响，就算再过一个月地里要除草了，也不怕，现在的人种地都学会“投机取巧”了。不像以前，蹲在地里十天半月地认真除草，还一茬一茬地长出来，很多时候还得除第二遍甚至三遍。现在不这么做了，买一瓶除草剂就搞定，如果实在没杀死的，等长长了再用手工除一下。

他们“偷懒”的底气当然来自党的好政策，如今生活条件好了，能吃饱了，就算一年减产了，影响也不大，粮仓里还有余粮呢！当然，谁都不希望减产，即便偷了懒，还期望上天能多下些雨水，庄稼长势好一些，来年是个大丰收，除了留点口粮外，大都卖了钱。山里人说，现在不愁吃不愁穿，手头就缺两个钱，没钱可不行，日常生活没法维持下去。就算米面不缺，但总得买一点蔬菜补充营养吧，还有调料食盐……当然这根本不算什么，重要的是一年地里要撒化肥，孩子要上学，有的家庭还帮孩子贴补房贷，所以手头一直比较紧——以前是吃不饱，只为了吃而奔波，现在吃饱了，就有了下一个奋斗目标——提高生活质量。

开始挖的时候，一直是比较松软的黄土质，因为下了雨，上面比较松软，但越到下层越坚硬。不过这很正常，全属于纯土质，前面挖过的都是这样，可挖到后面就犯难了——在赵月江家庄背后的一段路上，全是红土，一镢头挖下去，只听"叮"的一声，里面有砂土和小石头，根本不好挖。赵月江换了工具，用十字镐挖，结果还是不理想，土质太坚硬了。

咋办？改路线？没法改，这一段路都是这种土质！咋办？用挖机？路太窄车子没法下来！咋办？不挖了？那能行吗！已经挖了这么长了，再说红土质路段也不是很长！别人都在挖咱总不能就此停下吧！咋办？还能咋办，慢慢挖呗，一点点积累，总会挖通的！

王望农说了，一定要想办法克服困难，迎难而上，把饮水工作做到位。他是村主任，就算两位长辈退出了，他都没有放弃的理由。挖到哪里到哪里，愚公移山，那么艰巨的工程都敢搞，何况只是挖一道沟渠？红军翻雪山过草地，二万五千里长征都走过来了，咱这点困难又算得了什么？曾经的日子那么艰难，父亲都把他们姐弟仨拉扯成人了，这算什么？全国三亿人的吃水问题，多庞大的工程啊，政府不照样克服困难一步步改善民生吗，这又算什么？

忙了大半天，只挖了一小段，实在太累人了。但不管怎样，慢是慢了点，总归在进步，总比实在没法下手强多了吧！慢慢来，他一直给自己加油打气，也这么安慰两位长辈。

因为难挖，出的力气比平常要多，人自然容易疲劳，不得不提前歇息。两位长辈走得早，赵月江也累，但没办法，他只能咬着牙坚持尽量多挖一会儿——靠他俩也帮不了多少忙，忙一会儿歇一阵子，有时候闲聊半天，有时候下去吃点东西，有时候说给牲口饮水去……就这样，在这一段难啃的骨头上，他们似乎已经有了要放弃的征兆。

果不其然，晚饭时候，他正在吃饭，小叔赵胜利进来了，他一屁股坐在沙发上说："月江，这段路不好挖，你说咋办？"

赵月江还没吃完，他先礼貌地问候了一声："吃饭了吗？"小叔说不吃，吃过了，累得很，想休息。

“那为什么不休息？”赵月江心里跟明镜似的。

“这不……唉！今年这事没办好，早知道这样就不交钱了，钱搭上了，力气也出了，还遇到这么大困难，我呀，实在受不了了。”

“那你的意思是……”赵月江两口吃完剩下的一点饭。

“我，我想退出了。”他稍稍犹豫了下。

“退出？退出可以，肯定不退钱，这当初登记的时候讲得清清楚楚。”他想以此吓唬一下他。

“一千二百元，没多少，扔就扔了吧！人要紧，那么难挖的路，你说啥时候挖完？”

赵月江擦了一下嘴，给小叔点了根烟，劝他说：“叔，你也是做生意的人，这点账还没算明白吗？”

“我比你清楚，划算是划算，可遇上这样的路，这笔账再算还有啥意义？”

“哎呀！不就一点小小的困难吗？咱再克服一下慢慢来，上面又没催。你也瞧见了，再难也不是进步了一点点，一天这么些，两天三天……总有一天要通的。”

“呵呵，你小子，这么算账可要亏死了！现在一天人工多少？我还不如到外面挣一点钱呢，一方水才多少钱？我有这些钱能买好多水啊！关键我家门前还有一口水窖呢，至于吗？”

“叔，可是有人卖给你吗？”

“我出钱你不卖？”

“我卖！但你能买到哪一天去？下半辈子都买着吃水？就你这两天的误工费够吗？”赵月江紧逼追问。

赵胜利似乎被问住了，他不再说话，愣了片刻才说：“反正有水窖呢！我不挖了，钱扔了就扔了，我能出得起那俩钱！”说罢，他起身要走，说忙了一天很累了。

“那你明天不来了？”

赵胜利摇摇头：“不来了，我还有点事要忙呢！你和你二爸挖吧，我不参与了，钱就当捐给公家了。”

说完，赵胜利走了。赵月江躺在沙发上，长长地叹了口气：本来人不多，小叔身体还可以，他一走这渠还怎么挖下去？人家是生意人，有钱，不心疼这一千二百元，可咱不一样，心疼钱不说，不给大家带好头咋行？再说了，这段路离他家最近，都干了这么几天了，就差这一点不亏吗？不用多想，就算二爸跟着退出了，他也坚决不能退！他不能辜负了王望农的期望，也一定要经得起这一次严峻的考验，他已经是入党积极分子了，也算是三分之一的党员了。

次日早晨，赵忠胜上来时，赵月江已经挖了半个小时了。

二爸问："你来多久了？"

"嗯，有半个小时了。"

"慢慢挖，年轻人急啥呢？这么难挖的路，三两天挖不通的。"

听二爸这一说，赵月江心里突然有些生气，莫名其妙地生气，不知道是因为小叔的退出生气，还是因为二爸来得太迟或者不够积极而生气，总之心里憋了一股闷气，很想发泄出来，但他压制住了，什么也没说。

"你小叔呢？"

"不干了！"赵月江语气有些生冷，二爸没搞明白，以为他俩之间闹了什么矛盾。

"咋？"二爸一手拄着铁锹，一手解开了外衣纽扣。

"他家不拉水了！"

"为啥？"

"不想干活呗，嫌太累！"

"这……这不胡扯吗？总共三个人，就你俩力气大，他一走这活还能干吗？"

"不能干也得干！拉不拉水是人家的自由，他想退出你有啥办法？"

"那钱呢，退不？"

"退不了！"

"这不扯吗？累死累活干了这么些天，说走就走了，钱也不要了？"

"你以为是你呢！人家做生意呢，就差那俩钱？"

赵月江不再说话，他开始忙活起来。二爸坐在土堆旁抽起烟来，他一言不发闷闷不乐，似乎在想着什么：难不成他也想退出？赵月江被这个想法吓了一跳，如果只剩下他一个人……

他不敢多想，生怕二爸突然说一句“我也不干了”。他只得卖力地忙活起来，唯有这样，他才看不到他的表情，听不清他的哀叹，更听不见他不经意说出的一个决定，唯有这样，才能给自己一点必胜的信心。

“月江，你先忙着，我屋里去一趟。”二爸站起身，拍了拍屁股上的土，扛起铁锹转身走了。

赵月江什么都没问，只是静静地看着他一步步离去，那脚步有些犹豫，又带着几分坚定。那一刻，他什么都明白了，他一定是下去跟二妈商量去了，他也可能突然醒悟了，觉得这笔账不合算吧，不如趁早退出。

“唉！”赵月江只能叹气，他还能说些什么？二位都是他的长辈，说多了得罪人，随他们去吧！他坐下来，给自己点上一支烟，不禁想起奶奶讲过的那些苦日子。什么叫苦？那才叫苦呢，吃不饱穿不暖的。如今呢，什么都有了，可现在的人呢，好了伤疤忘了痛。“矫情，自私，懒惰！”赵月江想到了这么几个词。

一个小时后，二爸才上来，赵月江看得很清楚，他手里什么也没有拿，他看懂了，他是想跟他打一声招呼：月江，我也不干了！

“月江！歇会儿！”他走过来，坐在土堆上。

“干啥去了，这么久？”

“我跟你小叔商量了一下，他的意思是想改变路线，我赞同，我们两家挨在一起。你不用，你家近一点，坚持一下就挖通了！”

“坚持？那为啥咱们不一起坚持一下呢？改变路线？往哪里改？”

“有两条路。一条，顺着大路往家里挖……”

赵月江“扑哧”一笑：“大路那边？亏你想得出来，那不绕了一大圈吗？你觉得合算吗？”

“你小叔说了，起码土质软，好挖！”

“笑话！”赵月江觉得愚蠢至极，这是一个生意人想出来的办法？“那另一条呢？”

“从通往赵长平家的那条主管道上分流。”

“这个主意不错，那我问问，最近的距离也要经过两户人家的门前，问过人家没同意不？”

“问了，不同意。”

“那下一步呢？呵呵，我以为赵胜利真的退出了，原来只是嘴上说说而已。”

“我和你小叔想拜托你，给人家说一声，你是村主任嘛！”二爸给他发了根烟。

“这烟我抽了，但这事你别提了，我告诉你我不会去！赵胜利什么身份？新河村的能人，生意人，手头有钱，他都办不了的事你觉得我能办成吗？”

“成！月江，你小叔说了，事成了给你买酒呢！”

赵月江不再说话，开始拼命地干活，无论二爸喊什么他都置之不理。没辙，赵胜忠只好泄气地走了。望着他远去的背影，赵月江心里一肚子火想发泄出来：这都什么人吗？当我三岁小孩呢，拿我做挡箭牌？好歹都是我的长辈，好意思说得出口？有瞎寻思的工夫，不如老老实实挖一阵子，总能进步一点啊！若是换了别人，怂恿他干这种事，恐怕他早翻脸骂娘了！

下午，小叔来了他家，他说月江啊，我上来跟你说一声，我和你二爸打算修改路线，从大路那边绕一圈，你是村主任我告知你一声。赵月江点点头笑着说，知道了。多余的话他什么都没说，毕竟这是人家坚持的主意，他也是个生意人，可能比咱一般人还会算账吧，由着他去。

“我看你也没挖多少，那种土质一个人不好挖，慢慢来吧！”

“只能慢慢来了！”他笑着简单回了一句。

“上午你二爸来过了，希望你以村主任的名义出面谈一下，后来我想了想，这么做不对，你别往心里去。就算你是村主任，也不过是个为村里搞服务的普通人，说直白一点就是个跑腿打杂的，你说让你去有啥作用？搞不好还挨一顿骂呢！”

“也是，小叔你都办不成的事，我算个啥？人家的门前让不让挖，那是人家的权利，你换位思考一下，若是别人这么要求你，你会同意吗？”

小叔摇摇头，一笑：“将心比心都一理，对着呢！这不后面我又二进宫了，提了两瓶好酒，人家干脆不同意，说家门口能随便乱挖吗？假如以后出了问题，检修不还得再挖一次？”

赵月江只是淡淡一笑，点了点头，说：“那你们好好挖吧，这几天把手头的活放一放，工程量肯定增加了，但进度尽量跟上吧。”

“这个没问题，那边土质软一些，挖起来快着呢！”

闲聊了两分钟，小叔走了，赵月江去干活了。从今往后，这块难啃的骨头只能留给他一个人消化了。月霞见弟弟一个人太累，也帮着挖。

白天挖，晚饭后也挖一阵子，早晨起得很早，喝了鸡蛋汤赶紧挖，姐弟俩一起忙活。除了晚上睡觉，其余时间都在挖渠，毕竟人手少了，进度明显慢了，不过这么加班加点地干，累是肯定的，但进度并没有落下。

其间，王望农和黄喜文来过一次，得知这种情况，二人责备赵忠胜他们的态度有问题，但碍于面子也没好意思当面说出口，只说你们这样修改路线，工程量肯定加大了，进度也要跟上。

黄喜文看见月霞这几天晒黑了，累得腰酸背痛，他实在于心不忍，就留下来帮忙挖了半天。赵月江怎么阻拦，黄喜文就是不听，非要干一干。没辙，只好让他折腾一阵子，结果干了没一会儿，手上磨起泡了，虽说他也是半个农民，但总归是个吃公家饭的，时常干一些比较轻松的活，细皮嫩肉的，也没吃过多少苦。手破了，他戴上手套强忍着疼痛继续挖，宁可让自己受点委屈也不让月霞受苦。从这半天的劳动中，赵月江彻底看清了黄喜文的那颗真心，月霞也心疼地抱怨了半天。

整整坚持了七天，紧张的七天，加班加点的七天，水渠终于挖到家门口了！通了，终于通了，看似并不长的一段路，却耗费了这么长时间！挖完最后一铁锹，赵月江爬上坑，坐在土堆上美美地抽了一支烟，喝了一瓶啤酒。那一刻他也累倒了，吃完饭睡在炕上一觉到天亮，睡得沉沉的。要不是王望农的电话吵了两次，他还在继续睡。翻起身来，窗外太阳红红的，一看手机九点钟了！

电话里，王望农问他挖完了没。他说完了，实在不容易。王望农笑着说，你真是个牛人，有毅力，我佩服你！他还问，赵胜利挖得怎么样了？赵月江讥笑道，我哪有时间管他们？不知道，不想管，但肯定没挖多长，就俩人，一个时常还要出车，一个年龄上去了，不顶用。

王望农说，上次曹莲花家漏水的事，我给南庆仁说了，他一听很佩服你的判断力，也感谢你及时挽救了一场事故，如果那次真出了事，我们俩都有责任。他说他把这事一直记在心上，每次开会就拿出来给大家说一说，一来宣传一下基层干部的先进事迹，二是通过这个案例，让大家注意一下安全问题。

赵月江笑了，他先跟王望农道了声谢，接着说，你们不要刻意多说什么，本来没多大一点事，再经你们“添油加醋”地上升到某一个层面拿来说事，感觉有点不好，上纲上线的，挺别扭！

王望农“哎呀”一声，反对道：“你可不能这么想，上次的事不是小事，如果真出事了，你也知道后果咋样！这件事呢，让南庆仁对你刮目相看。他说你对入党的认识进一步加深了，从前期看，你通过了组织的考验，希望能再接再厉，心里装着新河村的百姓！”

“是！”赵月江像一个兵在接受长官的命令，他的声音很响亮，同时也下意识地敬了个不标准的礼。

两人挖了一周，还没完成三分之一，眼看着赵月江已经挖通了，他们心里又不平静了：早知道这样，咱们再坚持一下！现在人家挖通了，咱怎能理直气壮地从人家门前接着挖呢？就算月江是咱侄子不介意，可别人会怎么议论咱？唉，想来真是丢人，咱是做长辈的，就这么给小辈们做榜样？惭愧！

两人又慢腾腾地挖了半天，越挖越不想挖了，毕竟潜意识里已经有了更好的方案，心里一下子有了惰性，只是碍于面子不好开口罢了——直接从赵月江家门前接上多好！

两人挖累了坐下休息，赵胜利抽着闷烟说：“都怪我！当初再坚持一下不就完了？可实在太坚硬……”

“现在说这有啥用？求人家去？多丢脸！咱这老叔当的，实在丢人！”

“我把月江小看了，娃这几年进步多了，王望农还是厉害，把一个小混混硬是拉上正道了。”

“扯远了！你说咋办，还继续挖吗？哎呀，真走错了一步棋，咱俩活老了都不会算个账，你看看这才挖了多少？三分之一还不到！唉！”

赵胜利沉默了一阵子，扔了烟头说：“如果厚着脸皮去问他，他一定能答应，只是，咱这当叔的脸上挂不住啊！”

“谁说不是呢？”

“挖吧，先挖着，时间还长着呢！都是自作自受，自讨苦吃，能怪谁？再瞎折腾，还不够人家笑话！”翻起身，两人又开始忙活起来。

这几天忙，赵月江根本没时间去看一看别人挖得怎么样了。这一回，他家的工程总算完工了，但这不代表他就能松一口气了，他是村主任，要考虑全村人的进度，只要有一家没挖完，都不算结束。

他沿路上去，看见曹莲花还在忙活。还好，她家的距离并不长，白天她一个人忙，晚上俩孩子帮忙，土质好，已经挖了三分之二了。

他喊话："累不？"

"累啊！"

"慢慢挖，当心身体！"

"我看你挖完了，真能吃苦！你家那两个当叔的，害臊！"

赵月江不知道说什么好，笑了一下说，慢慢来嘛！

再往上走，大路口不远处，他看见了小叔和二爸，两人正忙活着，但看动作并不是那么卖力，更像是磨洋工。

他向下走去，小叔赵胜利先看到他，远远地朝他挥手："月江！"

"小叔！"他回应。

走过去，小叔赶紧给他点上烟，说："你看我们挖了多少了？"

赵月江一笑，说："累吗？"

"还好，这边土质软一些！"话虽是这么说的，但脸上却一下子泛红了，很明显，他是在逞强，为自己保住仅剩的一点尊严。

"那就好！慢慢挖吧，这几天天气还好，不耽误事。"

"月江，我看你挖完了？不容易啊！"二爸搭话说，语气里带着一丝酸味。

"只有我心里清楚。休息会儿，二爸，来，抽根烟。"他掏出一根烟递上去，二爸接了，坐下来长出了一口气。

"累不？"他问。

"嘿……"二爸只是一笑，那笑里明显藏着抹不去的尴尬和羞愧。

"如果真挖到家门口，照你俩这进度，小叔，"他把目光转向赵胜利，"你算一算，这得挖到什么时候？"

"嘿嘿！"赵胜利也是尴尬一笑，"慢慢来吧！"声音有气无力。

"是啊！这是大工程，想急也急不得。"他一笑。

两人沉默了。赵月江站起来，伸了伸懒腰，说："你们忙，我上去看看，村里其他人的进度怎样了？”

“嗯，好，你转转去。估计就我和你二爸落在最后面呢！拖后腿啦！”赵胜利故意夸张地笑，他在掩饰自己的尴尬。

“慢慢来嘛！”说完，赵月江转身去了上庄。

赵月江走后，两人还是沉默不语，其实是尴尬得不知道说什么好。二人都听出来了，月江的语气很明显在嘲讽他俩。嘲讽就嘲讽吧，能怪谁？虽说侄子是小辈，但在是非观念上不论辈分，只有对错。

大致走访了一下，家家户户都挖得热火朝天。从进度上看，的确，赵胜利和二爸是落在最后面的。

想起小叔说过的话，还有二人窘迫的表情，他忍不住笑出了声：你们这长辈当的，说实话太不称职了，别说我这个当侄子的笑话，恐怕连村里人都忍不住想嘲讽一番吧！

嘿！罢了罢了！刚才只是跟他们开开玩笑罢了，他早看出来了，指望他俩挖通那么长的水渠还早着呢！他早想好了，如今家里的水渠已经挖好了，就叫他们接上吧，怎么说那也是他的长辈，就当老糊涂了才作了错误的决定，没什么丢脸的，他作为小辈，理应做出一些牺牲。再怎么说，从大路口到庄后的那一大段水渠，他俩都参与了，只是后面退出了，单独对他家来说，他俩是有功劳也有苦劳的。

中午，他去赵胜利家转了一趟，小叔正在吃饭，他也要了一碗饭，并向小叔要了一瓶他的好酒，笑着说：“叔，这几天累了，家里没酒，想喝两盅你的好酒了！”

“哈哈，来，咱叔侄俩喝两盅，酒有呢！”

说着，赵胜利叫女人取一瓶酒，女人找了半天说没看见。没办法，小叔下炕亲自找去了，没三秒钟就找到了，他嘴里忍不住嘀咕起来：“什么眼神！”

赵月江看在眼里，小婶在同一个位置找，怎么可能看不见？很明显，她是不愿意把好酒拿出来，他心里多少有些失望。

“舍得不，叔？”他故意笑着问。

“这话说的，别人可以不给，但侄子要给！”

“别这么说，咱们之间只有叔侄关系。”

酒打开了，两人边吃边喝，没有菜，只有面条，不要紧，心情好了怎么吃都有味，怎么喝都觉着香。

几杯下肚，赵月江开门见山，说："小叔，别挖了，那边停了吧！大路上走车，如果再挖下去，填埋不到位，路面渗了水会塌陷，不好！"

"不挖……那……"赵胜利已经想到了什么，因为尴尬说不出口，话一直在嘴里打转转。

"接上，从我家门口那里。"赵月江说得很轻松，他举起酒杯，碰了一下小叔的杯子，赵胜利也举起来，再一碰，两人仰起头一口气喝干。

赵胜利无话可说，只得低着头往嘴里扒饭。

"我家上面的那一大段水渠，不是我一个人挖出来的，我得感谢你们。咱都是邻居，不要搞那么生分，我说接就接上，不管怎样，咱还不是一家人？"

话音刚落，赵胜利赶紧给侄子倒满酒，什么都不说，他主动碰杯，二人再干了一杯。

"月江，我，我和你二爸是当长辈的……"话还没说完，赵月江笑了，夸张地摆摆手："我今天是来喝酒的，不是听你讲道理的，本来没啥道理可讲，我说了，咱是一家人！"

"一家人"这个词，让赵胜利心里莫名地感动，眼里忍不住迸出泪花，他为没读过多少书的侄子能说出这样的话来感到自豪，同时，也为自己的行为感到惭愧。

这时，小婶笑着说："月江，我给你炒俩菜去？"

"不了婶子，随便喝两盅就行。"他还是笑得很自然。

两人喝了几杯，赵月江就扣下杯子说："好了，不喝了！"赵胜利可能是良心发现了，觉得这些年对侄子的态度有些不好，仗着挣了几个钱把他不放在眼里，可一有困难，人家总是想办法出面解决，想来惭愧至极。

赵胜利非要他多喝两杯，赵月江只得答应多喝了两杯。喝完，他拧紧瓶盖说："小叔，一杯也不能喝了，你是长辈，有啥需要帮忙的尽管说，我还听你的话呢！"

赵胜利一言不发，只是微微一笑，一个劲儿地点头。

聊了一阵子，赵月江要走，赵胜利跳下炕送行，并把半瓶酒硬塞进他怀里。

赵月江说什么也不要，赵胜利生气了，说，你还在生我的气？拿上，喝完了到我家取来，要不咱俩一起喝也行。

小婶子说，拿上，水渠的事辛苦你了，我们做长辈的实在不像话。

没办法，赵月江只好拿上回家了。

下午，大路那边停工了，两人直接从赵月江家的门前接上挖了。赵月江也抽空给他们帮帮忙。新河村的人看到了，都在夸他为人厚道，也骂两个当长辈的心眼太多，实在丢人！

赵月江作为村主任带了个好头，不仅第一个挖通了水渠，还在二爸和小叔的事上作了牺牲和让步。人们都说，他是好样的，他履行了村主任的职责，并兼顾了人间的儿女情长，还以大局为重，牺牲个人利益，亲自上阵为那些年迈体弱的家庭帮忙挖渠，为大家排忧解难。他以实际行动诠释着一个村主任的责任和担当，以无私奉献的精神感染着每一个人，在人们眼中，有了这样的村主任带头，何愁办不好事？一片真心换尊重，接下来的工作中，人们积极性越来越高，也越来越配合他的安排。

二姐月霞骂弟弟说，你呀，有力气没地方使，还不如去田里除除草呢！吃着咱家里的，却给别人忙来忙去，他们给你啥好处了？连一口饭都不曾吃上！

赵月江一笑，说："二姐，这都是小事，你说咱缺那一口吃的吗？不缺！虽说我是个村主任，其实就是大家的服务员，哪里有问题哪里去，哪里有困难哪里上，不能做一天和尚撞一天钟，咱不求对得起每一个人，只求问心无愧就好。再说了，咱得对得起人家王望农的一番好心不是？我知道挣不了几个钱，一天净惹人心烦，也不招人待见，可总要有人站出来做吧！再说了，我已经入党了，党员是什么概念你知道吗？刚子说得好，那就是为人民服务！"

月霞摇摇头，不屑地瞪了一眼："就你那点屁大的芝麻官，还谈得上为人民服务？你还是在我面前说说得了，让别人听见不够笑话！我劝你呀，还是多为这个家服务一下吧，再把你和燕飞的事服务好，我和妈就宽心了。"

"姐，你说这话可就不对了，这世上本没有什么伟大的英雄，只有平凡人的挺身而出。虽然我的工作配不上那么悲壮的修辞，但总要有一个人去发一点光、发一些热，为一群人送去一点光亮，如果再有能力，顺便送去一份温暖。若是人人都那么冷漠，世间还哪有什么大爱真情？人活着跟石头一样多没意思？人这一辈子说长也长说短也短，咱不能只看生命的长度，得活得有深度不是？活得有价值有意义不是？共产党员就是这样一群有理想有信仰的人，他们为了全中国的解放事业抛头颅洒热血，才换来了咱今天的幸福生活。和平时期，就是当下，他们一刻也没有停歇，为了老百姓能过上更好的日子，日日夜夜奋战在最艰苦的一线，那都是一群极其平凡的人啊，他们为了啥？还不是为了更多人的幸福？这就是小我与大我的区别，你和我的境界还差得远呢。可我就想成为那样的人，这样，一辈子才不算白活，哪怕仅仅是当个小小的村主任！”

月霞没怎么读过书，即便弟弟说得再多，她也不会理解太深，她只有摇摇头，笑一笑。赵月江能听出来，那是在嘲笑他。

二姐说，你说得再好，上次挖水渠的事还不是被人骗了？你所说的为人民服务，不就是被人哄着多干活吗？

二姐说的是上次二爸和小叔放弃挖渠的事。他淡然一笑，说：“姐，他俩骗我啥了？只是当初想着能不能优化一下方案，尽量提高效率，这没错啊。你也知道，那一段路的确难挖，我也想过放弃，但咱们家就在那里，没法改变啊！虽然我多干了些活，但到头来还不是赢得了别人的夸赞和尊重？总不能咱挖好了，让人家还干那么繁重的体力活吧，怎么说也是咱的长辈，人家笑话咱呢，是人都有做错决定的时候。别计较那么多，人如果计较多了，自己的路将越走越窄，就像你和黄喜文，如果都抓着对方的缺点和过去死死不放，你说这事能成吗？”

“你闭嘴，别拿你的事跟我比较，不在一个层面上！”月霞生气了。

“好，不说了不说了！”赵月江笑了，“姐，我问你，接触这么久了，你俩晚上也聊微信，我问问，觉得人咋样？”

“就不告诉你！”二姐仰起头故意卖关子。

“不说是吧？好，我跟咱妈讨论讨论去。”

“你敢？先等等！等水管拉上了再告诉她。人呢，挺好，挺体贴人，可能是前妻的意外离世对他的打击太大，觉得人生无常，更懂得珍惜吧！”

“那肯定是。其实一个人好与坏大致能看出来，正所谓相由心生，你看黄喜文，面相慈善，说话温和，忠厚老实，是一个值得托付终身的好男人，你好好珍惜吧。”

“知道。上次给咱家挖水渠，哈哈，不会用力，手都磨破了，那得多疼，可人家还是戴了手套继续坚持，为的就是不让我多受累。”说到这里，月霞的脸上露出一丝幸福的微笑。

“哟哟！你真会说，他就干了一点点，你倒心疼上了，我干了七天了，咋没听见你心疼过我一次？”

“笑话！你能和他比吗？给人家拉水还是给咱家？主次不分！”月霞噘着嘴瞪了弟弟一眼。

“好好好！你对，你都对！话说回来，就是那次，让我看清了他的为人，我心里越来越踏实。其实我早问过妈，我说咱家里来的那个黄技术员人怎样？她说挺好啊，精干得很。她又问我人家结婚了没，我骗她说结了，你知道妈啥反应吗？呵呵，她居然有些失望地叹了口气！”

“你啥时候问的？”

“来的那一天就问的。”

“妈真这么说的？”

“骗你是小狗。其实妈已经发现你不正常了，只是说不透原因。前几天晚上她还专门问过我，说你最近有些反常，爱穿衣打扮了，她以为你神经受了刺激，症状才慢慢发作了，哈哈哈！”赵月江大笑起来，他接着说，“你晚上是不是玩手机到深夜？妈说着呢，说你把头蒙在被窝里玩，有时候突然莫名其妙地发笑，她耳朵不好使，也不知道你咋了！”

“是吗？那你咋解释的？”

“我说，家里来客了，王望农叫她注意点形象，收拾一下，给他个面子，也给你弟弟撑撑门面。”

月霞笑着说：“谢谢，还是你脑瓜子反应快。”

“去！答应我一件事。”

“说！”

“好好待人家，尤其是那个五岁的小女孩。”

“知道知道，我最爱小孩子了，黄喜文告诉我了，说贝贝很乖很听话。他曾试探着问过贝贝，说爸爸给你找一个妈妈要不要？贝贝高兴地说，要啊要啊，我可想妈妈了。他嘱咐女儿说，那新妈妈来了你听不听话呀？贝贝说，我一定听话，把她当亲妈一样爱她。”

“所以，你也要把贝贝当亲生女儿一样爱她。”

“知道了。”

“你的事总算有眉目了，我放心了。”赵月江舒了口气。

“对，还有你的事，月江，抓紧点儿，看能不能和李多旺好好沟通一下，兵兵还小，不能没有妈妈，你还年轻，一个人的日子很累，这我深有体会。”

赵月江点点头，说知道了，我们共同努力吧！

一天，赵月江正在午休，突然大门被推开了，他不知道，月霞在玩手机，她出去一看，原来是高东喜老人。

老人是哭着的，声音不是很大，是小声地抽泣。进门他就问：“月霞，月江呢？”

“在屋里睡觉，怎么了高叔？你咋哭了？”月霞很惊讶。

老人拄着拐杖，泪眼婆娑，激动得说不出话来。

“月江，月江！”月霞知道一定出事了，出大事了，她赶紧喊弟弟。

赵月江一下子清醒了，因为姐姐的吼声太大了，他爬起来，透过玻璃窗，看见高东喜正拄着拐杖颤颤巍巍地走上水泥台，月霞在一旁搀扶着。

他揉揉惺忪的睡眼，使劲儿摇了摇头，拍了拍脑袋，赶紧跳下炕穿上鞋子，说时迟那时快，老人已经进屋了。

“高叔，你坐！”他穿的是解放鞋，低下头正系鞋带。

“月江……”到屋里，他哭得更凶了，放声大哭。

“咋了，高叔？”赵月江吓了一跳，“怎么回事？”他把目光转向二姐，鞋带也顾不上系了。

“不知道，刚进门就哭着呢，我还没问清楚呢！”二姐说，她搀着高东喜坐在沙发上。

“月江，你是村主任，我给你说一声，他赵长平这一辈子好不了，我不想活了，我给村里每个人打一声招呼，我快要走了，我真活够了！”老人抹着眼泪，伤心地哭泣。

“叔，你别哭了，有话慢慢说，我替你做主。他赵长平再厉害，总不能把我这个村主任给吃了，不能把这世上的天理给吞了，是不？你慢慢说！”看着老人老泪纵横，赵月江心里很不是滋味，老高一把年纪了，八十多的人了，就算好好过日子，怕是活不了几年了，赵长平还时常跟他干仗，他能不寻死吗？

他撕了一张卫生纸，给高东喜擦了擦眼睛，强忍着微笑安慰道：“叔，你别哭了，你想说啥我大概猜到了，没事，你年纪大了，装作聋子哑巴，忍一忍随他去吧！他一个读过书的人不知道尊老爱幼，我替他害臊！这老话说得好，前院的水不往后院里流，终有一日他会吃亏的，这是天理！”

高东喜一把抓住赵月江的手哭着说：“月江，你是个好娃，你爹走得早，那时候你还小，可能没多少记忆了。那阵子你家里穷，你爸时常叫唤孩子太多拉扯不过来，我告诉他说，娃，别唉声叹气的，日子好着呢，有儿有女的，你多幸福，这是老天爷的恩赐，你要珍惜，好好抚养儿女。我给你爸讲了好多道理，我说过去那么艰难咱都挺过来了，后来改革开放了，总比那阵子强多了，我叫你爸想开些，好好做活，一定要把你们几个娃拉扯大，你爸人还是坚强，不过我也没少帮过你们，如今长这么大了，还当了村主任，多懂事的娃呀！”

“知道知道，我听我妈时常提起你呢，说你是个好心人，为人仗义，帮助穷人，我二爸就一直念叨你的好呢，谢谢你高叔。那些年要不是你接济一下家里，恐怕没有今天的我，还有我爸，要不是你好好开导他，可能我们早饿死了！”赵月江拍着老人的手边笑边说。

“可惜啊，最终没能留住你爸，他太固执！嘿，不提那些事了，叫人伤心。月江，我今天上来没别的，就是随便跟你拉拉家常，可能过不了多久我就要走了，我不想活了，我活得够够的了。这几日一直梦见我儿招弟给我捎话，说他想我了，孩子啊，我也想他了，我就那么一个独生子。”高东喜一直在哭，任凭赵月江怎么劝说都无济于事。赵月江明白，老人一定是伤透心了，不然不会这么哭的。

“叔，要不这样，我叫几个年长有威望的人去你家一趟，跟长平讲讲道理？”

老人连连摇摇头，擦了一下眼泪说：“不了不了，随他去吧！长平这几日对我拳打脚踢，你看我的胳膊、腿上。”说着，高东喜挽起袖子、裤腿，赵月江看到，的确，青一块紫一块。

“叔，你别说了，这事我管定了，我待会下来一趟，看他赵长平到底有多大能耐！你先回去好好歇着，别有什么想法，就当他是空气，别理会他。”赵月江气得咬牙切齿。

“不麻烦你了，不管赵长平改不改无所谓了，我真不想活了，八十多的人了，活得太久了，我想我的招弟了，招弟啊……”高东喜伤心欲绝，哭得让人心里绝望。

“月霞，你先看着高叔，我出去一趟。”赵月江打算叫几个人给赵长平讲讲理去。

这时，高东喜站起来，哭声戛然而止，他擦干眼泪，强作欢颜地摆摆手说：“好了月江，我就是跟你坐坐，说说没用的话，打搅你了，你别介意，我走了，要回去了。”

说着老人站起来拄着拐杖要走，赵月江劝他等一等，说我叫俩人咱一起下去好不？高东喜坚决不同意，没辙，赵月江只好搀扶着他出了门。老人不要他送，说他好好的，你赶紧回去吧！赵月江无奈，只得目送他远去。

走了几步路，高东喜回头给他说了一句话：“月江，你是乖娃，别怕吃亏，凭良心做事，老天爷能看得见！”说罢他转身走了。望着他远去的背影，那么苍凉绝望，让赵月江突然觉得，他消失在拐角处的那一刻，似乎是走到了人间的尽头，去了另一个世界，这辈子，怕是再也见不到了，看他的样子，是来跟世人告别的。

老人走了，赵月江心里久久不能平静，虽说他是村主任，但别人的家务事，他一个外人没资格插手，若是上升到伦理道德层面，别说他了，新河村任何一个有良知的人都可以找他评评理吧！

思想挣扎了一番，最终，他找了村里几个有威望的人，有老人也有年轻人，二爸就在其中——他曾经是老高最关照的对象之一。他们几人去了赵长平家说理，其实是好言劝说，叫一家人和睦相处，不要再瞎折腾了，若是高老爷子真的因为此而做了傻事，对后辈来说名声可就臭到家了。

到了家门口，赵长平正在挖水沟，见人来，他一下子猜出了他们的目的，无外乎是来给他说好话的，也罢，新河村人都觉得是我的错成了吧！行，来吧，我看你们有多少大道理要讲。

他还是假装糊涂，故意装作很开心的样子跟大家开玩笑，说：“你们都挖完了？呵呵，我知道挖完了，这不给我帮忙挖来了？好事，走，咱屋里先坐坐，吃点喝点了再挖，实在累死人了。”

“对，我们是来帮你家解决问题的，走，咱屋里去。”赵月江先开口了。

“好事啊，那谢谢月江了，走！”

几人朝屋里走去，到了大门前，只见高东喜老人正蹲在门口的一块大石头旁边，闭着眼睛像是思考着什么。那苍老的样子让人一看心生凄凉，他就像个活死人，一动不动地待在那里，要不是呼吸时身子微微一动，让人误以为他已经走了。

“高哥！起来，进屋。”二爸上前拍了拍他的肩膀，老人好像真的睡着了，他微睁眼睛一看，怎么这么多人？但看见赵月江也在，他瞬间明白了。

“月江，你……”老人有些不情愿地举了举手。

“进屋吧高叔！”赵月江也过去，从另一边扶起他。

“娃儿，你不要管！”他说，表情很复杂，像是害怕，又像是生气。

进了屋，众人坐下。

赵长平叫女人端了些馍馍，女人进来一笑，说：“长平说你们是来帮忙挖渠的？好事啊！”

“对，我们是来帮忙的。”赵月江笑着说。

“好像不是吧，你来我信呢，这几个年纪大的……”话还没有说完，赵长平就打断女人的话，说你先挖去，我们抽根烟就过来。

女人走了，去田里锄草了。

“说吧，我听着呢！”赵长平已经说透了，他知道这些人是来给他讲道理的。他给来人都发了烟，并一一点上。

“痛快！那我就不绕弯子了，先说两句。”赵月江刚站起来，这时高东喜摆摆手，闭着眼摇摇头，眼泪已经控制不住了。

“长平，按辈分呢，你得叫我一声叔，不过那都是虚的。年龄上呢，你却比我大好多，所以，怎么说我都没你资格老。那我今天就以新河村村主任的身份跟你说道几句，错误之处你别见怪，咱都是为了你一家好，出发点就是这样，你千万别误会，好不？”

赵长平假装没事一样轻轻一笑，说：“好，我今天就叫你一声小叔，加上村主任的身份，我更得听你唠叨两句了。你们这么忙跑过来，为了我家的事，我感谢你们，惭愧啊！”

“咱不说那些客套话了，开门见山吧，你现在对你爷爷有什么意见？这么闹下去你觉得像话吗？”赵月江的话里没有掺杂任何情绪，只是心平气和地跟他讲道理。

赵长平连着抽了几口烟，像是在组织语言，片刻后他才说：“我没什么意见，一切都是我的错，这多少年的老毛病了，我慢慢改吧！”

“长平，听过一句话没，前院的水不往后院里流，说的啥意思你应该懂，你现在也是两个孩子的父亲了，这么下去恐怕对你也不好吧！你是念过书的，这点道理能想得明白。”

赵长平点了点头，说：“懂！”

“其实你不是一个胡搅蛮缠的人，你脑瓜子挺聪明，没经过专业培训，通过自学给家里铺地板砖，铺得多好，还有盖的牲口圈，新河村人哪个没夸你的能耐？长平，人这一辈子忙忙碌碌为了啥？为了一口吃喝，为了传宗接代，把儿女抚养成人，那时候你也老了，也期望将来子孙满堂、老有所依。可你看看今天，你爷爷的期望在哪里，实现了吗？你不觉得他的今天就是你的明天吗？走好路带好头，你所做的一切并不是为了高叔，到头来还是为了你，包括你的子子孙孙，你细细想想，是不是这个理？”

“我也知道，你和你爷爷的仇恨起源于什么，嘿，都过去了，多少年的事了，你抓着两个不同的汉字较劲有啥意思？‘高’咋了，‘赵’又咋了？高有高俅，赵还有赵匡胤呢！人啊，是靠奋斗站起来的，不是靠那些看不见摸不着的东西撑起来的，你是读过书的，你要让自己清醒过来，抛掉执念，好好做人。其实最好的风水就隐藏在你的一言一行里，你做好了孩子也跟着学好了，你付出了爱，家人也会反馈给你爱，世世代代传下去就成了家风，人作古了，说的德范长存不就是这个意思？你作为一个男子汉，应该能容下一切啊，是不？你看你心里充满阴霾，即便阳光明媚也照不进你的内心，你这是向光生长吗？你不觉得痛苦吗？你能感知亲情的温暖吗？长平，你的心魔太重了，你要放下，学会自渡啊！”有些话是赵月江在手机上学的，虽说他没读过多少书，但学习能力还强着呢！

赵长平微微一笑，只是点点头，不说话。

二爸开口了，说："长平，先不论辈分这事，单从年龄上讲，我总比你多活了些年吧，虽然没读过书，但人世间的一些道理多少略懂一二。你也听见了，月江年龄这么小能说出这样的话，反正我很佩服，你应该听两句，对你没坏处的。"

赵长平点点头，还是不说话。

"你爷爷是个热心肠的人，你应该从村里人嘴里听说过。我再啰唆两句，那时候我家里很穷，穷得几乎揭不开锅盖了，就在最困难的时候，你爷爷背了一升杂粮面给我放下，说你是大人少吃一点，叫孩子多吃上些，娃还小，正是长身体的时候，若是营养赶不上，可能这辈子就毁了。我听了你爷爷的话，把面尽量存着吃，可没过两天，你爷又上来了，背着一升杨麦面，说你们大人也填补着多吃点，大人没力气了，扔下孩子谁来管？"说到这里，二爸摸了一下眼睛，他看了一眼高东喜，含着泪笑了。高东喜不说话，使劲儿摇摇头再摆摆手，可能对于那段往事，他不想再提起，那时候的日子实在太艰难了。

"你爷爷是多面手，不但心地善良，还什么都会做。你可能不知道，我家的那些粪筐都是我编的，我想说的，那手艺是你爷爷教会我的。还有，收麦子的时候，家里连一根背麦子的绳子都没有，嘿，你爷爷知道后，就拿他捻的麻线用鞭子甩着转圈的方式，愣是一根一根一点一点给我打了一根新绳，很牢靠；还有我家牛耕地的那一套用具，也是你爷爷亲手给我制作的……"说到这里，二爸已经哽咽了，泪水情不自禁涌出眼眶。

赵长平不说话，低着头沉默着，看表情，他的良心应该是翻了个身吧！

"胜忠，不说过去的事了，谁家没个困难？不说了，现在好日子来了，不说那些了……"高东喜老人闭着眼，有气无力地说。

"不说了高哥，不说了，都过去了，不管怎样，只要我还有一口气，我心里会一直惦念着您的好，两个孩子我也时常跟他们提起呢！"二爸补充道。

"长平，你看看我，以前是不是混混？嘿，村里人根本瞧不起我，把我当二流子看待，加上女人燕飞这几年不着家，唉，我过的那叫什么日子，想死的心早有了。可是死有那么容易吗？堂堂七尺男儿一死了之，岂不是懦夫的表现？后来，王望农拉了我一把，我当了村主任，这一年多，在他的谆谆教诲下，我的思想观念慢慢转变了，如今，虽说没挣下多少钱，但在这个岗位上我明白了一些道理，人，活着要有价值、有意义。可能你会问：什么样才算有价值有意义？我的答案是，在力所能及的范围内，尽量帮助新河村更多的人，为他们排忧解难，怎么做？很简单，就做一些平凡的事，你看现在，村里人还算尊重我吧，也看得起我，虽然我付出了很多，并没有转化为金钱或物质，但能得到大家的认可和赞扬，我觉得这比金钱更难得！人活一辈子，到头来有几个被人记住的，时常挂在嘴边的？少，而我就一直想成为那样的人，你呢，长平？你不该从我身上汲取一点力量吗？”

赵长平点点头不说话，只是长长地叹了口气。

“其实，人的命运就掌握在自己手中，看你要不要改了。人的活法有很多种，人的职业有贵贱之分，人被分成三六九等，这一切都不要紧，关键是要成为一个什么样的人！我想，没人不想活成让自己喜欢的人。其次，再活成让别人喜欢的人，甚至是受尊重的人。话说回来，这喜欢和尊重不是别人施舍的，是自己争取来的。长平，活成一束光吧，学着照亮他人，终有一天你会发现，再平凡的人也有他们人生中的高光时刻。

“眼下，你这种自甘堕落的样子，其实和刚子诅咒赵海平的原因如出一辙，都是无能的表现，是懦夫的想法，说白了就是无中生有，转嫁痛苦，寻求自我安慰，对不？”

赵月江说完，二爸接着说，几个跟随的老年人和年轻人也讲了一堆大道理。始终，赵长平没有多说话，偶尔叹叹气，一会儿点点头，要不就一个劲儿地抽烟。

说了好一阵子，高东喜老人可能心疼孙子，就站起来叫大家不要说了。他说，长平娃乖着呢，就是脾气不好，总的说来对我好着呢，你们都回吧，别为难娃了。

众人笑了，赵长平也忍不住笑了。

“长平，记住了没？以后不能那样了，有罪呢！你看看你爷爷多偏袒你，你们那样闹，他还知道护犊子，看来我们不该来啊！哈哈哈！”二爸开玩笑说。

“合适着呢，你们都说得很对，我记住了，这些年来，没一个人能上门跟我说这些好话，感谢！”说着，他看了一眼爷爷，“对不起！”他说得很模糊，声音压得很低，但人们都看到了也听清了，嘴上不再说什么，心里却高兴得很，觉得磨了半天嘴皮子，工夫总算没有白费。

下午半天，赵月江叫了几个人，说明了用意，人们一听是为了高老爷子少受点罪，二话不说，扛起铁锹就走，说这个忙一定要帮，几人下去帮他家挖了半天水渠，赵长平感激不尽。

这之后的几天里，赵长平家终于安静下来了，下庄的人再也没听见这爷孙俩干过仗。这是好事，赵月江心里总算踏实了一些。看来这赵长平不是那种无可救药的顽固分子，还算是个明事理的人。加油吧，期待你以后的表现。

第九章　爱河

花了整整十八天时间，新河村所有的管网渠道终于挖好了，这是一件值得庆贺的大喜事。从这以后，新河村饮水工程最艰苦的一个环节终于告一段落。

扔下铁锹，人们松了口气，回头看看纵横交错的水渠，在夕阳的辉映下，显得格外壮观。似乎是为了寻找一件丢失了的宝贝，因为不知其具体位置，不得已才耗费这么大的力气挖了这么多的沟，可到头来什么也没挖到，倒是找到了新河村的魂。不久的将来，自来水通了，在一米多深的地底下日夜奔流，那是时代发展的脉搏，那是新河村的血脉，那是新河村人强劲的心跳，大地听到了，万物听到了，祖先的坟冢也听到了。细水长流，却带着滔滔江水的呼唤，生生不息，这很像新河村的祖祖辈辈，在这片贫瘠偏远的黄土地上，一代代繁衍生息，一代代坚强地活着；上善若水，它不仅养育了这里的人们，还教会他们做人的道理：活着，平淡如水；活着，从善如流。

水渠挖完后，赵月江给王望农打了电话。他说，书记，我们村的工作全部结束了，如果有时间，请你们过来检查指导一下。王望农说，知道了，各村的进度我一直跟南庆仁汇报呢，这两天他也提这事了，说新河村的工作应该是最先完成的，他想看看去。当然还有别的村子比你们更早完成，可在工程量上没法比，新河村是大村子，其他提前完成的才是十几户的小村子，自然不能相提并论。

两天后，南庆仁、王望农、黄喜文三人来到新河村，他们是来检查工作的。来时，已经十点多了，那天天晴得很好，阳光明媚，天上飘着些许白云，那云彩像一大团白色的飞絮，轻飘飘的，干净得很，似乎是从秀美的江南刚刚被风捎过来的。

从山顶上一路走下来，南庆仁几人看得一清二楚，眼前，纵横交错的水渠，挖得整整齐齐，似乎每一段都是用尺子量过的，很标准，沟底平整，干干净净。看着这样的场景，南庆仁嘴角露出了满意的笑，他笑着说："新河村人是什么样的性格，从这一段水渠里就能看得出来，他们淳朴善良、为人正直、热爱生活！"

"是啊，新河村人的确不错，庄风也好，热情好客，吃苦耐劳。一进村，看看这水渠，看看门前庭院，看看家家户户门匾上的那三个字'耕读第'，就能感觉到他们的那份文化基因，是多么的淳朴和深厚啊！"

"可不是嘛！耕读传家，老先人总结得多好，时时刻刻提醒后人要一边种地一边读书，读书能做官，种地能养家，这种深厚的文化基因，从祖祖辈辈的血液里一直流淌到了现在，生生不息，让人肃然起敬！"南庆仁停下来，双手背在身后，举目远眺，他在看新河村的山头，"山头平缓，视野开阔，是个人杰地灵的好地方！"

"这以后通上水了，啥都方便，我都想搬到这里住了！"王望农笑着说。

"就是这路不好走，坑坑洼洼的，估计山路更不行！"

"唉，谁说不是呢？外地来的人都在抱怨咱这里的路，说龙窑乡的大路坑坑洼洼，大坑大洼。大到什么程度了？我坐车的时候，有人就这么比喻过，说这坑里卧一头老黄牛都看不见，可想而知山里的路也好不到哪里去。还好，每年麦子收割完，村里会组织大家修一下路，坡陡坑大，难走得很，拉一车麦子吓破胆了。有时候上山，车头前面要站一两个人，坡陡啊，害怕车头翘起来，危险得很！即便这样，他们还是照样这么做，没办法，总比人工一担一担往回挑强多了。"

"是啊，这路啥时候硬化了就好了，农民种地也方便了，关键是安全了。"南庆仁说着叹了口气。

"会有那么一天的。现在国家政策好了，民生工程越来越多，眼下是解决吃水问题，下一步就是硬化路面。我听说有的村已经硬化了，估计咱们这边也快了。书上说，要想富先修路。看来这路从某种程度上讲，那就是经济命脉啊！"

"可不是嘛，快了，应该快了，这山里人干活动不动就是三轮车，路不好走容易出事故，是得考虑这件大事了。"南庆仁说。

三人边走边聊，快到曹莲花家时，王望农特意留意了一下，他眼睛一直往沟渠里打量。南庆仁问：“你在看什么？”

“大概就这附近，上次下了大暴雨，月江说曹莲花家的庄背后渗水了。”

“噢，对了，具体在哪里？”南庆仁俯下身仔细观察。

“月江说他们已经处理过了，应该能看见痕迹，估计在前面呢。”王望农站在路边的地埂子上看了一眼，离曹莲花家近了，估计就在脚下，他跳下来，往前走了几步，果然修补过的痕迹很明显，他喊，“在这里呢！”

南庆仁两步走到跟前，蹲下来，仔细观察了一下，慢慢笑了：“这赵月江真是神了，你说他咋知道这里会渗水呢？呵呵，这小子真有一手，这次呀，他可是立了大功了，不然，你说曹莲花家的房子要是出一点问题，再搞不好连人压在里面，你说咱俩能脱得了干系吗？今天去了要好好感谢一下这小子，不错，有前途！”

“脑瓜子聪明着呢，就是读书少，不过这娃学习能力强，在手机上学了好多东西，有时候闲谈我都听不懂人家在说什么，有时候说出的观点让人惊讶：这是一个小学没毕业的人说出的话吗？思想有点超前，其实是他用心学习了，这一点我得向人家看齐。”王望农笑着说。

“还是王书记有眼光，慧眼识人，赵月江算是没给你丢脸吧？哈哈！”

“哪能呢？是个好苗子，思想上进，态度端正，积极向党组织靠拢，时刻要求进步，我看以后啊，我的饭碗快要被他抢去了，哈哈哈！”

“难道这就是教会徒弟，饿死师傅吗？呵呵，多一个这样的人，是老百姓之福气啊！”南庆仁笑着说。

“开玩笑呢！我何尝不希望这小子将来能出人头地，给我那故去的老兄争一口气呢？”

站起来，再往下走，南庆仁看见顺着大路有人挖了一段沟渠，他很诧异，问王望农说：“你不是说全部挖完了吗，怎么这边还有一段呢？”

王望农一笑，说：“这你问黄技术员吧，他清楚！”

南庆仁一脸纳闷，转过头问黄喜文：“黄技术员，咋回事？难不成你把路线规划错了？沿路下去好像再没有人家了吧！”

黄喜文忍不住一笑，摇摇头说：“这事你下去了问赵月江，他清楚得很。”

“你说吧，我现在就想知道，怎么搞的，人明明集中在这头，咋会往那边规划路线呢？这不瞎整吗！”南庆仁往下多走了几步，“开玩笑呢，把好好的大路挖坏了，这一条线到底要通往哪里去？”

黄喜文把事情的原委一五一十地告诉了南庆仁，听罢，南庆仁看了一眼王望农，说：“真有这回事？嘿呀，这月江真是厉害，有毅力，这事他做得对，他那俩叔就不成，活老了还不如一个小孩子！你咋不挖通呢，你好意思坐享其成？要是我呀，为了这张老脸也得咬着牙挖下去，反正是自己选的路，爬也要爬回去，不嫌丢人！就那一段路，坚持一下不就完了？顺着大路绕一圈子，亏他能想得出来，还是做生意的人，笑话！”

下来，经过赵月江家庄背后，南庆仁一眼就看出了这段土质的不同，他说：“应该就是这段路吧？红砂土质，里面有石头沙子，那自然难挖了！这小子真牛啊，愣是把这块难啃的骨头啃完了，咱做工作就要有这种吃苦耐劳的精神和做事的耐力，好样儿的！”

走到门前，王望农指着前面的大门说：“这就是赵月江家。”南庆仁看了一眼，又看见门前一段向下延伸的沟渠，问道：“他叔就是从人家门前接上去的？”

“是，就是下边那两户。”王望农用手指了指。

“嘿！也好意思，这些人，谁知道在玩什么心眼呢，都老了当长辈的，真不应该！”

正说着，月霞出来了，她听见门外有人在说话，出来一看，原来是王望农他们。“叔，你们刚来吗？赶紧进来！”她笑着问候了一声，同时喊了一声弟弟，“月江！”

赵月江正和刚子喝茶聊天，那阵子刚子给家里维修了一下旋耕机。赵月江听见姐姐在喊，声音像是很着急，出门一看，天哪，原来是南庆仁来了，后面跟着王望农和黄喜文。他赶紧回头跟刚子嘱咐了一下：“赶紧收拾下，干部来了！”

他出门，两步跨到院子里，上前紧紧握住南庆仁的手说：“南主任，你们刚来的？”他看了一眼王望农，眼里透着一丝抱怨，“叔，你咋不通知一声？”

“你瞧我，还没想起这事，不要紧，都是熟人，别客气！”王望农笑着说。

三人进了堂屋，刚子已经把茶几收拾整齐了，见来人是南庆仁，他赶紧站起来走过去，伸出双手。南庆仁认出了刚子，他一笑也伸出手，两人紧紧握在一起。

“刚子也在啊，哈哈，晒黑了，看来这几天挖渠辛苦了。”南庆仁笑着说。

“还好，上面政策好，心情好，干活咋会累！”刚子流利地说。

“嘿哟！刚子这思想，我就说嘛，读过高中的人，看得开。赶紧坐！”说着，南庆仁掏出烟盒，给刚子还有其他人发了烟。刚子连忙掏出打火机给众人点上。

“坐，都坐，走了一程路辛苦了，来，咱喝茶！”说着，赵月江重新加了茶叶，“王叔不知道通知我一声，你瞧这家里乱的，嘿，跟猪窝一样，你们别笑话啊！”

“我们是来看工作的，又不是检查你家卫生的。”王望农说。

几人哈哈笑起来。

这时，赵月江掀开门帘，喊姐姐端些馍馍来。黄喜文走过来说，我去端！还没等赵月江拦住他，人已经两步跨出门槛了。王望农看在眼里，忍不住笑了，说：“月江，叫他去吧，虽说他是县里派过来的大技术员，但在你家里，他就是个服务员，是不？哈哈哈！”

“哈哈，这话我赞成，让他去吧，这以后啊，他得好好跑路，技术员什么的，在这里不好使！”南庆仁笑着说。

赵月江一愣，搔搔头盯着王望农一脸疑惑：“这事……南主任知道了？”

“早告诉他了。怎么说和你姐也算是半个老乡呢，早前是一个村的嘛，是不，南主任？”

“是啊，其实我一直关注月霞的事呢，我们村的人提起你姐，都是一阵叹息，如果他们知道你姐今天找了黄技术员，心里一定替她感到高兴呢！唉，多好的一个姑娘，本应该是我们南家人的儿媳妇啊，你瞧今天，一转眼成了黄家人的媳妇，你说气人不？”

“哈哈哈！”几人被逗笑了。

“这黄喜文人不错，憨厚老实，吃苦能干，好着呢月江，你姐也是个重情重义的人，他俩喜结连理，不敢说天仙配，但一定能幸福。”

“借南主任吉言，但愿他们白头偕老，恩恩爱爱，二姐能有个好的归宿，我这辈子也心安了。毕竟这个家对她有亏，一天书没读过，一场换头亲还搞得那样狼狈，这也怨我，要不是我妈为了我能娶上媳妇……”

话还没说完，刚子用手指捅了一下赵月江，说：“客人来了不知道招呼喝茶，净说你的那些陈芝麻烂谷子！现在不是挺好的吗，人家黄技术员都当服务员了，还提那过去的事儿？”

几人哈哈大笑，南庆仁说：“刚子说得对呢，往前看，过去的就让它过去吧，来，咱喝茶，走了一程路我还真有点口渴了。”南庆仁走过来坐在沙发上，他看了一眼茶罐，笑着说：“这茶看着很香啊，里面什么都有，枸杞、桂圆、葡萄干，还有核桃，嘿呀，这月江真会享受，上好的养生茶嘛，来，王书记，咱俩喝一罐，人多了喝起来香。”

王望农一听茶罐里放了这么多东西，赶紧走过来，坐下，笑着说：“还好南主任没吃独食，这么好喝的茶，换作谁都想占点便宜吧！”

赵月江说：“我平日也没这么喝，这不前两天我给王书记打电话，问你们啥时候下来检查工作？书记说过两天，昨天正好逢集，我就去街上买了点儿，不然太寒酸，没法喝不是？”

“哎呀！月江，让你费心了，我是开玩笑的，说实话，只要你们把工作做好了，就算喝你家一口白开水我都高兴，茶不茶的无所谓，反正到时候喝白开水。”

“哈哈，那南主任刚一路下来，你看新河村的工作到底做得咋样？请你批评指正。”赵月江说。

“谈不上指正！你们做得比我预期的要好，感谢你，月江！”

“言重了领导，你咋能说感谢呢？这是我们应该做的，为自己家谋福利，谁会糊涂到坑害自己呢？”

“我路上给王书记说过了，我说新河村的工作做得真不错，我下去一定要对赵月江说一声感谢，是不王书记？”

王望农点点头：“不管是村里人觉悟高，还是你这个村主任领导得好，总之在南主任管辖的范围内，你们做好了，他脸上也光彩啊！这一声感谢，其实是对你们工作的肯定，也是对上面政策的支持感到欣慰。”

正说着，黄喜文端着馍馍进来了，南主任开玩笑说：“今天叫了你一路的黄技术员，这会在月江家我就斗胆一回，叫你一声服务员，你没啥意见吧，新女婿？哈哈哈！”

几人都笑了，黄喜文也笑了，说："嘿！在月江家，我有自知之明，别说叫我服务员，叫我小黄都答应呢！有啥事各位领导随时吩咐，我马上去办！"

又是一阵大笑，王望农调侃他说："你小子，端个馍馍这么磨蹭，不知道在厨房干啥呢？你说，你到底在干啥呢？"

黄喜文脸上掠过一丝红晕，他笑着说："没有，我等馍馍呢！月霞见你们来了，就特意烙了两张油饼，锅刚烧热，自然很慢了。"

"是吗？这发面得需要半天时间吧，能来得及？"王望农质疑道。

"面早发好了，原本打算中午蒸馒头的。"赵月江解释说。

"哦，是这样啊，那就原谅你了小黄。"王望农还在逗他，几人听着都笑了。

南庆仁尝了一口饼子，点点头说味道不错，他盯着黄喜文笑着说："小黄啊，你以后有福气，这饼子真好吃，你尝过了没？"

"还没呢！月霞叫我端过去让你们先吃。"

"哈哈哈！"南庆仁笑得前仰后合。黄喜文丈二和尚摸不着头脑：这笑什么？月霞还不是为你们好？

南庆仁笑罢，说："对，以后就要多听媳妇的话，不然日子不好过啊，连个饼子都不让吃，我们这待遇真不错！月霞还准备了啥，你都端过来我们先吃。"

黄喜文笑了，说："好，我看看去，做好了马上给你们端过来。"这时，赵月江说："黄哥，你来，你坐下休息会儿，我去忙，这不合适。"刚子也说叫黄喜文别跑了，他去帮忙。

南庆仁不同意。"你俩就别瞎掺和了！最近小黄到处跑，来一趟新河村容易吗？你以为他是来检查工作的。"南庆仁看了黄喜文一眼，笑着说，"你看啥？伺候我们不服气啊？赶紧过去，看做了啥都端过来！"

王望农也跟着掺和，反正今天你在月江家就别想消停，他俩不能去，就你去，你服务是应该的。

黄喜文哈哈大笑，点点头说："好，好！我去，我愿意，我干了这么多年工作，走了多少地方，还没被人这么使唤过！可是今天，我认栽了，我服气！你们好好坐着，我给咱跑腿。"说罢，黄喜文转身出门了。

南庆仁对赵月江说："我俩开玩笑的，你俩不用管，让他多陪陪月霞，毕竟最近忙，没工夫经常跑啊！咱都是过来人，有啥不明白？月江，你是东家，但今天你要听我的，啥都别管，黄技术员心里比谁都明白。”

“知道知道，我也看出来了，行，今天咱就好好享受一回黄技术员的服务！哈哈哈！”赵月江笑得很开心。

几人边喝边聊，黄喜文在厨房里跑腿。

南庆仁和刚子聊了几句：“刚子，你家里都还好吧？老母亲身体咋样？”刚子说一切都好。

“我听说你和月江关系不错，是要好的哥们？”

“嗯，还好，我俩经常打打骂骂，但从没红过脸。”

“其实毫不夸张地说，刚子是我的左膀右臂。村里有大任务的时候，我总会把他喊上，我俩一起去，效率极高，刚子能说会道，群众缘极好呢！”赵月江说。

“你说说，你哪来那么好的人缘呢？我们做干部的，唉，经常被人骂，想方设法满足大家，可到头来还是吃力不讨好！”

当然南庆仁是随便一说，可在赵月江听来，似乎对刚子有含沙射影之意。可能是他过敏了，他赶紧接过话头说：“刚子很聪明，其实论辈分，我还得喊他一声叔呢，嘿，叫习惯了，没管过这些礼节。他手巧得很，会修机械电器，村里人经常叫他帮忙呢，这不今天给我帮忙维修旋耕机，发动不起来了，只要他一出手，十个坏的九个好，还是免费的，所以，久而久之，他就有了这么好的群众缘嘛！”

“哦，不错！我想起两句话来：为人民服务，无私奉献。从刚子身上，咱们做干部的，就要受到一点启发呢，那就是业务要熟练，心里要装着老百姓，时时刻刻为他们排忧解难，久而久之，群众缘不就来了？”

刚子一笑，说：“嘿，都是举手之劳，我身上没什么亮点。”

“刚子，这就是你的亮点，人活着的价值就是被需要，你瞧你，维修一把好手，人们有困难了第一个想到的是你，当你给他们排忧解难了，他们高兴，你心里不也美滋滋的？做工作也是这样，做不好老百姓骂你没本事，做好了自然有人夸你，群众的眼睛是雪亮的。”南庆仁接着说。

“所以，我沾了我叔的光了，只要他在，做起工作来得心应手。”赵月江说。

刚子瞪了一眼，说：“叫我刚子，你别在人前装好了，长这么大喊过我几次叔？”

话音刚落，几人哈哈大笑。王望农说，月江，关系好归关系好，但礼节不能乱了。

刚子一笑，说：“没事书记，我俩叫啥都行！有时候他还喊我钢蛋呢，就这我都没生气。”

又是一阵大笑。

几人边喝边聊。一会后，黄喜文抱着炕桌进来了，他说饭快熟了，都上炕吧！

南庆仁拍拍肚子说：“吃饭？我一点儿都不饿，月霞怎么还做上饭了？我喝茶吃了些馍馍，饱饱的，坐会儿就要走呢，还有其他村的工作呢！”

刚说完，赵月江忽地站起来，对王望农说：“王书记，今天南主任不吃饭，那就是你的责任。”

王望农一愣：“这话咋说？”

“上次你带着黄技术员在我家里吃饭了，为什么南主任就不吃？不拿群众一针一线，不是这么做的吧？肯定是你教他的，反正我怪在你头上，你看着办！”

王望农看了一眼南庆仁，一笑，说：“月江这话……南主任，上炕，好歹做个样子，你瞧都成我的不是了，我跟谁说理去？”

赵月江一屁股坐在门槛上，说：“今天要是不吃这顿饭，别想从这个门出去。刚子，你是我老叔，你说哪有饭熟了就要走的道理，肯定嫌弃咱的饭不好吃呗，是不？”

刚子点点头，说：“那肯定是！”说完，刚子也走过来，坐在门槛上抽起烟来。

一看这阵势，王望农忍不住笑了，说：“南主任，你看着办吧！”

“嘿呀！你们俩……”南庆仁掐灭了烟头，忽地站起来，“好，好！我吃，我吃还不行吗？哎呀，老乡热情的呀，让人想掉眼泪！赶紧起来，别挡着路，黄技术员还端饭呢！哈哈哈！”

“你先上炕，上去了我俩就起来。”刚子说。

“成！成！我上炕，王书记，你也上去！”

“我已经等不及了，你先上领导！”王望农故意开玩笑说。

两人上炕了，刚子和月江站起来，黄喜文已经端着辣椒面和醋进门了。

月霞炒了几个菜，这次菜式比较多，昨天赵月江在街上准备了些。

不一会儿，六个菜上齐了，这时黄喜文提过来一个包，掏出来两瓶酒。王望农一笑，说："是酒啊，我看你提了一路，还以为是给月霞准备的什么礼物呢！"

"上次不是答应过月江的，这次回家就顺便带了两瓶，太多不好带。"黄喜文说。

"我有没？"王望农笑着说。

"下次，下次带，这一段时间忙，跑来跑去不方便。"

"我可等着呢！"

"成，没问题！"

南庆仁见酒上桌了，他连忙摆摆手说，今天不喝酒，我本来酒量不行，身体也不允许，不能多喝，你们喝，王书记就少喝点，咱俩还得跑路呢！王望农点点头说，我知道南主任，这次就没想着喝酒，天气这么热，喝多了难受。

赵月江不同意了，说什么要让他俩喝几杯。王望农一脸严肃地劝他说："月江，这次你就别劝了，有工作在身，可不能耽误，喝酒的机会多着呢，等下次铺水管了再看。反正你别急，这项工程搞完了，我会主动上门找你喝两杯的，一来庆祝一下咱们吃水工程圆满结束，二来，这二来嘛……"他看了一眼黄喜文。"二来，我想喝你俩的定亲酒呢！到时候谁要是把我给忘了，我跟他没完，你们先记好了！"王望农认真地说。

"哈哈哈，你放心叔，就算月江忘了，我黄喜文一定不会忘了的，这门亲事你是媒人，也算是半个岳父，这玩笑可不能开！"

"好，你知道就好。行，你们尽快吧，到时候我喝你俩的喜酒，到那一天，我怕是又要醉一回了。"

酒已经打开了，黄喜文说，咱今天只喝一杯怎么样？这一杯酒呢，只为庆祝新河村挖渠工作圆满结束，好不好？这主意南庆仁第一个同意，说："好，倒上，这一杯我必须喝。"

黄喜文倒上酒，大家举起杯，碰了一下。南庆仁说："月江，后面还有水管填埋工作呢，希望你尽心尽责，再接再厉，我在此呢，感谢你们对……"话还没说完，赵月江摆摆手说："喝酒，都在酒里呢，干！"

几人再次碰杯一饮而尽。

接着，黄喜文又准备倒酒，南庆仁赶紧劝阻，说：“不是说好的就一杯吗？我真不喝了！”他已经把酒杯倒扣下了。

“这第二杯呢，你们随意，我的意思呢，今天大家都在，我想说一句话。我喜欢月霞，她纯朴善良，重情重义，过一些日子，我会向她好好求婚的，所以这第二杯酒呢，就是希望你们见证一下我今天说过的话。”一听这话，南庆仁憋不住笑了。“你早说！这一杯不能喝也得喝，行，咱干一杯，我祝你俩……”他突然想起月霞怎么不在，“去，你把月霞叫过来。”

黄喜文刚要推辞，王望农已经朝窗外喊了一声：“月霞——月霞！”

月霞听见了，站在门口回话：“咋了王叔！”

“你过来一下。”

月霞过来了。

“黄技术员，你把刚才的话再说一遍！”王望农说。

月霞一愣，一眼盯着黄喜文，以为他说错什么话了，惹王望农生气了。

“啥话？”她问。

黄喜文转过身子，正对着月霞，他酝酿了片刻，说：“月霞，我刚才给他们说，我喜欢你，你善良淳朴，重情重义，我会爱你一辈子！”刚说完，几人鼓掌，月霞盯着他看了半晌，眼泪情不自禁滑下脸颊。黄喜文帮她擦去，说：“人都在呢，别哭！”

“那是幸福的泪，祝福你们！”南庆仁第一个举起酒杯，“干！到时候一定记得通知我，我和王书记一起来，好好喝两杯你俩的喜酒！”说罢，众人碰杯。刚要喝酒，这时南庆仁突然喊了一声“停”。

“咋了？”赵月江问。

“黄技术员，给月霞倒上一杯，你甭给我说她不能喝，今天这酒不喝不行，快！”南庆仁盯着黄喜文说。

“成，成！我喝一个！”月霞擦了一把眼泪说。

酒满上，几人碰杯，一起祝福幸福美满！罢了，大家仰起头一饮而尽。

喝完，黄喜文再没有倒酒，他说，我不喝了，还有工作呢！你们谁想喝的自己倒，就不劝酒了。

结果没人再喝，赵月江和刚子也消停了，这么多人都不喝，就他俩干喝有啥意思？接下来，几人边吃边聊。

饭罢，简单休息了一会儿，南庆仁起身要走，因为工作在身，赵月江再没拦着他。

下了炕，穿好鞋，收拾东西，大家就出门了，黄喜文也不得不跟着走了。

月霞和母亲出来送客了。南庆仁看见月江母亲在，走过去握住她的手问："阿姨，你现在好些了吧？我听月江说你身体一直不大好。"

母亲微微一笑，说："好着呢，都好着呢！就是心病，啥时候月江媳妇回来了，估计我的病也就好了。"

话说到这里，南庆仁也不能多问了，只安慰她说："你放心，月江能干着呢，一切都会好起来的。"说着，他从身上掏出二百元钱塞到她手里。女人吓了一跳，赶紧推了过去，说："这可使不得，使不得！"她向后退了两步，南庆仁紧追不舍，硬把钱装到她兜里，说："阿姨，好好养病，相信我，一切都会好起来的！"

这时，赵月江才出门，母亲瞪了他一眼，说："人家要走了，你咋不出门啊！你看南主任给我钱了，你看着退回去，这使不得！"

赵月江刚要说话，南庆仁摆摆手瞪了一眼，眼神很坚定，他只好退后了，说了声谢谢。

月霞一直跟到了大路口。分别时，黄喜文告诉月霞说："过一段日子我还会来的，你们村铺管道的事还是我负责。""好，我等你！"月霞笑着点了点头。

赵月江从身上掏出一个纸糊的信封交给王望农，说："叔，那阵子我去屋里取这个了，你带上吧，我写好了。"

"啥？"王望农一愣，瞬间反应过来，一笑，"你这么细心？还粘了个信封，南主任你看。"他把信封递给南庆仁看。

"这是啥？"南庆仁问。

"还能有啥？入党申请书！"

"是吗？写好了？"南庆仁惊讶地笑了。

"对，通过这一段时间的磨炼，我思想上有了一个比较深刻的认识，写得不好，南主任你们多多指导！"赵月江有些害羞。

“好样的，在这次挖渠工作中，你做得很棒。任务完成了，高山村第一个带头完成的，而且保质保量。还有，曹莲花家庄背后渗水的事，我真得感谢你！你二爸和小叔的事，我都听说了，有气量！还有赵长平的思想教育工作，哎呀，我现在是真佩服，好好干，有前途！”

赵月江一愣，问：“赵长平的事，你也知道了？南主任，你的消息咋这么灵通呢？”

南庆仁看了一眼王望农，说：“他老丈人是不是新河村的？”

“噢！”赵月江一拍脑袋，看着王望农笑了。

“这项任务暂时完成了，我再交给你一个任务。”南庆仁说。

“还有？你说南主任。”

“尽快把你媳妇的事处理好，给你妈一个心安。”

赵月江愣了一下，转瞬点点头笑了：“好的，保证完成任务！”

人走了，月霞还没走，她等着，直到看不见他们才转过身来。她似乎太专注了，或者正在想什么事情，她以为弟弟早走了，一转身人还在，她吓了一跳：“月江，你一直在吗？”

赵月江点点头一笑：“那你以为呢？”

月霞害羞地笑了：“静悄悄的，没个声音，还以为你走了。”

“我静悄悄的？嘿！怕是你想某人想出神了吧！”

“你胡说！”

“月霞，我喜欢你，你淳朴善良，重情重义……哈哈哈！”赵月江故意学着黄喜文的样子逗她，月霞骂了一句“讨厌”便追上去了，赵月江赶紧往家里跑。一路上，风吹在脸上暖暖的，仿佛父亲的大手，抚摸着人间他的孩子们，那么温馨。今天，是他最开心的一天，姐姐终于有了感情的归宿，黄喜文，小弟祝福你俩吧！

走在路上，王望农打开入党申请书看了一遍，看完，他满意地点点头笑了，说：“这就对了！虽然文采不咋样，有的语句不通顺，当然读的书不多，但起码这是他内心真实的想法和感受，认识深刻，有进步！南主任你看看，这回字写得多工整，哈哈，知错能改就是好同志！”

南庆仁接过来看了一遍，也笑了，点点头说：“这小子还是有想法，是个好干部的苗子，希望你以后好好培养，我看将来大有用处呢！”

王望农不说话，回头望了一眼新河村的方向，点了点头。他看见新河村宛如马背的山头，高高挺起，像新河村人的脊梁，撑起了一代又一代山里人的梦。“山那边是有希望的！”他想。

五天后，PE管、水龙头、接头、水表、阀门、专用胶等材料拉回来了，水管铺设工作开始了。

前一天，王望农给赵月江打电话了，说明天材料就到，上午你安排一辆车拉一下东西，就在大路口的小学操场里，到时候来了黄喜文会给你打电话的。赵月江说知道了，你来不？我叫月霞给咱准备些饭。王望农说明天我暂时来不了，你看着操心一点，把材料都多盯着点儿，别叫人拿自己家里去了，那可是大家的东西，到时候不够了还得你们掏钱买，记住了？赵月江说记住了，保证完成任务。

当晚，赵月江收拾了一下自己的三轮车，叫二姐压了些面条，准备了些馍馍。他说明天就要铺设水管子了，黄技术员也来。月霞一听黄喜文来，高兴得连连点头，说我这就准备去，再有人没？赵月江说可能人不多，你多准备一点吧，我估计还有其他人呢，比如拉料的司机，应该还有几个接水管的技术员，这么大的工程量，黄喜文一个人肯定拿不下来。

月霞说，好的，我就多准备些。

安顿完一切，赵月江去了刚子家，他给他说了一下这事，说明天就要铺设水管了，上午拉料的车来了，就停在小学操场上，到时候我看咱俩，再叫几个人一起去把水管拉下来。我给你安排个任务，把材料多盯着点儿，有些人很糟糕，看着东西就想占便宜，千万不能乱拿，王望农交代了，叫咱们看管好，不然缺了还得咱掏钱买。刚子说这好办，我多盯着点儿，有人的确拿呢，不过拿回去能干啥你说？赵月江笑了，你说能干啥？那管子是拿钱买回来的，农村用处可大着呢，你说有用没？

次日上午，九点多的样子，赵月江的电话响了，是黄喜文打来的。他说材料拉回来了，你叫一辆车子上来，我们等着，王书记给你安排了吧？赵月江说安排过了，昨晚就准备好了，连人员都配备好了，我们这就上来。

赵月江开着三轮车，拉上几个村里人去了大路口的小学操场，那时候，管子已经卸了大半了。赵月江调好车头，打开车门，一群人开始装货。黄喜文和一个同事先下去了。赵月江说你俩哪里都别去，就去家里，月霞在呢，馍馍都准备好了，下去先喝茶。黄喜文说知道了，你们忙，我方便着呢！

走前，黄喜文去驾驶室提了一包东西，赵月江看见了，问道："你是不是又拿啥东西了，酒吗？"他笑了一下。

黄喜文一笑，脸上带着一丝羞涩，说："我给你姐扯了一套新衣服，呵呵，你们忙，我先下去了。"

"有我的没？"刚子开玩笑说。

"有，下次给你买一顶帽子，天这么热，当心把你晒成包黑子了，哈哈哈！"黄喜文笑着走了。

"成！这可是你说的，下次我等你的帽子，要是买不来，我就找月霞要去，你看着办！"刚子一脸正经地说。

"小事，下次过来给你带一顶。"

"哈哈哈，好！"刚子笑了。

"喂，这家伙还真有心，给你姐买衣服了，不错！看来这事快成了，到时候咱们可以喝月霞的喜酒了。"刚子说着摸了一下嘴巴，似乎已经流口水了。

赵月江瞪了一眼，说："瞧你那出息！好好干活，等自来水工程结束了，我先请你好好喝两盅解解馋，瞧把你着急的！"

赵月江叫司机别忙了，让他跟着黄技术员去家里歇一歇，司机摇摇头说："不去了，忙得很，你们村的货卸完了，我还得去其他地方，哎呀，多着呢，喘一口气的工夫都没有！"

"忙着就好啊，数钱数到手抽筋，羡慕得很呀！"

"嘿！羡慕啥？是忙活忙到腿抽筋！"

司机没去，他帮着大家卸货，不一会儿就卸完了。赵月江在清单上签了字，司机开着车子走了。赵月江把一车材料拉到村口，停下车，他给黄喜文打了电话，问："材料拉回来了，现在在村口呢，放哪里合适？"黄喜文回复说："你先等等，我同事就上来。"

等了没几分钟，一个瘦高个子年轻人上来了，他自我介绍说，我是黄喜文的同事，叫刘家明，你们就叫我小刘，我和黄哥一起负责新河村的管道铺设工作。他说，这项工作大概需要一周时间，好多事还得麻烦你们配合一下，比如拉管子，还有边铺设边填埋，这一阵子比较忙，你们就辛苦一下。

还没等赵月江开口，刚子抢在前头说："刘技术员，啥时候能供上水？就是水龙头拧开，那清清的水哗啦哗啦地流出来……"

还没等他说完，刘技术员忍不住笑了，说："大哥啊，那还早着呢，至少，估计要等一年吧！"

"啊?!"刚子惊讶地张大了嘴巴，"这咋回事?"

"根据县上的文件，不光是你们龙窑乡，还有其他临近的几个乡镇都在分步进行，有的地方可能拖到后半年了；年初时间紧张，先搞上一部分，后半年等冬播结束了，再搞一些地方，这样一来时间自然慢下来了。还有一点，就算所有工程都结束了，还有一个前期验收的过程，检修、调试等，有的工作还有可能返工。总之，这是个系统工程，涉及咱全县大部分地区，等所有工作就绪后，才能一个地方一个段地试通水，直到所有项目合格了才能大面积供水，你想想，这么下来是不是得需要一年半载啊！"

"哎哟！原来如此！听你这一说，我心里凉了大半截，原以为后半年，至少年底就可以吃上水，居然……唉，快点吧，我真的等不及了！"刚子握住刘技术员的手，用乞求的口吻说。

"刚子，你这话说的，不等于废话嘛！人家说了，这是系统工程，涉及全县大面积的供水问题，你再求人家，他也无能为力不是?"赵月江笑着说。

"我能理解你们那种急切的心情，所以一直在加班加点地干呢！你们不知道，我和黄哥天天跑，连家都很少回，很多时候吃住在村里，有时候在村里的会址里睡觉，嘿，累得很呐！"刘家明笑着说。

"辛苦了，刘技术员，看你脸色好像很憔悴，应该是最近累的。"赵月江给他发了支烟。

"唉，一言难尽呐，不过为了你们能尽快吃上放心的水，我们累一点无所谓。关键乡亲们也配合，挖渠进度快，质量又过关，这就很支持我们的工作了。不像有些村子，你们没见着，那水渠挖得跟闹着玩似的。能走直线的不走直线，尽绕着弯子，接管子不好接，只能一点点切断，用弯管接上，你想想，是一整根管子牢靠还是胶接得牢靠？当然胶水没问题，可人心里总觉得整体的耐用吧，是不?”

“对呢，那刘技术员上来也看到了，我们村工作做得怎么样?”刚子问。

刘家明竖起大拇指说：“我没来之前，老黄一直说你们的水渠挖得很标准，今天一见果然不是吹的，很棒！看来你们村的人思想觉悟高。”

刚子一笑，拍了一下赵月江的肩膀，说：“这位，我们新河村的村主任，赵月江，明月照大江的那个明江，哦，不，是月江，人厉害着呢，一方面是大家的思想觉悟高，主要的是领头带得好，是不主任?”

赵月江没好气地摇了摇头，冲刘家明一笑，说：“别听他的，我一个人的力量是有限的。总的说来，这是大家的功劳，他们的思想认识提高了，本来是为自家谋福利的，没人会愚蠢到给自己做豆腐渣工程吧。”

“听老黄提起过，说你很能干。”刘家明冲赵月江点了点头，“好，那就卸货，我们先忙一阵子。”

“成，卸货简单着呢，你说具体怎么做?”刚子问。

“把管子扔进水渠里，一根连着一根就行，转弯处的放在土堆上面，我这里有锯子还要按尺寸加工一下呢!”

“就这活?哎呀，太简单了，来，都干了!”刚子喊了一声。大伙儿都行动起来，水管子一根一根放进水渠里，刘技术员跳进沟渠里开始一根一根地接。接了一阵子，刘家明突然喊了一声：“主任，我差点忘记了，你多叫几个人来，这管子不能一直接，还要一边填埋呢，不然太长了会出现弯曲现象，有时候动来动去会弄折!”

“哦，好的，我这就去叫人。”说罢，赵月江走到刚子跟前，“你多看着点，把管子铺好，我下去叫人去。”

刚子说：“咱俩去，一个人一时半会叫不来，我看这管子挺长，铺起来很快，接也很快，就一个直通，砂布打磨一下，抹一点胶水就完事，人少了的确忙不过来。”

“也行!”说罢，两人去村里喊人了。不一阵子，来了好多人，他们都扛着铁锹来了，这回比上次容易多了，毕竟是填埋工作，比挖渠轻松多了。

人手到位，很快，工作有序地进行起来。刚子跟着伺候刘技术员，需要打磨的他提前打磨好。刘家明说不要把打磨过的端头沾上尘土，不然会影响粘接效果，所以刚子一边磨好后就拿在手里等一等。需要切割的，等刘家明量好尺寸了，他两下子就切完了。跟了一阵子，刚子说，这么简单的活，还有胶水和砂布没？咱俩一起干快一些。刘家明说有呢，他从背包里取出工具和用品，先给刚子示范了一下，讲了一些要点，比如打磨的时候轻一点，稍微加工一下就行，不能太用力，否则间隙过大影响质量。刚子很聪明，看一遍就记住了。

学完后，刚子说："刘技术员，我操作两节你看看对不对？"说着刚子已经忙活起来，他一连接了三段管子，接得很到位。刘家明竖起大拇指夸赞道："你手真巧，一看就懂，一学就会。不过不要着急，慢慢来，一定要接好，这是你们村的工作，你应该明白我说的意思。"

刚子一笑，说："知道知道，就算不是我们村的工作，我也要尽力做好，这是大事不是小事，你说接不好漏水了咋办？一米多深的坑填埋好了，你怎么去找漏水的地方？很麻烦，不如一次性接好，这是职业素养问题，要重视起来。"

听刚子这么说，刘家明忍不住笑了，说："你在哪里上班呢？说起话来头头是道，对着呢，就是这个道理。"

刚子眼珠一转说道："我在新河村上班呢，一天忙着搞动植物繁殖技术呢！"

"哦？不错，听着像个科学家，具体做啥的？"

这时，赵月江憋不住笑了，骂道："刘技术员，你别听他瞎咧咧，就是家里种地养牛呢，你以为有多高大上的工作！"

"哈哈哈！"刘家明笑道，"这老哥说话有意思，听你这么说笑，我干活都觉得不累！"

赵月江说："这是我老叔，你放心让他去接，这人没啥特长，除了会吹牛之外，维修机械、电器那是一把好手，厉害得很！"

"是吗？那还好，开个修理铺能挣些钱。"

"修理铺？对啊刚子，你咋不开个修理铺，我说的是真话，这个主意好，你那手艺没问题的。"赵月江一脸认真地说。

"手艺是凑合，修好了能挣一碗饭钱，若是聋子治成哑巴了，那不得赔死？"刚子摇摇头说。

"那就好好去进修一下，学精了再说。"刘家明笑着说。

"嘿！八十岁学喇叭，挣断气了！"刚子说。

几人边说边干，一会儿笑一会儿抽根烟，觉得时间过得很快，身体也不觉得累，加上刚子帮忙当技术员，管子连接进度自然很快，后面填埋的人根本赶不上。一阵子后，刘家明看见身后空了一大段管子，不得不叫刚子停下来，说："等一等，你看管子都歪了！"

几人跳出坑，坐在土堆上聊天。刚子说，这快着呢，哪能要上一周时间？我看两天就搞定了！刘技术员笑了，说："不光是这些管网路线的连接，还有自家门前观察池里的水阀、水表这些都要接好，那还是一节一节的，你说能再快一点吗？"

"哦！我还忘了这事，那的确！"刚子说，"加上黄技术员，还有我这赵技术员应该快着呢！"

赵月江"扑哧"一声笑了，说："你能不能有点自知之明？赵技术员？你咋不说你是赵工程师呢！"

"维修这一方面，你说，你说我能算得上半个工程师不？凭良心说！"

"好吧，你赢了！"赵月江笑着承认了。

一会儿，黄喜文上来了，手里提着两瓶啤酒。

"黄技术员你咋才来？"刚子一脸邪笑。

"哦，忙了会儿。"

"你忙啥呢？厨房里忙吗？"

"对，你咋知道？我帮月霞择了些菜，劈了些木头。"

"是吗？还忙啥了？"刚子又一阵坏笑。

"啊？没了，就这点活已经折腾到这时候了，再忙就要耽误工作了。"

"不耽误！"说着，刚子拿过一瓶啤酒，给刘家明一瓶，给自己一瓶，"不耽误，你瞧我这个赵技术员帮你顶替呢，这啤酒我该喝一瓶不？主任你就算了！"

"你喝，该喝！嘿呀，拿得少了，月江口渴不？"黄喜文问。

"你瞧这私心的，把小舅子多关心！来，咱俩一起喝！"刚子仰起头喝了几口，还有半瓶给了赵月江，说，"来，润润嘴皮子。"

赵月江接过喝了一口，说："成了，给你留着，你是赵技术员，不能得罪了，不然我们新河村人别想吃上放心的自来水了。"

几人哈哈大笑。刚子说，还算你识相！

天晴得很好，人们一边干活一边拉家常，说说笑笑，好不热闹。才半天的工夫，主管道填埋的工作就结束了。虽说填埋简单，但也是个力气活，需要用铁杵夯实了，不然下雨会渗水造成塌方，但总的说来，比挖渠要快多了。

刚子坐在土堆上歇着，看着人们把前几日好不容易挖好的坑一点点填埋掉，他总觉得有点“闹着玩”的意思。他问黄喜文，说：“黄技术员，你说你们采购的这管子质量咋样，耐年成不？我们才挖好的沟渠，多标准，今天就这样填埋了，感觉啥都没干！”

黄喜文笑了，说：“咋没干？水管子都埋进去了还叫没干？咱干的就是这种活，前前后后折腾了这么些天，挖了填，路面又恢复原样了，的确感觉啥都没干！但等到水通了的那一天，你就感觉到干了一件轰轰烈烈的大事！至于管子的事，你大可放心，这是 PE 管，耐腐蚀、耐冲击、韧性好、抗氧化，比 PVC 管强度高多了，在额定温度和压力下，可安全使用五十年以上呢！这是政府通过招标采购的，绝不含糊，耐年成呢！”

“五十年以上？这么久！我算算，五十年以后……估计没我啥事了！”刚子掐着指头算了一下。

众人被逗笑了。赵月江说：“你好好活，等到下一次换水管的时候，你就捋着胡须跟村里的重孙辈们吹牛说，这以前的管子都是你大爷我亲手接的，以前我是干技术活的，人们叫我赵技术员……”话还没说完，刚子笑了，“我能活到那岁数？逆天了！”

刘家明说：“九十岁没问题，现在政策好了，生活水平提高了，人均寿命也在增加，只要能想开些，随便活个八九十岁很正常。”

“唉！这人不老了不得，老了不得了！所以啊，活一阵子就成了，何必活那么久？人世间只不过是生命的一种存在形式，老天爷把你打发下来就是玩两天的，走一走看一看，玩累了早点回去就罢了，愁啥呢？有些人天天怕死，死有啥好怕的？那又是生命的另一种延续方式，他们不懂！”刚子意味深长地说了这一番话，在场的黄喜文不禁摇摇头，竖起大拇指说：“你这书没白读，看得很透彻！人活一世，何尝不是人世间走一遭呢？迟早得回去，何不好好活呢？”

刚子的一番话，让他瞬间想起三年前出车祸死去的妻子，按这么说，他老婆还活着？只是以另一种形式存在于另一个世界或是另一个维度？亦可能就是人间的一株草、一株花吧，抑或是树枝上的一只鸟，地上的一只蚂蚁吧！这么想来，刚子的话瞬间给了他一种心理安慰。他抬头看了一眼蓝天，有麻雀飞过，叽叽喳喳。他想，总有一只应该是他老婆变的，只是生命被赋予了不同的存在形式，语言不通，认知不同，彼此无法交流罢了。

午休时，黄喜文、刘家明二人去了赵月江家，刚子也去了，那是赵月江叫回去的。早上接管子的时候，刚子说想喝月霞的喜酒，他说家里有酒，先让你解解馋。正好今天人多，接管子又不存在什么危险因素，喝两盅热闹一下无妨。

到了家里，月霞已经把锅里的水烧开了。她帮大家倒了一盆热水，说："赶紧洗吧，我要下面条了！"刚子问："这么快就好了？臊子面吗？"月霞点点头说是。

两分钟洗完了脸，这次还是黄喜文主动当起了服务员，刚子帮忙端饭。几人边吃边喝酒，黄喜文说都少喝点，下午还要接管子呢！

刚子摇摇头一笑，说："接管子人在坑里呢，能出啥危险？"黄喜文认真地说："小危险倒是没有，但大危险有！"刚子一愣，摸不着头脑："黄技术员这话说得有水平，几个意思？""你想想，酒喝多了，是不是脑子迷糊了？这一迷糊管子连接质量就受到影响，要么忘记了打磨，连接不牢靠，要么用力太重，间隙增大了。还有一点，有时候一糊涂忘了抹胶水，还有可能管子衔接得不够深，这都是大隐患，你说水一通，压力那么大，若是质量不过关，到那时……都懂了吧！"

"呃……"刚子顿时哑然了，"你瞧我这脑子，我这赵技术员还差得远呢！哈哈，这话我听了，行，那咱就少喝点，热闹一下气氛就行了。能喝的多喝点，不能喝的就算了，总之不能影响工作！"

黄喜文笑了，说："你也少喝一点，虽然我听说你酒量不错，但人多的地方往往容易出事，一句玩笑话有可能引起误会造成摩擦，打起来咋办？所以说，这酒后误事一定要牢记呢！"

"对对！"刚子点头，赵月江也点头。

吃完饭，几人躺下休息了会。赵月江还没休息，他过去和姐姐坐了会。他问："黄哥说给你买了一套新衣服？怎样，试了没？"

提起这，月霞高兴得像个孩子，她说：“当然很好啊，很合身。”

“你已经试过了？”

“嗯，黄技术员说先试试，如果不合身他顺便拿去再改改。”

“哦，合身就好。在哪里呢？我看看。”

二姐把衣服放在他的房间里，担心被母亲看到了追问。衣服拿出来了，赵月江一看，颜色是暗红色的，布料很厚，提在手里很有分量。

“姐，你穿上我看看。”

“好！”说着，月霞麻利地脱了外套，再小心翼翼地穿上新衣服。

“漂亮！真好看！”这是赵月江真实的看法，“姐，上次你去南庄的时候，穿着嫁衣很美，这次，你更美！”

“是吗？真的好看吗？我也觉得好看呢！”月霞举着镜子照来照去。

“我啥时候骗过你？真的很好看，哎呀，他黄喜文真是捡了大便宜了！”赵月江故意叹了口气。

“不许这么说，人家也厉害着呢，起码有工作，人长得也精干，还是读过书的呢，你瞧我，有啥？”月霞有些自卑。

“姐，你别老是说这些，把你看得那么低的，你要自信一点，你真的很不错！”赵月江给姐姐加油打气。

“不管怎样，两口子应是互补的吧，夫妻互补百事顺，是不是？比如美丑搭配才幸福，可我俩呢？照你这么说，是美美搭配了，那能幸福吗？”月霞似乎有些迷信。

“没问题，你刚说了，他有工作，有文化，你啥都没有，这不算是一种有和无的搭配吗？很配！”赵月江解释说。

月霞笑着点了点头：“我也是这么想的。嘻嘻！”

姐姐脱了衣服，小心翼翼地装起来走了。赵月江点了支烟，他想了很多很多，想到最后竟然眼里流出了幸福的泪花。

下午上工时候，刚子还是帮忙接管子，赵月江一会儿拉管子，一会儿做填埋工作。黄喜文先看了一下人们填埋的时候是否存在不规范的行为，比如管子刚开始掩土的时候，一定要轻用力，目的是给管子留存一点土层沉降的空隙，以保证合适的外界压力。其次，防止用力过度造成管道变形或者破裂。黄喜文给在场所有人讲解了一些填埋的要点和注意事项，人们都认真地听。最后，他严肃地正告大家："乡亲们，不要急，一定要按规范安全操作，这是你们新河村自己的事，一定要用心，不然到时候出现一点问题，还得你们重新挖开检查，你想想，到那时候多麻烦！"

人们都点点头说知道了，赵月江也给他们再三做了强调，村里人说放心吧，刚才黄技术员说了，这是咱村里自己的事，我们不傻，哪能给自己再找麻烦呢？

在转弯处接管子的时候，需要切割剩余部分，剩下的废料有人想拿走。刘家明说："先不要拿，这还有用呢！"村里人不理解，说："这么短的还有啥用？"刘家明解释说："老乡，后面的转弯部分是不是还得需要？如果正好缺那么半截子，直接拿剩料补上，就不用再从整根管子上截取了，这样就不浪费了。"听了这解释，有人听懂了。

见状，赵月江当场给村里人开了现场会，主要告知大家不要私拿公共财产，等所有工程结束了，如果实在需要一点点，咱们再跟刘技术员商量，好不好？如果不听劝，拿走一根两根，虽然没多少，但影响咱村里的声誉，传出去不好听，明白不？再者，你明着要和偷偷拿又是两回事，性质不一样，咱要洁身自好。话说到这里，人们只得点点头。其实，他们并不是想占那一点小便宜，确实，PE管子耐用，强度高，家里有些机器或者太阳灶的手柄部分，作为旋转套其实很好，耐磨好用，看着也高档，仅此而已；其次，就是拿来给小孩子玩，毕竟是塑料的，不怎么伤人，可以拿去玩水，做引流管挺好，孩子们就爱玩水。

这几日，趁着大好的天气，人们一口气忙活了整整一周时间，新河村所有的水管铺设和填埋工作同时进行，同时结束。其间，南庆仁来过一次，他从整体上先把关指导，叫大家尽量把隐患消灭在源头，不要事后出现这样那样的问题，再折腾一遍实在没意思，还影响上面验收进度。

王望农来了三次，他也跟踪监督了一阵子，但因为时间仓促，只是来看了一趟又走了。这三次回来，他连一顿饭都没吃上，只喝了几杯开水，作为高山村的书记，在这个关键的时候，他不得不谨慎一点，吃水工程可是大事，万一哪里出了纰漏和差错，再整改起来那就不是挖和埋这么简单的事了。

从前期开会到工程施工结束，前前后后持续了一个多月，新河村的吃水工程就此告一段落。接下来的任务，就是家家户户门前观察池的硬化工作，就是把一米多见方的土坑四周用水泥裹一遍，顶端再制作一个防护盖。这个观察池里，安装有进水管末端的控制阀门和水表，属于比较核心的部件，所以活虽小但更得重视起来，千万不能马虎了。这一点，不光黄喜文给赵月江交代过了，王望农更是三番五次地打电话叮嘱，他能听明白这个坑的重要性，所以专门组织村里人召开了一次专项会议，把上面传达的意思说得清清楚楚。

填埋工作结束后，黄喜文和王望农来新河村又整体检查了一遍质量问题，并提出了一些需要整改的小细节，对门前观察池的推进工作又作了详细安排。这一次，他们几个，包括刚子也在，在家里吃了一顿便饭，喝了一瓶白酒，就当是对整个工程阶段性胜利表示庆贺吧！

分别前，黄喜文把二姐单独拉到屋里，嘱咐她说："我走了你要照顾好身体，目前手头工作还比较多，可能今后一段时间暂时来不了，不过有电话，有啥事你随时跟我说，我会想你的。"说完，他抱了一下姐姐，在她的额头上亲了一下说："记得想我！"

姐姐使劲儿点点头，说："再次感谢你买的新衣服，我很喜欢。"

"喜欢就好，我下次来了再给你买一套单衣，天气暖和了，厚衣服穿不了。"

姐姐赶紧摆摆手，说："不了！不需要，夏天太热，干活容易出汗，旧衣服就行，不准你这么浪费钱，还有贝贝呢，给她多买点吃的喝的。"

黄喜文一听，不再说话，使劲儿点点头，用手指在她鼻子上点了一下："好了，我要走了，在家照顾好自己还有姨，月江最近很忙，多帮帮忙，给他做些好吃的，记住了？"

月霞点点头，微微一笑："都听你的。"

"你还没告诉你妈吗？哦，不，咱妈！"

"还没呢！你说啥时候告诉她合适？我觉得是时候告诉她了，月江说他问过母亲，我妈对你很满意，说你长得精干呢！"

"是吗？也好，找个合适的机会给她透露一下，毕竟是长辈，咱们私下里交往了这么长时间，姨居然不知道，这是不孝！拖来拖去，总有一天她是要知道的，你说对不？"

月霞点点头，说："嗯嗯，我想办法告诉她，估计月江主意比我多，我让他去挑明吧！”

“也好！等全县的吃水工程都忙完了，我就打算跟你喝定亲酒，好不？”

“好啊！可是太慢了，全县那么多村子，啥时候能忙完呀？”月霞噘着嘴说。

“快着呢！怎么说我还端着公家的饭碗呢，老百姓的吃水问题是大事，咱不能在这个时候把儿女情长放在第一位，你说对不？”

月霞无奈地点了点头。“我走了，照顾好家里。”说完，他给月霞的衣兜里塞了两千块钱，月霞说什么不肯要，黄喜文生气地瞪了她一眼，“你还有别的想法吗？赶紧拿上！这以后，我挣钱不就是为了给你和贝贝花吗？那还要给谁？”

没辙，月霞只好拿上，说：“闭上眼睛！”

黄喜文闭上眼睛，月霞亲了一下他的脸蛋：“好了，去吧！让王叔等久了。”

这几日，村里人都忙着处理门前的观察池，赵月江也是。刚子手巧，拿着砖头把四周砌了，外面再裹了一层水泥，估计他是完成最快的一个，精致又好用。

晚上吃完饭，赵月江就拿起笔构思一些东西，其实是入党积极分子考察期间的思想汇报。按南庆仁所说，一个季度要交一份，从他所说开会认定的月份大概是二月初，如今已经到了农历四月，也就是第一季度就要完了，他得赶紧写好给组织交上去。这一个季度，最繁重的工作就集中在三月，主要干了一件大事，就是组织和带领全村人完成吃水工程的施工工作。回想过去的四十多天，的确累，他干了不少活，自己家的，别人家的，到现在累得腰疼，但一想到工作最终圆满结束，什么事故都没有发生，他觉得累也值了。所以，第一季度的思想汇报，他主要写了自己在这一阶段的工作中，前前后后的所感所想和认识。他说，在这繁忙的一个月里，虽然累但快乐着，不仅从意志上得到了磨炼，更在思想认识上迈上了一个台阶，关于入党为了什么这个问题，他清楚地写道：“入党，本是一件神圣而光荣的事，虽然让我升不了官发不了财，但它给我的人生指引了一个明确的方向，人活着究竟该做些什么？活着的意义又是什么？信仰告诉我，作为一名基层党员，心里要时刻装着新河村的父老乡亲，在平凡的岗位上不断做一些实事，把自己看作一块煤，为他们发一份光发一份热，想他们之所想，急他们之所急，时时被人需要，处处被人尊重，何尝不是人这一生中最有意义的一件事呢？”

一日晚上，吃罢晚饭，二姐来到西屋里，她坐下来，思量了半天才告诉弟弟说：“月江，有个事想麻烦一下你。”赵月江笑了，说：“是不是关于你和黄喜文的事？”姐姐惊讶地张大了嘴巴：“你咋知道的？”月江一笑说：“你是我姐，我还不了解你？说，什么事？”

姐姐站起来，把脸凑到弟弟跟前说：“我们的事，你能不能跟妈委婉地说一声？”

“咋？你确定了！你不是一直不想让妈知道吗，咋回事？”

“嘿呀，迟早的事嘛！以前是试着相处一段日子，这一个月过来，我觉得我俩处得蛮好的。”

“你确定？”赵月江在故意逗姐姐。

“对啊！我确定，黄喜文也确定，这么些日子了，难道你没看出来？上次咱们一起喝酒了，黄技术员当着那么多人的面说了那些话，你总该听到了吧！”姐姐似乎急了，她一脸认真地说。

赵月江忍不住笑了：“好，我去说可以，但是，总得意思意思吧！”他把手伸过去，当然是在和姐姐开玩笑。谁知道姐姐当即从衣兜里摸出两百元塞给他：“够了吧？我的好弟弟，拜托你啦！”说完，姐姐跑出门了。

“喂！逗你玩呢，我不要！”赵月江说完，突然反应过来，不对，这哪来的钱？她手里不应该有这么多的钱啊，家里的“财务大臣”一直由他当着呢，她怎么可能……哦，明白了，这一定是黄喜文给她的！哈哈，既然这样，那这钱我就不客气了！赵月江把钱装进口袋里，站起来直接进了厨房，那时候母亲正在听戏，她用手机听，那是姐姐用她的手机播放的。

二姐刚洗涮完锅，见弟弟进来，她似乎明白了什么，随即转身出去了。其实她在门外偷听，看母亲到底有什么反应。

赵月江关了手机，脱了鞋跳上炕，坐下来，他问母亲：“这炕热吗？”母亲说：“热着呢！”

“哦，你困吗？”

“不困！”

“哦……”

“咋了？你有啥话要说吗？”母亲似乎察觉出了一点异常，平日，月江一般不会上炕，而是坐在小凳子上跟她聊几句。

“哎呀，自来水的事可算完了，折腾死人了。妈，你不知道，我挖水渠腰疼啊，没法说。”

“我知道，你给自家干了还要给别人干，你二爸和你小叔心眼多，我很想骂他们一顿！什么人嘛，有那么当长辈的吗？我看呀，他是看你没爹好欺负！哼！”

“妈，不说这事了，都过去了，人嘛，总有做错决定的时候，再说了，咱庄背后的那一段红土路确实难挖，要不是咱家就住在这里，我也没心思挖了！”

母亲顿了一下，说：“这几天我给你姐安排了，叫她给你做些好吃的，确实辛苦了，干活不说，还要伺候一群干部，多麻烦！”

“呵呵，干部倒不麻烦，也没怎么伺候，就是吃一顿家常便饭而已！咦，妈，南庆仁给了你二百块钱？你说说，你不是赚回来了？哈哈哈！”

母亲一笑，说：“来，月江，这两百块钱给你，逢集了去街上买点好吃的补充一下营养，这一个月全村人忙得热火朝天的，跟麦黄六月一样。你看你，当的什么村主任，天天跑上跑下的，还一天跑不清楚！”

赵月江笑了，说：“妈，不累！我说的是真话。王望农一直支持我呢，南庆仁他们都很看好我。我想，在不久的将来，我可能比这还要干得好呢！钱你留着，我有呢。”

母亲已经掏出来了，她把钱扔过来，说：“赶紧拿上，买点奶粉去，你瞧你，脸都黑了，瘦了！嘿嘿，我娃就会说傻话，你说你一个农民，小学都没毕业，这个村主任还是你王叔看着当上的，你还啥能耐要往天上飞呢？”母亲笑了，儿子几斤几两她这个当妈的心里一清二楚。

“好吧！你就是不相信我，咱等着瞧，我有一天终会让你刮目相看的。我明白，你心里一直觉得黄喜文他们才算是有本事的人，对不？既然你那么想，我还真达不到那样的水平呢！”

“黄技术员人不错，以后再不来了吗？”

“不来了，现在工程都结束了，人家还来干啥？你说了，来那么多干部嫌麻烦，要伺候吃喝呢！就算下次来了，我也不会往咱家里领了，让王叔领到他老丈人家去。”

“嘿！我倒也不是那意思。人家不错，长得精干，干活勤快，能放下身份，你瞧每次来都跑到厨房帮你姐做这做那的，我看着很稀罕！我就生了你这么一个儿子，要是再有一个伴儿多好，你们弟兄两个，干活起码能相互帮衬一下，不至于你一个人这么累！”母亲叹了口气。

“妈，既然你喜欢黄技术员，那我就跟你说说他的情况吧。可能你还不知道，他是单身，妻子三年前出车祸走了，家里有一个五岁的小女孩，说来也是个可怜之人。”

“是吗？哎呀，多可惜！看他那面相，不像是个苦命之人。那现在找上了没？”

赵月江摇摇头，惋惜地叹了口气：“还没呢！”

“为啥？他不想再找了吗？”

“那倒不是，关键是别人嫌弃他！”

“嫌弃？为啥？他是二婚？嘿，现在啥社会了咋思想还那么落后！”

“妈，我说了，关键是还带着个孩子呢！”

“要我说，是个小女孩倒不要紧，孩子嘛，都好，一样招人喜欢。”

“你真是这么看的？”

“可不就是这个道理嘛，那你的意思呢？”

“嘿，不愧是亲妈亲儿子，咱俩想到一块儿去了。”本来，赵月江心里也是这么想的。

“要是你姐多少有点儿文化，既然黄技术员还单身，我都想把她介绍给他了！”

“妈！”赵月江大叫了一声，把老母亲吓了一跳。

“妈，你真是这么想的？”赵月江再次确认。

“对啊，人家娃长得多精干，个子高高的，还是个干部呢！有个小女孩咋了？岂不更好？你姐三年前不是怀了孩子的，可惜……如果嫁过去，正好老天爷给她补上了一个，不好吗？”

“哈哈哈！”赵月江开心地笑了，“妈，那你咋不早说？人家来了多少趟了你也没跟我提这事，你这反应慢的，不知道要坏多少好事！”

“咱的娃一无所有，人家是干部，咱哪有资格往那方面想呢？就算想了，人家肯定不同意！”母亲一脸认真地说。

“哎呀！你瞧你，哪有你这么贬低自家娃的？我姐没文化咋了？人长得不赖，重情重义，淳朴善良，那个臭小子要是娶了她，怕是半夜都能笑醒！”

“我的傻娃，你别吹牛了！现在社会讲究的是门当户对，他俩差得太远，强扭的瓜不甜！”

赵月江急了，瞪了母亲一眼：“好，我就不绕圈子了，实话跟你说了吧，我今晚过来就是跟你说这事的，我姐和黄技术员好上了，媒人是我王叔！”

“真的？”母亲居然没有过多的惊讶。

“你看着我的眼睛，我哪里撒谎了？”赵月江把脸凑过去。母亲瞪了一眼，笑了：“好，我知道了。”

接下来，母亲不再谈及这事，只说：“月江，你把手机给我打开，我把这段戏听完。”

“妈……我跟你说话呢！咋？你不愿意？还是不相信？”赵月江心里凉了大半截，门外的月霞更是紧张得屏住了呼吸。

“呵呵！臭小子，傻丫头！你们一直瞒着我，为啥不早点儿告诉我？”母亲笑了，笑得很开心。

“这不刚开始让他俩先试着相处一段日子，如果不合适就拉倒，谁知道他俩情投意合，王八看绿豆对上眼了！”

“你们呀！嘿嘿！”母亲再一笑，“把我的戏打开，我还没听完呢！”

“妈！”赵月江急了，生气了，一把夺过手机装进衣兜里，“妈，你能不能认真一点，我跟你好好说话呢！月霞不小了，你咋还不着急？我这个当弟弟的都急死了，你！你知道旁人怎么议论她的吗？说咱月霞将来就慢慢疯了，成了疯子，知道不？”赵月江近乎咆哮起来。

“咋了？你这孩子！我好好的啥都没说，你瞧你，发这么大的火干吗？我说我知道，我早就知道了，你们都把我当傻瓜对待呢！俗话说得好，知子莫若母。月霞是我生的女儿，从小到大三十多年了，我怎么可能不了解她呢？这一个月来，黄技术员多时候来，只要一进门，我就在偷偷观察他，他看你姐的眼神我都能晓得他什么心思！我知道得早了，心里也很高兴，只是八字还没一撇的事，我只能把它装进心里。这不上次我问你，你姐最近不正常，是咋回事？其实我就发现有问题了，只是试探你，看你们这些当儿女的到底什么想法，既然都刻意隐瞒着，那我也就不好多问什么了，可能有你们的道理吧！现在才明白，原来是试着相处呢！今天你说开了，我心底的石头也落地了！好事啊孩子，妈期盼着这一天呢！月霞，进来！”

月霞进去了，她低着头，眼里含着泪花，说：“妈，真的是知子莫若母，我刚才在门外偷听呢，你咋知道我在呢？”

“傻孩子，你弟弟一上炕，开头说了两句无由头的话，我就明白啥意思了，我只是配合你们演戏呢，还真把我当傻子了！嘿嘿，你们两个臭小子，一唱一和骗你妈，能骗得过我的火眼金睛吗？来，月霞，坐下，跟妈说说，你和黄技术员现在怎样了？一天聊手机聊到三更半夜，我耳朵虽然不好使，但心里明白得很！以前从不化妆不收拾的人，自打来了黄技术员……我清楚得很，把你俩聪明的！”

“妈，那你同意我俩的婚事吗？”月霞拉着母亲的手，声音有些颤抖。

“傻孩子，如果我不愿意，我早说透了，你是妈的孩子，我看不上眼的人怎会眼睁睁地看着你往火坑里跳呢？好着呢，好好对人家，黄技术员不错，他身边有个小女孩，那不要紧，不要嫌弃。那个小孩子有来头，她本该属于你的，好好善待他们父女，走到今天，我才看出来，原来你才是咱家最有福气的人！这些年来，我的娃受苦了，一天校门没进过，你爹走得早……”

“妈！妈……”月霞一头扎进母亲的怀里，哭得伤心欲绝。多半是幸福，少半是悲伤。一旁的赵月江也哭了，但他是笑着哭的。

母亲使劲拍着女儿的背，什么都不说，就让她好好发泄一回吧，压抑了多少年的委屈，好好哭一场吧，把一切不幸淹没在泪水里，再哭出来倒出来，哭累了好好睡一觉，天亮了，太阳升起来，明天一切都将是崭新的。

这一晚，月霞再没有聊手机，她陪着母亲好好睡了一觉。西屋里，赵月江一个人喝了一阵子酒，等喝得晕乎乎的时候，他才上炕睡着了。夜里，他做了一个奇怪的梦，他梦见父亲活着，正在给姐姐主持婚礼呢！

几天后，王望农和黄喜文来了村里，他们是专程来检查自来水观察池施工进展情况的。大多数人家都完成了，只有少部分人还没有完成，有的没有材料，有的年龄大了根本不会弄。

黄喜文这次能来，让月霞很意外。她问："你不是说暂时来不了吗?"

"你都说了，妈知道咱俩的事了，我不来一趟能成吗?"黄喜文笑了。

"哦，你是来认丈母娘的？哈哈!"

"对，差不多是这样。"

这次回来，黄喜文给母亲、月江一人买了一套新衣服，月霞的是一套夏天的单衣，还有一些化妆品。这次，黄喜文和丈母娘坐下来聊了好多好多。人常说，丈母娘看女婿，越看越欢喜，的确是这样，本来母亲第一次见面就喜欢上了这个小伙子，如今成了一家人，她能不开心吗?

这个家，自月霞婚姻失败的那一天起，到现在沉寂了整整三年。如今，月霞的第二段感情到来了，这个家的春天也跟着来了。只是，月江的婚姻还不如意，相信在不久的将来，一切都会好起来的。

王望农握着月江母亲的手说："老嫂子，眼下这般光景你还满意不？这是我给咱女儿找的另一半，我心里一直害怕啊，就担心……"

"好了好了，啥都不说了，望农啊，你是个好人，这些年来，你为这个家做了不少事，你辛苦了。啥都别担心，我能看得出来，一切都没问题，大可放心!"

王望农眼里含着热泪，不再说话，只是一个劲儿地点头。

临走前，赵月江还是递给王望农一个纸糊的信封，说："叔，这个你收着，第一季度的思想汇报。"

"你小子，真有心！你不说我还忘了这件事，行，我拿上去装进档案袋里，好好表现，这第一季度还没结束呢，路还长着呢!"

王望农说的什么意思，他心里明明白白。他想，在以后的工作中，他一定尽心尽力，把新河村的每一件事办好，给组织交一份满意的答卷。

第十章　怒水

饮水工程施工阶段至此结束了。接下来，人们开始忙着下地除草，不过很少有人再像以前那样拿着铲子蹲在地里折腾一天，现在一般都是买除草剂，打两桶药水。过一段时间再看看，如果还有长出来的，他们才忙活一阵子，用铲子除一下，可那毕竟不多。

四月十六日，天阴沉沉的，吹着些许寒风，但不至于糟糕到下雨的地步。天的确干旱了一段日子，施工那阵子一连好几天都是晴天，老天爷真是睁眼，就最初那次下了一场很大的暴雨，差点把曹莲花家的房子泡水了，那之后再也没下过一场像样的雨。晒了这么久，田里的庄稼的确需要一场及时雨急救一下，十六日，天气阴下来了，人们说，赶紧下吧，好好下它个三天三夜，把地里干得龟裂的黄土浇透吧，让口渴了的禾苗好好喝一阵子，顺便再洗个澡，让大地变得更绿一些吧！可天气还是太干燥，即便阴沉沉的，但下雨的日子应该还遥遥无期，除非等到五月五给龙王爷唱了愿戏后，看他老人家能不能向玉皇大帝祈求一些甘霖来，挽救这一方干涸的土地上晒得打了卷儿的青苗。

牧羊的老人一甩鞭子，喊一声："回哟！"羊乖乖地调过了头，他吼着嗓门朝着高山寺的方向高歌一曲，那调子土味十足，听着让人心生几分荒凉：

龙王救万民哟
清风细雨哟救万民
天旱了着火了
地下的青苗晒干了
地下的青苗晒干了

这一天上午，十点多的样子，赵月江从地里除草回来，刚插上电炉子准备喝罐罐茶，这时，门突然被推开了，他以为是风吹的就没管。一眨眼的工夫，堂屋的门“吱呀”一声响了，门帘升起，瞬间降落，一个人进来了。

“在呢，主任!”

“哦，叔，来，你是稀客，赶紧坐，咱喝茶!”说着，赵月江准备从茶几下方给他取一个杯子。

“不了不了，我上来有点事跟你说说。”

“哦，啥事？你说!”

“月江，我想通了，我想……”

“咋了？啥想通了？”赵月江愣了一下。

“我想拉自来水，不知道现在行不行，你问问上头可以不？”

赵月江一惊，以为听错了，重复道：“新林叔，你是说，谁家？你家还是？”

“对！我是说，我家要拉自来水，你问下王望农能成不!”

“这……”赵月江愣住了，以为赵新林在说胡话，这都啥时候了，新河村所有的吃水工程都已经完工了，他又不是瞎子，都看在眼里呢，怎么突然会这么问？

见赵月江一脸惊讶，赵新林很尴尬地说：“主任，我知道说这话有些唐突，甚至你觉得我脑子是不是有问题？呵呵，的确，连我都觉得可笑。但说实话我真的后悔了，眼看着你们都拉上水了，就我家没有，还有其他四家。唉，当初想错了，你别见怪，人都有做错事的时候，给你添麻烦了!”

直到这一刻，赵月江才彻底清醒过来，这赵新林没有说胡话，他是认真的，可是……

“知道了，我现在就给王望农打个电话看他咋说，你等等!”说着，赵月江拨通了王望农的电话，响了三声就接通了。他把赵新林的诉求说了一遍，王望农犹豫了片刻说：“可以，其他村子也出现过这种情况，这时候还来得及，你问问其他几户，如果有反悔的赶紧上报，叫同时进行，别再一个一个干这事了!”

挂了电话，赵月江把王望农的意思说了。一听，赵新林高兴地拍拍手：“谢谢月江，还好我来得及时，要不然真没戏了。”

“嗯，你去问问其他几户人家，再给我报一下情况，我给王书记反馈一声，看具体怎么操作，咱等上头安排，好不？”

“成！麻烦了月江，我现在就去。”说着，赵新林站起身就要走。赵月江客气地挽留了一下，说：“不急，喝杯茶再走吧！”

“不了，我现在就去，一听这消息我浑身兴奋，得抓紧了，还有其他的农活要干呢！”说罢，赵新林小跑出门了，赵月江还没走出院子送一送呢，人已经不见了。

赵新林走了，赵月江坐下来，点上一支烟沉思了片刻，他摇摇头，心里不是滋味：这家伙，简直不像话，大伙儿一起忙的时候，你跟懒汉一样蹲在家里喝茶看电视，现在所有的工程都完了，你倒要忙活了，什么人嘛！他想不明白，这赵新林到底是脑瓜子聪明在耍花招，还是一夜之间想通了？之所以说耍花招，是因为刚子在最开始收钱的时候就说过，叫村里人都想好，能拉的尽量抓点紧，别到后面反悔了想坐享其成，随便从就近的一家那里接管子，没那回事！

思来想去，对赵新林这个不靠谱的人，他总觉得他是在耍小聪明！我倒要看看，你从谁家的门口接这根管子！他细细想了一下，最近最好施工的接法，就是从刚子家门前的那一段管子上接，呵呵，想得美，刚子能答应你？

想到此，他心里突然咯噔了一下：坏了！如果赵新林执意从刚子家门口接，那咋办？刚子肯定不答应，依赵新林的脾气，非从那里接不可！这如何是好？这两个本来就尿不到一个壶里去，若是因为这件事引起争端，刚子肯定拼了老命不依不饶；再说，按道理讲，赵新林他没理，因为前期工作他什么都没干，突然想吃白食，别说刚子不答应，怕是附近的那几家邻居心里都不舒服吧！

他赶紧给刚子打了个电话，把大致情况说了一声。刚子一听，气得骂骂咧咧：“来，叫他来，这回只要他敢来，我就新账旧账跟他一起算清了！”

赵月江劝他说：“刚子！你冷静点儿，千万不可胡来，你也经常说一句话：现在是和谐社会、法治社会，你不能鲁莽，好好想个万全之策，如果实在不愿意，尽量和平处理，不能动武啊！我给你把话说在前头，上次我老丈人在高山寺看戏的时候，和赵新林闹起来了，这事你也知道，最后警察说了个啥？说现在的架可不好打，不管输赢，都得进局子，赢的一方掏医药费，输的一方受疼痛，你还记得不？”

“嘿嘿！你瞧你，这八字还没一撇的事呢，你就操心到这份上了？没事，我知道该怎么处理，怕是他不会来我这里接管子吧!”

“我想应该会的，赵新林的脾气我了解，你应该更清楚。你想想，管道通往他家最近的地方是不是你家？除了你家，就是赵长平家，但谁也不傻，若是从长平家接起，那你想想，一路下去全是石头路，该怎么施工?”

“没事，到时候再说，反正我一句话，谁要是从我家门口接管子，别想！何况是赵新林，那更别想了，想了也是白想。”刚子说得很坚决。

“成！这几天我可能要去地里忙活两天，如果赵新林上来跟你谈这事了一定记得先通知我一声，你也要好好说话，尽量不要引起争端，等我来了咱再说，成不?”

“成！成！哎呀，婆婆妈妈的，跟我老娘一样，这哪儿到哪儿的事，把你就吓成这样了?”

“老子不是担心你嘛，你和赵新林遇在一起，就好比火柴碰上了炸药，大多情况下会出乱子，那还是大乱子。成，我就这么提醒一下你，你也不要给谁说，到时候再看，如果不从你家门口接那更好。”

“知道了!”刚子挂了电话。

“想从我家门口接水管？赵新林，呵呵，就你也配？好，我等着你来!”刚子走出门去，朝赵新林家看了一眼，咬牙切齿地自言自语道。

过了没半小时，赵新林又来了，他笑着说：“主任，我问过了，那四家子再没人接，算了，那就我一家子吧！你再问问王书记，具体怎么弄？我这两天闲着呢，尽快把这事处理一下。”说着，赵新林给赵月江发了一根好烟，递给他自己的手机说：“给，拿我的打，别浪费你的话费。”

赵月江摇摇头，说：“没事，陌生电话可能不接。”

此刻，赵月江心里十分生气，恨不得当面臭骂他一顿，但他知道，赵新林是什么人，小人，骂他不等于给自己找麻烦吗？算了，我是为新河村的父老乡亲服务的，不能带着情绪工作，这说不过去。

他顺了顺气，拨通了王望农的电话，把情况汇报了一下。王望农说：“那行吧，先让他把钱交了，这两天让尽快挖渠，挖好了通知我一声，我安排人给接管子。”挂了电话，赵月江把情况说了，赵新林听后很高兴，连说谢谢赵主任，又给他发了两支烟。

“打算从哪里接?”赵月江问。

“刚子家是最近的，最好施工的，可是……我看吧，实在不行，赵长平家……唉，更不行！算来算去，可能最合适的就是刚子家，我找他好好说说去。”

赵月江听明白了，赵新林亲口说了，他要从刚子家门口接。他说他要跟赵刚子好好说说去，可刚子能答应吗？你想得美！

“成！那你跟他谈谈，你俩的情况新河村人都知道，好好谈，别动气明白不？实在不行就拉倒，千万别怄气，本来你没理，我说的话你应该能听懂?”赵月江一脸严肃地说。

“知道知道，这不肠子都悔青了！我到现在想不明白，当初你们通知我的时候，我为啥要拒绝呢？嘿，脑瓜子不够用!”他用食指戳了戳自己的脑门。

赵月江敷衍一笑，说:“成，今天天气阴下来了，我估计最近应该没雨，把家里人都叫上，赶一下进度吧！嘿，你说咱们做的这事，成心为难上面不是?各地都在拉水，人家那么忙的，还要为你一家专程跑一趟!”赵月江挺生气，就说了两句不中听的话。赵新林听了没生气，笑着说:“对着呢，都怪咱脑子愚钝，确实给上面添麻烦了。”

说罢，赵新林转身走了。赵月江这才想起钱的事来，便喊话说:“你待会儿把钱拿上来，先交到我这里，我再转交给王书记。”

“成，我这就给你取钱去，一千二是不是?”

“对，一千二。”

“好，那你忙，我先下去了。”

“慢走!”

赵新林走了，赵月江气得朝门外吐了一口唾沫：什么人嘛！你说你脑瓜子愚钝？你是聪明过头了吧！

抬头看看，天阴沉沉的，云层很厚，乌泱泱地铺满天空，大地和村庄被压得令人心慌。

“刚子，但愿你俩心平气和地好好谈吧！千万不要搞出什么乱子，你们两个最让人头疼，平时不说话不打交道一切相安无事，若是遇在一起，好比火柴点着了炸药包，整个新河村都不得安宁了!”望着刚子家的方向，赵月江挠了挠头，长叹一口气。

他心里一清二楚，就算担心也无济于事，刚子是什么人他最了解。

不过，令他欣慰的是，方才赵新林的语气很缓和，他说，他要去和刚子好好谈谈，行吧，他理应让步，就算刚子骂他两句他也得忍了，一次谈不成再跑一次，跑的次数多了，刚子应该会心软的。

可是，赵新林那样的小人，他会轻易向刚子服软吗？他想不可能。那么……

赵月江再看了看天空，“啥时候能放晴啊？”他自言自语。

当天下午，赵新林提着两瓶好酒去了刚子家。走之前，他知道这可能是死局，但不管怎样，为了吃水问题他不得不给人家低头。

到了门前，门虚掩着，赵新林敲了一阵子，刚子妈开的门，她问：“新林？你找刚子吗？”

“对，嫂子，我找刚子，他不在吗？”

“不在，出去好一会儿了，快有一个小时了。”

“没说去哪里吗？”

“没说。他出门一般不告诉我。”

“呃……那，嫂子，我这里有两瓶酒，麻烦你给刚子留下。”说着，他把袋子递过来，刚子妈连忙摆摆手，说：“这是啥意思？你赶紧拿走，刚子的事我不敢做主。”

“嫂子，这是别人带给他的，我一着急说错了，你给拿进去就行了。”赵新林耍起了花招。

“不！我不收，你还是等他来了再说吧！新林，我老了，刚子啥情况你应该清楚，你要说实话，不能忽悠我，你若是骗了我，刚子会整死我的！我知道你俩一直不和，如果你有啥事就等他来了好好商量，我不掺和你们的事，你先走吧！”说着，刚子妈开始关门了，赵新林干脆把酒放在门槛里，门一关，差点儿磕破了。

“你这是干吗？咋不听话?！我都说得这么清楚了，为啥还要害我？赶紧拿走，我生气了！”刚子妈提起酒瓶放在外边，“啪”的一声把门关上了。

赵新林吃了闭门羹，刚要垂头丧气地打道回府，就在这时，刚子回来了，他嘴里叼着一根烟，一手插进裤兜里，摇摇晃晃地迎面走过来了。

躲是躲不了了，只能面对。嘿，为啥要躲？我不就是来解决问题的吗，大不了他不答应嘛，怕啥呢？他总不会吃了我！

“刚子！”他笑容满面。刚子早看见了，故意装作没看见。

“刚子，刚子！你听我说。”赵新林一把拉住刚子的右手，点头哈腰，“刚子，我不知道你为啥生我这么大的气？我没惹你啊！”

“松开！”刚子声音冷冷的。

“刚子，我知道你爱喝酒，这里有两瓶好酒，一直放在家里没人喝……”

“松开！”刚子沉着脸，一眼盯着赵新林，脸上充满杀气。

“刚子，你看你！咋这样呢？嘿，都过去的事了，谁知道真相呢，是不？老辈们都死了，你咋还把旧账往我头上推呢？”赵新林正说着，刚子一把甩开他的手，赵新林打了个趔趄差点摔倒。

“我懒得跟你说话！告诉你，我没那么小肚鸡肠，跟王望农、南庆仁我都和好了，但唯独你！你来我知道啥意思，我现在就把话撂在这里，你想从我家门口接水管，我送你两个字，休想！咱别提过去的事，单说施工期间，大家都在忙，你哪里去了？还有，就算我答应了，你再问问其他干了活的人答不答应。最后一点我警告你，以后别在人背后说我的坏话，你以为我是傻子，就你精明？”说完，刚子直接进门了，“砰”的一声又关上了。

“我，我没有哇！我在你家门口接管子，干他们啥事？为啥不同意？”他喊道。

刚子根本没听见。

赵新林站在原地，望着刚子家脏兮兮的门板上，有几条明显的刀痕，那是他用菜刀砍的。早前和母亲吵架的时候，他经常这么干，但不至于糊涂到杀人的那一步，他心里还是有数的。看着那刀痕，赵新林心里莫名有点害怕，这刚子不是一般人好惹的，就他赵新林在新河村还有一席之地，可在刚子眼里，他啥都不是。曾经，父亲活着的时候，因为当了村主任，没少挨刚子的骂，他骂起人来很凶，没完没了。

“唉！”赵新林长叹一口气，“走吧，回去再想办法。”谈判失败，不，连谈判的机会都没给他，他垂头丧气地回家了。

路过赵长平家，迎面碰见高东喜老人正背着一捆柴过来，他应该是准备烧炕去。

“高哥，你忙呢？”

“嗯，背些柴烧炕，天气变了，冷得很！你去哪里了，新林，提的那是酒吧？”老人背靠着墙，把柴禾放在门前低矮的墙上。他已经大口大口地喘气了。

“唉！”赵新林叹了口气。

“咋了新林？”

“去见刚子了。”

“刚子，你俩不是不和吗，你找他干啥去了？”

赵新林信得过高东喜老人，他把事情的原委详细说了一遍。听罢，老高鼻子里哼了一声，不屑地说：“娃还小，得饶人处且饶人，把那缺德事少干一些有好处，不就接个水管子嘛，怄那气干啥？这是上面的政策，又不是他一个人说了算！新林，不过有一点刚子说得对着呢，那会人家都在忙活，你在家里闲坐着，我建议你给刚子意思意思，尽量多给上一些，这不过分！”

“我也这么想过，但给钱刚子能收吗？他什么驴脾气我还是了解一二的。不过刚子说就算他答应了，还有干了活的其他人能答应吗？这话啥意思？他们几家串通好了不成？那样的话就难办了！”赵新林叹了口气。

“多跑两趟试试，尽量把话说好一点。唉，可我感觉情况不大，这多少年过去了，你们两家啥时候正眼瞧过对方？也从没上过人家的门，你说这突然一上门，还是有事相求，情况真不大。”高东喜老人失望地摇摇头。

“我昨晚想了一晚上，感觉情况不妙。还真是，今天好心好意登门道歉，可刚子根本不搭理我，你说还咋谈？让我还咋跑？我一看他家大门板上的那几条刀痕，心里都哆嗦！”

“你小子！呵呵，我看你也是个牛烘烘的人，在刚子面前还得低人一头呢！好了，我走了，你慢慢想办法，实在不行了考虑别的办法吧！”说完，高东喜老人背着柴火走了。

“别的办法？别的办法……还有别的办法吗？”赵新林望着老高瘦小的背影愣了半晌，“别的办法，什么办法呢？门板上的刀痕……低人一头……”他看见老高的拐杖了，“动武？卤水点豆腐，一物降一物，只有我降伏了他才会有发言权吗？”

赵新林不愿多想了，他提着酒扫兴地回家了。他误解老高的意思了，老高的原意是实在不行了再考虑从别的地方接水管，而不是让他去胡作非为。

赵新林根本不知道，刚子那阵子不在家，他是去邻居家了。他把赵新林要接水管的事告诉他们了，大家一听就不乐意了，说凭什么他要在你家门口接水管？这边的主管道那么难挖，咱们几个累死累活的，他当时哪儿去了？赵新林，我看见他就来气，他爹活着的时候骑在人头上作威作福，生的种也是这样，现在新河村的村主任是赵月江，他还以为是他呢！臭小子，叫他放马来吧，看他有多大能耐从那里把水接过去，我打断他的腿不可，早看他不顺眼了！

刚子回到家里，老母亲说："赵新林刚来过，提着两瓶酒说要给你，我感觉不对劲就没收。刚子，你俩一直不和，平时也不说话，他找你干啥呀？你要当心着点！"

刚子一笑，说："干得好，如果收了你就完了。赵新林是什么人，你应该清楚，所以以后他上门你不要理会就是了，若是给什么东西，更不要收，如果他还死缠烂打地跟你纠缠不清，你就给我打电话，看我不打断他的狗腿！"

"刚子，你给妈说实话，他到底要干啥？你的事我不敢过问，但这次太蹊跷了，我担心你出事，所以，你跟妈说一声，兴许我能帮你出出主意啥的……"

"哎呀！叫你不要管我的事，没事没事。"刚子已经不耐烦了。

"唉！"老母亲无奈地叹了口气，刚子看在眼里不忍心，便说，"他要从咱家门口接水管，你以后看好了，若是我去地里了，他敢胡作非为，你记得给我打电话。"

"接水管？他家不是不拉水吗？咋，这回又要拉了？"

"拉，拉！我说拉！你这耳朵，彻底背了！还要从咱家门口接过去！"

"平日不见他干活，等大家把活干完了，他倒想这么轻松地接过去，确实有点欺负人！刚子，你跟月江讲一声，他是村主任，看他咋说，如果这是上面的政策，咱别拦着，惹是生非不好。"老母亲担心出事，嘱咐儿子别乱来。

"我的事你少管！就算是上面的政策，老子不管，只要谁敢在我家门口动土，我就敢在他的头上动刀！"说罢，刚子气冲冲地出去了，门帘"哗"的一声被甩了出去。

老母亲无奈地摇了摇头。她有一种不好的预感，因为这事，这几天可能会闹出一些乱子来。刚子的脾气她最了解，从来都是说一不二的人，而赵新林也是，仗着他爹他爷早前当过村主任，把村里人不放在眼里。关键这是个阴险的家伙，什么烂招都敢使出来，她担心刚子会吃亏，这两人碰到一起，就好比石头撞铁块，终会两败俱伤。

刚子抽了一阵烟的工夫就要出门，母亲问，你要去哪里。她现在神经有点过敏，担心刚子会不会和赵新林闹起仗来。刚子说，我要去地里一趟，给麦地里撒些耗子药，麦子全被这些畜生祸害完了。

母亲这才放心了。刚子提着拌好的农药出去了，临走前，他嘱咐母亲说，如果赵新林再来家里，你把门关上不用理会就是了，我过会儿就来。母亲说知道了。

刚子要去的地并不远，就在新河村的北山顶上，那是父亲的坟地，他担心耗子糟蹋粮食不说，还有可能在坟堆上打洞，那是很忌讳的。所以，他去的时候拿着铁锹，如果有洞口还要填补一下。撒完耗子药，刚子检查了一下父亲的坟，结果没有打出洞口，他倍感欣慰。忙活了一阵子，腿累了，他坐在地埂子上休息了一阵，点上一支烟，想了一些往事。

回来的路上，在经过赵长平家的十字路口处，他突然听见有人在喊他，声音有气无力的。他回头一看，原来是高东喜老人。

“闲着呢，高哥？”

“刚子，你等等！”高东喜老人从高高的坡上拄着拐杖慢慢走下来，刚子以为老人有什么事求助他，便两步走过去。

到了跟前，刚子笑着问：“高哥有啥事吗？看你这么着急的。”

高东喜神秘兮兮地小声说：“刚子，借一步说话。”说着，他拉着刚子去了不远处的一个大场里，那是他家的。

“坐，刚子。”高东喜坐下来。

“咋啦？神秘兮兮的，该不会是长平又欺负你了？”刚子笑着说。

“哪能啊！”高东喜从衣兜里取出他的烟锅，娴熟地装上烟蒂，用打火机点燃，他问：“你抽不，刚子？”

“抽！”说着，他从身上掏出烟盒，给自己点了一根，“要不抽一根我的？”

“不！那没味儿，还是老旱烟抽着带劲。”老高美美吸了几口，吐出浓浓的烟雾，随风飘过来，刚子立马闻到了一股呛人的烟味，他忍不住厉害地咳嗽了两声。

“咳咳……啥事啊，高哥，你说。”

“刚子，我今年八十多了，你说你才多少？年纪轻轻的，把我叫老哥，嘿，我这上门女婿啊，辈分太低了！如果你爷爷活着，我应该和他差不多一般年纪。”高东喜老人似乎在东拉西扯，刚子眉头一皱：“老哥，你叫我过来，不会是闲聊这些的吧？天气阴着，你不觉得冷？”

“我穿得厚！你冷了？哦，你去哪里了？怎么闻见一股农药的味道。”说话间，老高凑着鼻子左右闻了一下。

“我，我去地里撒了些耗子药，哎呀，现在的庄稼种不成了，还没等抽穗呢，光青苗就被田鼠祸害完了！你说以后可咋种嘛！”刚子叹了一声气。

“你说的是哪个地方？”

“我爹的坟地里，北山顶上。”

“哦。”老高哦了一声，空气安静下来，顿了一会他才说，“刚子，有句话不知当讲不当讲？”

“你说！”

“我说了你可别生气啊，我今年八十多岁的人了，说错了你就当我老糊涂了。但孩子啊，总归说来，从年龄上我比你活出了一些经验，人世间的一些是是非非我都看透了。人啊，这一辈子争来争去没啥意思，真没意思，好的坏的穷的富的，到头来结局都一个样，那就是死，死是一个永恒的话题，谁都逃不过去……”老高嘀里咕噜说了一大堆。刚子听得稀里糊涂，他忍不住打断他的话，问：“老哥，你有啥话就直说无妨，我虽然读了高中，按理说比你知道的多一些，但你刚说了，在人生的经验上，你一定是比我看得明白，别绕弯子了，有啥事说明了，我正好学习学习。”

“刚子，放下吧，好不？”

“嗯？放下啥？”刚子手里握着一把铁锹，他以为老人说把铁锹放下，他就把铁锹放下了，“放下了，你说吧！”

老高拍了一下刚子的大腿，说：“我不是这个意思，我叫你放下心中的执念，别争了，没啥意思，争来争去，争得头破血流，什么也没争着，自己不累吗？”

“啥意思？你好好说啊！哎哟，我走了！磨磨叽叽的，活老了跟女人一样！”刚子有些不耐烦了。

“把水管子让新林接上吧，嘿，别斗了，有啥意思？”

“你说啥？啥管子？”刚子听明白了，但他故意用严肃的口吻再问一遍，看老高什么反应。

“这不赵新林要拉水嘛，从你家门口接管子最合适……”高东喜话还没说完，刚子转过头盯着老高。他似乎不认识这个人了，但他又晓得，高东喜一直对赵新林家心怀感恩，一切还是源于当年的赵光德出面主持，把赵家唯一的传后人招弟的姓最终选定了高，跟了他的姓，对这件事，他一直铭记在心，对赵家的子子孙孙始终心怀感念。

“哼！”刚子没好气地哼了一声，“高哥，赵新林找你了？”

“不不不！你别误会，下午我背柴火的时候正巧碰见他，他说去你家里谈判了，提着两瓶酒呢，结果你连多说一句废话的机会都没给他。”

“所以，你就给我做工作了？”刚子一脸严肃，带着些许怨气。

“那倒不是，我刚给你说了，人活一辈子，和气生财……”话还没说完，刚子气得要起身离开，老高一把抓住他的衣襟，“刚子，你别激动，听我说完好不？”

“高哥，我刚子是什么人你应该了解一二吧，他赵新林又是什么人，我想你更清楚吧！总的一句话，其他的事都好商量，唯独这件事，滚！上个月，拉水的时候，我和几个邻居忙活了十几天，你也知道，那段路有石头比较难挖。哼，如今一切工作到位了，他倒是挺聪明的，想这么轻松地把水管接过去，他还真想得美！高哥，今天他上来的时候我就把话说明白了，休想！你也可以把这话再给他重复一遍，让他趁早死了这份心吧！”

“刚子！你这年轻人，咋这么固执？不听老人言，吃亏在眼前，你咋这么犟？我给赵新林说过了，叫他给你多给一些劳务费，这事我承认他做得不对，你看能不能再给他一个机会，你们心平气和地好好谈谈不成吗？都是一个村里的，何必搞这么生分，你说是不，刚子？”高东喜似乎有些生气了，其实刚子看得一清二楚，老高之所以这么纠缠着不放，还是出于对老赵家的感恩之情。

"老哥，有句话我先给你说明白了，我刚子是穷，但你记住了，在我面前提钱还不如提一个热馒头呢！钱固然是万能的，但它并不能解决这世上所有的事情，你说对不？"

"其实你两家也没什么大的仇怨，你一直说是赵海平举报了你媳妇怀二胎的事，哎呀，要我说啊，这纯属你一家之言。你想想，赵海平再糊涂他也不能出卖咱村里人啊，那他的良心就太坏了！其实，要我看啊，指不定是乡里的干部闹的，那时候政策紧，他们手头有任务呢，你觉得呢，刚子？"老高抽完了烟，他把烟锅在脚掌上磕了几下，烟灰掉了。

刚子不傻，他什么都听得出来，老高这话已经没有听下去的必要了，他简直是太私心了，为了赵新林的利益，不惜一切代价，甚至在胡说八道。他和王望农、南庆仁已经和好了，他还在这里挑拨离间，无非在试图掩盖一个真相：赵海平是清白的！

"我走了，家里还有点事要忙呢！"刚子起身要走了，高东喜顺手用长长的旱烟杆打了一下刚子，可能是无意，也可能是故意的，"砰"的一声，打在刚子的肘关节上。瞬间，刚子觉得像是触了电一样一阵生疼，心里咯噔一下，他莫名从胸中蹿出一股火来："你干啥！"同时，他生气地瞪了一眼老高。

让他没想到的是，老高不但没有说一句抱歉的话，而且也瞪着他二话不说。这时候，刚子终于明白了，这老高今天是有备而来，为了报答老赵家的恩情，他是不惜一切代价想跟他撕破脸面啊！

"你瞪我干啥？唉，我说老高，你今天好端端的啥意思？你前面不是说跟我说两句话的，也叫我别生气，你看你，向着赵新林也就罢了，咋还想霸王硬上弓不成？"刚子的嗓门一下子提高了，看着老高这副让人讨厌的样子，他没法不生气。

"你这年轻人，跟犟驴一样，好说歹说咋不听话？我活了八十多了，从年龄上总比你活得明白一些吧，咋感觉我在害你似的！"老高还是不依不饶，很生气地瞪了他一眼。

刚子气得不知道说啥，八十多的人了，没必要跟他怄气，万一气出个好歹来他还得承担责任。好吧，惹不起我能躲得起吧，三十六计走为上计！走！这么想着，刚子瞪了老高一眼，二话不说转过身准备离开。

这时，老高硬生生地喊了一句："你小子！净干缺德事，遭报应呢！不是好鸟！"

刚子听清楚了，但觉得老高不应该说这话，他似乎幻听了，这是老高说的话吗？为什么要这么说？好端端地跟吃了枪药似的，我今天招他惹他了？

"老高，你说啥？谁干缺德事？你今天骂我啥意思？"刚子回过头，指着老高的鼻子气冲冲地质问了一句。

"你小子！水是天上的水，政策是公家的政策，你凭什么不让人家赵新林从那里接管子？你小子也不好好想想，你今天为什么会落到这种地步？妻离子散的……"老高站起来了，他的脸涨红了。

就是这一句话，把刚子彻底激怒了，心中的那股怒火再也压制不住了！说什么都可以，为什么要拿这么狠毒的话扎他的心？为了巴结老赵家，你真老糊涂了，连是非也不分了？

"高东喜，你今天啥意思啊？你说，好端端地我惹你了？你为什么要这么骂我？你还真以为我不敢骂你，我是见你年龄大了让着你，说你胖你还真喘上了！为老不尊，活该被赵长平天天往死里打，该！呸！"刚子骂着，朝老高吐了一口唾沫，正好落在老高的脸上。

老高也火了，两人对骂起来。但刚子清楚，只能动嘴不能动手，这老头年龄大了，若是稍微推搡一下，点儿背了死在这里，那可就说不清楚了。可是怪了，这老高却耍起死狗来了，他倒是主动跟刚子干起来了。但刚子始终没有还手，他拉着老高去了家里。

到大门口，刚子扯着大嗓门吼开了："赵长平！赵长平！屋里有活的没，喘一声气！"

这时候，老高似乎瞬间清醒过来，他谁都不怕，就怕孙子长平，本来今天的事他无理，若是让长平知道了，估计他也就要走到头了。

"刚子！算了，我今天不和你计较了，你回吧，我要回屋了，我累得很！"老高的语气一下子缓和下来。刚子心里明白，他是害怕长平出来问缘由。反正他不怕，他占着理呢，新河村的人只要脑子没短路，谁都能听清楚今天这事到底错在谁。

赵长平在家，他循声跑出来，一看刚子捏着爷爷的手腕，脸上怒气腾腾。

他吓了一跳，皱着眉问道："刚子，你这是干啥呢？我爷年龄这么大了，你咋还……"他的语气也带着些许愤怒。

"赵长平，你先闭嘴！让你爷说，来，老高，你把话说清楚，今天这事到底是谁的错，你一五一十地讲清楚，如果有半点谎言，举头三尺有神明，你掂量清楚！"

赵长平读过几年初中，虽说和爷爷经常闹别扭，但在人际交往上，还是一直讲道理的。他一般不惹事但也不怕事，这回面对赵刚子，他的口气听着有些生硬，但其实心里是怕刚子的，刚子什么人，新河村人没几个敢惹的。若是无缘无故地惹到他了，那完了，至少两三个月不得让人消停，除非你上门给人家好好认错才罢！

他也知道，刚子虽说脾气暴躁，骂人很凶，一般人不敢轻易招惹他，但总归说来，他是个讲道理的人——读书读到了高中，脑瓜子聪明，自学了一手维修的好手艺，在村里还混了八九分群众缘，所以，人们对刚子的人品还是认可的。想到这里，赵长平心里猛地蹿起一阵火来，他不是生气刚子，而是他的爷爷，他大概猜到了，他又是乱说话了吧！爷爷什么都好，心肠都好，人人都在夸，唯一的缺点，就是爱说闲话！唉，这下完了，招惹谁不好，非得在太岁头上动土？但又一想，爷爷也不傻，他不是不清楚刚子的脾气和名声，可为什么要招惹他？动机何在？似乎没道理啊！不妨先听听再说。

"长平……"老高低下头，抹了一把眼泪，他已经哭了。到这份上了，用不着多解释，结果已经很明了了。

"你说，你说清楚，不然别说赵长平误会我，这新河村六十多户人呢，他们也会误会我，我刚子是浑了点，但绝对是按道理来的，你讲讲清楚，至少还我一个清白！"他冲着老高喊话。

这时，高东喜挣脱刚子的手，一屁股瘫倒在地，他一言不发，低着头像个犯了错的孩子。

"你不说是吧？好！我给你说！你可听仔细了，若是我说错半个字，你随时喊一声！还有，赵长平，在说这话之前，我先对天发誓，如果我刚子冤枉了你家老爷子，就叫我天打五雷轰，不得好死！"刚子越说越激动。赵长平已经看出来了，什么都不用说了，真相已经很明了了！

“你爷今天是存心找碴……”刚子把刚才发生的事一五一十地讲了一遍。说完，他还没来得及问一声高东喜所说的是否属实？只见赵长平生气地两步奔过来，二话不说，一脚踢过去，正好踢在老人的胸膛上！

“长平！”刚子见状吓坏了，一把推开他。

“哎呀！”顿时，老高疼得在地上打起滚来。

“不要紧！死不了！走，刚子，进屋坐会儿，对不起，真对不起！你别介意，他老糊涂了！”一听爷爷这般胡闹，他对刚子的态度缓和下来。

“不了，我走了，把你爷扶进去！”说罢，刚子转身要走，看见老高可怜兮兮地捂着胸膛呻吟，他瞬间觉得自己有点过分了，可是……

“长平！”他再喊了一声，赵长平根本没有理会直接进屋了。“老高，要不是看着你岁数大了，我今天饶不了你！”说完，刚子朝门前的坡下走去，巧了！冤家路窄，赵新林上来了！

“刚子，你在干啥？你这么大声骂谁呢？”赵新林一脸杀气，搞得刚子莫名其妙，他在哪里？听见了、看到了？

刚子心里本来憋着气，听赵新林这么一问，他如火上浇油：“谁的裤链没拉好，怎么把你给露出来了？”

“刚子！土匪，早看你不顺眼了！你凭什么骂高老爷子？啊！”说着，赵新林攥紧了拳头，咬牙切齿。刚子看见了，冷冷一笑：“难不成，高老爷子是你指使的？小人！”

“啪！”一个响亮的耳光打在刚子脸上，赵新林出手太快了，刚子居然没反应过来。

“赵新林，坏屄！”刚子怒吼一声，两人厮打起来。这时，屋里的赵长平出来了，他听见外面有人在吼，以为是刚子又二进宫来闹事了。

结果，原来是刚子和赵新林打起来了。这阵子一看赵新林，他气不打一处来，这人一天没事干，净唆使我家老爷子惹事！在赵长平心里，恰恰和爷爷相反，他憎恨赵新林一家，包括他爹赵海平，尤其是他爷赵光德，要不是当年他仗着当了村主任，糊里糊涂地搅乱了赵家的姓氏，现今，他赵长平应该跟着爹爹姓高，他如今的命运怕是和弟弟差不了多少吧。

自上次和爷爷闹过矛盾后，经赵月江和村里人给他讲了一番大道理后，他听进去了，觉得确实该放下过去的那些陈芝麻烂谷子了。不知为何，在这一刻，看到这种场面，那些陈年旧事又闪现在脑海里，让他愤怒不已！

“停手！赵新林，你还好意思打人家刚子，放开他！我家的事不要你插手。我警告你，以后没事别跟老高乱说话了，害得给我到处惹事！”赵长平喊了一声，赵新林停手了，他的脸上被刚子抓烂了，正在渗血，红红的。

“赵长平，你糊涂了？刚子啥人你还不清楚？他都那么骂你爷了你还护着他？我都听得一清二楚，你耳朵被驴踢了？你再恨你爷爷，也不至于好坏不分吧！你哪只耳朵听见我给你爷说啥话了？你个怂货！”赵新林气得骂了赵长平一句。

“你闭嘴！我清楚得很！你别借我家的事给自己报私仇！我也不买你的人情，你省省吧！”说完，赵长平瞪了一眼赵新林，气呼呼地回家了。

“回去！躺在这里装死呢！”回头，赵长平喊了一声爷爷，老高慢慢爬起来进了屋。

“赵新林，老子今天不想和你惹事，但你给我听好了，今天的事没完，你打听清楚，到底是我的错还是老高的错，若是我再听见你在背地里坏我名声，你等着，我会让你死得很难看！”说罢，刚子一甩手，准备回家。

“你怂啦？你还有名声？哎哟，我都觉得害臊，妻离子散的……”对于刚才发生的事，赵新林并不清楚，即便他知道了真相，也不愿意承认。只有他心里清楚，他这会上来只有一个目的，那就是跟刚子干一架，他早看他不顺眼了，包括这次接水管的事，他知道肯定没戏，干脆不拉也行，但我要好好教训你一顿才甘心。

刚子一听“妻离子散”这句话，火冒三丈，他也许不知道，赵新林之所以敢这么挑衅他，其实是有备而来的。新河村人大都知道，刚子和赵新林都不是省油的灯，但若是正面干起来，那赵新林还差一截呢！此刻，刚子心里也纳闷：这赵新林为什么要一再地惹恼他呢？他哪来这么大的底气？他心里装着什么阴谋？但又一想，这都不是，最关键的导火索，无非就是他不让他从自家门前接水管！

刚子冲过去，愤怒地给了赵新林一拳头，顿时，赵新林往后打了个趔趄，差一点摔倒。

“来啊！你以为我怕你？自来水是你家的？我呸！那是大家的，你倒管得宽啊，你咋不把你家杨娟管住呢！”赵新林嘴上不依不饶。

这时候，村里有人闻讯赶来，欲要拉开二人，但根本拉不开。赵新林不知道怎么了，跟疯狗似的连拉架的人都打。

两人厮打在一起，谁也不让谁，但很明显，刚子的力气比赵新林大多了，那都是经常干活锻炼出来的。赵新林则不一样，他的狠心跟力气不成正比，原因很简单，他爹当了半辈子的村主任，手头有两个钱，他也是唯一的儿子，当然还有个不省人事的老二，所以赵海平一直宠着他惯着他，和刚子比起来，他才吃了多少苦头？

两人正打着，突然听见不远处有人大喊：“刚子！住手！”人们回头一看，原来是赵月江，此刻，他正在对山的水泉附近。下午，他和姐姐去地里除草了。

赵月江早就猜到，为了接水管子的事，他俩之间迟早会有一场战争，但怎么也没想到会来得这么突然！原本，他想明天去乡里一趟，把这事跟南庆仁说一声，叫他出出主意或者出面解决一下，可还没来得及呢，他俩已经干起来了。他清楚，这俩不要命的主若真打起来，那一定不会是一场小打小闹，闹不好整个新河村都可能不得安宁！当然，单从力量上来讲，他还是相信刚子更胜一筹。

“快拉住！”赵月江扔下手里的竹筐，叫姐姐拿上，他飞也似的一路狂奔过来。

人多了起来，可两人厮打在一起根本拉不开，关键是赵新林跟疯狗一样见谁都骂，不知道咋了，跟中了邪似的。见这般，拉架的人也不想理会了，随他们去吧！

当赵月江一口气跑到赵长平家的庄背后时，突然听见“啊”的一声惨叫，他听得应该是刚子。

“完了完了！出大事了！出大事了！”赵月江吓得腿都软了，因为那一声惨叫太凄厉了，似乎是被人捅了一刀子。

“天哪！快！快送医院！”他听见有人这么喊了一声，拼了命地大喊。

“医院？天哪！”赵月江已经吓哭了，他两步奔过去，一看，赵新林呆呆地背靠在墙上，手里拿着一把水果刀，刀上红红的鲜血正一点一点滴下来，而刚子捂着肚子大口大口喘着粗气，很明显，他伤得不轻！

“刚子!”赵月江喊了一声，撕心裂肺!他被这种场面吓傻了，其次，刚子是他最好的朋友!

“刚子……”赵月江一把抱住刚子的头，眼泪忍不住哗哗落下，刚子有气无力地看了他一眼，嘴角微微一笑，摇摇头:“没事!”他的声音已经很微弱了。

“快!赵长平，三轮车!送医院!快，来人，过来帮一把!”赵月江撕心裂肺地喊着，伤心地哭着。身后，人们开始忙碌起来。

“刚子!你挺住!挺住!我家的旋耕机还没修好呢，你要是不给我修好，老子剁了你!”赵月江盯着刚子“愤怒”地喊着。刚子听见了，他说不出一句话，只是吃力地喘着气。

“快!被子!被子呢?把被子拿来，我给你买新的行不?”赵长平跑出来，什么都没拿就要去开车，被赵月江骂了一顿又折回去了。

一切准备就绪，刚子被抬上车，六个年轻人也坐了上去，马达早发动起来了，随着一声汽笛，前面的人齐刷刷躲开了，车子载着刚子直奔龙窑乡卫生院……

赵月江暂时没走，他要处理一些事情，主要是赵新林，他担心这小子一时受惊会干出傻事来。

赵月江两步跨过去，“啪”的一声，给赵新林狠狠地扇了一个耳光。赵新林无动于衷，像个死人一样面无表情，腿剧烈地哆嗦着。赵月江怎么也抑制不住眼里的泪水，他的情绪似乎失控了，因为刚子是他最好的朋友，居然出了这等事!

“打电话!报警!把这尿送到班房里蹲几天，我还不信公家治不了他，土匪，太狂妄了!这些年过去了，你小子仗着你爷你爹曾经是村主任，嘿!把村里人根本不放在眼里!这下倒好，还动起刀子来了，刚子再不好，那也是一个村里的，心真狠哪!”村里有人愤怒地骂着。

“对!报警!抓他，持刀伤人，绝对够他坐一年半载的牢房了，这还是好的，万一刚子有个三长两短，你狗日的这辈子完了!”有人也跟着喊。

赵新林的老婆是后面上来的，男人报复刚子的事她清楚，她也支持，在拉水这件事上，她也对刚子怀恨在心，但没想到他竟然偷偷拿了把刀子!早知道这样，她绝对会拦着他的。这下好了，捅出了这么大的篓子，可咋办呢?

一家人跪下来，哭着求大家不要报警，可没人听他们的话。

“主任！快，你报警！要不我们把他直接绑了送到公安局去！”有人朝赵月江大喊。

赵月江只是流泪，什么也不说。

“月江，求你不要报警，千万不要！我错了，我真的错了，我……”是赵新林，他似乎刚从惊慌中清醒过来，也似乎刚从人们的吼声中意识到了事情的严重性。总之，他哭了，他跪下了，他抱着赵月江的大腿用力地摇晃着。见状，他的老婆和老母亲也过来，哭着求赵月江不要报警，只要人没事，一切好商量。

“不行！坚决不行！这是刑事案件，要提起公诉的，不是你们谁说了算的！”人群里，有个好像了解法律的人大喊道。

“对！报警，把他送到班房里好好反省反省！这种危险分子留在新河村，迟早要出大事！”有人跟着闹。

“这小子太猖狂了，哼！报应终于来了！活该！”有人愤怒地吐了口唾沫。

人群里，有个女人一句话也没说，却笑得很开心，她就是曹莲花。没人能理解她此刻的心情，高兴，快乐，喜悦……这世上应该没有一个更恰当的词语来形容她内心的兴奋，那比中了五百万还要兴奋呢！她曾给赵月江说过，赵新林的事不属于人管的，是归老天爷管的，只要老天爷一睁眼，那一定让他这辈子翻不了身！听听，村里人那愤怒的吼声，像在声讨一个十恶不赦的囚犯。

此刻的赵月江，脑子里一片混乱，什么恩怨情仇，他一点儿都想不到这些，脑海里只有一个画面：方才脸色苍白的刚子，他还好吗？他能挺得过去吗？万一呢……

眼泪又一次失控了。他从没有过这种强烈的感受，难过，竟然如此难过！他也说不上来为什么，反正是抑制不住的那种伤心和难过，似乎受伤的人不是刚子，而是月霞，或者是老母亲！

月霞走过来，帮他擦干了眼泪，她强忍着笑安慰道：“好了月江，刚子那么硬气，咋可能会出事？我敢跟你打赌，他绝对会把咱家的旋耕机修好的！放心了！”姐姐拍了一下他的肩膀，给他加油打气。

姐姐的两句话，多少安慰了一下他的心，对，刚子那么坚强，怎么可能会出事，我这不是诅咒他吗？他用袖子擦了一下眼睛，擤了一下鼻子，深呼吸了几下，调整了一下情绪。赵新林一家子还围着他，他没理会，用力推开了挡在前面的两口子，站在空旷的位置，他扫视了一眼大家，所有人愤怒而惊慌的脸上都写着两个字：报警！

“各位！”他顿了一下，不经意瞥见了渗在地上的血，“你们谁拿铁锹把血铲一下！”

有人站出来，跑到赵长平家拿了把铁锹，把地上的血迹用土掩盖了。

“乡亲们，报警……”他还没说完，赵新林一家人又哭开了。

“甭管！报警并不是在害他，给他一个教训也有好处。”有人说。

“静一静！”赵月江向下压了压手，他再次问大家，“先别吵！你们说报警吗？”

“报！”虽然声音大，但这会儿很明显比刚才小了很多，不知道为什么。

“好！大家说得都有理，这种人的确该教训一顿，不然不知道天高地厚！是不？”

“是！”很多人说。

“那我说一个事实，我不向着谁，只陈述事实。赵海平就俩儿子，赵新林是老大，老二迷迷糊糊的，家里还有老人，有他的一家四口，如果他走了，这个家怎么办？咱们都是一个村里的，先放下仇恨和愤怒，若真蹲了班房，你们有谁愿意帮衬一下他们？有谁，举个手我看看！”

半晌过去，没一个人举手。

“好，还有，赵新林两个娃娃，一个在初中，一个在小学，他们都还是嫩芽啊，如果他爸蹲班房了，两个娃的成长会不会受到影响？当孩子们打闹的时候，对方冷不丁骂一句你爸是犯人，这时候娃心里会怎么想？长此以往，你们觉得他们还有未来吗？还有，如果赵新林有了犯罪前科，孩子以后考大学参加工作都是问题，政审这一关就过不了，你们想想，这不是开玩笑的！”

人们低下头沉默不语。

“这件事具体因什么而起，刚才太混乱我也没弄清楚，但有一点我能肯定，赵新林对刚子能下死手，一定是因为重要的事，你们觉得和哪件事有关？我告诉你们，是因为接水管的事，刚才大家都在议论，没错，就是这事。既然因为接水管引起了矛盾，搞得出了这么大的乱子，若是把这事告到上面，让乡政府的人知道了，他们会怎么处理这事？”赵月江顿了一下，“不过你们别多想，跟我这个村主任没关系，当然仅有那么一点点而已，这是个突发事件，我本打算明天要去乡里找一找南庆仁的，结果没想到事情来得太突然了。”他咳嗽了两声。“最初，拉水的事我和刚子挨家挨户宣传了，也说清楚了，大多数不愿意拉水的都来了个二进宫，有的甚至是三次四次，比如最后的五个老顽固，包括赵新林，一口坚决说不拉水，可到后面，他突然说想通了！这是什么意思？上一个月大家忙得累死累活，把一切工作做完了，你就那么好意思心安理得地想坐享其成？你尊重过那些辛辛苦苦挖渠的人们吗？你尊重过刚子吗？”赵月江有些气愤。

“所以，不管怎么说，这次拉水的事是打开天窗说亮话，人人都告知清楚了的，而赵新林故意这样折腾，还强词夺理胡作非为……若是让乡政府知道了，对咱们没啥影响，但我觉得会对南庆仁有影响，因为他是主管负责人。这些年来，你们说说，人家南庆仁亏待过咱高山村没？有啥好政策好项目都是争着抢着给咱们这边放，最近我听王书记提起，他在考虑一件大事，就是咱新河村的村路硬化问题……大家想想，拉水的工作本来好好的，一切顺顺利利的，突然出了这么一档子事，他还能全身而退吗？如果刚子没事那更好，当然我肯定刚子没事。假如，万一刚子有个三长两短，我估计南庆仁这次够呛！

“最后我的结论，暂时不要报警，不过你们别多想，有一句话我先撂在这里，大伙儿作个见证。若是刚子平安无事，那么所有治疗产生的费用、误工费这些全由赵新林一家无条件承担，还有，伺候刚子的人也从他们家抽调，这一点你有意见吗？”赵月江不屑地看了一眼赵新林。

“那是必须的，我承担，我都承担！”赵新林跟受惊的羔羊一样痛快地答应了，当然遇上这事，他不得不答应。

“还有，刚才我只是说了刚子平安无事的情况，如果，我是说如果，那样的话，就由不得我了。我手机上看过，这样的话司法机关会对他提起公诉的，也就是说天王老子出来求情都没用。所以，大家少安毋躁，报警的事暂且放一放，于公于私，他都躲不了这一劫。赵新林一手造下了这一切恶果，我想他应该早想好了该怎么去承担后果，那就让他去承担吧！”

话音刚落，赵新林哭了，他低着头走过来，站到赵月江一旁，说：“谢谢主任，谢谢大家，我错了，我真的错了，我现在很后悔！大家刚才对我的议论我都听到了，对不起，这些年我实在太张狂了，没把大家放在眼里，望你们能原谅！若是刚子平安无事，我以后一定好好做人，报答你们今天的不杀之恩！谢谢！谢谢！”说着，赵新林扑通一声跪倒在地，赵月江置之不理，随他去吧！只见赵新林不停地给大家磕头认罪，哭声一直没有中断。人们看着他那恶心的样子，摇摇头各自散了，转身时不忘吐一口唾沫，再恶狠狠地骂上两句：

“心太狠了！”

“等刚子好了弄死你！”

“刚子有个三长两短，新河村你别想待了！”

“真希望送进班房好好教育一顿！”

“跟他爹一样欺人成瘾了！”

……

人们走了，赵月江留在最后。

“谢谢主任！谢谢！”赵新林抱住赵月江的大腿哭得很难过，听着发自肺腑的吼声，赵月江能感觉得到，他的确怕了。

该！

他一把推开赵新林，二话不说转身走了。身后，一家人伤心地抹着眼泪，女人站起来，边哭边拍打着男人的背，骂道：“你这个混账！你咋能拿刀子捅人呢？那可是犯法的啊，再说了，刚子是咱村里人，你能下得去手？打人的方式有很多种，哪怕你踢他两脚不至于闹到今天这种地步！这以后，新河村还有你、我和孩子们待的地儿吗？你有脸待，我还嫌丢人呢！”

老母亲哭得更难过，老头前脚刚走，儿子就犯下了这么大的事，她气得心脏病快要犯了。她拍打着赵新林的头，骂道：“你呀，真是个浑蛋！你爹被人骂了半辈子，至少没拿刀子捅人，你倒好，狗屁不是，大钱挣不来，光知道给家里惹祸，给老祖宗丢脸，你个现世宝，你把我气死得了！哎呀！”

过道里，一家人哭成一团。村里没人回头去劝劝他们，这种恶人谁还有心思理会他？刚子因为会修理机械电器，这几年积攒了极好的群众缘，自然此刻人们更恨赵新林一家子了。

刚才发生的这一切哭闹，都被躺在门外小屋里的高东喜听见了，他知道这一切都是他闯的祸，他该承担这一切责任。可年龄实在太大，加上胸口疼，他无能为力出去劝说一声，也是无颜面见新河村的父老乡亲啊！也许唯有一死，才算为自己赎了罪，才能让他这辈子心安，唯有一死才能转移人们的注意力，一切才会慢慢平息吧！

人走了，一切平静下来，躺在安静的小屋里，他抽着烟斗伤心地抹泪。活了八十高龄，没过过一天好日子，多时候和孙子长平干架了，他早受够这种屈辱的生活了，他早想走了，他的招弟在梦里叫了他几回，是时候去看看他了。他不得不走，活了这么大岁数，到头来还没活明白，口口声声劝刚子不要和人争了，可自己呢，明明心里为了赵新林的利益，故意惹怒了刚子。这下好了，事情闹大了，高东喜啊，你这个老不死的罪魁祸首，人世间留着你还有几分用处呢？

因为刚子挨了一刀，赵长平在医院里照顾，所以，今晚算是平静，没人再骂两句他的不是。晚饭熟了，他强忍着疼痛装作若无其事的样子，去厨房里盛了一碗饭，端出去吃了。吃罢后，他躺下睡着了，说是睡了，其实人还醒着，根本睡不着。他心慌意乱，因为惹了这么大的事，年龄这么大了，他满心懊悔，悔不该今天替赵新林出头，如今搞得整个村子都不得安宁！

刚子的母亲耳朵背，她是最后一个才知道的。女人一听刚子在医院里，瞬间打了个趔趄差点晕倒了。她摇摇头，尽量让自己清醒过来。她问："是不是因为接水管的事，他和赵新林打架了？"赵月江在场，他说是的，不过不要紧，今晚你就不要去了，明早咱俩一起去，我听长平说他现在没事了，好不？

刚子妈说什么都不行，没辙，他只好叫人陪着她去了医院。至于人到底怎样，到现在他也不清楚，也没来得及打一个电话，发生了这样的事，他的脑袋简直要炸裂了！上一个月，拉水施工那么忙，都没有出过一点点事，工作忙完了，消停了，事情就出来了，一出还是这么大的事！他想不通为什么会这样子？王望农和南庆仁还一直夸他呢，说新河村的工作是走在最前面的，而且质量达标，他还说这是他领导有方，原以为一切会一直这么顺利，没承想突然来了个"晚节不保"！

他是最后一个上去的，是赵新林的摩托车把他捎上去的。他原本打算一个人骑自行车去，没想到赵新林提前上来了，他说他想上去看一趟，看能不能帮帮忙。同时，他拿着一万多块钱，说先把医药费垫上。此刻，赵月江一见赵新林，恨不得一棒子打死他，见他一脸杀气腾腾，赵新林也知趣地一直低着头一言不发。

“你一个人不会去吗?”他说。

“月江，我……我干的这事太丢人了，我一个人不敢去！但说真心话，我现在很害怕，我希望能帮一帮刚子，多少钱我都出，就算把家里所有的积蓄都花完了，我再出去打工都行，只要刚子能好起来我就安心了。那阵子，村里人怎么骂我的，我听得一清二楚。村主任，这次我真的错了，当你在村里人面前给我求情的时候，我真的……”赵新林已经哭了，“我没想到你会那么说，的确，我脑瓜子太简单了，一介莽夫，只知道图一时痛快，却忘了后果那么严重。要是刚子有个三长两短，我，我真进去了，一进去我的俩孩子，我妈他们……”

赵新林哭得很难过，赵月江能听出来，他是真心悔过的。

“闭嘴！我家里还有人休息呢，鬼哭狼嚎的，早知如此何必当初呢?!”

赵新林不说话，压制住了哭声，开始一个劲儿地抽泣起来。此刻的他，像一个无助又恐慌的小孩子，看着让人有点不忍心，唉，赵月江啊，你跟女人一样，两个字——心软!

“走吧!”他最终答应了。

坐上摩托车，两人一路不说话。到了医院才知道，原来刚子不在乡卫生院，而是去了县人民医院。问过龙窑乡卫生院的大夫才知道，刚子伤势较重，乡里医疗条件差，根本做不了手术。

一听这话，赵月江愣住了，眼泪哗哗落下。赵新林一屁股瘫倒在冰冷的水泥地面上，抱着头痛哭起来。

“县城那么远，三轮车能拉过去吗?天哪，一路颠簸岂不要了命了?”想到这里，他赶紧拨通了赵长平的电话。

“在哪里?”

“马上到医院了。”

“人咋样?”

“在救护车上，情况还好。”

“好，知道了，我马上过来。”

挂了电话，赵月江飞奔出了卫生院，站在马路边上准备拦一辆车。赵新林跟过来问："情况怎样，月江？"他的声音颤抖着。

赵月江不理会。十分钟后，终于拦住了一辆私家车，对方还以为有啥事呢，赵月江说我们去县医院看个病人，能不能捎上？那人摇摇头说不拉，这时赵新林上前一步，麻利地从裤兜里掏出一百元哀求道："够不，大哥？要不再加一百？"那人一看钱，还是摇摇头，说："这不是钱的问题，而是交警查得严，这不害我吗！"

"两百，行吧？我家人在医院里呢，刚打来电话说已在弥留之际，大哥，求你了！"关键时候，赵新林表演得很真实，那司机信了，起了恻隐之心，说上来吧！

等他们到医院时，刚子已经在手术室里了。刚子妈坐在楼道的长条椅上难过地抽噎着，见赵新林来，她忽地一下站起来，冲过去就给了他一记响亮的耳光："赵新林，你都敢动刀子了？来，刀子呢，你往我心上戳，我不怕，来，你来！你有本事杀了我！"刚子妈闹得很凶，赵月江几人赶紧拉开，可女人还是嚷个不停。这时候，护士出来了，气愤地骂了一句："安静点！要闹出去闹，这是医院，不是菜市场！"

赵月江赶紧上前给人家赔不是，护士瞪了一眼就走了。几个人过去安慰刚子妈说："阿姨，千万不敢闹了，刚子正在手术室，你这么闹他听见了心里一紧张，会出事儿的！"刚子妈一听这话，只好安静下来，可眼泪还是忍不住肆意洒落。

"对不起嫂子，我错了，对不起！"赵新林走上前，低着头，声音很轻。

"滚！"刚子妈愤怒地吼了一声，赵月江赶紧瞪了一眼赵新林，示意他靠后。

一切归于平静，手术室内什么情况无人知晓。室外，一群人焦急地等待着，赵月江双手合十置于嘴前，他默默地一句句念着"阿弥陀佛"，乞求能保佑刚子尽快脱离危险。

"家属哪个？"沉寂中，突然一个女人喊了一声。

"是我！"几乎同时，刚子妈和赵月江都这么回应了一声。

"谁是 O 型血？快，进来一趟，病人失血严重！"那女人很焦急。

"我！"赵新林冲了过去。

赵月江是A型血，还有两个也是，一个是B型，其他几个根本不知道自己的血型。谢天谢地，还好，赵新林是O型血。

门关上了，赵月江拍拍还在狂跳的心脏，他既害怕又欣慰，赵新林进去了，但愿一切平安无事，他只能默默祈祷。一波未平一波又起，对于刚子的结局，此刻，他慢慢开始模糊了。

这一对冤家，呵呵，怎么会这样？老天爷你真会开玩笑，前一刻打得死去活来，赵新林成了众矢之的，这一刻他又戏剧性地变成了救人英雄？这以后，他俩还会擦出一些什么样的奇奇怪怪的火花来？想想让人觉得不可思议，冥冥之中，这两人上辈子是打不散又走不到一起的生死冤家吗？

整整抢救了三个小时，人终于转危为安了！血源供应及时，刚子暂无大碍。手术完毕，他转进了重症监护室，主刀大夫说，情况还算稳定，暂时不要打扰，以观后效。

赵新林还躺在床上，大夫不让他乱动，说刚捐完血身体虚弱，要好好休息一阵子才行。医生给他输了一些能量，因为刚才他给刚子补了很多血。听说刚子平安无事，赵新林一下子泪眼婆娑，他笑着哭着，摇着头自言自语：刚子，咱俩上辈子是一对生死冤家吗？

看到这一幕，情不自禁，赵月江再也恨不起来了，反倒被一阵暖流击穿了脆弱的心。他眼眶一热，鼻子一酸，泪水忍不住簌簌滑落，顺着脸颊流进嘴里，竟然有一丝淡淡的甜味。

夜已经深了，村里上来的几个年轻人在外面找了一家便宜的旅馆住下了。医院里，只留下刚子妈、赵月江和赵新林守着。

县城的夜，灯火辉煌，车水马龙，月亮升起来，照在清凉山深邃而遥远的上空，虽然听不见夜鸟鸣叫，但它们一定在某个角落里悄悄地欢唱，享受着仅仅由一堆野草搭建的窝里，那难得的天伦之乐。此刻，这座小城喧闹得有些过分，跟着一首老掉牙的歌曲，在霓虹闪烁之下忽明忽暗忘乎所以。但这终归会安静下来，就像刚子的病房里，方才是一阵慌乱的脚步声，此刻一片死寂，偶尔监测生命体征的机器会发出一声滴滴的警报，像是报时的老钟，在期盼漫长的黑夜过后，黎明前的那一道曙光尽早撤走夜幕，看这天色，明天将是一个晴朗的天。

“阳光照耀的地方，一切都会好起来的！”赵月江心想。

而新河村的夜，却被乌云遮住了大半边天，月亮一会儿露出脸，一会儿又调皮地躲到云层里去了。城市与乡村之间，连着半清半浊的夜，本没有相隔千山万水，却隔着一万种说不清的人间的快乐或是悲伤，明天太阳是否还会升起？看这忽明忽暗的夜空，大概又是个难猜的谜了。彩云追月到南边，追得很欢实，南边的山啊越来越低，终究无力为它阻挡那一轮滚滚向前的明月，它应该是看到了遗落人间僻静一隅的一池清水，好久没看过自己美丽的容颜了，先打扮打扮，彩云就要追上来了！

一只深藏在树林里的夜鸟不停地叫着，像是在啼哭，听了一遍又一遍，才慢慢听懂，它是在诉说一个弥留之际的老人的心事，顺便把这个不幸的消息捎去村庄，这注定是无眠的一夜。

新河村，这骚动的一夜里，没人察觉到，高东喜老人已经悄悄地走了，永远地离开了这个让他爱恨两难的村庄。他是喝了农药走的。此刻，赵长平不在，屋内，孩子和女人都熟睡了，只有远处那一只多情的鸟儿叫着，催着，叫人们醒来看一看啊，那个活了八十多岁的老好人走了，在没有僵硬之前，赶快给他穿好寿衣吧！不然，到了另一个世界，他将什么都没有！

临走前，他“写”了一份遗书，用烧过的木棍炭头，在熏得脏兮兮的墙上画了一幅画。所谓的画，只是三个人头，一个是他，胡须很长，戴着小瓜帽，他在这幅头像的下端画了一个大大的叉；第二个，是赵长平，头发很浓很长，最有特点的是鼻子，很大，像个秤砣，他的下端画了一个大大的勾；第三个，是赵刚子，胡须浓密，四方脸，头发有点稀疏，他的下方也画了一个大大的勾。他不识字，明眼人一眼就能看懂啥意思：我的死，都是咎由自取，是我自己做的决定，和孙子赵长平无关，和赵刚子无关。

次日，天终究没有晴朗起来。东边一声鸡叫，西边连成一片，新河村大多数人还在做梦，沉静的夜被一群敬业过头了的公鸡早早惊醒了。

这边，一座向来安静的村庄悄悄走了一位泣血的老人；那边，一座喧闹的小城惊醒了一个病床上呻吟的年轻人。

一半欢喜一半忧。

得知噩耗，赵长平早早搭车回家了。一路上，他懊悔不已，脑海里往事翻江倒海。他知道，曾经，他对老人犯下的那一桩桩罪过，并不会因为他的离开而深埋进黄土里，随着时间的流逝，像储藏在深洞里的一壶老酒，伤痛愈演愈烈，他终将在痛苦中不得不慢慢消化这一切。爷爷怎么走的，他一清二楚，那绝情的一脚，彻底踢断了他们爷孙俩仅有的一点点并不牢靠的血缘关系。

死，能让人瞬间明白一切；死，能让人瞬间遗忘血海深仇；死，又能让人深深铭记那一堆挥之不去的痛苦。

昨夜，月亮落在新河了。今夜，新河的月亮再也不会从新河里徐徐升起了，它被新河的一片蛙声震碎了，它被新河呜咽的哭声带走了，去了远方的远方。

墙上，那一幅用焦炭写下的遗书，爷爷的画像嘴巴微微张开，还在大声地向世人澄清一个荒唐的事实：我的死和长平没有关系！呵呵，此地无银三百两，新河村的父老乡亲，谁不知道我赵长平的愚蠢和无理呢？

唉，一声长叹，两行热泪。

医院里，刚子醒了，麻药的劲头过了，伤口生疼。他说要撒尿，赵月江取了瓶子帮他解决了。灯开着，母亲趴在窗台上睡着了，看样子疲惫极了。赵新林去了隔壁的一张空床上睡觉去了，昨天献了很多血，他很累，头晕乎乎的。

“我还没死？呵呵！鬼门关里走了一遭，阎王爷不要咱！”刚子还是这么乐观。

“他是怕你，你比阎王爷更可怕！”赵月江开玩笑说。

“我有那么可怕吗？疯子赵新林呢，进局子了没？”

赵月江摇摇头，说：“没！”

“没有？扯淡！”他一生气，本能地翻了一下身子，伤口绷得生疼，“啊！哎呀！”他痛苦地呻吟着。

“你别动气！好了，你休息，我不说话了。”赵月江准备出门。

“你过来！”刚子吃力地摆摆手。赵月江转过身，他问：“咋回事啊？”

“暂时别想这些事，我只能告诉你，虽然他捅了你一刀子，但最终还是他救了你的命，算是扯平了。”

“咋可能？他救我？没害死我算好的了，他咋救我的，你说。”刚子觉得赵月江在胡说八道。

“你失血过多危在旦夕，大夫说血库告急，很巧，赵新林和你是一样的血型，所以……”

刚子打断了话，问道：“你说说，赵新林啥血型？”刚子总觉得村主任没说实话，他一直都是这种性格，总想着把大事化小小事化了。

“O型！”他把大拇指和食指圈起来，做了个圆圈的手势。

刚子沉默了，愣了片刻，他问：“那人呢？”

“隔壁睡觉去了，昨天献血太多，大夫还给他输了能量呢！”

“这……”刚子吧唧了一下嘴巴，不知道说什么好。

“所以，过去了，都过去了，啥都不要提了。医药费他也付了，昨晚跟你妈道过歉了，咱都是大男人，凡事看开点，他害你一命最终又救你一命，你俩啊，真是一对生死冤家！”

“哎呀……”刚子只骂了一句娘，再没有词了，很明显，对赵新林的表现，他多少有点心软了。

“你好好休息，什么都不要说了，待会儿我问问大夫，看你能吃什么食物，估计是流食。”

“其他人呢？我迷迷糊糊记得好像是长平开的三轮车？”刚子问。

“都在呢，长平……长平他回家了。”赵月江这一停顿，敏锐的刚子一下子生疑了，他追问：“咋了？长平咋了？”他以为赵长平没开好车子出啥事故了。

赵月江顿了一下，牙齿咬着上嘴唇看了一眼窗外，摇摇头说没什么，他家里有事。

“不会是他爷爷出什么事了吧？那人昨天把老爷子踢了一脚，踢在胸膛上，听你这口气，难不成他爷严重了？月江，你好好说，我心里有准备的，反正又不是我爷爷，也不是我害死他的。”

这一刻，赵月江才点了点头，叹了一口气，声音低沉，说：“你别激动，小心伤口！”

“磨磨叽叽的！”刚子吧唧了一下嘴巴。赵月江一手按住他的胸膛，怕他一激动再翻起身来绷着伤口，说：“走了！”

“停！”赵月江明显地感觉到刚子动了一下，他使劲按住，喊了一声停。

“咋回事？”刚子瞪大了眼睛，同时皱着眉头，一脸痛苦。

“早上有人打电话过来，说是喝农药了。”

“妈的！”刚子“啪啪”打了自己两个耳光。赵月江赶紧拉住，说道：“你这是干啥？不怨你，都怨他自个儿，管的闲事太多！”

“你都知道了？”

“昨晚赵长平跟我说过了。”

“还是怨我！这长平太冲动，那一脚下去，老爷子能不伤心欲绝吗？唉！”刚子摇摇头，一脸悲伤，“要是我当初忍了就对了，不至于闹到这种地步！”

“别抱怨了，也不怪你！事情已经成这样了，能咋办？”

这时，母亲醒来了，她见儿子醒来，高兴得眼里渗出了泪花：“刚子，你咋样了？吓死妈了！”

“别哭别哭！没事没事！我还活着呢！”刚子大大咧咧地劝母亲说。

“放屁！都啥时候了，说话还没轻没重的！”母亲生气了，刚子憋不住笑了。

正聊着，大夫过来了，他见刚子醒了，就问了一下身体状况。刚子说一切都好，就是伤口疼。大夫摇摇头一笑，说：“疼？嘿！你这话说的！”他看了一眼赵月江和刚子妈，说道：“你们是家属吧？病人身体还虚弱，需要多休息，建议暂时不要打扰他，记住了？”

“好，好！”两人点点头，只得闭上嘴巴。

大夫走了，刚子说没事，咱聊聊。两人摇摇头，没说话。刚子无趣，只好躺下睡了。

赵新林醒来后，他向赵月江问了刚子的情况，赵月江说那阵子醒过一次，还聊了几句话，大夫不让多说就罢了。赵月江没心情理睬赵新林，眼不见为净。可是，鉴于昨晚他勇于为刚子献血，就冲这一点，他不得不态度缓和下来。

“身体好一点没？头还晕不？”

“还是有点疲乏，比昨天强多了。”

一直，刚子妈背过身去，一句话都不说，她不想理会这个疯子。

“你睡好了没？没的话去隔壁睡会儿，我看着刚子。”赵新林说。

还没等赵月江开口，刚子妈气呼呼地回了一句：“你回去！这儿没你的事了，刚子醒来一看你在，指不定病情又加重了。”

“嫂子，你别生气……”

“别说了！我叫你回，耳朵聋了？你待在他身边我还不放心，万一悄悄把他掐死呢？”

“我……”

“我什么我？你回！刚子不需要你照顾，这里有我呢！”刚子妈沉着脸，语气坚决。

赵月江给赵新林使了个眼色，示意他不要再说话了，赵新林看在眼里，只好闭嘴。

“那，那我给咱买早餐去。”赵新林说着，准备出门。刚子妈冷冷地回了一声：“你吃好，别给我买！”

“大奶奶！你别这样，总得吃些吧！”赵月江插了一句。

刚子妈忽地翻起身朝门口走去，“你吃啥，月江？”

“随便，你想吃啥就买点啥吧。”赵月江说。

“那就包子吧！”女人说完走了。门口，赵新林低着头一脸悲伤。

“要不你回吧！刚子妈说了，人家不想看到你，刚子醒来看见你，估计也会生气，这样对伤口不好。”赵月江劝了一句。

赵新林沉默了一下，说：“知道了。要不我先回去一趟，再拿些钱过来，这是大手术很烧钱的。”

“去吧，再烧钱那也是你点起来的火，自作自受，怪不了谁！”听赵新林这一说，赵月江顿生怒气。

赵新林没有回话，转过身慢悠悠地走了。这一刻，赵月江猛地看透了赵新林的疲惫，一夜之间，这个曾经狂妄自大的家伙一下子萎蔫了，让人不禁唏嘘一叹。

“等等！”他两步走出去，“回去了买些营养品补一补，献那么多的血一时半会缓不过来。”

赵新林盯着赵月江看了几秒钟，慢慢笑了，他点点头：“好的。”

赵月江刚要进门，赵新林一把拉住他的衣襟：“刚子睡着了，能陪我去外面抽根烟吗？”

赵月江一愣，他猜得出赵新林想说一些心事。也好，他点点头，从屋里取回了外套，两人一前一后下了楼，赵新林跟在他身后。

天晴着，但太阳并没有那么红。大院里，人来人往，赵月江最头疼来这个地方了。

出了门，坐在水泥台子上，赵新林掏出烟卷递给赵月江一根，给他一根，接着点上。

赵新林连着吸了几口，然后深深地吐了一口气，烟雾弥漫，他把心中的所有苦闷一并吐了出来。

“月江，谢谢你！”

赵月江抽着烟，不答话。

“我叫你出来，突然想说一件事，过去一年了。”

赵月江不答话，还是叭嗒叭嗒地抽着烟。赵新林想说什么，他已经猜到了，就是去年关于低保评定的事。

“我家评上低保的事，唉，对不起！”

赵月江沉默不语，只是听赵新林慢慢讲着。

“因为我爷我爹以前都是当过村主任的，所以，我一直觉得我一辈也可以，可是后来，王望农的出现把一切打碎了。嘿！”他笑了一下，“现在想来真是可笑，不自量力，就我这德行能当得了村主任？嘿，新河村人骂我说，跟了老赵家的姓，却没有老赵家的命，的确如此。”

“我以前可笑到什么程度了，就因为此事，我一直对你怀恨在心，一直想办法要坑害你一次。那次低保的事，就是我有意策划的。我明白得很，关键时候，王望农可以舍弃你，但是，他舍不了他的职位！不过我没说他是自私的，他对你的好新河村人人皆知，我总觉得，王望农敢于冒这么大的风险把低保最终给了我，没猜错的话，一定还有人参与其中，这个人似乎是南庆仁，呵呵，我很羡慕你！”

“放屁！想象力真丰富！”赵月江骂了一句。

“不说那些事了，总之对不起你月江。在大是大非面前，你真是一个有格局有定力的领导，我看好你，加油！”赵新林掐灭了烟头，接着说，“等刚子的病好了，我就出去打工挣钱，本来这次花销很大，再者，我干了这么愚蠢的事，我没脸在新河村待下去了。”

“你有这自知之明？真难得！”赵月江讽刺他说。

“嘿！”赵新林尴尬地一笑，“人这一辈子很长，今天回头想想，我的前半生活得不如一头驴！我伤害了咱新河村的好多人，除了你还有别人。”

“你有脸说？我知道那个人，她恨死你了！”

“你知道？谁？”

“曹莲花！”

“呃……”他低下了头，他默认了。

“就是她，她告诉你的？”

“那阵子我俩的绯闻在村里传得沸沸扬扬，她被逼无奈才跟我说出了真相。哼！可笑，原来背后的始作俑者是你！还记得不，你砍了我家一棵树，还好那天我俩返回了，不然你拿着炮要炸我俩？”赵月江一声嘲笑。

“什么猎枪？不过是点了颗炮仗吓唬人呢！对不起，真对不起！是我太糊涂，太目中无人！”赵新林低下头，双手撕扯着自己的头发，像是懊悔不已。

“其实我想过报警，但曹莲花说一旦事情败露，会影响孩子的声誉，所以……”赵月江长叹一口气，“当初曹莲花告诉过我一句话，她说这世上的事，有一种是属于人管的，有一种是属于老天爷管的，而你，就是属于老天爷管的。她还说，一旦老天爷管起来，一定不轻饶！现在想想，曹莲花真像个大哲学家、预言家，今天一切命中了！哈哈！”赵月江解恨地笑了一声。

“报应真的来了，就算我没有蹲班房，但村里人已经把我看扁了，还有我的孩子及家人，我们还有脸待在新河村？存了一点钱，一下子打水漂了，哈哈，活该啊赵新林，人不作就不会死！还有一句话，叫老天爷叫你灭亡，先让你疯狂。”

“哼！懂了？晚了！一个人走过的每一步路都算数，为你走过的路好好买单吧！天作孽犹可违，自作孽不可活。”

“唉……一步走错满盘皆输！”

聊了一阵子，时间不早了，赵新林搭车回家了。下午，他又早早地赶过来，给医院交了两万元。赵月江远远地看见了，他喊了一声，赵新林过去，他说：“辛苦了！你回家休息吧，刚子醒来了，他说他不想见你，至于谁伺候他的事，不要你操心，有他娘呢！那你回吧，他的伤势很严重呢，不然不好！”

赵新林沉思片刻，无奈地摇摇头：“可是，如果我这样走了，新河村人会怎么看我？还以为我还死性不改，要跟刚子死磕到底呢！”

“你还在乎这些？去吧，真相只有一个！”赵月江转身回屋了。

行人来来往往，南来的北往的，把赵新林淹没在人群里。盯着眼前一盆叫不上名字的绿植，他感觉世界有些虚幻，耳朵有些幻听，所有人都是活着的，唯独他是没有灵魂的，只剩一副空灵的躯壳，前方的路到底是通往哪里的，他根本不知道，像站立在湍急的黄河岸边，看久了让人有些头晕目眩。

三天后，高东喜老人的葬礼如期举行。坟就选在对山的地里，离他的儿子高招弟并不远，只隔了一道浅浅的沟。按老人临走前的愿望，这样的安排他应该是满意的，虽然没法葬在一起，但造物主早考虑到了这一点，风和昆虫就是传话的媒介。比如吹一阵北风，左边坟地里的花香就能传到右边的坟头上去，同样，一阵南风吹来，也会把老爹满腹的心事说给他想念的儿子。夏日里，蝴蝶成群，翩翩起舞，像风一样自由，一会儿在招弟的坟头转转，一会儿又跑去了他爹的田间地头，没有人能听见蝴蝶振翅的声音，不像蚊子来时那样张扬，动静太大。其实，蝴蝶是在给亡人传话，那些话是很空灵的，几乎没有声音的，要靠这些精灵特别的方式才能传递出去。

下葬的前一晚，新河村下了一场小雨，是毛毛雨，黎明前就停了。天亮，人们起得很早，老高要出殡了，天阴沉沉的，是在为老人默哀吗？哀乐响起，棺木前行，赵长平披麻戴孝，手里拄着一截哭丧棒，哭得很伤心；二孙子高长喜端着孝子盆，一边哭着一边往盆里烧纸。他是前天来的，关于爷爷的死，他什么都听说了，但自始至终，他一句多余的话都没有说，连一声愤怒的哀号都显得那么苍白无力。这些年，爷爷过的什么日子，他一清二楚，他的心跟着爷爷的离去早就死了，那是对哥哥的绝望，跟这种薄情人还能计较些什么呢？

葬礼结束，他为爷爷烧了三天的夜纸，第四天早晨就走了。爷爷安葬的所有费用，他一个人出了。不管哥哥怎么解释，他都一言不发，只是机械地点点头，这让赵长平心里十分难过。老母亲也给小儿子说了一大堆好话，还是一样，长喜除了点头不作任何辩解。母亲急了，带着哭腔低吼道：“我的小祖宗，你听清楚了没？过去的就让它过去吧，我不希望你俩为此闹矛盾！”他还是点点头，面无表情，很显然，他什么都没听进去。

高长喜的脑海里，只记得爷爷对他的好，那不是一般的好，把他当个宝一样，放在手里怕摔了，含在嘴里怕化了。父亲走得早，他大多数的记忆都跟爷爷有关，这突然一走，走得那样凄惨，连最后一面都没见上，他的心碎了一地，他童年的所有记忆也跟着带进黄土里去了。

赵月江在县城待了两天就回来了，他也参加了老高的葬礼。老高是个好心人，但走得十分悲凉，他为之难过。在生命的最后一程，他还在为赵新林的事操心，助人为乐，这本是一件好事，但因为急功近利，没有恰当处理好和刚子的关系，最后惹出了这么一场祸端，所以，他心里也有一点点怨恨。

葬礼上，赵新林也在，他孤独地立在人群后面，掩面啜泣，他哭老人的不幸，也为自己眼下的遭遇而哭。虽说是老爷子说话耿直得罪了刚子，才闹得这么一出悲剧，但改变不了的事实是，他得罪刚子的初衷就是为了自己能吃上自来水。站在他的立场上讲，老人一点儿错误都没有，倒是刚子心气太盛，不懂得尊重老人，或者是他太小肚鸡肠。在他看来，刚子是读过书的人，完全可以不用理会一个老人说过的话，水管让不让接，到头来还不是由他说了算，何必在乎那么多？

一周后，刚子的病情恢复得很好。这几天里，赵月江一直跟他保持电话畅通，无非问一句疼不疼了，吃饭了没有。有时候陪他唠嗑，话匣子一打开就停不下来，一个小时地聊那是很正常的事。赵月江告诉刚子说，这一段日子赵新林一家很乖，不知道死活，看来他们痛改前非了。刚子鼻子里哼了一声，不屑地说："你放心，狗改不了吃屎！事情发生没多久，从道德层面讲，他不得不沉寂一阵子，时间久了，好了伤疤忘了疼，狐狸的尾巴照样藏不住，迟早会露出来，不信咱走着瞧！"

赵月江反驳道："这回你大可放心，我敢跟你打赌，他一定会醒悟的。"

"都是一个村里长大的，年龄相差不了几岁，我把谁的底细还不清楚？要我说，这次你们做错了，就不该这么轻易原谅他，不然他觉得这犯罪成本太低，不就出了几万块钱的医药费吗？比起蹲监狱，这成本才有多高！所以，依他的为人，往后还会继续犯事，到那时，你们为昨天的宽容去买单吧！我是最大的受害人，好人让你当了，不过咱俩关系好，我不会多计较什么，但如果我是你，我不会这么惯着他的！老人常说一句话：严是爱，松是害，其实你害了他！"

赵月江坚持自己的观点，其依据在于上次赵新林跟他的一次谈话，赵新林把自己和曹莲花之间的一些风流事毫不犹豫地承认了。这说明什么？很简单，他是认识到自己的错误了，他想痛改前非，不是吗？还有这几日，他为了刚子的病情，隔三岔五地往县城里跑，刚子的医药费，从头到尾都是他一个人在支撑着，而且这几天来，新河村的所有人都在议论，说赵新林这一次确实栽了，也从头做人了！

“刚子，你说的话不无道理，我能理解，既然走到这一步了，就当你大人大量，给他一次悔过的机会吧！”

“你把一切安顿好了，我还能说啥？此时此刻，我只能这么违心地顺着你的心思说一句，人非圣贤，孰能无过？过而能改善莫大焉！”

赵月江听得出来，对这件事的处理结果，显然刚子是不太愿意的。他白白挨了一刀子，赵新林只是出了一些医药费，当然这是天经地义的，谈不上什么感恩不感恩的，他更希望赵新林在精神和身体上，再能受到一些实质性的折磨，那样对谁都将是公平的。

“谢谢老叔，正因为我们是好朋友，所以我才敢做你的主，不管怎样，事情已经过去了，你原谅不原谅我已经擅自做主了，一切的罪责和不满你都推到我头上吧，我无二话。”赵月江诚恳地跟刚子回话。其实，刚子能听得出来，这完全是在给他道歉啊！

“呵呵，”刚子笑了一下说，“月江，不过从大局讲，我还是佩服你所做的决定，但前提是我平安无事，当然不用你做主，也不用新河村人集体讨伐，法律自有主张。但是我要提醒你一句，以后遇上这样的事，不要意气用事，你之所以格局大，是因为心地善良，这是好事，但也是坏事！赵新林能不能真心悔过，呵呵，我劝你别抱多大希望，江山易改本性难移，我劝你记住这句老话！”

愣了半晌，赵月江才回话，说：“记住了刚子，毕竟你读的书多，以后我会多听你的话，你永远是我的好哥们！”

“好哥们是好哥们，辈分可不能乱了！”刚子笑了，他似乎有意打破这种严肃的气氛。

“那不能乱，走到哪里你都是我叔，是不是刚子？”话已经说出口了，赵月江忍不住笑了，“对不起，叔！好好养病，我等着你修理我家旋耕机呢！”

“这人没救了！”电话那头，刚子夸张地叹了一口气。

过了几天，王望农来新河村了，一进村子，他径直去了赵月江家。那时，赵月江正在大场里研究他家的旋耕机，上次刚子修了一半还没彻底修好。

见王望农来了，他心里很高兴，便扔下手中的活跟他进屋了。

到了堂屋，刚坐下，赵月江还没来得及问一句：“叔，有啥事吗？”王望农提前开口了，他阴沉着脸，像是受了莫大的委屈。

“咋回事？为什么不告诉我？”他的嗓门很高，语气里充满责备。

“啊？”赵月江眉头一皱，刚想着到底发生了什么事，瞬间，脑子里“嗡”的一声，他什么都想起来了，王书记一定是在说关于刚子受了伤的事吧。

“我……叔，你知道了？”顺便，他掏出一支烟递给王望农，王望农用力地晃了一下手，烟没抓牢掉在地上了。

“咋？好歹我是高山村的书记呢，我不该知道？”王望农还是很冲。赵月江捡起烟，他低下头不知道说什么好。

“嘿哟！你现在能得很呀赵月江，这当了领导就是不一样，什么主你都能做得了，我发现你都要一手遮天了，连我这个小小的书记都不放在眼里了，你牛了，赵主任！”王望农还在嘲讽他。

“叔，我……这事发生得很突然，我也没办法嘛！”赵月江觉得自己憋屈，就辩解了这么一句。

“哟！把你说错了？事发突然，那为什么不提前告诉一声？你看现在搞的，一死一伤，这就是你一年来的业绩？”

“我……我不是给你说了的，我说赵新林突然想通了要拉水，你说让他去准备……”

“对，你是说过这些话，那我还听说，赵新林打算从刚子家接水管的事你也知道？为什么不提前告诉我一声，你明明晓得这两个是死对头，还不及时做出反应，想办法把潜在矛盾降到最低？你说你做啥了，你尽到一个当领导的责任了吗？好歹你跟我提一声，我试着以政策的名义好好跟刚子沟通一下，我就不信他想不通一些道理？”王望农还是不依不饶，赵月江也是无奈，他心里也很憋屈，他想过这些事，原本打算第二天要去龙窑乡政府找南庆仁出面的，可的确事发突然，这不没来得及嘛！

“我打算……”刚说出三个字，瞬间他又咽回去了，事情已经发生了，现在说这些有啥用？王书记说得也在理，特殊情况特殊对待，应该及时做出反应，把矛盾降到最低，说来也算是他的失职。

“你还打算啥？你说啊！你还能得很，事情出了，私下解决，这是人命关天的大事，你一个人能做得了主？所幸刚子没事，不然你小子也摊上事了！全村人都明白那一点道理，就你心地善良到了是非不分的地步？”

赵月江不再说话，只是静静地听王书记训话。就算他有一肚子自己的大道理，可此刻在王书记的质问下，他觉得说与不说都一个样。从法律上讲，王叔说得对，但从人情上讲，他似乎没错啊！虽说法不容情，但法不外乎情，法律不是以惩罚为唯一手段，更主要的是挽救和感化，不是这样吗？

王望农发泄了一阵子才停下，看着默不作声的赵月江，他忍不住哀叹一声。

“给个烟。”他低声说。赵月江递给他一根，点燃。

“坐啊，站着干吗？”王望农瞪了他一眼。

赵月江坐在沙发上，说：“王叔，你喝茶不？”

“少管我！你这小子……让我说你啥好呢？太傻！真的傻！没见过你这么傻的人！”王望农抽着烟，沉默了片刻。

“叔，我错了！”沉静中，赵月江低声说。

王望农“吧嗒吧嗒”地抽着烟没回话，赵月江也不再说话，屋内一片沉静。过了一会儿，王望农开口了，这回语气缓和多了：“月江啊，你呀！唉，要不是我和你爸是老朋友，我才不会发这么大的火呢。你爸就你这么一个儿子，他生前给我嘱托过，叫我有能力了帮衬一把……唉，你爸人好啊……”他摇摇头叹了一声气：“所以我不想看着你出任何事！”

“叔，你……”听王望农这一说，赵月江心里猛地咯噔了一下，眼眶一热忍不住想哭。原来是这样，他误会王叔了，刚还心里抱怨他不近人情呢，没想到人家处处为我着想，就因为父亲生前的一句话，加上他们之间的友谊，如今让他为难了。

“这事……也好也坏！好就好在刚子没事，至于老高，实在可惜，好歹活了些岁数，总的来说，今天这种局面，也算不幸中的万幸吧！至此，我跟你说实话吧，从这一刻看来，你所做的决定我还是比较赞成的，也欣赏你的格局和定力。的确，人不是神仙，谁都会犯错，当然一冲动，那更是魔鬼，做错了不要紧，只要能真心悔过那是好事，但不要忘记了，善良有时也会成为一种灾难。

知人知面不知心，赵新林什么样的人，你应该比我更清楚，就他这样的危险品，你也敢给他机会？当然你的出发点并不是为了他一个人，更多的是考虑了他的家人，你呀，还是有一颗善良的心，跟你爸一样的热心肠！可是月江啊，人总是不会一直那么幸运的，今后多留点心眼，现在手机很方便，随时跟我沟通，其实，我早就把你当作半个儿了。”王望农语重心长地说着，语速很慢，赵月江听得很感动，他能理解王望农的良苦用心。

“谢谢你，王叔！”赵月江给自己点上一支烟，他心里有点烦乱，不由得想起了记忆中慈祥善良的父亲。如果他现在还活着，这个家的光景一定不会太差，就算遇上大事，也会有人替他扛着。

“刚子现在怎样了？你和他一直有联系吧！”

“嗯嗯，病情恢复得挺好。”

王望农慢慢点了点头，吸了一口烟，原来烟蒂早燃完了，他顺手把烟头放进烟灰缸里。赵月江看见了，准备给他再发一支，王望农摆摆手拒绝了。

“关于吃水的问题，你咋看？”王望农突然问。

“你是说……”赵月江没听明白。

“就是赵新林家的水，你说咋弄？”

“王叔，你的意思是……要把他家的水通上？”赵月江有些惊讶。

“这是上面的政策，争取家家户户都能通上水。都是一个村里的，咋搞得这么窝囊，头都大了！”说着，王望农用手指梳理了一下头发。

“这么说，叔，你今天专门为了这事而来的？”

“可不嘛！”

“叔，我的想法跟你一样，尽量都能通水，可眼下出了这一档子事，刚子正养病呢，他妈也很生气，你说这事跟谁谈？还咋谈？”赵月江觉得这是一件很棘手的事，说透彻一点，事到如今已经成了死局，想都别想了，这是赵新林咎由自取，谁都帮不了他。

“还有其他办法吗？你不是一直能折腾吗，你给咱出个好一点的主意。”王望农问他。

“那就从赵长平家接吧！唉，罢了，不行，就算能克服得了施工难度，可老高死了，赵长平心里有气，觉得是赵新林在背后有意教唆的，行不通！要不算了，我也头大了！”赵月江有些泄气地说。

王望农不再说话，自己掏出一支烟点上，抽了几口才说：“这样，明天咱俩去一趟县医院，我跟刚子好好谈谈。”

“你谈？”赵月江一脸惊讶地盯着他。其实在他想来，是王望农有些高估了自己的能耐，本来他和刚子一直关系不太好，就上个月拉水的时候才刚刚和好，让他出面谈这事真不行，还不如他去说的效果好呢！

“呵呵，”王望农忍不住笑了一下，“你一定觉得我是在开玩笑吧？嘿，的确，我也觉得没戏，所以……”他盯着赵月江看了半晌。

“所以，所以你让我去谈？”赵月江一眼看穿了王望农的心思。

“行不行？都是一个村的人，月江你看……”

赵月江低下头沉思片刻，抬起头慢吞吞地说：“这事能不能拖一拖？”

“再拖就到下一批了。这不是关键，月江，新河村施工阶段一直很顺利，突然出了这一档子事，一死一伤的，我怕是等不及了，我在担忧啥你能明白不？除了赵新林家，你们村还有其他四家……除了新河村，高山村还有别的村里，也存在这样的事，我觉得这都是隐患，一朝被蛇咬，十年怕井绳，刚子的事搞得我神经兮兮的！”

赵月江再次沉默，他不停地抽烟，烟雾缭绕，一下子笼罩了整个堂屋。

烟抽完了，他掐灭烟头说：“好的书记，这时候舍我其谁。这本是我们村的事，我有责任把它搞好。”

“难为你了月江！唉——”王望农长叹一口气，他主动给赵月江点上一支烟，“做咱们这一行的，个个都是这样，不过也不乏一些缩头乌龟存在，但那不是一个共产党员该做的事。”

赵月江微微一笑：“我尽力而为。”

次日，赵月江搭车去了县医院，王望农也跟着去了，但他暂时不露面，根据赵月江谈的情况选择恰当的时机出面。礼物他都准备好了。

到了病房，赵月江把王望农买的礼物提前拿进去了，刚子一看忍不住笑了：“你买的？你还舍得给你老叔花钱？”

“嘿！你不说了吗，你是我老叔，既然是老叔，自然舍得给你花钱了。”赵月江微微一笑，今天他是来谈判的，所以心情多少有点沉重。

“难得有这份孝心，叔会记着你的好的，以后有困难跟叔说，除了出力气的活，你也知道，你老叔肚子受伤了，没法出大力气!”

赵月江掰了一根香蕉，把皮剥开递给刚子，说：“来，吃一根!”

“懂事，真懂事！都知道喂叔了，不错，我原谅你了，关于你轻易放走了赵新林一事，此后叔就不追究了。”刚子俏皮地说，他是一个很乐观的人。

“那谢谢你了。”赵月江淡淡一笑不再说话。

“你小子是不是有什么事？看你一脸忧愁的，愁叔的病还没好？嘿！不碍事，你大可放心，过不了一周，我就要出院了，这里头真不是人待的，实话告诉你，难受得很!”

“没事，我能有什么事，就是过来看看你而已。”

“真没事?”

“没事!”

“说吧，你那眼神早出卖了你!”刚子扔了香蕉皮。

“算了，说了你也帮不了，本来没事!”

“你这是啥话？说说说，只要我能帮忙的，义不容辞，不过刚才说过了，搬砖的事就拉倒!”

“说了你也不答应，算了!”

“好，我给你一个承诺怎样？就冲你买了这么多好吃的，咱俩是好哥们，也是好叔侄，我先答应你，现在可以说了吧!”

“说话算数?”赵月江笑着问。

“你叔对别人不敢保证，但对你赵月江，你放一百个心！说!”

“那我说了，是这样……”他把给赵新林家拉水的事说了一遍，但从头到尾都没提及一声王望农，只说所有的想法都是出自他一个人。听罢，刚子沉默不语，一脸不悦。

“算了算了，当我没说，也是难为你了，当了一个领导，站的高度有点高，老是牺牲你们的一些利益，我这么做其实很自私。”赵月江自责地说。

刚子还是不回话。

“老高做了一辈子好人，到头来还是栽在他的热心肠上，只不过这一次有些心急了，没有处理好谈判的方式，一心为了别人却搭上了自己的性命，你说冤不？其实现在想想，他虽然站在道德制高点上帮赵新林去约束你绑架你，但他说的道理一点儿不假。的确，都是一个村里的，人这一辈子就那么回事，争来争去有啥意思？就拿你来说，和王望农、南庆仁都争了多少年，到如今还不是和好了吗？你为啥单单不放过赵新林呢？老高除了对你表示抱歉，一定还希望你俩能握手言和，若是再懂事一点，把自来水让人家接通。”赵月江有些无奈地一笑，叹一口气，“唉，老高白白死了，用一条老命也没换得来他的最后一桩心愿，死不瞑目啊！”

刚子还是不说话，他只是认真地听着。

“不说这些了，别人的事咱管不了这么多，当初又不是没告诉过他们，咎由自取，让自个儿想办法去。”赵月江舒了一口气，笑着说，“来，再吃根香蕉。”

“不了，不了！我就是咽不下这口气，若是别人还可以原谅，就他赵新林，还敢拿刀子捅我，这换作谁能受得了？”

“我能理解。总归一句话，别的事和吃水的事大不一样，就算赵新林死了，他的子孙后代总得吃水吧，如果错过了这次拉水的机会，让人家一辈子都别吃上方便的自来水了？咱这一辈人的事尽量让这一辈人去解决，若是遗留给下一代，仇恨继续下去，长此以往，子孙后代背负着老祖宗的仇恨活人，不遭罪吗？所以，这是一件积德的事，咱不应该这样。”说完，赵月江站起来，“你先待着，我到外面抽根烟去。”

“给我一支。”刚子说。

“开玩笑呢！你忍着，这是医院！”说罢，赵月江出门了，其实他是去见王望农了。

赵月江把刚才的谈判情况大致说了一下。他说，看情况好像有戏，我懂刚子，他就是个刀子嘴豆腐心，我这会赶着出来，就是想给他一个消化的空间，让他冷静思考一下，过会儿我再进去，尽管唠叨唠叨说没什么效果。

过了一阵子，赵月江和王望农一起进去了。见王望农在，刚子一愣，问道：“王书记，你啥时候来的？赶紧坐！”

王望农一笑，看了一眼赵月江，说：“我们来一会儿了。你还好吧？”

“我们？你俩一起来的？”刚子恍然大悟，他什么都明白了，原来这一场谈判是王望农委托刚子先开口的，唉，可是为难了人家，大老远地跑过来。

“这些吃的，全是王书记买的。”赵月江笑着说。

“啊？这……谢谢书记。”刚子脸上有些火辣辣的。

王望农坐下来，多少有点尴尬，不知道从何开口。这时，赵月江笑着说：“刚子，下一轮你俩谈判，我实说了吧，我就是带王书记跟你谈这事来的，不过这也是我的期望，你现在心里有个底了，考虑一下吧，慢慢聊，实在不行就拉倒！”

“你这家伙！”刚子在埋怨赵月江，“不知道提前跟我说一声！”

“王书记怕你骂他，就只能亲自登门了。”赵月江开玩笑说。

“你闭嘴，少埋汰人！”刚子感觉很尴尬。

“月江说得对呢，站在我的层面上，这是为工作谈判，站在你的角度上，这就是一桩私事。总的一句话，工作要想办法做好，老百姓的私事也得尊重不是？所以就来了，你不要觉得难为情，难为情的其实是我。今天我并不是为赵新林来求情的，而是为党的政策能顺利实施下去才找你谈判的。我之所以这么固执地坚持，就是想告诉更多后来反悔了的人，让他们知道党的政策本来是好的，所以，你们之间的一些恩恩怨怨不应该成为利国利民政策的绊脚石，你说对不？”

刚子点点头，叹了一口气：“王书记说的话我能听懂。可，可这样下去，岂不是我很没面子？刀子挨了，水管还不照样接上了，新河村的父老乡亲咋看我？我以后在新河村还怎么待下去？”

“你小子！说得有理！我想，只要有点头脑的人都不会这么想，他们会那么想，他们会说，刚子真大度，宰相肚里能撑船，不愧是读过书的，以德报怨好气量！”

刚子一笑：“没那么伟大，只要不误会就好。成，啥都不多说了，老高临死前说过一句话，人这一辈子争来争去有何意义？如今他走了，就了却他的遗愿吧！其实那是个好人，平时对我不错，不知道那天那根弦搭错了。你刚才也说了，这是党的政策，我不能成为它前进路上的绊脚石，不然成了千古罪人，哈哈哈！好吧，随他去，把自己的病养好为上，管不了那么多了。”

“谢谢你，刚子！”话音刚落，王望农主动走过来握住他的手，“我没有恭维你的意思，南庆仁时常在我面前说，你是一个不错的人，脑瓜子很聪明，如果当初能考上大学，你的前途了不得！”

“嘿！下辈子吧！我也觉得我可以，关键老天爷不睁眼啊，好像故意跟我作对，反正这一辈子翻不了身了。”他自嘲地笑了笑。

“可以啊！就我这样的不照样当了村主任吗？刚子，好好表现，争取把王书记的饭碗端了！”

“就算端了也轮不到我，至少你已经是个村主任了，还是半个党员，我哪有资格跟你争？我还是做好你的军师吧，在我的帮助下，你放心，王书记的饭碗怕是真的危险了！哈哈哈！”

房间里，几人哈哈大笑起来，气氛融洽。

刚子这一关过了。回到家里，赵月江把这事告诉了赵新林，叫他最近准备一下挖渠。起初，赵新林说什么都不同意，一来发生了这么大的事他没心情干活；二来，他觉得对不起刚子，刚子越是这般大度，他越觉得心里亏欠太多。赵月江生气地说：“早知今日何必当初呢？先抛开刚子不说，这本是上面的政策，目的就是让每一位老百姓能吃上安全放心的水，这和刚子没关系，先把水通上，等刚子后面出院了，你若有心就用自己的方式好好感谢一下他吧！”

说到最后，赵新林终于答应了。开挖水渠的前一天，他和赵月江一起去了一趟医院，他当面给刚子说了一声谢谢，其他的话还没来得及说，就被刚子摆摆手拒绝了：“你有啥事赶紧忙去，不要在我眼前晃来晃去了，我看着心烦。”

赵新林还要纠缠两句，被赵月江拉出去了。门外，他说，你先回家去，一切都说好着呢，你不要在乎他的态度，把水渠赶紧挖好，把上面的任务先做好。今天你只要能跑一趟，能见刚子一面就足够了，起码他心里觉得你对他的感谢是有诚意的，仅此而已，你赶紧回吧。

赵新林回了。过了几天，水渠就挖好了，因为距离比较近，一路下去没多少石头，一家人出动自然快了。

赵新林从刚子家接上了水管，起初人们没搞懂，以为他还是一副老样子，想和刚子死磕到底，反正你现在躺在医院里拿我没辙，我就挖了你把我能怎么着？等你出院了，管子早填埋好了，难不成你再挖一次？

慢慢地，人们才听说了，原来是赵月江和王望农帮他求了情，可是为难了两个人了，把老百姓的一切大小事务都装在心上。

后来，好多人都在说，就算王望农是书记，赵月江是村主任，但在刚子面前，就算是南庆仁出面了，只要他不开口，乡长也拿他没辙。人们说，刚子真大度，不愧是读过书的，宰相肚里能撑船啊！也有人私下里说，刚子挨了一刀子，怕是被赵新林吓住了，为了以后的好日子，他不得不同意吧！

但好在这么说的人很少，只有那么几个小肚鸡肠的人在偷偷议论，大多数人都为刚子的大度拍手叫好，为赵新林的冲动愤怒不已。赵新林也没忘记在人群里说刚子的好话，他逢人就说："刚子不愧是读过书的，大道理比我懂得多，要不是他大肚能容，我哪里能这么容易通上自来水呢？"

有人一听，不屑地说："如果换作你呢？刚子能吃上水吗？"

"如果是以前，可能不会，但现在不了，我真的做错了！"赵新林一脸惭愧。

"这做人啊，是一件难事，做好了老天爷都给你让路，做不好了，连地上的蚂蚁都绊你一脚呢！"一个老人说完背着手走了。

望着远去的背影，赵新林点点头，长叹一声，自言自语道："是咧，一时强弱在于力，万古胜负在于理啊！"

第十一章　悔泪

端午前夕，刚子出院了，他恢复得挺好。出院那天，天朗气清，阳光明媚。

回到家里，赵月江第一个登门看望，他提着昨天在街上买好的水果去的。一进门，刚子正躺在沙发上喝茶，见赵月江进门，他直说："月江，我就不起来了。"

"坐着坐着！"赵月江连忙向下压了压手，示意他不要动。

"来就来呗，还带啥东西？"刚子笑着说。

"不带的话你肯定背地里骂我，说我太小气，绝对的！"

"不至于吧！这两天在医院里没少吃好吃的，吃腻了！"刚子说。

"回到家里要不了两天，你又嘴馋了，你信不信？"

"倒也是！赶紧给我放好了，不然想吃了还馋得不行。"刚子笑了。

赵月江坐下，给自己点了支烟抽起来。刚子盯着他看，赵月江不明所以，问道："咋了？你看啥？"

刚子吧唧了一下嘴巴，目光盯着烟头看了一眼，赵月江明白了，摆摆手一笑，说："你就不抽了，我故意没给你发，刚做完手术消停一会，对伤口不好！"

"死不了，快拿一根来！"刚子瞪了一眼。没辙，赵月江只好发了一支，刚子点上，美美地抽了几口，故意夸张地哈了口气说："真香！娘的，这些天把人馋死了，待在医院里连根烟不让抽，自由也没有，我快憋疯了！"

"那还能咋的，忍着呗，病不治了？"

"赵新林害得我活活受了几天罪，想想就来气！"说着，刚子拍了一下沙发扶手。

"好了好了，过去的事不要再提了。你住院这段日子，赵新林没少往医院里跑，在村里，他一家子都静悄悄的，乖多了。还有，他逢人时常提起你的好，说这次他动刀子简直错得离谱，还是刚子大度，不但原谅了他，还让他从他家门口接上了水管子。唉，想来真是惭愧，都一个村里的，他咋能那么做呢！”

“谁知道呢！就他那种两面三刀的人，嘴上一套，心里一套，鬼晓得他说的是不是真心话？反正我把那货看得一清二楚，不是什么好人！”刚子一脸不屑地说。

“医药费呢？不都是人家全额掏的？”赵月江吧唧了一下嘴巴。

“这话你还真说错了，那是他有钱，他咎由自取，他活该，我没叫他出钱啊，他可以置之不理，直接选择去蹲班房，反正我没强迫他这么做，你说对不？”刚子语气里带着十足的怨气。

赵月江听出来了，为了不在这些小事上让他怄气，他只得笑了笑说：“对，你说得对呢，的确是他活该，纯属自找的，怪不了谁！如果换作我，不敢惹任何一个人，就算脾气再大，但往兜里一摸，嘿，一分钱都没有，你说哪来的底气跟人打仗呢？何况是动刀子的事，我做梦都不敢想的！”

刚子吸了一口烟说：“现在的架可不好打，不管输赢，都得进局子，赢的一方掏医药费，输的一方受疼痛，划算吗？”赵月江点点头说：“龙窑乡派出所民警说的吧！对呢，人家这话没毛病。”

两人正聊着，村里有人陆陆续续进来了，他们是专程跑来看望刚子的。坐下聊了一阵子，才发现大伙儿是等刚子等急了！怎么了？原来有些人家的机器坏了，等刚子病好了赶紧去修呢！一听这话，刚子故意瞪了一眼，吧唧了一下嘴巴，夸张地摇摇头说：“把东西都提走，吃人嘴软拿人手短，我偏不给你们修！没一点诚意，口口声声说是来看我的，你瞧，这没坐几分钟呢，就要我给你们干活！哼！”

众人哈哈笑了，说：“迟早的事，就算今天不说明后天也会说的，今天正好赶趟儿。反正新河村的机器有啥故障了，都是你的活，你想推也推不过去！”

“哈哈哈！”又是一阵大笑，刚子无奈地摇了摇头，笑着挨个询问他们的情况，谁家的什么机器哪里坏了，或者什么症状。如果他听着不是什么大毛病，就简单地教一下解决的方法，若是问题较大的，他只能说先等着，等我伤好一些了再修。说到这里他又加了一句，说：“同志们，这次可不白修啊，我身体有伤，每家每户把鸡蛋炒好，不然我可不去！”

"行！别说鸡蛋，宰鸡都成！"一个人大声说。

刚子瞪大眼睛，脸上乐开了花，说："好，好！先修你家的！"

"谢谢了！三轮车老是发动不起来……"有人话还没说完，刚子就不再笑了，瞪了对方一眼："还是算了，你这只铁公鸡我可吃不动！"

屋内，笑声朗朗，气氛浓浓。刚子就是这么一个人，尽管生活这般不如意，但人缘却不错，他是个直性子人，说话直做事也直，虽然容易得罪人，但没什么坏心思，这一点村里人都了解，所以，即便刚子说什么粗话，他们一般不会放在心上。

大家聊了一个又一个话题，从医院聊到家里，从去年聊到十年前，从今天又聊到端午节、十年后……似乎刚子大难不死，让人们顿觉世事无常，此刻待在一起倍感亲切，所以滔滔不绝有说不完的话。最后，他们扯到了赵新林身上，好多人都说，赵新林不是个好东西，这次不能这么轻饶了他，应该把他送进班房好好反省反省。多少年过去，这家伙实在嚣张得很，没把乡亲们放在眼里，仗着他爹他爷两辈人都当过村主任，甚至觉得自己也该当一回村主任，在他眼里，这已经成了祖传的职位了，就像古代的世袭制，老子没了儿子上，天经地义了！哼，想得美！就他那种人品，我看当不了三两天，就是命不长久，为啥？德不配位必有灾殃嘛！

"要我说啊，接水管的事刚子就不该同意，熬上一段日子，把浑蛋急急再说，要不等到下一批，让自己想办法去，这种没良心的东西不能惯着，会得寸进尺！"有人这么说。

"好了好了，不提这事了，膈应人！冲伤口！"刚子摆摆手说，同时，他给大家发了一圈烟。

"唉，还是刚子大度，不光咱村的人这么说，连外村人都对他的做法赞不绝口。他们说，刚子是什么人，力大如牛，赵新林这等瘦猴能打得过吗，要不是他小子拿了刀子，都赤手空拳的话，刚子早把他的牙打掉了！如今事情闹到这一步，刚子还是这般宽容，这就叫以德报怨，人家读过书的有修养呢！"

"哈哈哈，这话我信呢，赵新林就是个卑鄙小人，刚子这次就吃了这种小人的亏啊！"

正聊着，大门"哐当"一声，靠近门口的人揭开门帘一看，谁承想竟然是赵新林！他手里提着两大包东西，不用多猜肯定是来看刚子了，或者说是登门道歉来了。

“赵新林来了！”那人神秘兮兮地小声说。

“他？不会吧！”大家你看看我，我看看你，都觉得很奇怪。

赵月江站起来，伸出食指放在嘴边“嘘”了一声：“都不要说了！”

他掀开门帘，看见了赵新林。“主任，你也在啊？呵呵！”他礼貌地一笑。赵月江点点头：“你也来了啊！”赵新林轻声说：“听说刚子出院了，我上来看看。”

进了屋，见来人这么多，赵新林的脸一下红了，手足无措，小心翼翼地放下礼品，半弯着腰说：“各位，你们都，都在呢？呵呵！”

没人回话，有人多少点了一下头，多数人头都没回一下，刚子也没有理会。场面如此尴尬，赵月江赶紧救场，轻声说了一句：“坐吧。”他给赵新林发了一支烟，“谢谢主任！”他接过了，接着从身上掏出自己的烟准备给大家发。可奇怪了，竟然没人接，理由大同小异，说：“刚抽得多了，难受，过会儿！”

赵新林心里倍加难受，脸烧得发烫，都是一个村里的，谁的烟瘾怎样他一清二楚，可人家就是不接能咋办？很明显，他们对自己有偏见，不，是满腹的意见，他一时冲动干下了那么大的错事，谁能忍受得了？这次，本该自己被送进班房的，要不是村主任出面求情，怕是他早服刑好些日子了。

坐下来，人们你一言我一语地聊起来，可就是没人跟赵新林搭话，他好像飞进来的一只苍蝇，或是吹进来的一阵风，没人把他当一回事。甚至，人们在聊天中，明显地含沙射影、指桑骂槐、夹棍带棒地辱骂他，赵新林不傻，他什么都能听懂，但在这时候、这种场面，他不得不闭上嘴巴乖乖听着，唯有这样，心里倒觉得舒服一些，也在众人的批判下，像是顺便为自己赎了罪。

换作以前，谁敢这样对待他赵新林？很少有人。可今天呢，他成了阶下囚，成了众矢之的，他在道德与正义的审判下，不得不乖乖认罪，不认罪还能怎样？难道非要一意孤行，越陷越深？他还没有执迷不悟到不撞南墙不回头的地步，再说了，他的身后还背着一个大家庭，有老母亲、妻子和两个孩子，作为这个家的顶梁柱，他不改邪归正，这个家以后还怎么在新河村待下去？

就是这次尴尬的会面，让赵新林颜面扫地，他不得不下定决心痛改前非。

赵新林啊，这原本好好的路，被你一步步给堵死了，自掘坟墓，你真是浑蛋啊！该！

就在最后，当赵新林说出自己明天就要去外地打工的时候，有人才勉强问了一句："你上哪里去？"

"建筑队上看有没有活。"

"明天就去？后天就是端午了，不过节了？"

"嘿，"赵新林无奈地笑了一下说，"还过啥节，天天一个样，只不过多了一台戏而已，不看也罢！"

"哦，的确该出去锻炼锻炼了，这世界很大，不光只有新河村这么大，在咱这山沟沟里待久了人就变傻了！"有人回了这么一句。赵新林不傻，他听出了什么意思，分明是在羞辱他狂妄自大、坐井观天，但他还是装作若无其事，笑着给对方回道："是啊，外面的世界很精彩，是得出去多看看。"

赵月江也问了一句，说："你和谁去，还是你一个人？"

"嗯嗯，就我一人，出去再看吧，说不定能遇上一群老乡呢！"

"过一个月就要收麦子了，这一个月还可以挣些钱，出门在外各方面注意着点！"赵月江没有一点嘲讽的意思，他是好心劝他要收敛一点，在外面可不像在新河村，你想动手就能动手。

话音刚落，人们一阵讥笑，赵新林能听出来，那潜台词是：哼！你小子在新河村嚣张一下也就罢了，若是在外面还这般狂妄，怕是社会人早把你收拾了！

赵新林尴尬地笑着回道："记住了，月江，谢谢你们提醒，放心，打今天起，我一定要学好，这次我能这么轻松地坐在一起跟大家聊天，是你们给了我一次改过自新的机会，更感谢刚子的宽容大度，我会好好珍惜的，谢谢各位！"说罢，赵新林站起来，给大家发了一圈烟。这回，大多数人都接了。

"你小子，做人还嫩着呢！到社会上收敛着点，别以为还和在新河村一样，准要吃亏！"有人劝了一句。

"我记住了赵哥，我一定铭记在心，谢谢！"

赵新林态度谦卑，一直洗耳恭听人们说什么。他不傻，在这时候有人还能为他说一句好话，应该是看到了他的进步，看到了他悔过自新的决心，他不得不低下头来虚心聆听，从头做人，努力做一个让新河村的父老乡亲都认可的好人。

次日清早，天刚麻麻亮，赵新林就背着行李上路了。他走这么早，不知道是担心天亮会被人看到羞辱，还是为了早早赶某一班汽车，总之他走得很早。一路上，惊动了几只还在熟睡中做梦的大黄狗。

大白天，人们都知道了这个消息，三五成群凑在一起议论纷纷。

“他不出去能行吗？这次为了给刚子治病，花了不少钱呢！”

“这人可算走了，再别回来了，新河村倒安静一些。”

“赵家的祖上虽说浑了一点儿，但不至于浑到拿刀子捅人的地步，这人赶紧滚远些！”

曹莲花也松了口气，她心里暗骂：赵新林啊赵新林，老娘是不是说对了？新河村人管不了你，老天爷可不惯着你。这下好了，名声臭了不说，还花光了所有积蓄，为了活下去，你还不得不出门打工去！端午节到了，家家都在吃团圆饭，唯独你，呵呵，四处漂泊，真是活该！

当天下午，高山寺热闹非凡，端午节的戏上台了，还是从陕西请过来的戏班子。不愧是秦腔的发源地，秦人吼一嗓子味道十足，听着舒坦极了。为了吃水工程，忙碌了一个月的新河村，这回得好好放松一阵子了，加上前些日子高东喜老人离开，刚子被捅了一刀子，村里人沉浸在一片忧伤之中，甚至是有些惶恐。那些天，村里的空气都凝固了，呼吸一口满腔压抑，今日这一场好戏来得真及时，人们可以混迹在人群里，听一听戏，跟熟人聊一阵天，便觉舒畅多了，深刻在脑海里的一些烦恼事儿，早抛到九霄云外了。

上台戏，赵月江没有去，刚子更去不了了。新河村人大都去了，就赵新林一家蹲在屋里。不是不想出去，而是怕混在人群里被人认出来说闲话，甚至指指点点戳脊梁骨。这事闹得不小，十里八村的人都知道了，若是碰了面，该说些什么？就算别人不在意这些，可他一家做贼心虚，自觉无颜面见乡亲啊！

当晚，赵月江去了刚子家，两人坐在一起抽烟喝茶。如果换作以往，他早去看戏了，还能乖乖地待在家里？多无聊啊！大夫跟他嘱咐过了，要多休息不能大量走动，避免伤口复发。若是坐一辆车子拉过去也行，无奈乡里的羊肠小道太难走了，弯弯曲曲、坑坑洼洼，加上这些日子干旱少雨，尘土飞扬，在这样的路上折腾一阵子，别人没事，怕是刚子承受不了！

今晚吹着风，不是很大，高山寺的喇叭里传来阵阵声响，一会儿传进耳朵，一会儿什么也听不见了。刚子听得戏多，只要吼一嗓子，他就能听出个大概，生旦净丑，是哪一出戏，是哪个角色唱的，他一般能说出个一二。赵月江问，今晚唱的什么戏你听出来没？刚子皱着眉摇摇头说："再等等，风不顺，听不太清楚。"过了一阵子，风又吹过来了，时间持续较长，刚子总算听出来了，说："今晚是《赵氏孤儿》！刚才唱的人就是程婴！"

赵月江竖起大拇指说："反正我听不出来，行，等看戏的人来了咱问一问就知道了。"

刚子不屑地摇摇头，说："还用等他们来了问吗？我现在就给你问。"说着，他打开手机，在微信里不知道跟谁喊了一声，过了两分钟对方才回过来，刚子按了一下，只听对方语音里说《赵氏孤儿》！

"天哪，太神了！"赵月江一脸崇拜。

这时，刚子站起来，打开了家里的电视机，在影碟机里放了一张光盘，他说这就是赵氏孤儿的全本戏，虽说咱外面去不了，但在家里照样可以看戏啊！

按下播放键，霎时，戏曲开场了，赵月江一看，的确是《赵氏孤儿》的影碟。

刚子把音量调到最大，顿时，整个屋里吼声很大。不一会儿，刚子妈喊了一声："刚子，你小点声，我脑袋炸破了！"

刚子一脸窘相，才把音量调低了一点。

两人边看边聊。沉静中，赵月江说，今年三月三的时候，那三天咱俩都陪到底了，一本戏都没有落下。那时候高东喜老人在，赵新林也在，赵同亮还活着，这个村子气氛还很活跃。你瞧，才过了两个月，两个活生生的人就没了，赵新林还去了外地打工，唉，想来真让人感慨啊！生命脆弱无常，且行且珍惜吧！

听赵月江慨叹，刚子心里五味杂陈，不由得长叹一口气，他声音低沉："谁说不是呢！想起来让人不可思议，那亮亮和老高究竟去了哪里？他们现在还过得好吗？两个人都走得很悲凉，一个挂了脖子，一个喝了农药，嘿，生活真是一团乱麻，出一口气就这么难吗？现在想来，对于老高的死，还有赵新林离家出走，突然觉得一切都是我的错。当初应该听了他老人家的话，什么都不要争一走了之，又少不了一块肉，水管子让不让接最终还不是他说了算？你瞧这一口气争的，一死一伤，一个离家出走，唉！”刚子再叹一声，低下头，双手撕扯着头发懊悔不已。

“过去了过去了，啥都不提了，没什么后悔的，幸运的是，能在这些事上感悟到一些关于生命和做人的道理便罢了。人啊，这辈子就那么回事，生离死别如家常便饭，我们能做的，就是尽量少给自己留一些遗憾，好好对待生活，用心对待身边的每一个人、每一件事，哪怕仅仅是一只不会说话的鸟儿，到头来再想想，我们才不枉来这个美好人间走一趟啊！”赵月江意味深长地说。

犹豫片刻，他接着说：“刚子，以后把脾气收敛收敛，对你妈态度好一点。你瞧你，说不了两句话，本来没啥事，咋气得火冒三丈了，那是对待长辈的态度吗？好好说话，人这一辈子……”

“又来了又来了！人这一辈子就那么回事……哎哟，我耳朵都起茧子了，知道了知道了，我以后慢慢改还不成吗？”刚子瞪了他一眼。赵月江忍不住笑了：“早该改了！我在手机上看过这样一句话，说我们把最好的脾气留给了别人，却把最坏的情绪给了最亲的人。细细想想，真是荒唐！”

电视机里，戏唱得很欢，两人边看边聊，尽兴处，刚子突然跟着戏曲里的角色吼一嗓子，吓得赵月江浑身一哆嗦，他忍不住骂一句：“神经病！”

端午节当天，新河村更热闹。人们起了个大早，收拾屋子，房前屋后插柳条，孩子们手上绑五花绳，吃甜醅，吃凉粉，还炒了几个小菜，再加一瓶小酒，吃饱喝足了，把牲口喂好，最后锁了门，带上全家老小去高山寺看戏。戏院里，人山人海，人声鼎沸，比起三月三，不知道拥挤了多少，人们想进庙里烧香都挤不进去，可想而知有多热闹了。

这一天，寺庙里香火异常旺盛，大概过不了两天，新河村就会下一场大雨吧！去年就是这样，前三天唱得正欢的时候，一点儿雨都没有下，正当最后一本戏唱完，戏班子收拾好行李准备出发时，突然狂风大作，乌云遮天，不出三分钟就下了一场大雨，很大，车子根本走不了，没辙，一群演员只好躲在舞台后面等着。

新河村的人说，看来这戏唱得太好了，唱得龙王爷满心欢喜，他还没听够呢，下一场雨是想把他们留下来再好好唱一阵子呢！不过雨下了半小时后停了，但因为是土路，车子打滑根本走不了，还得等一阵子，直到黄昏时分太阳出来，稍微晒了一下才出发了。

不知道今年会怎样？龙王爷应该不会再这么挽留戏班子了吧！听人说，今年的戏比往年的稍微差了一些。这么说来，戏唱完后，他们八成能顺利回家了。

三天时间一眨眼就过去了。农历五月初八，高山寺归于平静，新河村也跟着沉寂下来，人们该忙什么就忙什么，下地的下地，外出的外出。似乎这一场戏，除了让龙王爷祈愿下一场雨外，更重要的是为人们提供了一场娱乐大联欢，叫他们在没日没夜的忙碌中暂得放松一回，罢了再继续劳作，这人间的日子啊，还长着呢，喘一口气慢慢来吧！

就在农历五月初十，上午，约莫十点钟的样子，赵月江的电话突然响了。一看是老丈人李多旺的，他一愣，好久不联系了，怎么突然想起问候我来了？八成又是来找碴的吧！李无赖，他嘴里嘀咕着骂了一声。

电话接通，他冷冷地问："咋了？"

"月江，你赶紧来家里一趟，越快越好！"说话的人不是李多旺，而是小舅子李燕龙，声音带着哭腔，气喘吁吁，慌里慌张。

很明显，一定是出了什么事，应是大事！他吓了一跳，语气立马缓和下来，关切地问道："燕龙，咋了？没啥事吧，你慢慢说！"

"快！赶紧到家里来，我爸快不行了！"

"啊？咋啦？为什么？"嘟嘟嘟，听筒里传来挂断的忙音。

李多旺，我老丈人不行了？啥意思！这人好好的怎么会……前天端午节时候，村里有人在高山寺还碰见过呢，说他一手嗑着瓜子，一手拿着啤酒，咿咿呀呀唱得美呢，一夜之间怎么可能！

虽不知道出了啥事，但肯定人出事了，娃舅在叫咱，那就过去一趟吧。不管以前闹得多么糟糕，人到难处不得不帮一把！有一个理说不过去，他再坏也是兵兵的外公，是他的老丈人。来不及多想，他匆匆跑出门，发动起三轮车子一路狂奔，没多久就到了李家庄。

一下车，还没到大门口，就远远看见李多旺家门前的大场里围满了很多人，院子里也是。有人跑来跑去，再走近两步，居然听见悲恸的哭喊，那声音辨识度很高，一个是丈母娘，一个是李燕飞。

完了！出大事了！李多旺真的不行了！他心里莫名紧了一下，双腿不由得发抖。虽说他很讨厌这个男人，把他原本过得好好的日子祸祸得一团糟，可走到这一步，心里不免软下来。脑海里闪现出曾经和老丈人打闹时的一幕幕，此刻回想起来竟是这般亲切，那样奢侈。

如此场面，不用多猜，老丈人凶多吉少。往后的日子，那个讨厌的“老东西”，再也不会上门跟他闹仗了。未来的日子，随着他的离开，他的日子也将变得暗淡无光。

一进门，他看见丈母娘正趴在门槛上哭得撕心裂肺：“老头子，你为什么要撇下我们娘仨就走了，以后谁来管我们啊！”女人边哭边喊，那声音听着让人满心凄凉。

李燕龙看见他了，眼睛红红的，他大喊：“快点！”

赵月江不明就里，不知道这时候叫他做什么。他赶紧小跑起来，冲进堂屋里。屋内阴沉沉的，明显地能闻到一股浓烈的血腥味，仿佛也闻到了死亡的气息——的确，老丈人不长久了。只见他静静地躺在炕上一动不动，眼睛闭着，衣服已经换成了不知道从哪里买来的崭新的寿衣。一旁，妻子李燕飞伤心地抹着眼泪，哭得几乎要晕厥过去了。

“爹，月江来了！”李燕龙把他一把拉过去，跟老父亲喊了一句。

慢慢地，李多旺挣扎着微微睁开眼睛，他有气无力地动了动手指头，看样子想抬起来，无奈气力不足，只好停下。赵月江看见了，他本能地伸长胳膊，一把抓住老丈人的手。他的手有些冰凉，不知道为什么，就在这一刻他忍不住哭了，眼泪哗哗掉出眼眶，他尽量俯下身子，把脸凑到他跟前，小声问道：“爸，我是月江，你是找我吗？”

李多旺的嘴皮子稍稍动了一下，嘴角微微上扬，看样子他是笑了。赵月江有些心疼，他把老丈人的手抓得更紧了，他也笑着点了点头。

“月……月……月江，对……不起！争来争去，你……还是你……你赢了！”虽然断断续续，但赵月江听得清清楚楚，他摇摇头笑了：“我们都没赢！”眼泪不听使唤，肆意流淌。

他把头吃力地向右偏了一下，女儿燕飞就在旁边。“手！燕飞……”

赵月江听明白了，他抓着李燕飞的手，放在李多旺的手里。

“月江……你俩……俩……以后，好……好好过日子……爹……爹对不住……”话还没说完，李多旺突然抽搐了一下，眼睛缓缓闭上，赵月江明显地感觉到他的手松了一下，他明白，人应该是走了。

“爸！爸!!”几乎同时，赵月江和李燕飞都大喊一声，撕心裂肺，眼泪再也忍不住肆意滑落，像断了线的珠子。

村里的老者走过来，看了一下情况，摇摇头说：“赶紧收拾吧!”

李多旺走了，就这么悄无声息地走了。到现在，赵月江还没反应过来：他怎么死的？简直跟做梦一样，这一刻还觉得恍恍惚惚，似梦非梦。他偷偷地掐了一下自己的大腿，一阵生疼，天哪，他真的走了！

人们把李多旺装进了棺材，三天后下葬了。坟地里，李燕飞哭得很难过，赵月江虽然没有放声大哭，但心里也异常难过。虽说生前他俩干了不少仗，但在弥留之际，老丈人还是看开了一切，叮嘱女儿跟他回去好好过日子，这就足够了！手机里说，朝闻道，夕死可矣，他为自己的生命画上了一个完美的句号。

后来才知道，原来李多旺死于车祸。

五月初十的早上，他开着三轮车往地里拉粪，因为山路一直不好走，坑坑洼洼不说，还比较窄小，在经过一段弯路时，右边的轮子在靠边的一个小坑里晃了一下，加上下坡路，还没来得及踩刹车，车不知怎么就侧翻了，人根本来不及跳下车，就被车子扣压在下面。不可想象，一车粪土那么重，加上三轮车的自重，从一个不高的崖上掉下去，人还有活命吗？关键是他一个人去的，车子翻了也没人知道，直到过了十分钟后，被村里一个下地的人看见，他赶紧打了电话，人们才往过来赶。等把人救出来的时候，已经情况不妙了，呼吸都微弱了，说话也模糊不清了，他失血太多了。

李多旺死后，别说新河村人，就连李家庄本村的人都在暗地里叫骂：活该！这种人不配活在世上，跟猪没什么两样，只有吃饭的肚子没有想事的心，只知道一顿吃不饱了再吃两碗，从不用心想一想小辈们的日子，唉，把自个的女儿害了不说，连新河村的赵月江也害惨了！还好，死到临头做了一点人事，这人脑瓜子不迷糊，知道他一死女儿没人管了，赶紧给姑爷交代一声！嘿！要是我，根本没心思再收留那个猪脑子，三年了，不知道跟着男人好好过日子，脑子糊涂到跟着他爹犯傻，如此没心没肺之人不要也罢！

曹莲花还是那句话：李多旺和赵新林一个样，都是狂妄之人，他俩的事不属于人管的，是由老天爷来管的；只要老天爷哪一天睡醒了，管起来可就没轻重！这不，这一次李多旺连反悔的机会都没有。

李多旺头七过后，李燕龙带着妹妹李燕飞来到了赵月江家。坐在沙发上，他给妹夫递了根烟，说："对不起！今天我把妹妹带过来，望你能善待她，昨天发生的一切大小事，不管是谁对谁错，从今往后你大人大量甭计较了；咱都年轻，未来的路还很长，从头再来吧！这是家父的临终遗言，愿他在天之灵能看到一个满意的结果！"

赵月江接过烟，点上，吸了几口，叹了一声气，说："燕龙啊，从礼节上论，我得跟着燕飞叫你一声哥，但从年龄上看，我比你大几岁，所以有些道理我真想给你讲讲。你爹活着的时候，你作为长子，李家唯一的后人，理应把这事跟你父亲好好谈谈，别说为了我赵月江，你总得为你妹妹的后半辈子着想吧！可你看看，你跟着你爸对我干了些啥？今日你把话说到这份上了，我也不好多说什么，过去的就让它过去吧！走的走了，活着的还得好好活下去不是？我听老丈人一声劝，会把日子好好过下去。但是都给我听清了，若是以后谁再敢耍花花肠子，随他去！老子这些年也看明白了，这么熬着也没啥意思！"说实话，赵月江心里有气，怎能不生气呢？李多旺活着的时候，把他快要整死了，事到如今，李家带着女儿上门了，这时候，有些规矩他不得不说清楚了，免得以后再给他丢脸！

李燕龙听明白了，脸不由得红了，他点点头说："行，今天叫你一声哥，希望你大人不计小人过，放下过去，忘记仇恨，从头再来，好吧？我，还有我娘，都给燕飞说好了，以后会跟你好好过日子的，这事你大可不必操心了。"

赵月江点点头，吐了一口烟圈，说："燕龙啊，你的事也得抓点紧了，好好跟你岳父谈一谈，如果行了咱再想办法，若是他们不讲理，再找出路吧，你年龄也不小了，你爹刚走，你妈一个人也很为难！"

李燕龙点点头，说："谢谢哥操心，我的事我会用心的。眼下这一切状况，细细想来，嘿，不好说。"

"唉，人这一辈子，真真假假，假假真真，嘿，他娘的争什么呢？争来争去啥也没争到，盖棺论定，只留给后人茶余饭后的一段笑谈罢了；好的赞扬一声，坏的唾骂一阵，匆匆一世，何不留下流年二三事，留得美名世人知呢？”赵月江意味深长地舒了一口气。

李多旺死了，李燕飞上门了，这在新河村来说，是一件大新闻。新河村人大都没原谅李多旺生前干下的种种错事，至今把他的死归结为一种难听的结局。这话，赵月江听见了，他管不了别人的嘴，让他们说去吧，这本是事实；李燕飞也听到了，她悲伤不已，也无可奈何，生气归生气，但细细想想，他们说得似乎一点儿都没错。

李燕飞刚来的几天里，儿子兵兵根本不认她，把她当外人一样看待，不叫妈也不跟她玩耍，有时候还会冲着她骂脏话，有时候也会用脚踢她，嘴里还骂着“你不是我妈，你滚”。

李燕飞很难过，只能在夜里偷偷地抱一抱儿子，白天他们母子是绝缘的。赵月江看在眼里，心里暗暗叫好：活该！这种没头脑的人，三年了不管孩子，娃能对你不陌生吗？

日子长了，母子的关系才慢慢好转一些，不过功劳大都在赵月江身上，要不是他苦口婆心地哄着孩子，怕是兵兵还继续冷眼待她。还好，三年时间，不算太久，若是再拖一些日子，想这么轻松地跟孩子相认，怕是晚了，这辈子都成为遗憾了！

五月底，龙窑乡一带的麦子渐渐黄了，有的地方已经开始收割了。要不了一周，到六月初，这山那湾的麦子都要熟了，一年一度忙碌的日子眼看就要来了。

就在这时候，赵新林家突然传来一个不好的消息，听女主人说，新林在建筑队上出事了，他的右腿被截了！人们一脸惊讶，问道：“为什么？”女人说，新林坐在地上休息，本想喝口水歇歇脚，谁知道突然“咔嚓”一声，从天上掉下来一块钢板，直接砸在他的右腿上，当场就骨折了！人们很快把他送到医院，经专家组再三论证，新林的腿只能截肢！因为是工伤，所有手术费用都是单位全额支付的，对老板来说，这一点钱是毛毛雨，但对赵新林一家而言，那是天文数字！可在这一串天文数字面前，相比赵新林的腿没了，又觉得钱算不了什么。一家人只有一个愿望，如果一切能重来一次，世界上最好的东西都可以抛掉，只要新林的腿好着，健健康康，比什么都重要。

人们不禁唏嘘，思来想去还能说些什么呢？一句话也说不出来，只能安慰女人一句，说："命啊！还好人在，这就算不幸中的万幸了！"

这几日，天天能听见赵新林的母亲和他的女人，时不时地蹲在大门口号啕一阵子，那哭声很难过，让人听着心生惆怅。

赵刚子也听见了，这时候，他突然觉得自己做错了很多事。如果当初痛快地一口答应了他，把水管直接接过去，今天还会闹出这种事吗？如果当初听了老高一句劝，今日，赵新林至于变成这副样子吗？如果，他再忍一忍，和他不要打起来，肯定，他不会受伤，也就不会住院，更谈不上花一分钱，可事实并不这样！为了给他治病，赵新林的积蓄花完了，为了养家，他不得不出去挣钱，结果，居然这样了！

他简直不敢相信这是真的。

赵月江也是一样，对赵新林眼下的遭遇深感自责。他觉得，如果当初能早一点把接水管的矛盾处理好了，事情会闹到这个地步吗？嘿！这摸不透的生活啊！

有人不以为意，说这是遭了报应！当然人落难了不应该如此恶言诅咒，但事已至此，大多数人心里难免会这么想。也怪不了他们，从老一辈人经常教育小一辈人的话里，就可以听出来一些做人和做事的道理：做人啊，不能太狂妄，做事啊，要对得起良心！

麦黄六月，正是忙的季节，赵新林被车子拉回了村庄。下车后，人们都看到了，他的右小腿的确没了，拄着一副明晃晃的铁质拐杖，脸色倒是白了很多。见了村里人，他隐藏着最后一点悲伤，强作欢颜跟乡亲打招呼："大叔大哥都好啊，都忙啊！"

人们什么都不说，此情此景，本是无话可说，只用余光扫一眼他的伤腿，然后报以同情地笑一笑，说："都好着呢，赶紧回家歇着吧！"

他也回应路人一声笑，点点头不说话就走了。身后，他能感觉到，人们应该在交头接耳议论纷纷，人们应该对他指指点点说三道四，人们应该开怀大笑，只是捂着嘴巴不让声音发出来，人们应该对着他做了一些不雅的动作，可能是拳头在空中挥舞，牙关咬得都发出了"哔哔"的声响吧！

他如芒刺背，他惶恐不已，他伤心难过，他无助无奈，他想死的心都有了！

他回家的这一天，村里人抽空看望了一趟，赵月江也去了，刚子委托赵月江，也把他的一声问候捎去了。炕上，赵新林呆呆地躺着，面如死灰，看着人们一个个进来，对他嘘寒问暖，他心里好不难受。那一句句关切的话语，在这一刻，像一根根钢钉，狠狠地钉进了他的心脏，让他疼得喘不过气来！来的人里头，有好些曾经被他伤害过、诅咒过，甚至动过手，刚子的二斤苹果他也收到了，虽然人没来，但心意到了。他流泪不止，想想过去犯下的错事，如今换得这般可怜的下场，他除了苦笑和哀叹，只得心里暗骂一句自己活该！

赵新林家地多，眼下家里出了这么大的事，一地庄稼指望谁来收？最后，赵月江给村里人通了一声气，叫大家帮忙收一下。大伙儿只得点点头，说，不帮能咋的？都是一个村里的，总不能眼睁睁地看着麦子烂掉吧！人不是神，都有犯错的时候，知错能改，善莫大焉，帮吧帮吧！

六十多户，随便抽调几个人就够了。结果下来，赵新林家的最先割完。之后，人们赶紧给自家割，还好，有的地在阴面，比阳面的麦子晚熟一些，这样时间就错开了，不至于搞得焦头烂额。

赵新林知道后，什么都没有说，只把自己蒙在被窝里大哭了一场。他怎么也没想到，自己把人得罪完了，可到最困难的时候，他们不计前嫌纷纷帮忙。他明白，前半生枉活了，活得不如一头驴！

刚子做完手术不久，重活一点儿不能干，他家的农活村里人也帮忙干了——还是赵月江出面动员的。不过他好一点，人缘不错，人们帮他一把，就当是为他支付了曾经和将来维修机器的费用。

这个村，各家有各家的事，各家有各家的难处，虽说人性有时候是自私的，但在困难面前，他们大都能看得开，心肠也热，能及时伸出援手为对方送去温暖、送去一份力量，人间因为爱变得如此美好！

这个炎热的六月，有人在忙碌中忘掉了一些伤痛，也有人在伤痛中铭记了一些人间真情。几家欢喜几家愁，家家有本难念的经，刚子和赵新林这一对生死冤家，争来争去什么也没得到，反倒遍体鳞伤、满心疮痍，连高东喜老人也搭进去了。整个村子也因为他们的悲剧变得阴郁了好一阵子，想来实在不该，本来没有多大一点事，就因为一些说不清的陈年仇恨惹出了一堆不应该的祸端，跟小孩子闹脾气一样，太幼稚了，传出去只留给外人一段茶余饭后的笑料罢了！

第十二章　治路

岁月平凡，生活平淡，山里人的日子就这样不温不火地过着。

一段时间后，新河村传来了一件喜事——赵月江二爸赵胜忠的二儿子赵晓江省考公务员成绩出来了，他被市交通局录取了，是坐办公室的。的确是美差，是一桩大喜事，过不了多久，他就要去市里工作了，他成为公家的人了。

得知这件喜事，新河村的父老乡亲无不为之鼓掌喝彩，赵胜忠高兴得流出了眼泪。赵月江作为堂哥，也兴奋得手舞足蹈，连刚子这个外人，也握紧拳头大喊一声："哦耶！"

好事传千里，没几天时间，这件事就传遍了十里八村。王望农听说了，南庆仁也知道了，他们皆为之拍手叫好，这在方圆百里外，是很少有的一件大事啊！多数人一般进了乡政府，好一点的去了县里，一次就考到市里的，确实不多！

就因为这件喜事，原本阴郁了一段日子的新河村，一下子变得热闹起来。三五成群聚在一起，不再聊那些让人晦气的破事了，如今单说赵晓江考上公务员的事。他们都羡慕得不得了，赵胜忠两口子更是被人捧上天了，见了面都笑得跟花儿一样，一口一声喊着哥或者叔。之前，儿子不成器的时候，他们跟普通人一样，甚至连普通人最基本的一些礼遇都没有，见了面不冷不热，多事的人还时不时地故意当面揭他的疮疤，"关心"一下晓江的近况，顺便不忘说两句寒碜的话。那时候，赵胜忠两口子委屈极了，生怕见人，一见面就问这事，他们尴尬得不知道该怎么回答。儿子读书不错，考上了一所省内的二本院校，在新河村人眼里，一个本科生至少能当上老师或者乡镇干部，可赵晓江什么也没有，只是一家不知名企业里的打工仔。但听说工资还可以，可好有啥用，这又不是什么长久之计，毕竟，端上公家的饭碗才是最牢靠的啊！

于赵晓江而言，耀眼的光环背后，有多少人清楚他承受了多少艰难和辛酸？一边打工一边学习，白天肯定忙，只有晚上，他把休息时间大都用在了学习上，熬夜看书那是家常便饭，还有周末双休，他从不出去玩耍，一个人待在宿舍里埋头看书。整整坚持了半年多，他快要扛不住了，神经衰弱，身体消瘦，上班无精打采，很多时候被同事嘲笑说他疯了！还有人说他死心眼，都什么年代了，还不知道变通思想，现在社会灵活就业，只要有两把刷子何愁吃不饱饭？为啥非要走这一条艰辛之路呢！并非悲观，这近乎是一条死路，万马奔腾过独木桥，得有多大的竞争和风险啊！不管怎么说，赵晓江最终坚持下来了，他挤破头闯过了这座难走的独木桥，他胜利了，为自己争了口气，为他的老爹老娘脸上争了光，也为新河村——这个沉寂了太久的小村庄镀上了一层耀眼的光芒！

得知消息的那一天，新河村人都上门道喜来了，说什么也要在赵胜忠家吃一顿庆贺宴，不需要大鱼大肉，哪怕仅仅是一顿家常便饭足矣。他们说，除了庆贺之外，主要是来沾光蹭福气的。赵胜忠两口子一听便哈哈大笑，说："这哪来的光和福气？这功劳也有父老乡亲的一份啊，要不是你们时常在背后鼓励他，他小子能有那股冲劲儿吗？要说沾光，还是我们沾了大家的光呢！"

有些人能听得出来，赵胜忠夫妇话里有话。其中有一层意思是在回击他们——曾经，一些多嘴的人就当面嘲笑过赵晓江，说那是个不成器的废材，可如今呢，都睁大眼睛好好看看吧，我儿成功了！的确，要不是你们在背后拆台，我儿能有这股不服输的干劲吗？这么说来，应该感谢成功路上的那些绊脚石！

争来嚷去，最后没辙，赵月江叫了几个村里的把式，帮二妈炒了几桌小菜。都是一些普通食材，鸡蛋、土豆、白菜、芹菜、粉条、大肉……再买了几瓶好酒，全村人大都来了，一户一人，聚在一起也不少呢。赵刚子也在，大伙儿挤在一起好吃好喝了一顿，算是为晓江送去了祝福——每个人心里，其实也打着自己的如意算盘呢，将来有什么事了还能叫晓江帮帮忙！

宴席上，王望农也在。他有工作在身，碰巧遇上这事，被赵月江知道后拉了过来，还有刚子，几人坐在一起好好聊了一阵子，也喝了白酒。当然刚子没喝，赵月江不让他喝，他以茶代酒，陪着大家热闹了一阵子。王望农十分高兴，他举起酒跟赵晓江碰了一杯，笑着说："你小子真有出息！这方圆几百里，你打听一下，考到市里的有多少人？了不得，作为高山村的书记，我为咱村出了这么一个能人感到骄傲和自豪。这以后啊，我去乡里开会，或者去县上学习，我看谁敢惹我！哈哈哈，他们若是嫌我老土，我就提晓江。”

王望农俏皮的话，惹得几人捧腹大笑，赵晓江害羞地说：“王叔，你可千万别这么说，指不定对方来一句市交通局的算个啥？我儿子还省纪委的呢！哈哈哈，你说，那多尴尬！”

王望农一笑，摆着手说：“没事，不管是市里的还是省里的，起码都是国家的人，有头有脸的人，说出来都值得骄傲；咱不比高低，咱要跟他们成为好朋友，以后齐心协力为老百姓办好事，这才是重点！”

“对对，王书记这话我赞同！”刚子举起茶杯，跟王望农碰了一下。

赵月江也开玩笑说：“贤弟考上了公务员，我这个当村主任的也跟着沾光了，以后办事恐怕方便多了，别说给我几分薄面，不看僧面还看佛面呢，你们说是不？”

几人哈哈大笑，王望农说：“话虽有理，但还是要做好自己的本职工作，心里时刻装着咱老百姓，为他们做出一些实事，不然就算当了县长，终有一天也会被赶下台的！水能载舟亦能覆舟，老道理了！”

“所言极是！”赵晓江点点头，笑着说，“我很赞成，开个玩笑罢了。”

“月江啊，好好干，我看你们家族以后能出人才，有干大事的机遇。你弟弟现在考到了市交通局，你当了新河村的村主任还入了党，最近你媳妇儿也回来了，你姐姐也名花有主了，你身边还有一个会谋事的军师刚子，一切都在往好的方面发展，天时地利人和，你就好好把握机会大干一场吧，你的前途透着光明，不光我看好你，南庆仁也时常叮嘱我要好好培养你，说将来大有用处呢。”

话音刚落，赵月江倒满酒，举起杯，高兴地说：“一切托王叔的福，南主任不在，我先谢过他，我赵月江能有今天，全靠你们悉心栽培。放心，我以后会好好干的，以一名合格党员的标准严格要求自己，时刻注意自己的行为，时常把老百姓装在心里，为新河村的父老乡亲做一些实事！还有晓江，我的弟弟，我相信他的为人，以后记住王叔的话了，要好好做人，脚踏实地做事，对得起那份薪水，对得起肩上的责任，更要记得造福那一方百姓啊！”

说完，赵晓江也举起酒杯，几人一碰，仰头一饮而尽。

“好！你们赵家有希望，新河村有希望，我高山村更有希望，我期待你们做出骄人的成绩！”放下酒杯，王望农竖起大拇指对二人说。

喝了几杯，因为有要事在身，王望农不得不提前回了。临走前，他跟老丈人打了一声招呼，老爷子也过来喝喜酒了。

出门时，赵月江把他送到村口。临别前，王望农突然想起一件事，趁着酒兴他把心事告诉了赵月江。

“月江，你刚才喝酒的时候说，你先谢过南庆仁，小子，今天我就告诉你，你得时常感谢人家呢！你能当上这个村主任，主要还是靠了他，我只是执行了他的意愿而已。当然，此前我也一直在找这个机会，很巧，他比我提前了，正好我俩不谋而合。”王望农打了个饱嗝，酒气冲天，赵月江以为他喝多了在说胡话，便皱着眉头愣了一下，良久才问：“啥意思？我没听懂！”

“是这么回事……”王望农把当初南庆仁托付他关照赵月江的事一五一十地讲明了。听罢，赵月江用复杂的眼神盯着他愣了半晌。一年多了，他始终不清楚这件事情的原委，一直以为是王望农的一厢情愿，这回才明白，原来多半是南庆仁的功劳。而南庆仁的初衷，竟是南庄他的前妻南敏儿的父母最初求情的，他们是为了弥补对他犯下的过错！天哪，还有这么回事？以前，他一直刻意隐瞒这些年的生活状况，生怕对方知道会沦为笑柄，不承想他们还一心惦念着他的死活呢！

话说回来，本来一切的错，皆因南敏儿所起，她是那个家的一分子，自然地，她的错便成了那个家所有人的错。这一刻他冥冥之中觉得，南庄的人能这么做，似乎还隐隐抱有一丝希望：月霞会不会突然反悔，最终成为南家的儿媳妇呢？

这个秘密，对赵月江来说，他不希望知道，不过也无妨，起码知道了恩人是谁——恩重如山，应当铭记在心。

“你应该多少了解一些去年关于低保评审的事吧！”王望农突然说。

“知道，都知道，前些天赵新林告诉我的。”

“他都告诉你了？好吧，还算有点良心，知道对你忏悔了！”王望农掏出一支烟，看了看对面的山坡，赵月江父亲的坟就在对面，他长叹了一口气说，“那你知道我为什么非要那么做吗？其实我已经犯错了，你以为我是怕赵新林吗？

呵呵，其实不是。”

“今天听你这么一说，我好像懂了。”赵月江一笑摇摇头说，“真是为难你了！”

“说来听听！”王望农吐了一口烟圈，“啊”的一声，像是把积压在心中的所有苦闷都吐了出去。

“你为了我，更为了南庆仁，对吗？如果这事暴露了，我下去了事小，关键是你，你肯定不会说出是南庆仁干的，你一定会一个人承担这一切。但是那样的话，南庆仁一定于心不忍，会站出来为你主持公道，到那时候事情就搞成一团糟了，你所幸将计就计，不如把火苗趁早灭在源头，对吗？”

听罢，王望农忍不住笑了：“哈哈哈，你小子！脑瓜子聪明多了，像我肚子里的一条蛔虫，什么都叫你给猜中了！我正是这个意思。”

“名师出高徒嘛！唉，可是为难了您，对不起王叔，我很惭愧，您何德何能……”话还没说完，王望农笑着打断了他的话，用手指了指对面的山。赵月江一愣，瞬间明白了，他看到了遮掩在一排树林背后的父亲的坟堆。

“唉！”他长叹一声，苦笑道，“谢谢叔，这些年让您费心了，对不起！”他深感歉意，眼里忍不住闪出一丝晶莹的泪花。王望农没有回头，轻松地舒了口气，说：“时间真快，那时候，我和你爸是要好的朋友，我时常来你家坐坐，跟他老人家喝两杯酒，熬着罐罐茶，聊些大小事，说说笑笑好不热闹。那时候，你家时常是热闹的，多好啊那些日子，可惜……”他叹了一口气，回过头，咳嗽两声清了清嗓子：“好好干吧，不要辜负了你爸的期望。如今你弟弟晓江功成名就了，希望不要给他丢脸，我看好你！”

说罢，王望农发动起摩托车，没有回头，简单地朝后挥了挥手。赵月江也举起手，幅度很大地挥舞着，他喊：“路上慢点！”喊出这句话的时候，不知道为什么，泪水莫名涌出眼眶，这一瞬间，他似乎看到了父亲的背影，是那样熟悉，那样让人想念。

这次宴会上，李多旺的儿子李燕龙也来了，他提了两瓶好酒。没人知道他为什么会来。只有李燕飞知道，那是她给哥哥打了电话，她的想法很明确，让哥哥过来混个脸熟，把这边的关系好好拉一下，将来说不定还要指望人家帮忙呢！宴席上，自始至终，李燕龙并没有说出他来的目的，只说听到这样的好消息，沾亲带故的，他也高兴，现在农活又不忙，过来转一趟蹭蹭喜气。

新河村家家户户的庄稼都收完了，麦垛在地里已经晒了好些日子，最近几天，人们忙着简单修一下路，准备拉麦子。前几天下过两场暴雨，水流太大，把乡间小路冲毁了，坑坑洼洼不成样子，车子根本不能走，很危险。为此，和往年一样，赵月江发动每家每户抽人修路，修好了赶紧拉运。最近几天天气时晴时阴，人们担心又会下雨，如果遇上连续降雨，麦子就会出芽，那样一年就白干了！早年出现过这样的情况，因为遇上多雨季，天天下雨，最后麦子出芽了，等天晴了人们准备拉运的时候，一看绿芽长长的，全被雨水泡了，可即便这样还得拉回去，大部分还是好的，还有秸秆要喂牲口，烧柴做饭，不拉回去不行啊！

那一年，人们吃上了麦芽糖面，甜甜的，不筋道。所以，每到这时候，人们最担心的就是下雨了，冲毁路事小，还可以重修，麦子出芽可就难弄了。

大路修了两天，不能再整细活了，把大坑填一下就好，不然时间来不及，担心天气随时变化。

家家户户都忙活起来，人们大都开着农用三轮车拉麦子了。有的人没有三轮车，就叫别人帮忙拉，有车的人愿意去，又不是白拉，拉一趟钱还不少呢，管吃管喝的。

赵月江的小叔赵胜利，这两天也忙得不亦乐乎，他把生意暂时搁置下来，忙着拉自家的麦子。他是生意人，有生意人的头脑，任何一个赚钱的机会都不放过，就比如这时候，他先急匆匆地干完自家的活，之后再帮别人拉麦，从头到尾赚不少钱呢！在新河村，他的车子车斗是最大的，跑一次能顶普通三轮车两趟呢，因此，人们大都爱叫他的车。虽然价钱高了一些，但效率快多了，毕竟眼下天气多变，跑第一趟的时候，天还晴得很好，谁能说得准，下一趟就不是乌云密布了？

时运不济，今年，拉麦的时候出事了。那是第三天，他给自家拉的时候，装了一车麦子，按平时来说，装得并不高，中午吃好了也休息好了，精神饱满，天气晴朗，万里无云，没有一点儿要下雨的征兆。可偏偏就在这么好的天里，他的车子在一段较为平缓的下坡翻车了，人被摔出驾驶室，大半个身子是安全的，可腿被死死地压在车底下，直接骨折了。

得到求助后，人们很快把他送进了医院。大夫一检查，说还好，属于一般性骨折，接上好好休息，慢慢会痊愈的。伤筋动骨一百天，何况是较重的骨伤，这一回，他彻底要歇息了，车子不能开了，麦子不能拉了，生意也不得不暂歇了！

事后，人们仔细考察了一番，事故的罪魁祸首还是路的问题。表面看似好好的，可下层居然有一个暗洞，用铁锹挖开一看，还挺深的，大概是某个老鼠洞被雨水慢慢冲垮了。表面只蒙着一层土，一般的三轮车车体窄些，不会靠近路边，可赵胜利的车不一样，比他们的宽出好多，加上点儿背，谁料到就出了这么一档子事！

这个大坑，最后被人们拉了些沙土填埋了，作业的时候用铁杵一层层夯实的，暂时应该没问题，若是遇上大雨又说不准了。为了避免事故发生，有人在这里插了一根棍子，上面用牛皮纸写了四个大字：注意慢行！

这件事后，开车的人心里不免多了一层阴影，以后出车会很谨慎，装车减量了，速度也慢下来了，走一段停下车子看看前方的路况，一时间搞得他们神经兮兮的。遇上这样的山路，还是小心驶得万年船啊！

然而，谨慎归谨慎，路不好终究是个硬伤！过了没几天，村里另一个人开车也出事了，不过人毫发无损。那是敞篷车，他反应灵敏，车子侧翻前就感知到了，赶紧跳下车子，车翻到沟里去了，人好着，可谓惊心动魄啊！

这一次出事，是路面窄小，车子转弯的时候，麦子蹭到靠里一侧的一棵大梨树了，因为阻力较大，车子失去平衡，向外慢慢倾斜。司机明显感觉到了，慌忙跳下才躲过一劫，一车麦子翻到了沟里！最后，叫了一群年轻人，用一辆车子连拽带拉终于拖上来了，可麦子干燥，经不起这么折腾，麦粒摔掉了很多，看着实在可惜！

车子拖上来后，试了一下，发动不起来，很明显，损伤了一些内部元件。唉，又不得不借别人的车拉到乡里去维修，花钱不说，还耽误了拉麦的好天气。可遇上这样的路，叫他们能咋办？

往年也出现过这样那样的小事故，大都伤了车子，人倒没事！今年却伤了赵胜利，这的确是一件令人头疼的事，修路，迫在眉睫！

麦子拉完后，人们可以稍微喘一口气了。这几日下了一场雨，什么都不能干，本来刚忙完也没啥干的，新河村人都猫在家里歇息。这时候，赵月江待在屋里谋划着一件大事：修路！等麦子碾完进仓了，他打算带领全村人好好大干一场。要想富先修路，路是经济发展的命脉。对新河村来说，谈不上经济发展，但生活发展总能扯得上吧，把路修好，方便你我，还能避免一些事故，小叔的事他已经看怕了！他想，这件造福子孙后代的事应该没人反对吧，但要出些钱，出个四五百应该没啥问题。

他这次修路的计划，不再是和以前那样，仅仅叫一些人填填坑、补补洞便罢，而是打算叫一辆推土机，把村里的主干道路推平、拓宽，再撒一些沙子，路岂不是好多了吗？这以后，人们出行不但安全了，干活效率也提高了。不知道为什么，这个想法只是偶尔脑子里灵光一闪才有的，至于好不好实行，他没想过那么多，只觉得自己对此很狂热，也有信心。

他去了刚子家，把这个想法告诉了他。刚子一听，眉头一皱，思虑片刻才点点头，慢吞吞地说："想法倒是好想法，可你想过没有，从大路口到对山顶上，至少有四条分岔的主干道，路很长的，如果单用推土机作业的话，那得花费多少钱？平摊下来，每家每户又需要交多少？一两百还是四五百，甚至和拉自来水的钱一样，超过千元了？那怎么行，有人支持吗？自来水很方便，很安全，人们暂且可以接受，那道路呢，这多少年来不都是这样走过来的，一直都是修修补补将就着，大事没有小事不断，你觉得在这件事上，他们会心甘情愿地买单吗？"

说到这里，赵月江欣然一笑，说："你把我提醒了，这自来水和修路还真是一回事。你想想，这多少年过去，新河村的祖祖辈辈不都是吃着山泉水活过来的，后来日子好了，政府给咱出钱修建了水窖，吃水已经很方便了，那你说为啥现在又要通上自来水？"

刚子脱口而出："不是文件上说了，为了让老百姓吃上安全放心的水啊！"

"对了！这大路呢，还不是一样，先人们一脚一脚走出来的，到如今，咱们在每一年的修补中渐渐变得好了，宽了，可大雨一来还是出问题，当然土路就是那样子，遇雨就烂没办法。下一步打算修路，不就是为了让大家走上更宽阔更安全的路吗？你瞧，这几年小事不断，今年还把我小叔的腿弄折了，于此种种，你说修路究竟为了啥？"

刚子噎住了，不知道说什么好，他盯着赵月江看了半晌，笑着说："道理没错，可今年拉了自来水，不知道大家还有没有精力搞这件事，这是大事啊，月江，要计划好！"

"说大也大，说小也小，主要是资金问题。资金到位了，铲车工作起来很快的，就是会涉及一些别人家的树木，我想，在这件大事上他们应该没心思考虑那一点小利益吧！"

刚子点点头说："这一年过来，在你的带领下，人们好像没那么小气了，树的事先别考虑那么多。资金的问题，能不能这样，这是我的一点想法而已，除了咱村里每家每户硬性上交外，再在手机群里发一份倡议书，叫外面干工作的兄弟姐妹也参与进来，建设家乡这是大家的事，他们应该关注一下的。"

"你是说……捐款？"赵月江听明白了。

"对！捐款。咱村里有好几个在外面干得不错的，他们都是上过大学的，回报家乡、建设家乡，这点觉悟应该还是有的。他们一带头，其他人也会跟着响应起来，至于金额多少就不要在乎了，只要能参与进来，那不光是钱的问题，更是一种无形的力量，里应外合，连村里的老辈们都带动起来了，这件事还愁难办吗？"

话音刚落，赵月江盯着刚子看了半晌，看得刚子有些不自在，他问道："怎么？你干吗？不对啊？那你自己去想好了！"刚子回过头，准备抽烟，突然赵月江用力拍了一下他的肩膀，刚子吓了一跳，皱着眉疑惑地问道："你咋啦？"

赵月江忍不住笑了，说："王书记一直说你是我的贴身军师，还真不是吹的，你这军师当得够称职的，这主意绝了，对，就按你的想法来！"说着，赵月江从身上掏出一支烟，双手恭敬地递给他，说道："请军师抽烟！"接着，赶紧掏出打火机点着。

刚子瞪了一眼，没好气地笑了，说："喂！这只是我的一个想法而已，至于能不能行得通，他们买不买账我可就不清楚了，你也别抱太大的希望，还是静下心来再考虑考虑为好！"

"不了，军师出马，一个顶八！这一路走来，我时常听军师的话呢，这不到今天一直顺风顺水的吗？说明了什么，我军师赛诸葛啊！"赵月江一口一声喊军师，把刚子捧上天了。刚子听得浑身不自在，骂道："以后别叫我军师了，以后我专门开个点子铺，有啥需求从我这里买点子吧！”

“成，只要有益于咱新河村人的点子，你尽管出价，我通通都买！”赵月江笑着说。

“好！这次事若成了，少不了我一瓶酒吧！”

“酒不行，你的伤还没好，但我会答应给你买一条烟。”

“也成！你不知道，为了给你出点子，我的脑细胞死了好多呢！”

见刚子矫情起来，赵月江不再理会，两人坐了一会儿就走了。

出了门，赵月江没有回家，径直去了小叔家。他把修路的想法跟他提了一下，小叔一听就拍手叫好，说：“啥时候开始？我全力支持！不管每家每户需要交多少，我首先出一千块钱！哎呀，就因为这破路，害得我躺在床上动弹不得，活不能干了，生意也没法做了。这一段日子，你不知道我得损失多少啊！就算抛开钱，这腿以后究竟能不能恢复如初，我还担心呢，万一留下后遗症，老子这辈子就算完了！”

赵月江一听小叔这么干脆，心里自然高兴。在新河村，小叔是做生意的，生意还不错，也算数一数二的有钱人，在村里有一定的影响力，只要他带头响应，村里人大半会支持的。赵月江感谢了小叔，小叔摇摇头说：“月江，你这话就言重了，好歹咱俩是叔侄关系，你的工作我肯定支持，关键这是造福后代的好事，哪一个糊涂虫会站出来反对？再说了，今年拉自来水的事，嘿嘿，还多亏了你帮忙，不然……所以，该说感谢的人是我呢！”

聊天中，小叔一直在鼓励他，说你尽管大胆地去干，在这件事上，我会全程站出来帮忙的，能出钱的出钱，需要出力的时候出力；影响力咱也有呢，需要号召人了，我义不容辞吆喝一声，只要能把路修好，谁不主动站出来鼎力支持你？

有了小叔这句话，赵月江心里踏实多了，对下一步开展工作，他已经有眉目了，更有信心了。从小叔家出来，他又进了二爸家，晓江也在，他把这事跟父子俩说了一遍。听罢，晓江先表态了，他一拍手笑着说：“哥啊，这件事你做得很对，我第一个支持你！你放心，等以后我干好了，我一定出钱出力，想办法为咱村里要一些项目，把路面再硬化了，到那时候，你想想美不美？下雨无所谓，路宽了没泥了，安全不说效率还加倍。”

刚说完，赵胜忠笑了，说："这是好事，不知道村里人啥想法？今年拉了自来水花了一笔钱，不知道再收钱他们能不能掏得出来？要不明年再说？晓江的话你别信，他还没正式上班，牛皮都吹上天了！"

"爸，我说的是真话！你等着，将来咱山里的路一定会硬化的，这项工作我一定要参与进去。不是说我干了有多大的官，非要瞎掺和什么，本来就是一个小科员，但我会尽力发一点光力求争取的，把我的家乡建设好，回报乡亲父老，这不对吗？"

话音刚落，赵胜忠摇摇头笑了。赵月江起身拍了拍他的肩膀说："好样的弟弟，咱老赵家出人头地了，你能有这份心意，全村人知道了一定会感谢你的，好好干，一切都会实现的！"

这几日，赵月江忙着策划修路的事：何时修？总计划投入多少？每户分摊多少？叫哪里的铲车？路边的树木怎么做好解释工作？路面修多宽？村里人该做什么工作？还有草拟倡议书的事，他一一和刚子、小叔、晓江，还有村里其他几个有威望的老人一起商议并敲定了初步方案，下一步就等着敲锣实施了。

没几天，新河村的人都听说了修路的消息，大多数人支持，少部分人骂爹骂娘，说这是瞎折腾。还有几户不发表观点，持观望态度，他们一般是支持者，平时不参与讨论这些事，但等事情走到跟前了，他们自然会露面站到大多数人的队伍里。

天放晴后，人们又开始忙活起来。先是耕地，麦茬地，不过有旋耕机呢，效率很高。近几日，这山那头一下子热闹起来，家家都是机器耕作，只有少数几户人家还在靠牲口拉犁——这里头，有一部分是没有机器的，一部分是年轻人不在家，老人不会操作的。

没几天工夫，头茬地就耕完了。接下来，又开始忙着碾场了！这是最麻烦的一项农活。有的人用三轮车碾，有的人用脱粒机脱，只要天气晴朗，这些活虽说累，但对他们来说已经习惯了，天气好不好才是主要的。

等新河村大多数人的麦子碾完后，人们才喘了一口气。这时候，赵月江、刚子、赵晓江，还有赵胜利几人开始忙着收钱了，严格地计算了一下，平均每户要分摊五百元。收钱的时候，因为这几个有头有脸的人跟着，加上早前人们已经知道这事了，闲下来的空隙，三五成群坐在一起也会讨论起这事。时间久了，一个传一个，修路的利与弊慢慢传清楚了，所以这时候人们已经作好了心理准备，掏不掏钱心里都有数了。

一天下来，钱收得很顺利，有几户因为供着上学的孩子，只能暂缓一阵子。同时，手机群里发了捐款倡议书后，没几天就收到了很好的反响。大多数在外漂泊的游子都捐款了，有多的有少的，当然在这时候，多少已经不重要了，只要人人能积极参与进来，有这份建设家乡的心意就足够了。

资金已经超出了项目预期，赵月江把每一分钱的来源都记得清清楚楚。接下来，他买了两张红纸，请来刚子，叫他用毛笔写一份资金明细单，目的是让大家共同监督每一分钱的去向，全程参与到修路的监督工作中来，说白了，就是把事办好，把钱用到刀刃上。人们对赵月江的做法大为赞赏，实乃新河村之幸啊！当然，这主意是弟弟赵晓江出的，读过书的就是心眼好，不然钱花出去了，人们心里还是一本糊涂账，到那时再传出一些风言风语就说不清楚了。

工程暂时还不能实施，等过一段日子，冬播结束了才准备开始，因为那时候人们都消停下来，才有闲工夫把大路好好修整一番。若是现在开始，眼下还有一些农活，再担心天气不好耽误一阵子，到人们种田的时候，路还没有修好，土堆在路中央，车子还怎么走？岂不给大家造成了麻烦？

直到冬播结束后，修路工程才正式启动。铲车是赵长平外甥的，所以质量应该有保障，价钱也稍微降低了一些。吃饭的时候，司机也往他舅舅家跑，这一点，赵月江给大家讲清楚了，说修路是大家的事，饭钱咱要给赵长平留出来，不然不合理。村里人说没意见，可给钱的时候，赵长平却瞪了一眼，生气地反驳道："月江，你这么做就没意思了！这么大的工程，你谁都不叫，偏偏叫了我外甥，这是给足了我面子，关键对他来说，这是一笔可观的收入，其实我还要感谢你，照顾了小外甥的生意呢！"

钱一分没收，听赵长平这么一说，赵月江觉得的确是这个理儿。他只好开玩笑地说："那成，饭钱我可是给你了，是你不要的，但我把丑话说在前头，你不要因为这事心里有啥想法，路是新河村的路，你要给你外甥时常叮嘱着，要把质量搞上去，给咱推好，不然话可就不好说了！哈哈哈！"

话音刚落，赵长平一笑，当面指着外甥就说："听到了没？这是新河村的村主任说的话，也就是新河村全体村民说的话，更是我这个舅舅要给你嘱咐的。

不管怎样，钱赚多赚少咱事后再说，你给我记住了，一定不能急功近利，把手头的工作做好，别说关系到你的职业道德和声誉了，就我这个当舅舅的，以后在新河村怎么混下去，全捏在你小子手里了，你看着办！”

此话一出，赵月江笑了，他的外甥红着脸也笑了，说：“舅舅，你放心，你是我妈的亲哥，我是你亲外甥，我再糊涂也不可能把你拉下水吧！我以后还要不要名声了？还要不要接其他的活了？生意人嘛，哪有做一锤子买卖的，先抛开你不说，如果我干坏了，估计我妈那一关先过不了吧！哈哈哈！”

几人哈哈大笑，赵月江说：“小伙子，你别有压力，我是开玩笑的，你舅舅也是闹着玩的，好好干你的活，我们村里人都相信你呢！”

“放心吧赵叔，我年龄不大，没念过多少书，也不咋会说话，但开铲车开了有十年了，口碑在十里八村还是不错的。你放心，这点活要是干不好，我以后洗手不干了，钱也不会要你们一分的！我有这份自信，我知道我的技术几斤几两，可能你不知道，我带过几个徒弟呢，现在活干得也是出了名的！”

“好样的，看来我这次没看走眼，加油，我们期待你的表现！”赵月江点点头，拍了拍他的背，冲他自信地一笑。

一段日子下来，路推得的确不错，宽了，平了，没那么陡了。人们看到宽阔的大路时，心里悬着的那颗石头总算落地了。路两旁的一些树木，被铲车推倒以后，主人没有一点怨言，用斧头和锯子劈碎带回了家。他们说，这树被虫子吃透了，高高的不好砍，大风吹来还挺危险，这次挖路顺便帮了忙了，拿回家晒干了喝茶煮饭。

村里修路的事传到了王望农的耳朵里。一次，他去乡里办事，回家途经新河村大路口，就顺便跑下来看了一趟。一看眼前全是宽阔平坦的大路，他兴奋不已，笑得合不拢嘴：这小子，真有两下子！这一年来，他带领全村人干了不少好事，有前途啊！这赵家的后生个个了不得，晓江考上公务员了，月江虽然是小小的村主任，但做事的魄力却比我这个当书记的都大呢！到底是年轻人，朝气蓬勃，能干大事！

路上转了一圈，他转身朝赵月江家走去，他想跟这小子好好聊一聊，顺便取经，看他究竟是怎样一步一步动员大家圆满完成这项大工程的。一进门，他就抑制不住内心的狂喜喊了一声：“主任，你在忙啥呢？”屋内没人回应。他又喊了一声，月霞从厨房里出来了。她掀开门帘一看，原来是王书记，笑着回应了一声："王叔，你啥时候来的？快进屋，我叫月江去！"谈话间，月霞准备出门，王望农喊了一声，问道："月江不在吗？"

"去二爸家了，听说晓江从集市上买了一只鸡，那阵子他家烟囱里还冒烟呢，估计这会儿熟了吧！大概十分钟前，我听月江接了一通电话，好像很高兴的样子，我觉着啊，晓江是叫他哥下去喝酒吃肉了！"

"是吗？几只鸡？"他笑着问月霞。

"听说是一只，谁晓得呢？一大家子人呢，加上月江，我估计一只根本不够吃，叔，要不你下去看看？"月霞笑了。王望农愣了一下，一笑，说："这俩小子，还真会享福！成，我下去看看，如果有多余的，我也顺便吃一块肉去，实在没了，啃个鸡爪子也赚了呀！哈哈哈！"

"不！应该还没吃呢，你下去看看吧，叔！"

"成，我这就去，不然吃没了！"说罢，王望农扔了烟头，急匆匆地夹着皮包出门了。月霞看着他焦急的样子，忍不住捂着嘴笑了。

到了赵晓江家，他没有直接进门，而是先开玩笑地敲了几下门，假装饥饿的乞丐有气无力地喊了一声："有人没，给点吃的！"

刚喊罢，赵月江就听出来了，他很快分辨出来人是谁了，再熟悉不过了，一定是王书记呗！他跳下炕，两脚蹬上鞋跑出门一看，果然是王望农！他哈哈大笑起来："王叔啊，这到底是咋回事？我们刚要吃好吃的呢，你就来了！你哪只鼻子闻到香味了？来，赶紧进屋，大餐马上开始了。"

说话间，赵晓江也出来了，他两步上前，礼貌地问候了一声："王叔好！"接着给他发了一支烟，疑惑地笑着问道："王叔，你今天也赶集去了？"

王望农一愣，摇摇头说："没有啊，为啥问这个？"

赵晓江笑了，说："我还以为你看见我买鸡了呢！"

"没去！那你买了几只啊？"王望农笑着问。

"两只，正宗三黄鸡！"赵晓江伸出食指和中指在他眼前晃了一下。

"都煮了？"

"嗯嗯，今天的午饭就吃鸡肉了！来，进屋，正好你来了，帮着消耗一下，咱好好乐呵一阵子。酒我也买了，这一段日子光忙着修路了，一口好吃的都没工夫吃！”

“我刚到月江家去了一趟，月霞告诉我的，不然我还不知道你们偷吃好吃的呢！哈哈哈，我这个运气不错吧？我还饿着肚子呢，两只，谁知道够吃不！”

这时二妈出门了，她还穿着一身护裙，听王望农说不够吃，她笑着说：“书记，我不吃鸡肉的，就你们四个人能吃多少？两只大肥鸡呢，绝对够了！再说我还准备了面条呢，肉吃完了再喝鸡汤臊子面，我就不信吃不饱！”

“哈哈哈……”几人大笑起来。“这么说来，的确够了，我有口福了！”王望农拍了拍肚子笑着说。

大家进了堂屋，炕桌早就摆好了，酒也到位了。一看还是好酒，王望农鼻子凑上前闻了闻，吧唧了一下嘴巴，拍了拍手笑着说：“哎呀，好久没过过瘾了，闻着就流口水！”说着他跳上了炕，赵胜忠顺手拉了他一把，坐下来，两人闲聊起来，赵月江弟兄俩忙着洗酒杯。

时间赶得正巧，没坐几分钟鸡肉就出锅了，肉端过来，几人边吃边聊边喝酒。

其间，王望农笑着问赵月江，说：“月江啊，我发现你小子现在越来越能干了，你瞧，把新河村的几条主干道路修得多好，宽了不少还平坦了，要是开车跑一趟，一脚油门下去，一定舒服极了，跟城里的柏油马路一定是一样的体验感；就算开上三轮车，从村口跑到山顶上，里面睡一个人都不会颠簸醒来！现在的年轻人啊，尤其是你们家族的后生，可了不得！干事有想法、有主见、有魄力，我这个当书记的自愧不如啊！”

“说哪里话！王叔你见笑了，这功劳又不是我一个人的，是我们新河村全体父老乡亲的，要不是他们思想开明有远见，出钱出力大力支持，这项艰巨的工程还能顺利落地吗？”

“说说，你是怎么一步步开展工作的，我要好好向你取取经，学学经验。”

赵月江摇摇头笑了，说：“叔，你快别寒碜我了，我一个愣头青哪有什么经验供你参考？我刚说了，功劳是大家的，要说经验，那也不算经验，只不过是我们一点点摸索、一起商量敲定了一个比较合适的方案。我呢，无功可言，只是以村主任的名义组织大家实施了这项工作而已。”

“你小子，越来越会说话了！说说，咋开展的？别保密嘛！”

“呵呵，好，好！我说，是这样的……”赵月江把实施修路的前前后后，从方案策划到细节完善，再到逐步落实的详细情况汇报了一遍。听罢，王望农竖起大拇指轻轻摇了摇头，笑着说：“俗话说，三个臭皮匠，顶个诸葛亮。我看你们是三个诸葛亮，顶一个孙悟空啊，呵呵，厉害，一步一步搞得有模有样。还知道发动倡议捐款了，好主意！现在的年轻人都是读过书的，思想比咱老一辈还要开明。的确，在这个时候，捐钱多少不要紧，关键能积极参与进来就已经难能可贵了。他们虽然漂泊在外，但还能心系家乡的大小事务，这种凝聚力和热爱故土的情怀着实让人感动。多少年过去，故乡的山山水水养育了他们，故乡的父老乡亲也曾支持和帮助过他们，如今个个小有成就了，不忘报答故乡，书没白读，道理懂了不少，他们是好样的，这何尝不是新河村人的精神面貌呢！有这样一股力量凝聚在一起，大家把劲往一处使，何愁愚公移不了太行王屋两座大山？”

说完，王望农举起酒杯，笑着说：“这一杯酒呢，我敬你们新河村的父老乡亲，我是被他们的精神感动了，来，干了！”几人一起碰杯，仰起头一饮而尽。“这第二杯呢，我跟你这个村主任干了，不管怎么说，一个村里的带头人很关键，你这个头带得让我佩服，来，走一个！”说着，王望农主动碰了一下赵月江的杯子。赵月江受宠若惊，觉得王书记言重了，赶紧把酒杯放低一些，摇摇头笑着说：“书记，可不能这样，折煞我也！千言万语汇成一句话，我只想说，当下政策好了，老百姓日子富了，手头有俩余钱了，不然就算我有再大的想法，他们掏不出来钱还不照样是空想？再者，我必须得感谢您这一年来的栽培和教诲，新河村人谁不知道我赵月江的底细？嘿！过去不成样子，要不是您无私关怀，如老父亲一样严教，我能有今天的小成就吗？所以说，这杯酒啊，该当晚辈月江敬您！”说着，赵月江双手举起酒杯，迎上前碰了一下杯，两人会心一笑不再多言，其实一个眼神就足够了，好多话谁都懂，只是心照不宣罢了。“干！”二人仰起头把酒喝干了。放下酒杯，大家开始吃起肉来。

吃了两口，二爸赵胜忠笑着说：“王书记，月江这娃的确能干着呢！以前浑浑噩噩不听话，我这个当叔的都懒得理他，现在大不一样了，人学好了，可都是你的功劳哇！来，我敬你一杯，就当替我大哥给你道一声谢谢了！”

一听这话，王望农摇摇头瞪了一眼，说：“老哥，你说这话可就见外了，咱俩虽说不经常打交道，但从月江的父亲那里论起，咱俩还不是老兄弟吗？你大哥是我的生死之交，难道你这个亲弟弟不也是吗？现在呢，晓江高就了，我这个大老粗往后啊还得仰仗你呢不是？哈哈哈！来，咱不搞那些虚的，直接干一个！”说着，二人一碰杯又干了。

放下酒杯，赵胜忠端起酒壶给侄子赵月江满上。赵月江还没反应过来，酒已经倒了一半，他连忙双手扶住酒杯，小声道：“二爸，你这是……”

酒已经倒好了，赵胜忠先举起酒杯盯着月江说：“侄子，过去的事咱就不提了，很难！我想说的，自你爸走后，今天你这个样子，是让我，也是让你爸感到最骄傲的状态。希望你以后戒骄戒躁，虚心跟着王书记好好做事，看以后能不能混出个名堂来，给你爸争一口气，给我们家族争一口气，二爸看好你，你是好样的。眼下呢，咱老赵家的情况正在一步步往好的方面发展，对未来我大有期待，望你们小一辈能团结一心、努力奋斗，把手头的工作做好，不忘初心，为自己交一份满意的答卷，也为老百姓做出一些实事来，为咱老赵家光宗耀祖，好不好？”

二爸几句富有激情的话，让赵月江听得颇为感动，莫名地，在这一刻，他不由得想起了死去的父亲，眼里忍不住渗出了泪花。他眼含热泪，盯着二爸使劲儿点点头，说：“二爸，请放心，我以后会好好努力的，不让您失望，不能让我爸在天之灵看到伤心，也不会辜负了王叔的一片良苦用心，来，咱干了！”说罢，他一碰二爸的酒杯，把头仰得很高，把一杯苦酒咽了下去。人生的路上，时时把头再仰高一点，为的是不把眼泪流出来，为的是不把一肚子苦水倒出来，赵家的汉子是有血性的，不轻易流泪和言败的。

酒过三巡，菜过五味，四个男人很快把一瓶酒喝完了。赵胜忠酒量不行，喝得不多，赵晓江不经常喝，量也小，主要是王望农和赵月江。两人遇在一起，因为心情高兴，加上种种微妙的感情融合，这会儿他们近乎醉了，说话有些糊里糊涂的，一会儿相互称兄道弟，一会儿又成了父子关系，一会儿又是上下级相称。赵晓江看着他们聊得如此投机，语气里充盈着别样的温暖情愫，让他恍惚觉得，王望农变成了伯父，赵月江回到了从前。

屋内，酒气熏天，一只香喷喷的鸡只剩下骨头了。别看两人红着脸喝得晕乎乎的，但要说谁醉了，那还不能轻易下定论，你聊什么他们听得一清二楚，讲话也很有逻辑性，谈起对某事的观点来层次分明，一二三点讲得很透彻，这是醉酒之人吗？

二爸担心王望农喝多了误事，就把第二瓶酒悄悄藏了起来，不巧被王望农看见了，他笑着说："老哥，不让喝了？"赵胜忠红着脸说："王书记，少喝点好，我担心你……对你影响不好！"

"成！今天就喝到这里，咱吃饭聊聊别的吧！"

赵晓江先开口了，说："王叔，你没喝醉吧？我想跟你说点事儿！"

"是这样，我们村的路虽然修好了，但如果不硬化的话，将来也是白搭。土路啊，下一场大雨就冲坏了，总不能天天叫人填坑补路吧！那修与不修还有啥区别？所以还得硬化，不然治标不治本，后面问题一大堆！"

一听晓江的话，王望农点点头沉思片刻，叹了一口气说："晓江啊，你说得不无道理，可硬化路面得花这个啊！"他大拇指和食指搓了一下，"花一大笔钱呢！那和铲车修路的工程量相差十万八千里呢！难呐！"他攥紧拳头在炕上轻轻砸了两下。

"我打算拉两车沙子先铺上，后面的事慢慢来吧，走一步看一步，资金问题的确是个头号老大难，仅凭咱们这一点力量根本搞不成事，只能先修补一下，比以前好一些就不错了，硬化工程最终还得靠政府的项目支持！"赵月江插话道。

"对，月江说得有道理，这事我操心一下，先跟南庆仁商量一下，看他能不能想想办法。你们村的人这么积极，把路已经推好了，省了好多事，如果上面真出面的话，前期工作不用考虑了，光搞硬化这一项工作就可以了。我看难肯定是难，但至少咱们行动上前进了一步，思想上超前了一大截，上面应该能理解你们那种迫切的心情和愿望。再说，路不好咋发展？发展先不谈，就安全隐患是个大问题，你看这几年，小事一直不断，对老百姓的财产和人身安全构成了一定的威胁，是得重视一下了。今年还发生大事故了，一起是赵胜利，腿骨折了，另一起虽说没有人员伤亡，但那只不过是一时的侥幸罢了！"

赵晓江点点头，说："王叔，新河村的事有劳你了，也辛苦南主任了。我还有个小小的想法，等我去市里报到后，我也会留心这事的，如果有好的项目，我尽量给咱村想办法争取，眼下路已经推好了，后面遇上连续降雨就坏事了，得抓紧!”

“哦，对了，还有晓江这个大人物呢，我还差点忘了。成，咱大家一起努力，看能不能争取到一点结果，南庆仁有点本事，这些年为咱高山村干了不少实事呢，咱一起加油，期待好运降临吧!”

过了几天，有人看见王望农和南庆仁去了新河村，二人在推好的几条主干道路上转悠，一会儿用手比画一下，一会儿蹲下来看一看，像是在研究什么。赵月江一直不知道，只是在黄昏时分，偶尔听人说起才知道的。他们为什么没来家里坐坐?赵月江有些纳闷，但对二人此行的目的他大概猜到了一二，应该是为下一步硬化路面做前期准备吧!他没抱多大希望，即便他知道南庆仁的干事作风，一向是雷厉风行，不达目的不罢休，但他也明白，硬化这么几条长长的大路，那得投入多少资金啊!可不是闹着玩儿的，他一个乡干部能轻易啃下这块硬骨头吗?难!

只有王望农知道，南庆仁这次来就是专程考察路面情况的，为下一步准备硬化先做做功课。他拍了好多视频、照了好多相片，这是在他把新河村修路的情况告诉南庆仁以后，他经过深思熟虑后才决定先视察一下。至于后面的结果怎样，他也没抱多大希望，只说他尽力试一试，何况现在又多了一个大人物赵晓江，相信在大家的共同努力下，这一项大工程应该会实现的。

作为一名基层乡村干部，南庆仁走过的村庄不在少数，路况像新河村这样的比比皆是，甚至好多村路都不及新河村的。还好，王望龙愣是硬着头皮，顶着新河村父老乡亲的压力，不遗余力地培养了一名好村主任——赵月江。有了这样一位好干部带头，这个村便有了主心骨，但有个众人皆知的道理：一个人的力量终究是有限的。

除了一腔热血、敢打敢拼的赵月江之外，新河村人是善良的勤劳的，在工作上一直很配合。这不，月江一招呼，全村人都出动了，有力的出力，有钱的出钱，包括漂泊在外的游子们，也是好样的。这些年，他们没有忘记父老乡亲的栽培，没有忘了本，出息以后，知道报答家乡，建设家乡，这一腔热情是令人感动的。

就冲新河村人一腔热血和敢拼的劲头，作为一名乡村干部，他想，他有义务，有信心把这件事办好。等路硬化了，乡亲们走在宽阔的水泥路上，高高兴兴地下地干活，即便遇上大雨，也不怕摔倒沾一身泥；还有劳作的牲口，也不至于在烂泥路上摔倒起不来，甚至受伤，给村民造成经济损失；拉麦、拉粪的三轮车子，再也不会出现这样那样的事故了！

他在幻想一个场景。很多年以后，当他老了，退休了，再回这座村庄时，遇见新河村的父老乡亲，至少他们还认得他，还记得他的名字。若再幸运一点，他们会竖起大拇指赞叹一声，南庆仁是好样的，为新河村干了点实事！那样，他觉得此生值了！

要想富先修路，新河村的路，虽然仅仅是一条村路，却是奔向幸福的康庄大道，是人们向往美好生活的希望之路。

这路，一定要修好！他暗下决心。

第十三章　江魂

国庆节前三天，黄喜文来到赵月江家里，他是来喝定亲酒的。

这事在电话里两家早商量好了，吉日也挑好了，因为全县拉水任务比较紧，他一直抽不开身。就算国庆放假，对他们来说工作照旧，一切都是紧锣密鼓地按计划进行的，若是休息一天，活就会慢下来，那无疑将会影响到整体进度。

黄喜文和老父亲，他的哥哥，三人一起来的。这边，赵月江也安排好了，只等男方上门举行定亲仪式了。

这一天，王望农抽空赶了过来，南庆仁早前说好的要来，但因为手头工作忙，只好推脱了。他说等结婚的时候一定来，就算有天大的事也要放一放，月霞的喜酒可不能不喝。

一切准备就绪，人员到齐，在王望农的主持下，黄喜文和赵月霞最终完成了定亲仪式。当小两口给他敬酒时，王望农端起酒杯，如慈父一般嘱咐道："今日大家都在，我打开天窗说亮话，月霞呢，是我从小看着长大的，虽无血缘关系但胜似亲父，她的主我做了。以后啊，嫁到黄家，你要勤俭持家，好好相夫教子，不能慢待你们的女儿贝贝，要像亲生娃一样抚养，其实这是为自己在积德，将来你老了，贝贝会感念你的恩情的。黄喜文，月霞算是我干女儿，往后成了夫妻，各方面你多担待着点，你挣钱，她持家，小矛盾好好解决，不要怄气打架，否则，我听见饶不了你小子！"

黄喜文的父亲就坐在一边，他先表态了，说："王书记，按你这么说，咱就亲家相称吧。你放心，喜文是我的孩子，好坏我清楚，只要我还有一口气，他若是犯浑，我打断他的腿！月霞很乖，就算错了，也是喜文的错，我无条件站在儿媳妇一边！"话音刚落，惹得众人哈哈大笑。黄喜文盯着父亲无奈地摇摇头，说："瞧瞧，王书记，我以后有好日子过没？"

“你知足吧！有月霞在，你天天都有好日子。总之，我把话撂在这里，只许月霞欺负你，但不许你欺负我儿媳！”黄父严肃地给儿子交代。又是一阵大笑。见状，月霞很懂事，赶紧给黄喜文父亲满上一杯酒，端起来双手递给他，说：“谢谢叔，您喝酒！”

仪式结束，两家人边吃边喝边聊，喜气洋洋，气氛融洽。

黄喜文的父亲第一次上赵月江家的门，因为腿脚不好，只能坐车过来，他亲眼见到了未来的儿媳妇如此贤惠，通情达理，比照片还好看，他高兴得合不拢嘴。老人不能喝酒，坐着坐着被几个年轻人挤到桌子外面了，他一点儿也没有生气，反倒退后做起了观众。看着小辈们喝得这么开心，压抑了三年的心情一下子豁然开朗了，他找了个板凳，和亲家母坐在一起聊天。

老人说话很礼貌，说一句笑一下，一看就是个热心肠，月霞妈听得很高兴。老人说，以后两个孩子结婚了，咱两家就是一家人了，往后要多走动走动，把感情好好联络，成不？哈哈，能遇上你这样开明的亲家，我也是上辈子积了阴德了，能找上月霞这么乖巧贤惠的儿媳妇，那更是几辈人修来的福分啊！

聊了一阵后，男方把迎娶的日子敲定了，就在今年闰九月初八。月江母亲掐指算了一下，说：“也就一个多月了，快了，要不是老祖宗定下来的规矩，嫁娶要看日子，否则依我看啊，过两天就娶走我都没意见。这姑娘在家待了三年多，我这个当娘的也是操碎了心，现在看见她就烦，哈哈！再说了，月江媳妇也回来了，你说小姑子年龄这么大了还留在家里，燕飞心里肯定有意见。总而言之，这两个娃感情一直不错，反正我又没啥担心的，早嫁出去早省心！”

几人一听哈哈大笑起来，月霞就在母亲身边，她听见老娘这么“嫌弃”她，便嘀咕道：“妈，你别这么催我，现在你觉得我烦，等嫁出去不到三天，你一定急得站在大门口分分钟盼着我早点回娘家呢！你信不信，我敢跟你打赌！”

母亲笑了，拉着她的手叹了一声气说：“信呢，咋不信？你是妈身上掉下来的一块肉，是妈辛辛苦苦十月怀胎忍着疼痛生下来的宝贝疙瘩，世上哪有当妈的不想女儿的？呵呵，妈只是期盼你能早点成家，年龄大了少让娘操点心，你个傻孩子，一天闷闷不乐的，哪知道妈心里愁的是啥呀！”

话音刚落，月霞一头扎进母亲的怀里，抚摸着她粗糙的手说：“妈，您放心，无论我走到哪里，永远是新河村的人，永远是您的亲闺女，我会抽空来看您的！”母亲抚摸着女儿的头笑呵呵地说：“好，好！来了跟妈聊聊天，做一顿饭，捶捶背揉揉肩，再陪我睡一晚上，妈就心满意足了。如今，我的三个孩子都成家了，圆满了，再也没啥操心的了。唉，人这一辈子，想来真不容易！”

这时，黄喜文走过来，一手握住岳母的手，说：“姨，这些年来让你受苦了，为了两个孩子的终身大事，你瞧你苍老了许多。不过你放心，这以后啊，我和月霞还有月江一起来孝敬您！”说着，他轻轻地拍了拍老人的背。

老母亲一听女婿这么懂事，她高兴地抓着他的手说：“好，好！我呀前半辈子吃尽了苦头，看来这后半辈子还是有福享呢，呵呵！”

“有呢，一定有呢！亲家母，一天把心放宽，好生吃着喝着，把身体养好，以后还有大活要干，看孙子咧，哈哈哈！”黄喜文的父亲笑着说。

“成，成！我听你们的，我会照顾好自己的，你们啊，赶紧给我生一堆大胖小子，趁着身子骨还结实，先给你们熬两年，把娃娃拉扯大了，我也就放心了。”

“是啊，当爹当妈的就是这样，只要眼睛还睁着，对儿女有操不完的心啊！”黄喜文的父亲叹着气说。

酒过三巡，菜过五味，几人喝得也差不多了，菜吃得都见底了。因为工作原因，王望农不得不抽身先走了。赵月江出门送他，在分别的路口，王望农转身拍了拍他的肩膀，欲言又止。

“书记，你还好吧？”他的脸有些发红，赵月江以为喝多了。

王望农转过身，指着对面的山坡，酝酿了半晌才说：“孩子，今天是个好日子，将来，天天都是好日子。你爸，他什么都知道了，我很欣慰。”

说完，王望农从兜里掏出一支烟点上，蹲下来，插在土里，朝着对山轻声道：“老赵啊，看见了吧，这是咱闺女的喜烟，抽一根高兴高兴！”

看着眼前一幕，赵月江心里潮潮的，泪水在眼眶里打转。如果父亲活着，该多好啊！爸，您的儿女一切都好，在天之灵保佑他们吧！

“走了！”王望农潦草地挥一挥手，转身走了。望着他有些苍老的背影，在泪水的蒙眬里，赵月江像是看到了老父亲……

下午时候，黄喜文一家三口也走了。热闹了一上午，人突然一走，家里空荡荡的，寂静得叫人心慌。这时候，母亲开始叫唤起来，说：“这人多了就是好，多热闹，我早上还说把你尽快嫁出去，这突然之间，又舍不得了。你说这一走，谁来陪我睡觉？谁给我搓背洗衣？唉，女大不中留，终究要远嫁的，不过记住了，时间久了来看一趟妈，如果太忙了，打个电话也行呢！”

月霞笑着说：“妈，县城离这边才多远啊！搭个班车一会就到了，你放心，嫁过去以后我一定会时常来看你的，来了还不空着手，我会给你买一些你最爱吃的蛋糕，好不好？”

“好，好！”母亲抓住女儿的手笑呵呵地说，紧接着又是一阵叹气。

十天后，新河村下了一场特大暴雨，来时并无异样的征兆，还是和往常一样狂风大作，乌云密布。不多时，电闪雷鸣，雷声阵阵，瞬间下起了瓢泼大雨。

这真是一场奇怪的雨！节气都到什么时候了，下雨就下雨，怎么还电闪雷鸣的？五六月的雷声听着顺耳，像是五谷丰登、国泰民安的锣鼓声，可此夜的炸雷，刺耳诡异，像老天爷莫名其妙地发怒，它要对人间做什么？

睡在炕上，能明显地感觉到大雨倾盆，雨水落地成河，砸得地皮震颤，从庄背后、从房顶上、从大院里、从老树上乌泱泱地漫过来，顿时，噼里啪啦，惊心动魄。这一夜，似乎注定是个不同寻常的夜晚，雨从没有这么疯狂地下过，新河村人吓得无法入眠。屋外，漆黑一片，伸手不见五指，透过窗户，清晰地听见狂风席卷着雨团在黑夜里咆哮怒号，如一群野兽在人间尽情地撒欢。那豆大的雨点打在玻璃上、瓦片上，像射出的子弹，试图击穿墙体，撕裂一个人的心脏。

这小小的村子，像海浪里的小船，在大自然的恐吓中吓得瑟瑟发抖、摇摇欲坠。可经不起这般折腾啊，山里的房子都是土坯房，庄前背后都是高高的断崖，雨水下多了时常会引起塌方。老房子不坚固了，偶尔后墙还会被雨水泡塌，突然轰隆一声塌下来，好在，里面没有住人，放着一些农具，砸坏了也不要紧，但，幸运之神不总眷顾，这样的暴雨，再牢固的房子也让人提心吊胆啊！

这恐惧的一夜，人们同样在担心类似的事件不经意间发生：房塌了？断崖滑块了？墙体泡水了？心里虔诚祈祷着，可雨一时半会停不下来，仿佛要决心给弱小的人类施展一下它的威力，再祸害一下无助的村民才肯罢休。没人敢踏踏实实地睡下来，除了耳背的老人，不过这时候，什么也听不见倒也是一件很幸福的事，起码不像正常人那样，被这大暴雨吓得惶恐不安。

不多时，突然，不远处传来“轰”的一声巨响，赵月江的心咯噔一下，像是被什么东西砸了一下，吓得他周身一震，冒了一身冷汗：怎么了？容不得多想，他赶紧披上一件外衣，拿着手电筒跑出门，站在水泥台上仔细听了一会儿。

可雷声太大，狂风呼啸什么也听不见，但猜得出来，谁家的墙一定是塌了。至于是不是房子，他不能确定，但看今晚这般鬼天气，他隐约嗅到了不祥的气息，紧绷的心脏不由自主地狂跳起来。

果然，不多时，他的手机突然失魂似的怪叫起来，吓人一跳，他心里更紧张了：天哪，千万不要出什么事！他心里默默祈祷着，走过去接通了电话。原来是曹莲花打来的，电话那头，她竟然哭着大喊：“月江，快！快，我的房子，房子塌了，孩子，快救救孩子！”

天哪！真出大事了！房子塌了？孩子出事了？妈呀，了不得了，怎么会这样！赵月江瞬间吓哭了，慌乱得不知道大院的出口在哪里？只觉得头皮一紧，嘴皮发麻，浑身轻飘飘的，身体像是被什么掏空了一样，瞬间失去了意识。他呆呆地站在原地不知道下一步该做什么，他傻了，愣了！“救救我的孩子！”脑海里，这个刺耳的声音再次响起。他使劲跺了跺脚，掐了一把自己的大腿，意识慢慢清醒过来，“哦，孩子！”他赶紧扔下电话，来不及穿一件雨衣，就拿起手电筒，拄着一把铁锹冲出门外。

月霞听见屋外有动静，她趴在窗口问话：“月江，出啥事了？”雷声响起，他什么都没听见，“哐当”一声，大门关上了，不知道是风吹的，还是他顺手带上的。

暴雨大作，雷声阵阵，电光闪闪。这还是人间吗？这还是他心中的新河村吗？这还是一场雨该有的样子吗？雨水夹杂着寒风拍打下来，砸在背上、头上、脸上，冰凉而生疼，敲打在铁锹上，叮叮当当。

他穿着一双磨破了的解放鞋，一手捂住脸，一手拄着铁锹艰难地向上爬。太滑了根本走不动路，眼前一团漆黑，什么也看不见，唯有手电筒发出微弱的光亮指引方向。他哭着，趴着，祈祷着。

不一会儿，终于爬到了那个地方，门前，他看见曹莲花蹲在门槛上号啕大哭，地上的手电筒发着微弱的光芒，像一个老人，眼里折射出生命的最后一道光，他很快就要咽气了。

“怎么了?”他大喊，手电光下，他看见她满脸是血，手上也是。

他本能地后退了一步，心扑通扑通地跳动起来，像是要一下子跳出胸口。

“你受伤了?”他强作镇静，用颤抖的声音安慰她。

“快！房子，房子！塌了，我的孩子，孩子！快!”她一把抓住他的手用力地摇晃着，哭得撕心裂肺。

“电呢，灯呢?”他朝院子里指了一下。她根本没看见。

“断了！快，我的孩子!”她用拳头狠狠地捶了一下他的大腿。

乱了乱了！一阵电闪过后，房子照得一片刷白，从这个门进去，还是人住的地方吗？赵月江拍拍胸口，深呼吸了几下，转过身鼓起勇气走进大门，正前方就是堂屋。

再靠近一点，借着手电筒的光芒，他清楚地看见房子的后墙的确塌了一个大洞，应该是被雨水泡塌的。看位置，大概在靠近炕的左方，天哪，这样的话，那孩子，孩子出事了！他耳边“嗡”的一响，脑袋一片空白。

抬头看看天，深邃、混沌、黑暗，灯光下，房檐冷冰冰地伸向天外，像一座阴森的鬼屋，看着让人心生恐惧。雨还在下着，一点儿没有要停的意思，雷声夹杂着风声，放声嘶吼着、狞笑着，恐吓着人间一群脆弱的生灵。

怕，谁都怕，但救人要紧。赵月江没有多想，拿着手电筒毫不犹豫地冲了进去。屋内黑黢黢的，什么也看不见，地上，已经聚集了一池雨水，脚踩下去清晰可闻，房顶上掉下来的瓦片和椽木挡在脚下，向前一步都困难，需谨慎。

抬头，后墙已经全湿了，房顶上一个大洞，像是被某个庞然大物踩了一脚。一边，一根椽木耷拉在墙里，一阵雷声就能震下来，瓦片一半悬在半空中，一阵风就能轻易吹下来。头顶那一片屋顶凹下来，可能随时就会塌下来，眼前，杂乱狼藉，这房屋，摇摇欲坠，岌岌可危。

怎么办？孩子呢？他们在哪里？他气喘吁吁，汗流浃背，心脏跳得厉害，双腿已经发软了。就在这时，屋外又传来曹莲花一阵绝望的哭声：“孩子！我的孩子，快救救他!”他不再犹豫，两步朝炕头奔去。

“孩子，醒醒，你们还好吗?”赵月江喊话，没人应答。他的心再一次跳出胸口，想起刚才曹莲花脸上的血，难不成孩子……可一看房顶上，就掉下来几根椽木和一些瓦片，不至于一下子砸死一个人吧！他再走近一些，借着手电筒仔细照了一下，这回看清楚了，两个孩子居然在靠窗户的位置睡着，还打着呼噜，他绷紧的心一下子舒展了：这俩傻瓜，真幸运！

他抱起两个娃就往外跑，生怕突然再掉下来什么东西伤着人。可就在这时候，孩子们惊醒了，迷糊之中可能受惊了，男孩胡乱地使劲挣扎，力气贼大，一下子从他的右臂弯里掉下去了。可能是碰到瓦片了，只听见他疼得尖叫了一声，女孩也被吓傻了，本来黑黢黢的什么也看不见，可能以为有歹徒或者坏人在伤害他们，他们失魂似的尖叫起来。顿时，黑暗中两个孩子乱蹿，根本不听指挥，一个趴在地上糊里糊涂地往炕上爬，一个用力拍打着他的背，女孩还咬了他一口，赵月江忍着疼痛先抱着她出去了。

“快！把孩子抱好！”他冲着曹莲花大喊。曹莲花听见孩子还好着，兴奋加上恐惧，她的腿一时不听使唤，整个人站在大门口呆呆地张望着。“快！往大门口跑，你妈在那儿呢！”他用手电筒照了一下前方，女孩看见了妈妈，哭着赶紧向前跑去。

赵月江转身又冲进屋里，手电筒已经暗了下来，借着微弱的光芒，他看见男孩正蜷缩在写字台的下方瑟瑟发抖，他应该是冻着了，又好像睡着了。

“走，安全了！”他轻声说。这时，脑海里突然闪过赵同亮的影子，他微微一笑，心想：“亮亮，上次低保的事……嘿，这回咱俩两不相欠了，我今天可救了你侄子啊！”

蹲下来，他抱起孩子准备出门，突然，“轰”的一声巨响，整面墙突然倒塌了，房顶上粗壮的檩子也跟着掉下来……瞬间，两人被埋进了土块和瓦片里，连一声惨叫都没来得及发出，就这样，世界在下一秒彻底安静了。

雨还下着，风还吼着，新河村的夜，彻底乱了！

曹莲花一看眼前的惨状，吓得惊慌失措。她站在大门口，朝新河村下庄方向绝望地嘶吼起来：“来人啦！救命啦！我的孩子！”

因为雨大，人们不敢沉睡，大都穿着外套躺着，心里胡思乱想着，或是默默祈祷着，祈求这反常的暴雨快点停止吧！房子大都是老房子了，还是土坯房，没有一家是砖房，椽木和檩子也腐朽了，上面被虫子蛀了好多洞。这样的住房，随时都有可能塌下来，何况遇上这么大的雨，风险自然增大了。

不几分钟，人们循声赶来，听说孩子和月江被埋在土里了，大家赶紧忙碌起来。有的用铁锹挖，有的徒手挖，一边挖一边喊话。雷声夹杂着雨声，再加上人们惊慌的吼叫，新河村像是一下子变成了激烈的战场，种种声响掺杂在一起，让人听着心里毛骨悚然。

花了半小时，人多力量大，加上雨水渗透了干土，挖起来稍微容易些。人找到了，人们兴奋地呐喊："得救了，得救了！"可喊他们的名字时，小孩答应了，赵月江却像是睡着了，纹丝不动，没有一声回应。

有人拿手电筒细细一瞧，天哪，他的头被墙打破了，流了好多血。再掐一下人中根本没反应，手指搭在鼻孔试试鼻息，坏了，人已经停止了呼吸！"走了，人已经走了！"有人失声哭喊。

"滚！放屁！"赵胜忠冲上去，一把抱住侄子。他大喊："月江，月江！你醒醒，快醒醒啊！不，老天爷啊，你救救他！"一个大男人哭得撕心裂肺，毫无掩饰。可无论人们再怎么努力，终究，他还是没有回话，静静地躺着一动不动。在狂风暴雨里，在这样漆黑的夜里，他像是跟着暗夜里的一颗流星悄悄去了。

妻子李燕飞耳朵幻听了，在这片嘈杂的小世界里，她频繁地听见，人们都在说一个结论：新河村村主任，她的丈夫，赵月江死了！走了！永远地走了！

都去吧！这些没有良心的坏人！你们怎么可以这样说我男人呢？他没给新河村人办过好事吗？他贪赃枉法了还是杀人放火了，需要你们这样诅咒他死吗？她大哭起来，一把推开二爸赵胜忠，双膝跪地，双臂紧紧抱住他的头使劲摇晃："起来！姓赵的，给我起来，快啊！你的兵兵不管了？娘不管了？新河村人你也抛弃了？"

她仰天长啸，撕心裂肺，大骂老天爷不公平，对一个不折不扣的好人为何这般刁难？想起过往，曾经，听信了父亲的鬼话，为了完成给哥哥娶媳妇的心愿，她对这个忠厚老实的年轻人，不知道造了多少孽！月江啊，我亲爱的丈夫，此生，咱们就这么情深缘浅吗？对不起，我错了，我错得很离谱！

可是，难道这段日子里，你没察觉到，你的妻子李燕飞她变了吗？她学好了，懂得如何爱人了！还记得吧，每一顿饭，我都是认真地做，我连傲娇小脾气都改了，时常听你的话，哪怕是错的，我也听你的。因为，那几年，我犯过错，大错！你这一走，叫我如何心安？我的罪孽深重，还没有给你赎清呢！月江，你醒醒吧，往后的日子里，无论你怎样打骂我，我都会笑着抱紧你，说一声：亲爱的，我爱你！

后半夜，雨才停了。村里人都赶上来，陪着睡着了的赵月江守了一夜，所有人都低头默哀，悄悄落泪。老天爷，他还是个孩子啊，你睁眼看看吧，他的心是红的，这一年为新河村做了多少好事，这还不够吗？你看不到吗？追忆过往，人们声声叹息，这是个好主任，正当盛年，才刚为新河村人好好做事呢，就被无情的老天爷带走了，这是为什么？难道天妒英才，难道上苍太多情，觉得他这一年来太累了，让他好好休息一会儿？

一个可爱的人走了，一个爱说爱笑的人走了！

一个无私奉献的人走了，一个为新河村谋福利的人走了！

一个普普通通的孩子走了，一个女人的丈夫，一个孩子的爹走了！

人间的一盏灯灭了，天上的一颗星亮了！这一回，月亮没有落在新河，而是明月照大江，照亮了祖祖辈辈生活的这片热土，照亮了新河村人前进的方向。

人群里，刚子哭得最难过，他怎么也没想到，他最好的哥们，新河村最好的村主任，这样一个不折不扣的好人，竟然一夜之间没了！人间，撇下这一群爱他的人该怎么办？往后，谁来为他们出主意办好事？往后，谁还会主动站出来，不惜牺牲自己的利益帮助他人？往后，谁还会为那些弱者伸张正义？于他，谁还会找他抽烟聊天？谁找他喝酒到深夜？谁找他当军师出谋划策？

我的死党，我的好哥们，我的亲老侄，你究竟去了哪里，快快回来吧！人间有个叫刚子的，他真的很想念你！

曹莲花悲恸不已，要不是为了救她的孩子，赵月江会遭遇这一劫难吗？她跪在地上，疯狂地捶打着自己的胸膛，想起赵月江生前为她帮过的忙，这个好男人啊，就这么被她害死了，她心里自责不已。村里人扶起她说，不要难过了，你并没有错，不要太自责了。

这样的雨夜，赵新林也赶来了。当他听说赵月江出事了，那一刻，眼泪忍不住簌簌滑落！这是个好人，天大的好人，要不是他出面解决他和刚子的矛盾，说不准，如今的自己还在监狱里蹲着。那样一来，孩子的前程一定毁了，还有他的家人，一辈子都要背上犯人家属的骂名了！在他这一辈，总不能把老祖宗积攒下来的名声，一夜之间给毁了呀！那样，他就是老赵家不折不扣的罪人了。

面对失魂落魄的李燕飞，曹莲花愧疚不已，不知道该怎么去安慰她，说两句好话太轻太轻，轻如鸿毛。她走过去，索性当着她的面扑通一声跪倒在地，二话不说，连连给她磕了几个响头。她的神经似乎麻木了，不知道疼痛，连额头都磕破了。

此时的李燕飞，精神似乎有点失常，对眼前的一切不管不顾，目光呆滞，盯着男人的遗体沉思着什么。大概，她想到了自己的过错，也许，她是在想，这未来的日子，叫她孤儿寡母如何过得下去？可能，她还在想，曹莲花啊，你这个不要脸的女人，将来有一天，我一定要活剥了你！有困难了，你只想到一个赵月江，难道新河村再没人了吗？情况那样危急，你不了解他的脾气吗？那是一个见不得别人遭难的人，就算赴汤蹈火，也要拼命一往无前！足够了，够意思了，那个男人，为你家做的还嫌少吗？这下好了，连命搭上了，这以后，我看你还想害谁！可能，她还在想，以前是咱冤枉赵家人了！叫你好好过日子，你偏偏存心害人！你爹死了，才想起女儿无人照顾，你们李家人咋那么自私呢？偏不！老天就是不给你这个面子！叫你瞎折腾！

三天后，葬礼举行，王望农来了，南庆仁也在，全村人自发为他举办了一场隆重的葬礼。葬礼所有的花销，全是村里人的捐助，还有一部分是王望农和南庆仁自掏腰包。多寒酸啊！一个勤勤恳恳的村干部，薪水少得可怜，连最后的一个棺材都没攒够，更别说一场像样的葬礼了！他一身穿了不知道多少年的旧衣服，袖口磨破了，衣领磨破了，纽扣还掉了一个，至今没有补上。

整理遗物的时候，在他的衣服口袋里，还有一张烟盒纸，打开，上面用铅笔写着一些字：村路硬化，乡村绿化，垃圾清理，寻找刚子老婆……不大的一张小纸片，写尽了他的一生；不多的几个汉字里，全装着新河村的百姓，唯独没有一件事是为自家要做的。

要知道，他家的西屋年久失修，也该换换了！还有，老母亲的病还没有好，时常拿药物养着。只是，如今看起来心情好多了，那是因为，儿媳妇李燕飞来了，她的女儿月霞找到如意郎君了，还有，她也听说了，人们都在夸她的儿子是个好人。虽然，这些年来，因为她的疾病，把月江留在了家里，钱没挣来几个，还搭出去不少。人这一辈子，漫长又短暂，什么才是活着的意义？

老母亲在悲伤了一段日子后，她慢慢想通了，人活一世，不光是为了自己而活。像她的儿子月江，为了别人的苦难，搭上了自己的性命，虽然失去了他，但她心里依然是骄傲的，这一辈子，到死，只要想起儿子，她都觉得没白活，咱老赵家的儿子是好样的！不过，这是后来的事。没有一个母亲有如此宽广的胸襟，在痛失亲人的一夜之间，就能变得如此大彻大悟，变得这般通透。

一本破旧的笔记本里，最后一篇记录了他对党的认识。他写道："党是什么？在我看来，党也许是一群有信仰的普通人！人活一世，终究要死的，在有限的生命里，燃烧自己，照亮他人，这是一种多么高贵的信仰啊！我认识的党，便是这样。一群人，一起走，手牵手，不为自己，心怀大爱，装着别人，把老百姓的真切愿望当作奋斗目标，一生走下去，不留名不留姓。就算有一天死了，他还活着，永远活在人们心中，就像有句诗写的：有的人活着，他已经死了，有的人死了，他还活着！我便要做死了还活着的那类人。一直以来，我在申请入党的路上慢慢进步。将来有一天，通过组织考验了，正式入党了，我一定向王书记学习，向南主任看齐，好好奋斗，为新河村人做一些好事。有人说，我是个傻子，就算做得再多，那也是帮了别人，自己的光阴还落在后头呢！无所谓，我一直记得刚子说过的那句话，党，就是为人民服务的！"

这段文字，像是他的遗言，让人看了感动不已。至少王望农感到惭愧，他干了半辈子的工作，说实话，思想觉悟还没有月江的高呢！如今，他走了，像文字里写的，他依然活着，活在了新河村人的心里。弟弟赵晓江看后，泪流不止。虽说他已经是市交通局的公务员了，但至今还没有入党，在哥哥月江身上，他突然看懂了"党员"一词究竟意味着什么。他决定，下一步，马上申请入党，将来在工作中，也要勤勤恳恳，努力奋斗，只为那句不变的誓言——为人民服务！

出殡当天，人们抬着棺材走在他修过的宽阔大道上，内心难过不已，从未有过像今天这样令人窒息的悲痛和绝望。这一刻，似乎踩在他坚实的背上，隐隐作痛，让人于心不忍，说好的下一步还要为大家硬化路面，为什么就这么悄无声息地走了？

葬礼上，王望农强忍着泪水读完了村里人写好的悼词，因为情真，写得感人肺腑，前来吊唁的人无不怆然涕下。悼词的最初拟稿者，自然是赵刚子了，在村里人的几番润色下，最后定了稿。王望农来后，又修改了一次。

南庆仁就站在王望农身后，听到这样一篇情真意切的祭文，他心里异常沉重。每一个词，每一个句子，听着振聋发聩，他在这一刻受到了前所未有的震撼。想起这些年，他在职场上遇到的一些人，与刚子比，虽说听起来身份很高雅，头衔和奖项也多，但做事的风格，还是逊色不少！不像月江，那种为人民服务的初心和劲头，是彻底的，纯粹的，真诚的，不掺杂任何名利的。他就像一盏油灯，熬干自己无所谓，只要能为别人送去一点光明，他便心满意足了！

随后，王望农还在这个场合宣布了一个重要的决定：鉴于赵月江同志表现优异，经组织研究决定，一致同意追认其为中国共产党党员！

人群里，刚子泣不成声。赵新林也在，他拄着拐杖抹着眼泪，李燕飞领着两个孩子，披麻戴孝，哭得死去活来。月霞更是哭哑了嗓子，老母亲卧床不起，黄喜文也在，为妻弟的离去倍感痛心。曹莲花几近哭晕过去，她被男人搀扶着。赵同阳一样，泪眼婆娑，只是作为男人，他没有放声吼出来。

人群里，有人看见了一个陌生的身影，她穿着一身黑色衣服，头戴白色帽子，嘴戴黑色口罩，手里握着一团纸巾。看样子，她也是为赵月江的离开伤心了一阵子。没人注意，那究竟是谁，只有她自己知道，她，便是南庄的南敏儿，此次前来，为前夫送最后一程。

这是南家长辈的意思，也是南庆仁的意思。就算他们不提醒，眼下，正处在婚姻水深火热当中的南敏儿，为了给自己曾经犯下的过错忏悔，也得主动前来送他一程。这，便是了了她的最后一桩心愿。从此，人间的日子好好坏坏，已无关紧要，至少，在她的生命里，曾遇到过这样一个有缘人，此生足矣！只怪自己眼瞎，命薄，对美好的事物无福消受。一切该承受的，好好承受，莫要叫苦，路是自己选的，就算跪着也要走下去。

鞭炮不断地响着，哀乐不断地叫着，哭声不断地吼着……这片贫瘠的大地上，此刻，所有的声响，都像是为一个不该离去的人在招魂，在祷告，甚至在抗议……

农历闰九月初八，月霞的婚礼如期举行。事前，黄喜文征求过她的意见，说要不要推迟一下？月霞告诉母亲，母亲摇摇头长叹一声，说："不要紧，冲冲喜吧，这个家太压抑了！"

"要不推迟一下也好，弟弟刚走，我今年没心思结婚！要不推到腊月，或者明年开春都行！"月霞说。

母亲摇摇头，说："不要再提这件事了，我说了，如期举行，人家男方有男方的想法，都年纪大了，赶紧结了吧，迟早要结的！"月霞欲言又止，她还想坚持一下自己的意见，可见母亲闭上眼，摆摆手，示意她不要再说了。

没辙，她只好作罢，就依母亲的意见吧！若是她说明年结，黄喜文肯定不会有意见，他父亲也同意。只是这边，母亲不答应。她能理解，这个家，因为弟弟的离开，一下子变得空荡了许多，母亲不希望看见刚刚变好的日子，一下子灰飞烟灭。至少办一场婚事，冲冲喜也好，以后女儿成家了，黄喜文虽是女婿，是个外人，但女婿也是半个儿呀。

自他们交往以来，她能看得出来，这个后生是靠谱的，就算女儿嫁出去了，家里又会少一个人，可如今交通很方便，他们随时可以过来看看她。贝贝是黄家的女儿，虽然和赵家没有半点血缘关系，但既然成了一家，贝贝能叫月霞一声妈妈，那她理所当然是她这个老太婆的外孙女了！听黄喜文说过，月霞也见过，贝贝是个很可爱的丫头，很听话，也很懂事，将来结婚了，把孩子带过来，她会和亲孙女一样爱惜她。

月霞告诉她，第一次见贝贝，贝贝就跟她很亲，她俩完全能合得来。黄喜文给女儿介绍说：这是未来的妈妈，你喜欢吗？贝贝没有害羞，说喜欢啊！早前你说过了，说要给贝贝找个好妈妈，不欺负贝贝，给贝贝做好吃的。赵阿姨以前在电话里也答应过我了，说以后会好好照顾我的。

关于好生对待贝贝这件事，母亲一而再再而三地给女儿强调过了。王望农也反复交代过，说既然结婚了就是一家人，不管亲的远的，都应该一视同仁对待和相处。月霞喜欢贝贝，贝贝也喜欢这个新妈妈，就冲这样的缘分，不需要别人提醒，嫁过去后，她也知道怎么对待贝贝。曾经，那段失败的婚姻，让她原本该有个可爱的孩子，因为南敏儿的背叛，一切美好灰飞烟灭。如今的贝贝，在她看来，就是上天补偿给她的一份厚礼。

关于小姑子的婚事，李燕飞是极不情愿的，并不是因为男人刚走，她不想这么快就看到一场花天酒地的婚礼，而是她希望月霞能在这个家多待一些时日，至少等到年过后再嫁不迟。这个家，因为月江的离开，一下子变得死气沉沉。刚子不来了，赵新林不来了，赵长平也是，赵同阳口口声声说，他这辈子亏欠月江太多太多，可人没了，他也销声匿迹了。偶尔曹莲花来一趟，说说话，拉拉家常，但女人们的闲扯，大不如男人们凑在一起喝酒喝茶热闹。在李燕飞看来，一个家的人气，少不了孩子的吵闹，更离不了一个大男人的烟酒气！

天要下雨娘要嫁人，说好的事情她也没法改变，那就让该来的来吧，该去的去吧！

出嫁的前一天下午，月霞告诉母亲说，她要去坟地看弟弟一趟。母亲叹了口气，说："过去的事就让它过去吧！别去了，明天是你大喜的日子，坟头少去，图个吉利！"月霞笑了，她摇摇头说："妈，别迷信了，那是我弟弟。黄土地里埋着的，在别人看来是可怕的，但对亲人来说，那是日夜思念的魂啊！"

这句话，是月江告诉她的。月江说，那是他在手机上看到的。

曾经，走夜路的时候，她时常会莫名其妙地想起死去的父亲，想到此，心里便觉得害怕，老觉得身后跟着一个人，那应该是父亲的魂魄！月江问，你一个大姑娘家的，你在怕什么？月霞说，我怕！月江说，别迷信了，这世上哪里有鬼呀！

母亲听到这句话，突然沉默了，不再说一句话。

月霞出门了，拿着一些冥币去了弟弟的坟地。到了坟头，她双膝跪地，强忍着泪水隔空对话："月江，姐明天就要出嫁了，一切都安排好了，你放心，到那边我会好好过日子的，你若是在天有灵，请保佑母亲一生平安吧！往后的日子，我会经常抽空来看你的！那边吃好喝好穿好，有需要了托梦给姐，姐随时来看你，好吗？"

她点燃冥币和香，朝坟头扔了一些鸡蛋花，斟了一杯酒，倒了一杯茶，眼泪忍不住哗哗落下，打湿了厚厚的黄土地，她似乎听到了大地的悲鸣。

告别弟弟，她转身又去了父亲的坟头。父亲去世多年了，如今，坟头长满了杂草，她大致检查了一下，看有没有老鼠打的洞。跪在地上，同样，她点燃香和冥币，斟了一杯酒，对父亲说："爸，明天我就要嫁人了，男方是县城那边的人，人家有工作，心术也好，对我不错，你放心吧，我会过好日子的。爸，那个世界里，你碰见弟弟月江了吗？我刚去看过他，也告诉他这件事了。若是你碰见了，再提醒他一声，在那一世，干活悠着点，别太拼命，保重身体！"

说话间，她脑海里浮现出小时候的一些美好记忆。那时候，父亲在，姐姐在，弟弟也在，一家人日子过得蛮不错。逢年过节，父亲都会给他们买好多好吃的，有沙棘汁，有饮料，有糖果，还有鞭炮，最期待的，便是那一两块崭新的压岁钱了。

时间真快，一晃几十年过去，岁月催人老，有的人笑着笑着就老了，有的人走着走着就没了，一代一代，恍如一梦啊！

次日出嫁，一切从简，她没有穿红色的嫁衣，而是穿了一身比较朴素的紫色衣裳。吉时已到，接亲的队伍来了，他们放了炮仗，阵仗不是很大，他们似乎懂得赵家的悲伤，简单闹了一下就把人接走了。

姐姐陪她出了门，母亲一直躲在厨房里没有出来。她知道，娘一定趴在窗户上偷偷目送她，她一定伤心地哭了。女儿要走，虽说只是去另一个陌生的地方生活，距离并不遥远，但这一走，在娘看来，心情和月江离开的那一夜是一样悲伤。嫁出去的女儿泼出去的水，从此，女儿上门便是客了，娘的心里，又像是丢了一件永远也找不回来的宝贝啊！

离开村口，她转身回望，看了一眼老房子，看了一眼对山弟弟的坟，眼泪忍不住悄悄滑落，打湿了嫁衣。

这一刻，她多希望这只是一场小时候玩过的游戏。那时候，她和姐姐，还有月江几人，时常和村里的孩子们玩这样的游戏。月江扮演过新郎，她扮演过新娘，姐姐扮演过媒婆。那时候，头上套一个红色塑料袋，她走在前面，月江跟在身后，村里的孩子围在一起，热闹地喊着："接新娘子喽！"游戏结束，他们各回各家，各找各妈。那时候，屋顶的炊烟正浓，母亲大概做好了饭，父亲还在熬罐罐茶吧！

赵月江英勇救人的事迹很快在县城上下传开了，有关媒体也报道了，自然地，他也成了十里八村乡亲们茶余饭后谈论的焦点话题。人们听闻这个噩耗，都惊掉了下巴。赵月江，新河村的村主任，那个一心一意为村民办实事的好后生，舍己救人牺牲了！

老话说得好，人固有一死，或重于泰山，或轻于鸿毛。他们说，赵月江的死是重于泰山的，是死得其所的。他舍命救人，舍小家为大家，这样的大无畏精神，在一个年轻人身上体现出来，真是难能可贵！他正当盛年，他心里装着百姓，正值奋斗的大好年华，却这样早早离开了人世，人们无不为之慨叹、惋惜、流泪！

当赵母听到人们议论儿子是英雄，是好人，是个优秀干部的时候，她长叹一口气，不说话，只是摇摇头。打心里，她还是认可儿子的，在危难关头，他是那么勇敢，义无反顾地冲在前头，救活了一个还没有长大的孩子，他是个靠谱的男人，是赵家值得骄傲的孩子。可是，作为母亲，真希望他能活下来。人这一辈子，什么最重要？平安健康才是福。她只愿儿子好好活着，把这个家照顾好，把他生的孩子抚养成人，再好一点，等她死了，把她这把老骨头埋到黄土里就足够了！

赵月江感人的事迹在龙窑乡政府掀起了一阵学习热潮，那是南庆仁向乡政府领导提出的宣传赵月江感人事迹、树立干部新风的想法。

十里八村的父老乡亲都在说他是个好人，县里的官媒也报道了他的英勇事迹，就连市里的报纸，也为他的离开留出了几百字的版面。这样的好人，难道还不配成为大众学习的楷模吗？尤其是党的干部们。这样的事迹，难道还不足以感人落泪、催人奋进吗？这样的精神，难道还不够影响一批热血有为的青年奋发向上吗？

乡政府开展了学习活动，十里八村的村委会，也开展了学习赵月江同志先进事迹的活动，不光是学习他的奉献精神、吃苦精神，还有大无畏的牺牲精神。作为一名党员，他是永葆组织党性永不褪色的一束光芒、一面旗帜，更是一种鞭策自我的榜样和力量。

开展学习活动后，各个行政村都上报了学习心得，赵月江的事迹一时间在龙窑乡各个角落妇孺皆知。他笔记本里写道，他想做一盏长明灯，用有限的生命去照亮别人。他做到了，人死不能复生，这盏油灯燃尽了，但精神之火没有熄灭。

趁这个机会，王望农、南庆仁，还有赵晓江三人去了一趟县政府，把赵月江的最后一桩心愿告诉了有关领导。老领导一听原来是硬化村路的事，也听说了赵月江的感人事迹，说我们先研究一下，过一阵子回话。

一个月后，新河村公开选举村主任，人们大都投了赵刚子，按程序讲，这个结果由高山村委员会统计公布。那天，王望农主持了会议，他宣布了两件大事：第一件，由县交通局决定，明年开春将硬化新河村的四条主干道路；第二件事，经合法程序投票选举，新河村下一任村主任为赵刚子。

掌声刚落，王望农笑着问："刚子，新官上任三把火，下一步怎么打算？"刚子看了一眼房顶，他想到了赵月江，他就是死于危房坍塌的。"危房改造！"他攥紧拳头干脆地说了四个字。

会议结束，王望农走出门，正想伸个懒腰，却见大院里停着一辆白色的轿车，两个穿着便衣的工作人员正朝他缓缓走来。没几步，碰了面，二人一脸严肃，其中一位瘦高个看了一眼他左侧微胖的同事，对方点点头，咳嗽了两声，清了清嗓子，有些歉意地说："你好，是王望农吧？"

他点点头："对，我是。"

"王书记，冒昧打扰，我们是县纪委的，麻烦走一趟，有人举报你滥用职权，请配合调查！"

话音刚落，王望农眉头紧锁，先是愣了一下，转瞬，嘴角又露出一丝微笑，很淡然。

"刚才的会议我们听到了，讲得很好。"瘦高个说。

王望农微微一笑，长舒了口气。"谢谢。"他抿了抿有些干裂的嘴唇，尴尬地说，"对不起，我，我可以抽支烟吗？"

"可以。"那人很干脆。

王望农从身上掏出烟，先递给对方，二人客气地摆摆手、摇摇头说："不抽，谢谢。"

王望农一笑，没说话，把烟叼在嘴里，拿出打火机打了三下才点着。他的手有些微微发抖。烟点着了，他美美地吸了一口，似乎是有意憋着，一时半会没有吐出来，他干脆咽进肚子里去了。

"稍等片刻，可以吗？"王望农笑着请求道。

"还有什么事吗？"胖子说。

"我想看看那个村子。"他用手指了指新河村的方向。

"好吧！"

"谢谢！"

他向前走了几步，转过身，踮起脚尖，朝新河村的方向望去，树是灰色的，村庄是灰色的，听不见一声狗吠和鸡鸣，一切静悄悄的，熟悉而又陌生。抬起头，天不再那么蓝，云不再那么白，眼下冬天就要到了，万籁俱寂，似乎今年的冬天要比往年更寒冷一些，新河村的所有事物都感知到了，提前准备进入冬眠期了。闭上眼，太阳宛如挂在天空的一盏白炽灯，却感觉不到太多的温热。这一刻，唯一能听见的，是村庄里错综交织的自来水管网，连着九甸峡的水源正汩汩流动，像埋在大地里的祖先跳动的心脏，怦怦跳着，节奏那么强烈有力。

新河村的沟里，新河是一条浅浅的溪流，在阳光的照射下，宛如一绺洁白的绸缎，如今的日子真的好了，山河润朗……毛梁山的脊梁高高挺起，绵延千里，像一头拉着木犁的老黄牛，正卖力地奔向远方、开垦未来。赵月江的坟就在山下，那山脊很像他生前弯腰干活的样子。

王望农也想到了解放军曾路过此地，马长嘶人北望，大地震颤，日月同光，嘹亮的号角声击碎了旧世界的阴霾，新中国诞生了！看吧，眼下这好日子，不正是一代代人接续奋斗，开创的美好图景吗？

扔了烟头，他轻松地舒了口气，轻声道："那，走吧！"上车前，他再次抬头看了一眼天，太阳正好，当空有一轮淡淡的月影。他笑了，自言自语道："月照新河。年底，水就要通了，明月照大江啊！"

车子开动了，透过玻璃窗，他看到了黄尘飞扬，外边的世界一下子模糊了，恍如隔了千年的长城被风揉碎了，碎得满地都是，再也无法拼接。路过新河村口，他忍不住回望，高山寺的轮廓映入眼帘，那样清晰，几百年过去，历经风风雨雨，老城墙屹立不倒，很像人们不屈的精神，也是新河村人勇敢的样子。

耳边，群山回响，他清晰地听见了赵月江生前一直爱听的那段秦腔，他忍不住低声吟唱起来："五台山……"刚一开嗓，破音了，沙哑难听。他捏着喉咙干咳了两声，泪花溅出，继续哼唱：

五台山困住了杨老将
思想起国家事好不痛伤
我心中只怨宋皇上
听谗言囚我在五台山庙堂
我曾命五郎儿幽州探望
却怎么不见转回还
莫不是韩昌把营闯

他君臣被困在番邦

我出得山门将儿望

望儿不见自思量

…………

2021年6月6日初稿

2024年5月8日修订